SHERRYL WOODS
Castillos en la arena

Editado por Harlequin Ibérica.
Una división de HarperCollins Ibérica, S.A.
Núñez de Balboa, 56
28001 Madrid

© 2013 Sherryl Woods
© 2015 Harlequin Ibérica, S.A.
Castillos en la arena, n.º 77 - 1.3.15
Título original: Sand Castle Bay
Publicada originalmente por Mira Books, Ontario, Canadá

Todos los derechos están reservados incluidos los de reproducción,
total o parcial. Esta edición ha sido publicada con autorización de
Harlequin Books S.A.
Esta es una obra de ficción. Nombres, caracteres, lugares, y
situaciones son producto de la imaginación del autor o son
utilizados ficticiamente, y cualquier parecido con personas, vivas
o muertas, establecimientos de negocios (comerciales), hechos o
situaciones son pura coincidencia.
® Harlequin, HQN y logotipo Harlequin son marcas registradas por
Harlequin Enterprises Limited.
® y ™ son marcas registradas por Harlequin Enterprises Limited y
sus filiales, utilizadas con licencia. Las marcas que lleven ® están
registradas en la Oficina Española de Patentes y Marcas y en otros
países.
Imagen de cubierta utilizada con permiso de Harlequin Enterprises
Limited. Todos los derechos están reservados.

I.S.B.N.: 978-84-687-5623-3
Depósito legal: M-34599-2014.

Para todos los que habéis descubierto la magia de la cadena de islas de Carolina del Norte y habéis creado allí recuerdos felices, incluyendo a mi propia familia especial. Gracias por los buenos ratos que hemos vivido juntos.

Queridas amigas:

La mayoría de vosotras sabéis cuánto me gusta vivir cerca del agua (ya sea a la orilla del río Potomac, en Virginia, o en la costa del cayo Vizcaíno, en Florida), y hay otra zona que se ha vuelto muy especial para mí en estos últimos años: la de las poblaciones costeras de Carolina del Norte.

Os invito a compartir conmigo mi propia versión de esa zona tan especial en la nueva trilogía que empieza con esta novela. Vais a conocer a las tres hermanas Castle y a su sabia y maravillosa abuela, por no hablar de los fuertes y sexys hombres con los que comparten su vida, y vais a ver cómo se enfrentan a los cambios y a los desafíos que muchas de vosotras habréis vivido en alguna ocasión.

Espero que disfrutéis de esta nueva familia y de este nuevo escenario, y que mientras leéis sus historias os imaginéis la arena bajo vuestros pies y la caricia de la brisa marina en las mejillas.

Un saludo,

Sherryl

Capítulo 1

Emily Castle estaba en una habitación de hotel en Aspen, Colorado, con la televisión puesta en el canal del tiempo. Estaban dando un seguimiento pormenorizado del huracán que se dirigía hacia la costa de Carolina del Norte, el lugar que había sido como un segundo hogar para ella. Los veranos que había pasado allí en su infancia habían sido plácidos, relajantes y dulces. En la localidad costera donde vivía su abuela había sufrido por amor por primera vez, pero, a pesar de aquellos dolorosos recuerdos y de lo atareada que estaba en ese momento, se sentía en la obligación de regresar a aquel lugar de inmediato.

Incluso antes de que sonara el teléfono, ya estaba consultando en su portátil los vuelos que había programados. Seleccionó uno que iba de Atlanta a Raleigh, una ciudad de Carolina del Norte, mientras contestaba a la llamada.

—Ya estoy en ello —le dijo a su hermana Gabriella—. Llegaré a Raleigh mañana por la tarde.

—Ni lo sueñes, van a cancelar todos los vuelos de la Costa Este durante uno o dos días como mínimo. Será mejor que esperes hasta la semana que viene y reserves plaza para el lunes o el martes, así evitarás todo el jaleo.

—¿Qué sabes de Samantha? —le preguntó, haciendo referencia a la mayor de las tres hermanas.

—Ha alquilado un coche y ya ha salido de Nueva York, estará aquí esta misma noche; con un poco de suerte, logrará adelantarse a la tormenta. Han pronosticado que el huracán entrará en tierra esta misma noche, aquí ya han empezado a llegar rachas fuertes de viento y lluvia.

Emily estaba convencida de que Samantha iba a lograr adelantarse a la tormenta, y no pudo evitar fruncir el ceño. La extraña rivalidad que siempre había tenido con su hermana mayor, una rivalidad que ni ella misma había entendido nunca, resurgió con fuerza. Teniendo en cuenta que eran tres hermanas, quizás fuera comprensible que existiera cierta competitividad entre ellas, pero no entendía por qué le pasaba con Samantha y no con Gabi; al fin y al cabo, esta última era la exitosa empresaria centrada en su carrera, la que más se parecía a ella en cuanto a ambición.

—Tomaré un vuelo esta misma noche aunque tenga que ir en coche desde Atlanta —afirmó con decisión, motivada por los planes de Samantha.

En vez de reprenderla, Gabi soltó una carcajada y admitió:

—Samantha ha adivinado que ibas a decir algo así. Desde que aprendiste la diferencia que hay entre ganar y perder, no soportas que ella te gane en nada. Haz lo que quieras, lo que importa es que llegues aquí sana y salva. Esta tormenta tiene muy mala pinta. Si se desvía lo más mínimo hacia el oeste, golpeará de lleno a Sand Castle Bay. Te apuesto lo que quieras a que la carretera de Hatteras volverá a quedar intransitable si no hicieron las cosas con más cabeza cuando la arreglaron después de la última tormenta.

—¿Cómo está la abuela?

Cora Jane Castle tenía setenta y tantos años, pero seguía rebosando energía y estaba decidida a mantener abierto el restaurante que su difunto marido había abierto en la costa, a pesar de que nadie de la familia había mostrado interés alguno en tomar las riendas del negocio; en opinión de Emily, debería venderlo y disfrutar de su vejez, pero la mera mención de semejante idea se consideraba una blasfemia.

—Estoica ante la tormenta, pero hecha un basilisco porque papá fue a buscarla para traerla a Raleigh hasta que pase el huracán —le contestó Gabi—. Está aquí, en mi casa, cocinando y mascullando unas palabrotas que me sorprende que se sepa. Creo que por eso papá se ha marchado en cuanto la ha dejado aquí, para no estar cerca cuando ella tuviera a mano mis cuchillos.

—Puede que no supiera qué decirle. Típico en él, ¿no?

Emily lo dijo con un deje de amargura. Su padre, Sam, no era nada comunicativo en el mejor de los casos; en el peor, simplemente se esfumaba sin más. Ella había acabado por resignarse en gran medida, pero los resentimientos que permanecían latentes salían a la superficie de vez en cuando.

Tal y como solía pasar, Gabi salió en defensa de su padre de inmediato.

—Está ocupado, su trabajo es importante. ¿Tienes idea del impacto que podrían tener en la vida de la gente los estudios biomédicos que lleva a cabo su empresa?

—Me gustaría saber cuántas veces le dijo eso a mamá cuando se largaba y ella tenía que criarnos sola.

Por una vez, Gabi no sacó las cosas de quicio y admitió:

—Sí, la verdad es que era una excusa habitual en él, ¿verdad? Pero ya somos adultas, a estas alturas ya tendríamos que haber superado el hecho de que no viniera a vernos en los recitales, las obras de teatro y los partidos de fútbol de la escuela.

—Y eso lo dice la mujer nada equilibrada que parece empeñada en seguir sus pasos —comentó Emily, en tono de broma—. Sabes que eres igualita a él, Gabriella. Puede que no seas una científica, pero eres adicta al trabajo. Por eso te molestas tanto cuando le critico.

El silencio que se creó tras aquellas palabras fue ensordecedor, y Emily se apresuró a disculparse al darse cuenta de que acababa de pasarse de la raya.

–Ha sido una broma, Gabi, no lo he dicho en serio. Sabes lo orgullosos que estamos de ti. Eres una alta ejecutiva en una de las empresas de biomedicina más importantes de Carolina del Norte, puede que de todo el país.

–Sí, ya lo sé, es que tu comentario me ha pillado desprevenida. Bueno, avísame cuando vayas a llegar, iré a buscarte al aeropuerto.

Antes de que Emily pudiera disculparse de nuevo por hacer un comentario tan desconsiderado y fuera de lugar, Gabriella ya había colgado. No lo hizo de golpe, con un arranque de genio similar a los que tenía la propia Emily, sino con suavidad... y, por alguna razón, eso fue mucho, pero que mucho peor.

Boone Dorsett había vivido una buena cantidad de situaciones de alerta por el acercamiento de huracanes que, en algunos casos, habían llegado a afectar a la costa, así que se sabía de memoria cómo había que sellar la casa con tablones para protegerla; aun así, la pura verdad era que la Madre Naturaleza era la que tenía siempre el control de la situación.

De pequeño le fascinaban las tormentas fuertes, pero en aquel entonces no era consciente del caos que podían generar en la vida de la gente. A esas alturas era un adulto con un hijo, un hogar y un concurrido restaurante, y sabía las pérdidas que podían causar los vendavales, las devastadoras tormentas y las inundaciones. Había visto carreteras destrozadas, casas derrumbadas, vidas arrancadas de raíz.

Por suerte, aquella última tormenta se había desviado en el último momento hacia el este y tan solo les había golpeado de refilón. Había habido daños, y muchos, pero de momento no había visto el nivel de destrucción de veces anteriores; de hecho, él había salido relativamente bien parado. En su restaurante había entrado un poco de agua y varias tejas del tejado de su casa habían sido arrancadas, pero lo que más le preocupaba después de examinar sus propiedades era el restaurante familiar de Cora Jane.

Castle's by the Sea había sido una constante en su vida, al igual que la propia Cora Jane, y ambos habían sido su inspiración a la hora de decidir embarcarse en el negocio de la restauración. Su intención no había sido emular el éxito del Castle's, sino crear su propio ambiente acogedor. No había recibido el apoyo de ninguno de los miembros de su disfuncional familia, y estaba en deuda con Cora Jane porque ella le había ayudado a creer en sí mismo.

La principal razón del éxito que tenía el Castle's, aparte de su ubicación a pie de playa, la buena comida y la cordialidad del servicio, era la dedicación con la que ella dirigía el negocio. Después de que pasara la tormenta, Cora Jane le había llamado más de una docena de veces para ver si ya le habían permitido regresar a Sand Castle Bay, y él había cruzado el puente para ver cómo estaban los dos restaurantes en cuanto se había levantado la orden de evacuación.

Al final, la llamó desde el comedor húmedo y revuelto del Castle's by the Sea para darle la evaluación de daños. Ella había estado esperando con ansia su llamada y, sin pararse a saludarle siquiera, le preguntó sin más:

—¿Está muy mal? Dime la verdad, Boone. No te atrevas a engañarme.

—Podría haber sido peor. Ha entrado algo de agua, como en el mío.

–¡Qué desconsiderada soy! No te he preguntado cómo te ha ido a ti. ¿Te ha entrado agua?, ¿no hay más daños?

–No, eso es todo. Mis empleados ya están limpiando, saben lo que hay que hacer. Mi casa está bien, y la tuya también. Un montón de ramas rotas en el jardín, un par de tejas arrancadas, pero nada más.

–Gracias a Dios. Bueno, termina de contarme cómo está el Castle's.

–El viento ha arrancado un par de contraventanas, y los cristales se han roto. Vas a tener que reemplazar las mesas y las sillas que están empapadas, aplicar algún producto contra el moho y pintar, pero la verdad es que podría haber sido mucho peor.

–¿Cómo está la terraza?

–Sigue en pie. A mí me parece bastante sólida, pero haré que la revisen.

–¿Y el tejado?

Boone respiró hondo. No le gustaba dar malas noticias, y había dejado aquello para el final de forma deliberada.

–Mira, Cora Jane, no voy a mentirte. El tejado tiene mala pinta. Ya sabes lo que pasa cuando el viento consigue arrancar unas cuantas tejas.

–Sí, claro que lo sé. ¿El asunto es grave? ¿Está destrozado, o solo se han soltado unas cuantas tejas?

Boone sonrió al ver que se lo tomaba con tanto pragmatismo.

–Me gustaría que Tommy Cahill viniera a echar un vistazo, pero yo creo que será mejor que lo reconstruyas por completo. ¿Quieres que le llame? Me debe un favor, seguro que consigo que venga hoy mismo. Puedo llamar a tu compañía de seguros para que envíen una cuadrilla de limpieza.

–Me harás un favor si consigues que Tommy vaya cuanto antes, pero yo me encargo de llamar al seguro. No me hace falta ninguna cuadrilla de limpieza, las niñas y yo iremos mañana a primera hora y lo limpiaremos todo en un abrir y cerrar de ojos.

Boone sintió que le daba un brinco el corazón al oír aquello. Las «niñas» en cuestión tenían que ser las nietas de Cora Jane, incluyendo la que le había dejado tirado diez años atrás y se había marchado para iniciar una vida mejor que la que él podía ofrecerle.

—¿También vendrá Emily? —albergaba la débil esperanza de que ella no volviera, de no tener que soportar el tenerla delante de sus narices, de que no se pusiera a prueba si de verdad había logrado sacársela de la cabeza.

—Claro que sí —Cora Jane hizo una pequeña pausa antes de preguntar, con muchísimo tacto—: ¿Va a haber algún problema con eso, Boone?

—Por supuesto que no. Lo mío con Emily quedó en el pasado, en un pasado muy distante.

—¿Estás seguro? —insistió ella.

—Seguí adelante con mi vida y me casé con otra persona, ¿no?

—Sí, y perdiste a Jenny demasiado pronto.

A Boone no le hacía falta que le recordaran que hacía poco más de un año que había fallecido su esposa.

—Pero no perdí a nuestro hijo. Tengo que pensar en B.J., ahora él es mi vida entera.

—Sé cuánto quieres a ese niño, pero necesitas algo más. Te mereces una vida plena y llena de felicidad.

—Puede que algún día encuentre esa felicidad de la que hablas, pero no estoy buscándola y tengo muy claro que no voy a encontrarla junto a una mujer que pensaba que yo era un tipo sin futuro.

Cora Jane soltó una exclamación ahogada.

—Las cosas no fueron así, Boone. Ella no pensaba eso, lo que pasa es que tenía la cabeza llena de sueños absurdos. Sintió la necesidad de marcharse de aquí y ponerse a prueba, de ver lo que podía llegar a conseguir por sí misma.

—Esa es tu opinión, yo lo vi de otra forma. Será mejor que dejemos de hablar de Emily, tú y yo hemos conservado nuestra amistad porque hemos dejado ese tema a un lado. Ella forma parte de tu familia y la quieres, es normal que la defiendas.

—Tú también eres de mi familia, o como si lo fueras —afirmó ella con vehemencia.

Boone sonrió al escuchar aquello y admitió:

—Sí, siempre has hecho que me sienta como uno más de los vuestros. En fin, deja que haga esas llamadas, a ver lo que puedo hacer para dejar este sitio listo antes de que vengas. Te conozco y sé que querrás encender la cafetera y abrir las puertas en cuanto vuelvan a darte la luz, pero te advierto que puede que tarden un par de días. Quizás deberías plantearte quedarte con Gabi hasta que esté todo arreglado.

—No, tengo que estar ahí —le contestó ella con determinación—. No voy a conseguir nada quedándome aquí sentada de brazos cruzados, yo creo que podremos arreglárnoslas con el generador que instalaste después de la última tormenta.

—Comprobaré si está funcionando, y revisaré las neveras y la cámara frigorífica para ver si no se ha echado a perder la comida. ¿Necesitas que haga algo más antes de que vuelvas?

—Si Tommy te da un presupuesto razonable para lo del tejado, dile que puede ponerse manos a la obra.

—El precio será razonable, tienes mi palabra. Y serás la primera de su lista, ya te he dicho que me debe un favor.

—Muy bien, te veo mañana. Gracias por ir a echarle un vistazo a mis cosas.

—Los miembros de una familia se apoyan los unos a los otros.

Esa era una lección que había aprendido de Cora Jane, ya que dar apoyo y comprensión era algo que no entraba en la forma de ser de sus padres.

Después de colgar, no pudo evitar preguntarse si llegaría el día en que no lamentara que el vínculo que le unía a Cora Jane y a la familia de esta no fuera uno mucho más permanente.

Emily tardó dos días de lo más frustrantes en completar el trayecto desde Colorado hasta Carolina del Norte. Para cuando aterrizó por fin en Raleigh en un día despejado en el que no quedaba ni rastro del mal tiempo que había afectado al estado entero dos días atrás, las horas que había perdido en los aeropuertos no la fastidiaban tanto como el hecho de saber que Gabi estaría esperándola con el consabido «Ya te lo dije»... pero al salir del aeropuerto con su equipaje de mano era Samantha, su hermana mayor, quien estaba esperándola y la recibió con un fuerte abrazo.

Aunque unas enormes gafas de sol a la última moda le ocultaban gran parte del rostro y llevaba el pelo, un pelo con unas mechas que realzaban su color, recogido en una cola informal, saltaba a la vista que era alguien famoso. Emily nunca había llegado a entender cómo era posible que Samantha siguiera pareciendo una modelo de revista aunque llevara unos vaqueros viejos y una camiseta. La verdad era que su hermana tenía un aire innato de famosa, a pesar de que en su carrera como actriz nunca había alcanzado el éxito que ella esperaba.

–¿Dónde está Gabi? –le preguntó, mientras miraba a su alrededor.

–Adivínalo, te doy tres oportunidades –le contestó Samantha.

–La abuela se ha empeñado en volver a casa.

–¡Lo has adivinado a la primera! Hizo las maletas en cuanto dieron luz verde para que los residentes volvieran a la zona. Gabi logró retenerla un día entero, pero al final se rindió y le dijo que vale, que podía ser tan terca como una mula vieja si quería, pero que no iba a dejarla ir sola. Se han ido esta mañana a primera hora, y a mí me ha tocado hacer de chófer y venir a buscarte.

–¿Te acuerdas de conducir?, hace mucho que vives en Nueva York.

Su hermana se limitó a enarcar una ceja, pero le bastó con ese gesto para dejar claro lo que opinaba de su sentido del humor. Eso era algo habitual al tener a una actriz en la familia. Samantha podía comunicar más con una sola mirada que muchos con toda una diatriba, y Emily había recibido un montón de esas miradas a lo largo de los años.

–No empieces, Emily. He conseguido llegar hasta aquí, ¿no?

Emily señaló con un gesto de la cabeza el coche que había a un lado.

–¿Es el que usaste para venir desde Nueva York, o ese quedó hecho chatarra y has tenido que alquilar este otro?

–No tienes ni pizca de gracia –al ver la pequeña maleta que llevaba en la mano, le preguntó–: ¿Eso es todo lo que traes?

–Estoy acostumbrada a viajar con poco equipaje. Estaba en Aspen por asuntos de negocios cuando me enteré de lo de la tormenta, no tuve tiempo de volver a Los Ángeles a por más cosas.

–¿Traes algo para ponerte a limpiar y a fregar? No te imagino limpiando el restaurante con tus zapatos de marca. Esos son unos Louboutin, ¿verdad? Siempre has tenido gustos caros.

Emily sintió que se ruborizaba y se puso a la defensiva.

—Trabajo con gente que está obsesionada con la ropa cara, pero te aseguro que trabajo duro cuando estoy renovando una casa —suspiró antes de admitir—: Pero tienes razón, no traigo ropa adecuada para ponerme a limpiar. Mi viaje a Colorado iba a ser corto, fui para conocer a un nuevo cliente. Supongo que tendré que comprarme unos cuantos pantalones cortos y varias camisetas en algún sitio. ¿Y tú qué? Siempre vas de lo más elegante, ¿a qué vienen esos vaqueros viejos y...? —abrió los ojos como platos, sorprendida—. ¿Es esa la vieja sudadera de Ethan Cole?

Samantha se puso roja como un tomate.

—Estaba en el ático de Gabi, dentro de una caja llena de ropa vieja. Agarré lo primero que vi que me quedaba bien.

—Esa sudadera no te queda bien, tú tienes seis tallas menos. Pareces una adolescente de catorce años loquita por el capitán del equipo de fútbol —Emily sonrió de oreja a oreja al añadir—: Espera, pero si eras justo así... aún te recuerdo allí, sentadita en las gradas, mirándolo encandilada y llena de esperanza...

—Supongo que sabes que, como sigas así, es muy posible que no llegues viva a Sand Castle Bay. Seguro que encuentro algún lugar desierto de la carretera donde deshacerme de tu cadáver.

—Vaya, qué forma tan bonita de hablarle a tu hermana pequeña. Siempre me decías que me querías, incluso cuando me comportaba como una pesada insoportable.

—Te quería en aquel entonces, no hay quien pueda resistirse a una chiquitina preciosa con unos mofletitos regordetes —afirmó Samantha, sonriente—. Pero ahora ya no te quiero tanto.

Mientras iban en dirección este por la carretera, el buen humor de Emily se esfumó.

—¿Se sabe si ha habido muchos daños? —le preguntó a

su hermana–. ¿Con qué se va a encontrar la abuela cuando llegue al restaurante?

–Boone le dijo que el edificio sigue en pie, aunque entró mucha agua. Van a hacer falta unas buenas dosis de cuidados y mimitos, y es probable que un tejado nuevo.

Emily sintió que le daba un brinco el corazón.

–¿Qué Boone? No será Boone Dorsett, ¿verdad? ¿Qué tiene que ver él en todo esto?

–Cora Jane y él tienen una relación muy estrecha, ¿no lo sabías?

–¿Cómo iba a saberlo?, nadie me cuenta nada –nada relevante, como el hecho de que su propia abuela y el hombre que había sido su perdición, don Boone Dorsett, fueran amiguitos del alma.

Su abuela siempre había tenido debilidad por él. Boone le había caído bien desde el principio, desde que ella había empezado a aparecer con él por casa cuando ambos tenían catorce años. Ella se había enamorado de un chico malo y desafiante que parecía estar abocado a meterse en problemas, pero su abuela había visto a un muchacho que se rebelaba contra unos padres que se comportaban con total indiferencia, había visto potencial y había tenido el acierto de ayudarle a desarrollarlo... aun así, lo normal habría sido que cortara ese vínculo al ver que su nieta terminaba su relación con él, ¿no? Aunque solo fuera por solidaridad con ella...

En cuanto la idea tomó forma en su cabeza, se dio cuenta de lo absurda que era. A diferencia de ella, su abuela sería incapaz de abandonar a Boone; de hecho, aunque nunca le había dado su opinión al respecto, estaba claro que no aprobaba en absoluto que ella hubiera elegido su carrera profesional por encima del hombre del que todos sabían que estaba enamorada.

–¿Qué es lo que pretende Boone? –le preguntó a Samantha con suspicacia.

–¿Qué quieres decir?, yo no creo que pretenda nada en concreto. Cora Jane dice que la ha ayudado mucho con el restaurante, no sé nada más.

–Si Boone está ayudando tanto, es porque quiere algo.

Lo afirmó con convicción, porque sabía por experiencia propia que él siempre andaba detrás de algo. En su momento había dicho que la quería, pero, cuando ella le había dicho que necesitaba tiempo para poder explorar un poco de mundo, él no había tardado ni diez segundos en casarse con Jenny Farmer. Lo último que había sabido de ellos era que tenían un hijo, ¿qué había pasado con el supuesto amor eterno que había jurado sentir hacia ella? Sí, ella se había marchado, pero había sido él quien había cometido una profunda traición de la que ella jamás había podido recobrarse por completo.

–Seguro que quiere apropiarse del Castle's by the Sea.

Era una acusación muy seria, pero la posibilidad de que él pudiera haber tenido algún motivo ulterior para querer conquistarla era algo que se le había ocurrido en más de una ocasión durante aquella dolorosa época; al fin y al cabo, ¿qué otra explicación podía haber para que él se casara con otra poco después de que ella se fuera? El amor verdadero no podía ser tan voluble.

–Apuesto a que está deseando que este huracán sea la gota que colme el vaso, y que la abuela decida venderle a él una propiedad tan bien situada.

Samantha le lanzó una mirada llena de ironía antes de comentar:

–Sabes que Boone es propietario de tres restaurantes que funcionan de maravilla, ¿no?

Aquello la tomó por sorpresa.

–¿Tres?

–Sí. Primero abrió el Boone's Harbor en la bahía, y ahora también tiene uno en Norfolk y otro en Charlotte. Creo que un asistente administrativo suyo se encarga de buscar las nuevas ubicaciones y de poner en marcha los locales, pero Boone es quien está al mando. Según la abuela, las críticas han sido fantásticas en todas partes. Ella colecciona los recortes, me extraña que no te los haya enviado.

–Supongo que pensó que ese tema no me interesaría.

Por alguna extraña razón, saber todo aquello la desanimaba. Quería tener una muy mala opinión de Boone, sentía la necesidad de pensar que él era un impresentable. No le hacía ninguna gracia plantearse que quizás le había juzgado mal, que a lo mejor no era tan ambicioso como ella creía, que había podido cometer un terrible error al dejarle ir sin más. Ella no creía en los arrepentimientos, así que ¿a qué se debía aquella extraña sensación que la embargaba?

Su hermana la miró desconcertada.

–Yo creía que hacía mucho que le habías olvidado. Fuiste tú la que rompió la relación y no al revés, ¿verdad? Siempre di por hecho que se lio con Jenny por despecho.

–¡Pues claro que le he olvidado! –exclamó, indignada–. En los diez años que hace que me largué de aquí, no he pensado en él ni por asomo –la vocecilla interior de su conciencia le gritó que estaba mintiendo.

–¿A qué viene entonces todo esto?

–Es que no quiero que se aproveche de la abuela, es demasiado confiada.

Samantha se echó a reír.

–¿Cora Jane, confiada? Supongo que estás pensando en otra abuela. La nuestra es tan lista como la que más en cuestiones de negocios, y un lince a la hora de calar a la gente.

–Yo solo digo que no es inmune ante un hombre con tanto encanto como Boone. Vamos a dejar el tema, me está dando dolor de cabeza –frunció el ceño al darse cuenta de que estaban en el abarrotado aparcamiento de un supermercado–. ¿Por qué paras aquí?

–Para comprar tu nuevo vestuario de limpieza –Samantha esbozó una sonrisa de lo más inocente al añadir–: No podemos olvidar las sandalias ni las zapatillas de deporte.

Emily la miró consternada. Las únicas sandalias que se ponía a esas alturas de su vida las compraba en la selecta boutique que un conocido diseñador tenía en Rodeo Drive.

–Vale, pero que ni a Gabi ni a ti se os olvide que no limpio ventanas –vaciló antes de añadir–: ni suelos.

Samantha le pasó el brazo por los hombros mientras cruzaban el abarrotado aparcamiento.

–Lo que tú digas, Cenicienta. Te dejaremos a ti el colector de grasa, verás cómo te diviertes.

Emily la miró ceñuda. Daba la impresión de que iban a ser un par de semanas muy largas, sobre todo si Boone iba a estar metido en el asunto.

Capítulo 2

–¿Vamos a ayudar a la señora Cora Jane, papá?
Boone miró a su hijo de ocho años, B.J., que parecía tan entusiasmado como si estuvieran hablando de ir al circo, y se limitó a contestar:
–Si ella nos deja, sí.
Cora Jane no pedía ayuda nunca y se resistía a aceptarla cuando se le ofrecía, así que él había aprendido a ser increíblemente sutil a la hora de asegurarse de que tanto el restaurante como ella estuvieran bien cuidados.
–Oye, papá, ¿crees que me hará tortitas con forma de Mickey Mouse? Las dos pequeñitas que hacen de orejas son las que más me gustan –el pequeño le miró con expresión de culpa al admitir–: Las suyas son más buenas que las de Jerry, pero no se lo digas a él. No quiero herir sus sentimientos.
Boone se echó a reír, ya que era consciente de lo competitivos que podían llegar a ser el cocinero en cuestión y Cora Jane.
–No creo que haya abierto la cocina, aún no han acabado de achicar el agua que entró durante la tormenta. Tú mismo viste los destrozos que hubo en nuestro local, ¿no? Pues el Castle's estaba igual de mal cuando fui a echar un vistazo ayer.

Cora Jane era una mujer a la que le gustaba sentirse con el control de cualquier situación, y ningún huracán iba a lograr alterar por mucho tiempo su rutina. Seguro que en cuestión de un día más ya estaría cocinando lo que pudiera en la parrilla a gas, aunque aún no tuviera a punto el horno.

–No le pidas tortitas hasta que sepamos qué tal están las cosas, B.J. –le advirtió al niño–. Hemos venido a ayudar, no a darle más trabajo.

–¡Pero ella siempre dice que no le cuesta ningún trabajo hacerme tortitas, que lo hace por amor!

Boone soltó una carcajada. No le extrañaba que Cora Jane le hubiera dicho eso al pequeño, ya que con él mismo siempre se había comportado así. Siempre le había hecho sentir como si cuidarle no supusiera carga alguna para ella, a pesar de que sus propios padres le consideraban un estorbo. De no ser por Cora Jane, por los trabajos que ella le había asignado para mantenerle ocupado y que no se metiera en problemas, su vida habría tomado una dirección muy distinta. Estaba en deuda con ella, de eso no había duda, y se consideraba afortunado porque ella no le había echado de su vida cuando Emily le había abandonado. Teniendo en cuenta la fuerte lealtad familiar que existía entre los Castle, no habría sido extraño que sucediera algo así.

Sí, verla y oírla alardear de sus tres nietas, incluyendo a la que había sido el amor de su vida, resultaba doloroso, pero eso tan solo era el precio que tenía que pagar a cambio de tenerla cerca. Cora Jane era como una especie de brújula moral, compasiva y carente de prejuicios, que a él le hacía mucha falta.

En cuanto detuvo el coche junto al restaurante, B.J. se bajó y echó a correr hacia el edificio.

–¡Alto ahí! –cuando el niño se detuvo a media carrera y se volvió a mirarlo, se le acercó y le puso una mano en el hombro–. ¿No te he dicho que ahora hay que ir con mucho cuidado? Fíjate en cómo está todo. Hay tablas de madera con clavos tiradas por todas partes, y el suelo está lleno de cristales. Tómate tu tiempo y presta atención.

La sonrisa traviesa con la que le miró su hijo le recordó tanto a Jenny, que Boone sintió una punzada de dolor en el corazón. Su difunta esposa había sido la mujer más dulce del mundo, y perderla por culpa de una infección descontrolada con resistencia a los antibióticos había sido devastador tanto para B.J. como para él.

El pequeño estaba recuperándose gracias a la capacidad de recuperación tan propia de los niños, pero él no sabía si iba a poder superar aquel dolor. Era consciente de que dicho dolor estaba teñido en parte por el sentimiento de culpa que le atenazaba por no haberla amado ni la mitad de lo que ella le había amado a él. ¿Cómo iba a poder hacerlo, si Emily Castle seguía siendo la dueña de parte de su corazón? Pero, al margen de sus sentimientos, estaba convencido de haber hecho todo lo posible por estar a la altura de las circunstancias. A Jenny nunca le había faltado de nada y él había sido un buen esposo y un padre abnegado; aun así, a veces, en la oscuridad de la noche, no podía evitar preguntarse si eso había bastado, y no ayudaba en nada el hecho de que los padres de Jenny le culparan de todo tipo de cosas, desde arruinarle la vida a su hija hasta contribuir a su muerte. No había duda de que estaban buscando cualquier excusa para poder arrebatarle a B.J., pero él no estaba dispuesto a permitírselo. ¡Iban a tener que pasar por encima de su cadáver!

En cuanto a todo lo demás... se dijo para sus adentros que eso ya era agua pasada, y respiró hondo antes de echar a andar hacia el restaurante tras su hijo. Cora Jane le había comentado que sus tres nietas iban a regresar para ayudar a limpiar los destrozos que había provocado la tormenta, así que estaba sobre aviso y se preparó para volver a ver a Emily después de tantos años, pero al entrar en el local tan solo vio a Gabriella mirando frenética a Cora Jane, que estaba subida de forma bastante precaria en el peldaño más alto de una escalera de mano. La pobre Gabi sujetaba dicha escalera con tanta fuerza, que tenía los nudillos blanquecinos.

–¿Se puede saber qué es lo que estás haciendo, Cora Jane? –le preguntó, exasperado. Le pasó un brazo por la cintura, la bajó de la escalera, y no la soltó hasta que vio que tenía los pies firmemente apoyados en el suelo.

Ella se volvió como una exhalación y le fulminó con la mirada.

–¿Qué es lo que estás haciendo tú, Boone Dorsett? –sus ojos marrones estaban llenos de indignación.

Boone le guiñó el ojo a Gabi, que no podía ocultar lo aliviada que estaba antes de contestar:

–Evitar que te rompas la cadera. Te dije hace mucho que yo me encargaba de arreglar las luces siempre que hiciera falta, y que si no podía se lo encargaría a Jerry o a tu encargado de mantenimiento, ¿no?

–Jerry no está aquí, y no encuentro por ninguna parte al de mantenimiento; además, ¿desde cuándo te necesito a ti para poner unas cuantas bombillas?

Se llevó las manos a las caderas y procuró amedrentarlo con la mirada, pero, teniendo en cuenta la diferencia de tamaño que había entre ambos, no logró ni de lejos el efecto amenazador que estaba claro que quería lograr.

–Al menos podrías haber dejado que se encargara Gabi –alegó él.

Dio la impresión de que ella intentaba contener una sonrisa al escuchar aquello, y evitó mirar a su nieta al admitir en voz baja:

–A la pobre le dan miedo las alturas, ha estado a punto de desmayarse con solo subir dos peldaños.

—Es verdad —admitió la aludida, ruborizada—. Ha sido humillante, sobre todo cuando ella ha subido la escalera como si nada.

Por suerte, B.J. eligió ese momento para agarrar a Cora Jane de la mano.

—Señora Cora Jane, ya ha vuelto la luz, ¿verdad?

Ella sonrió y le alborotó el pelo en un gesto afectuoso.

—Sí, volvió hace una media hora más o menos. A ver, deja que adivine... lo preguntas porque te gustaría que te preparara unas tortitas, ¿no?

Los ojos del niño se iluminaron.

—Sí, pero papá me ha dicho que no se lo pida, porque estamos aquí para ayudar.

—Bueno, como tu papá parece empeñado en ocuparse de las tareas más peligrosas, yo creo que voy a poder prepararle unas tortitas a mi cliente preferido. ¿Me echas una mano?

—¡Vale! Batiré la mantequilla como usted me enseñó la otra vez —le propuso el pequeño, mientras se alejaba con ella.

Boone les siguió con la mirada y le dijo a Gabi:

—No sé cuál de los dos va a provocarme mi primer ataque al corazón, pero lo más probable es que sea tu abuela.

Ella se echó a reír y admitió:

—Sí, tiene ese efecto en todos nosotros.

—Me comentó que tus hermanas y tú ibais a volver para ayudar a poner a punto este sitio.

Intentó aparentar indiferencia y ocultar el pánico que sentía con solo pensar en Emily, pero, a juzgar por la mirada que Gabi le lanzó, era obvio que no había logrado engañarla.

—Samantha acaba de llamarme —le dijo ella—. El vuelo de Emily aterrizó hace una hora más o menos, y se han parado a comprar un par de cosas. Em estaba en Aspen cuando la llamé, y la ropa que tenía a mano no es demasiado adecuada para limpiar.

–¿Estaba en Aspen? Viaja bastante, ¿no?

–Sí, su reputación como diseñadora de interiores subió como la espuma cuando la renovación que hizo para una actriz salió publicada en una revista. Ahora trabaja con un montón de casas de famosos en Beverly Hills y Malibú. El año pasado renovó la villa de no sé quién en Italia, y me parece que ha ido a Aspen para echarle un vistazo a la casa que un amigo de uno de sus clientes habituales quería transformar en un hotel de montaña.

–Suena glamuroso –comentó, mientras por dentro se le hacía un nudo en el estómago.

Eso era lo que Emily había deseado desde siempre, ¿no? Disfrutar de la buena vida rodeada de gente famosa. Algunos de sus antiguos amigos la consideraban superficial y frívola, pero él sabía que, en realidad, ella había estado intentando llenar el vacío que sentía en el alma con las cosas que creía que no podía conseguir con la vida sencilla que tenía en Carolina del Norte.

Se preguntó si Emily seguía pensando que el mundo era fascinante, si con alguno de esos famosos había logrado entablar una amistad verdadera más allá de una relación puramente profesional. Él había aprendido tiempo atrás que era mucho mejor tener unas pocas personas con las que se podía contar que mil conocidos. La gente que había estado a su lado durante la enfermedad de Jenny, y que después había seguido apoyándole cuando había enviudado, le había enseñado el verdadero significado de la amistad.

–Será mejor que vaya a ver lo que está haciendo la abuela –le dijo Gabi. Echó a andar hacia la cocina, pero se detuvo de repente y volvió a acercarse a él–. Lo siento, Boone.

Él frunció el ceño al verla tan seria y le preguntó, desconcertado:

-¿El qué?

-Lo que te pasó con Emily. Ella no quería hacerte daño, lo que pasa es que había una serie de cosas que necesitaba llevar a cabo. Creo que tenía la intención de volver, pero tú te casaste con Jenny, y... en fin, ya sabes cómo fue todo después de eso.

Boone asintió. Agradecía sus buenas intenciones al decirle aquello, pero quiso dejarle claro que no hacían falta explicaciones.

-Acepté la decisión de tu hermana hace mucho, Gabi. Una cosita: yo creo que ella nunca tuvo intención de volver, por eso seguí adelante con mi vida.

Gabi lanzó una mirada hacia la cocina y asintió.

-Nadie te culpa por eso, y B.J. es un crío genial.

-Sí, el mejor, aunque supongo que no gracias a mí. Jenny era una madre fantástica y me parece que la influencia de tu abuela también le ha ayudado mucho, igual que me ayudó a mí.

-No te infravalores -le dijo ella, antes de ir a la cocina.

Boone la siguió con la mirada y suspiró al verla entrar en la cocina. Se preguntó por qué todas las mujeres de aquella familia le consideraban un tipo con valía... menos la que le había robado el corazón años atrás.

Emily se había preparado para volver a ver a Boone, estaba mentalizada... bueno, eso era lo que pensaba ella, porque verle subido a una escalera, vestido con unos vaqueros desgastados que moldeaban a la perfección su magnífico trasero y con una ajustada camiseta descolorida que enfatizaba su ancho pecho y sus imponentes bíceps, bastó para darle palpitaciones. Él llevaba puesta una gorra de béisbol que ocultaba en parte su rostro, pero estaba convencida de que la mandíbula de granito, los ojos oscuros como el ónice y los hoyuelos eran los mismos de siempre.

Siempre le había parecido increíble que un hombre pudiera ser puro fuego en un momento dado, pasar a parecer tan frío como el Polo Norte en un abrir y cerrar de ojos, y después dar media vuelta y sonreír como un niñito al que acababan de pillar haciendo una travesura. Boone Dorsett siempre le había parecido un poco contradictorio.

Mientras ella permanecía allí como un pasmarote, mirándole embobada, Samantha entró en el restaurante y exclamó:

—¡Hola, Boone!

Él giró la cabeza tan rápido que habría perdido el equilibrio si Emily no hubiera agarrado la escalera de forma instintiva para mantenerla en pie.

—Hola, Samantha —saludó él, muy serio, antes de mirarla a ella—. Emily.

La fastidió que no hubiera ni la más mínima diferencia en cómo pronunció su nombre, nada que indicara que ella era más especial que su hermana, nada que revelara que en el pasado la enloquecía con sus manos y con aquella seductora boca siempre que lograban escabullirse para estar solos. A ver, lo normal habría sido que usara un tono de voz un poco más íntimo al llamarla por su nombre, ¿no?

Tuvo que recordarse a sí misma que todo aquello había quedado en el pasado, que él era un hombre casado que pertenecía a otra mujer.

—¿Qué haces aquí, Boone? —le preguntó con irritación.

—¿No es obvio? —le contestó él, mostrando la bombilla que tenía en la mano.

—Me refiero a qué estás haciendo aquí, ayudando a mi abuela en vez de ocuparte de tus propios asuntos.

Sabía que estaba siendo grosera y desagradecida, pero

era incapaz de contenerse. Aunque las reglas habían cambiado, daba la impresión de que sus sentimientos por aquel hombre seguían siendo los mismos, y eso la había tomado desprevenida. A lo largo de aquellos años no había sentido por nadie la atracción que Boone Dorsett seguía ejerciendo sobre ella, y eso que él estaba subido a una escalera y ni siquiera la había tocado. Era un descubrimiento perturbador, porque hasta ese momento había estado convencida de que la amargura que había sentido cuando él la había traicionado había conseguido eliminar para siempre todos esos viejos sentimientos.

—Mira, cielo, ya sé que te marchaste hace mucho, pero aquí nos ayudamos los unos a los otros cuando hay una crisis, y yo diría que este último huracán cumple los requisitos; ah, por cierto, tu abuela está en la cocina. Seguro que está deseando verte —se volvió sin más, y retomó lo que estaba haciendo.

Emily se quedó mirándolo boquiabierta. Cuando se volvió a mirar a Samantha y la vio sonriendo de oreja a oreja como si acabara de ver la escena de una absurda comedia romántica, echó a andar hacia la cocina con paso airado y masculló en voz baja:

—Cierra el pico.

Su hermana la siguió hasta la cocina y le dijo, sin dejar de sonreír:

—No he dicho ni una palabra, pero, por si te interesa mi opinión, te diré que eso ha sido súper ardiente.

Emily la miró desconcertada.

—¿Estás loca?, el tipo acaba de echarme como si yo fuera un mosquito fastidioso o algo así.

—Saltaban chispas. Yo creo que lo vuestro no ha terminado ni mucho menos.

—Está casado.

La sonrisa de su hermana se ensanchó aún más.

—¿No te ha contado nadie que perdió a su mujer?

—¿Qué pasó?, ¿se la dejó olvidada en el Gran Pantano Tenebroso? —contestó ella con sarcasmo.

Samantha se puso seria, y en su voz no quedaba ni rastro de diversión cuando contestó.

—No, hermanita. Jenny murió hace poco más de un año.

Emily se detuvo en seco justo en la entrada de la cocina y la miró horrorizada mientras la asaltaban de repente una maraña de emociones imposible de desenredar: tristeza por Jenny, que había sido una buena persona; dolor por Boone y por su hijo, que debían de haberse quedado destrozados; y un relampagazo de alivio completamente inapropiado e inesperado seguido de inmediato por un intenso pánico. Descubrir que no era inmune a aquel hombre sabiendo que él estaba fuera de su alcance era muy distinto a darse cuenta de que estaba disponible. ¿Por qué había tenido que enterarse de eso? ¡No tendría que haberse enterado de eso!

Lo último que necesitaba en su vida, una vida muy ajetreada y con una agenda de lo más apretada, era sentir algo por Boone Dorsett, el hombre al que había dejado atrás de forma más que deliberada.

La mirada de Cora Jane se posó de inmediato en Emily al verla entrar junto a Samantha en la cocina. Le bastó con ese somero vistazo para darse cuenta de que su nieta estaba demasiado delgada y tenía el rostro demacrado, así que no dudó en evaluar que seguro que había estado trabajando demasiado duro y que no se tomaba el tiempo necesario para cuidarse.

El rápido vistazo le bastó también para ver el rubor que le teñía las mejillas y el brillo que había en sus ojos, y, como estaba convencida de que ambos se debían a Boone, se apresuró a girarse para que sus nietas no vieran la sonrisa de satisfacción que no podía contener. Le habría encantado haber presenciado el primer encuentro de la pareja después de tanto tiempo, pero con ver la cara de Emily le bastaba para saber que sus esperanzas se habían cumplido y todo había ido de maravilla.

–Cariño, hacía mucho que no venías a casa –le dijo, antes de abrir los brazos.

Emily se acercó a darle un fuerte abrazo.

–Ya lo sé, lo siento. Siempre estoy pensando en venir, pero el tiempo vuela.

–Ahora ya estás aquí, eso es lo que importa –Cora Jane miró a Samantha, Gabi y B.J., que estaban sentados alrededor de la mesa, y sus ojos se empañaron de lágrimas–. Estáis las tres. No sabéis lo que significa para mí que lo hayáis dejado todo a un lado para venir hasta aquí.

–¿Por qué te extrañas? –le dijo Emily–. Esa es una lección que tú misma intentaste inculcarnos, ¿no? Que uno siempre tiene que apoyar a su familia. A ver, ¿se puede saber qué estás haciendo aquí, cocinando? A juzgar por cómo está el comedor, tendríamos que estar todas fregando el suelo de rodillas.

–Está haciéndome tortitas –le explicó B.J.

Cora Jane vio el momento en que su nieta se dio cuenta de quién era el niño. El pequeño era la viva imagen de Boone, así que estaba claro que era su hijo. El rostro de Emily reflejó por un instante lo impactada que estaba, pero logró sonreír y dijo, con voz suave pero un poco trémula:

–¿Quién es este caballero que ha conseguido que mi abuela le haga tortitas?

–Soy B.J. Dorsett –le contestó el niño, muy formal–. Boone es mi papá y yo ayudo mucho aquí. ¿Verdad que sí, señora Cora Jane?

–B.J. es el mejor ayudante del mundo, y lo de las tortitas me ha parecido muy buena idea. A todos nos vendrá bien un buen desayuno antes de empezar a adecentar este sitio.

–Apuesto a que la has convencido de que te las haga con forma de Mickey Mouse.

Al niño se le iluminaron los ojos al oír el comentario de Emily, y le contestó sonriente:

–¡Sí, son mis preferidas!

–Las mías también, desde siempre.

–¿Cómo es que no te había visto nunca por aquí? –le preguntó el pequeño, perplejo–. Gabi viene a veces, pero Samantha y tú no habíais venido nunca.

–Es que vivimos muy lejos –intentó justificarse ella, ruborizada–. Samantha vive en Nueva York, es actriz y siempre está muy ocupada.

B.J. miró a Samantha con los ojos como platos, y se quedó boquiabierto al reconocerla.

–¡Te he visto en la tele! Eres la mamá en el anuncio de mis cereales preferidos –alzó el puño en un gesto victorioso antes de añadir–: ¡Lo sabía! ¡Qué pasada! ¿Dónde más has salido?

–En un montón de cosas que seguro que no habrás visto –le contestó Samantha–. En un par de obras de teatro de Broadway, una telenovela, y varios anuncios más.

B.J. estaba tan entusiasmado que empezó a dar saltitos en la silla.

–¡Ya verás cuando se lo cuente a mis amigos del cole! Señora Cora Jane, ¿lo sabe mi papá? ¡Voy a contárselo!

–Espera un momento, tu desayuno está listo –le dijo ella, consciente de que Emily parecía un poco molesta al ver el entusiasmo del niño al conocer a una actriz famosa. Estaba claro que la rivalidad que siempre había existido entre sus dos nietas seguía vigente.

Después de poner platos con tortitas, huevos y beicon delante de todos y de servir más café, se sentó a la mesa y le comentó a B.J. que Emily había trabajado para varias estrellas de cine, con lo que logró que el niño centrara de inmediato toda su atención en dicha nieta.

—¡Ostras! ¿a qué te dedicas?, ¿con quién has trabajado? ¿Conoces a Johnny Depp?

Cora Jane era consciente de que a Emily no le gustaba hablar de sus clientes famosos, pero sabía que tenía que lograr que su nieta volviera a ser el centro de atención en ese momento. Un niño podía ser muy voluble con sus afectos y, por muy ridículo que pudiera parecer, estaba convencida de que B.J. podía ser la clave para que Emily y Boone se reconciliaran. Al niño le hacía falta una madre. Sí, Boone estaba esforzándose al máximo y no estaría de acuerdo con ella en eso, pero durante aquella hora había visto cómo respondía B.J. al ser el centro de atención de sus nietas.

A lo largo de los años, había tenido la suerte de que las tres niñas pasaran con ella casi todos los veranos, y habían estado más unidas que muchos otros abuelos con sus nietos. A lo mejor eso se debía en parte a que no se había entrometido demasiado en sus vidas. Les había dado consejos y algún que otro empujoncito en la dirección correcta cuando había sido necesario, claro, pero por regla general había dejado que ellas cometieran sus propios errores y tomaran sus propias decisiones.

El problema radicaba en que, a esas alturas de la vida, ninguna de las tres parecía interesada en echar raíces. Todas tenían logros profesionales de los que enorgullecerse, pero ninguna de ellas tenía una vida; al menos, lo que ella consideraba que era una vida de verdad.

Las cosas tenían que cambiar. Ninguna de sus tres nietas se había criado en Sand Castle Bay, pero el tiempo que habían pasado allí les daba derecho a considerar que aquel lugar era su hogar.

Se limitó a observar en silencio mientras B.J. bombardeaba a Emily con un sinfín de preguntas sobre Hollywood, preguntas a las que su nieta fue contestando con paciencia y una sonrisa en los labios.

—¿Y en Disneyland?, ¿has estado allí? ¡Apuesto a que has ido mil veces!

Emily se echó a reír.

—Siento decepcionarte, pero no he ido nunca.

El niño la miró atónito.

—¿Nunca?

—No.

—¡Pues puedes venir con papá y conmigo! —exclamó él con entusiasmo—. Él me prometió que me llevaría, y nunca rompe sus promesas.

Emily puso cara de desconcierto, como si no supiera cómo contestar ante semejante sugerencia, y al final dijo:

—Seguro que lo pasaréis muy bien los dos.

—¡Tú también puedes venir! ¡Voy a decírselo a papá!

Cora Jane y sus nietas sonrieron al verle salir de la cocina a toda velocidad.

—Me parece que has hecho una conquista —comentó Gabi.

—De tal palo tal astilla —apostilló Samantha.

—¡Dejadlo ya! —protestó Emily, ruborizada—. Está en esa edad en la que se quiere a todo el mundo.

—¿Tienes mucha experiencia con niños de ocho años? —le preguntó Gabi en tono de broma.

—No, pero me parece una obviedad. Estaba charlando muy animado con la abuela y contigo antes de que llegáramos Samantha y yo, aquí se siente cómodo.

Gabi se puso seria al advertirle:

—Ten cuidado con él, Em. Ha sufrido mucho.

—¿A qué viene eso? Voy a estar aquí un par de días, no va a tener tiempo de encariñarse conmigo.

—Solo te pido que tengas cuidado. Es posible que él no entienda que tú acabarás por marcharte.

—Me parece de lo más dulce lo bien que le habéis caído las tres de buenas a primeras –comentó Cora Jane–. Le vendrá bien contar con algo de influencia femenina.

Emily soltó una carcajada antes de preguntar:

–¿Crees que Boone no es capaz de inculcarle buenos modales?

–Boone es capaz de eso y de mucho más. Yo lo que digo es que eso no es lo mismo que contar con el toque de una madre, nada más.

Emily la miró con suspicacia.

–Abuela, no te habrás hecho ilusiones pensando que Boone y yo podríamos retomar nuestra relación, ¿verdad? Porque eso es imposible, mi vida está en California.

–Sí, vaya vida –murmuró Cora Jane.

Emily la miró ceñuda.

–¿Qué significa eso? Mi vida es fantástica. Gano un montón de dinero, y soy una profesional respetada en mi campo.

–¿Ah, sí? ¿Y con quién compartes ese éxito?, ¿a quién tienes a tu lado? ¡A nadie! A menos que haya alguien especial, y no te hayas molestado en hablarnos de él –miró a sus otras dos nietas, y les preguntó con firmeza–: ¿Alguna de vosotras la ha oído hablar de alguien?

–Muchas mujeres tienen una vida feliz y plena sin un hombre –protestó Emily, antes de volverse hacia sus hermanas–. ¿A que sí?

–Bueno, los hombres tienen alguna que otra utilidad –comentó Gabi, sonriente.

–En eso tienes razón, hermanita –afirmó Samantha.

Emily las miró indignada.

–Gracias por el apoyo, ¡esperad a que empiece a sermonearos a vosotras!

–Eso no va a pasar, porque nuestras vidas son perfectas –alegó Gabi, antes de ponerse en pie y de posar la mano sobre el hombro de su abuela.

Cora Jane alzó la mirada hacia ella y se limitó a decir:

–Bueno, ahora que lo mencionas...

Dejó la frase inacabada ex profeso, pero el significado implícito en sus palabras estaba claro y seguro que les daría que pensar a las tres. Tenía planes para cada una de sus nietas y, Dios mediante, se le había concedido una oportunidad inesperada y perfecta para llevarlos a cabo.

Capítulo 3

Boone se había quedado impactado al ver a Emily, eso estaba claro. Le temblaba la mano mientras reemplazaba las bombillas dañadas, tanto las que se habían fundido con el apagón como las que se habían roto cuando la tormenta había arrancado la protección de una de las ventanas delanteras.

En teoría, se suponía que la había olvidado. Eso era lo que le había dicho a Gabriella escasos minutos antes de que Emily entrara por la puerta y le pillara desprevenido, ¿no? Sí, eso era lo que él mismo había dicho... y lo había dicho convencido de que era la pura verdad, ¿no? No estaba dispuesto a permitir que aquella mujer pisoteara sus sentimientos por segunda vez, sobre todo teniendo en cuenta que tenía que pensar en su hijo.

Había tenido unas cuantas citas tras la muerte de Jenny, pero siempre había procurado dejar a B.J. al margen. Su propia madre había hecho desfilar por su vida a media docena de hombres antes de decidirse por el que había reemplazado a su padre, así que conocía de primera mano los peligros que conllevaba permitir que un niño se encariñara demasiado con alguien que al final iba a marcharse.

Por desgracia, eso no parecía factible con Emily, ya que en ese mismo momento B.J. y ella parecían estar pasándoselo de maravilla en la cocina junto con las demás integrantes de la familia Castle. Seguro que entre el niño y ella ya estaba creándose un vínculo afectivo, y que Cora Jane estaba contribuyendo a que así fuera.

Su hijo salió de la cocina justo entonces. Tenía la cara pringada de sirope de arce, sus ojos brillaban de entusiasmo, y el comentario que brotó de sus labios no hizo sino confirmar sus sospechas.

–¡Papá, Emily conoce a estrellas de cine!

–¿Ah, sí? –aunque fingió indiferencia, una perversa parte de su ser estaba deseando saber hasta el último detalle.

–¡Sí, ha estado en sus casas y todo! Habló una vez con Johnny Depp, ¿a que es genial?

Boone vaciló, no sabía cuál era la respuesta apropiada en ese momento. Se preguntó si debía mostrar un entusiasmo ficticio y explicar que un famoso era una persona como cualquier otra, o si era mejor dejarlo pasar y aceptar que Emily había impresionado a su hijo con un estilo de vida que él no podía igualar.

–Oye, papá, ¿por qué no me habías dicho nunca que conocías a una famosa?

–No sé si Emily es famosa por el mero hecho de trabajar con estrellas de cine...

–No, ella no, Samantha –le corrigió el niño con impaciencia–. Sale en las telenovelas esas que dan por la tele, y estuvo en una obra de teatro de Broadway. Ah, y también salió en un anuncio de los cereales que me gustan... ¿Te acuerdas?, ella hacía de madre. Yo no la he reconocido al principio porque es más guapa en persona.

Boone solo se acordaba de que, cada vez que había visto a Samantha en un anuncio, había pensado en Emily, así que por lealtad a Jenny se había esforzado por borrar de su mente todos esos recuerdos.

–¡Ven a la cocina!, ¡están contando unas historias geniales! –le dijo su hijo.

—Hemos venido a ayudar a limpiar a la señora Cora Jane.

—Ya, pero ella también está en la cocina. Me parece que está contenta por tener aquí a sus nietas.

Boone sabía que el niño tenía razón en eso, porque había visto la melancolía que aparecía en los ojos de Cora Jane al hablar de ellas. Sí, alardeaba con orgullo de los logros de las tres, pero había en su voz una tristeza que no podía ocultar, al menos ante él. No había duda de que estaba entusiasmada al ver que un huracán las había llevado de vuelta a casa.

Lástima que ninguna de las tres apareciera por allí cuando no había problema alguno.

B.J. le agarró de la mano y tiró de él, así que no tuvo más remedio que acompañarle a la cocina.

—¿Sabes qué? Emily no ha ido nunca a Disneyland, así que yo le he dicho que puede venir con nosotros cuando vayamos a California. Sí que puede, ¿verdad?

Boone se paró en seco. Las cosas estaban yendo demasiado deprisa. Se agachó y miró a su hijo a los ojos al advertirle:

—Emily está aquí de visita.

—Sí, ya lo sé, por eso le he dicho que nosotros iremos a verla —lo dijo como si fuera lo más razonable del mundo.

—Hijo, no cuentes con Emily para nada. ¿De acuerdo?

Estaba claro que el niño no entendió la advertencia.

—¿Y qué pasa con Disneyland, papá? Tú me prometiste que iríamos, ¿por qué no puede venir ella con nosotros?

Boone contó hasta diez. B.J. no tenía la culpa de que aquella conversación estuviera enloqueciéndole.

—Te prometí que te llevaría al Disney World de Florida, para aprovechar y poder ir a ver a tus abuelos.

Lo dijo con paciencia, pero sabía que estaba librando

una batalla perdida. B.J. tenía la tenacidad de un pitbull y no iba a dejar pasar aquel tema, al menos por el momento. A su hijo le valía cualquiera de los dos parques de atracciones y, lamentablemente, sus abuelos debían de parecerle menos interesantes que la glamurosa Emily; aun así, cabía imaginarse el escándalo que se montaría si optaba por llevar al niño a California y no a Florida. El cabreo de la familia de Jenny sería épico.

–¡Quiero ir a Disneyland, y que Emily venga con nosotros! ¡Me prometiste que iríamos! –insistió el niño, enfurruñado.

–Ya lo hablaremos después.

Boone se preguntó si existía la más mínima posibilidad de que sobreviviera a la visita de Emily con la salud mental intacta, sobre todo teniendo en cuenta que su hijo de ocho años parecía estar cautivado por ella... tan cautivado como él mismo lo había estado en el pasado.

Emily se había propuesto no mirar su móvil para comprobar si tenía algún mensaje hasta que hubiera pasado algo de tiempo con su familia, pero era difícil romper las costumbres arraigadas y, cuando oyó la señal que indicaba que había recibido otro mensaje más en la última media hora, se disculpó y se levantó de la mesa.

–Perdón, tengo que contestar.

–Os dije que no tardaría ni una hora en mirar su móvil –bromeó Samantha–. Me sorprende que tú no hayas mirado aún el tuyo, Gabi.

La aludida se ruborizó al admitir:

–He hecho un par de llamadas y he mandado unos correos electrónicos justo antes de que llegarais vosotras. Mi súper eficiente asistente lo tiene todo bajo control en la oficina, y sabe cómo contactar conmigo si surge algo que ella no pueda gestionar.

—Ojalá tuviera yo una así —comentó Emily—. A la mía se le da bien tomar nota de los mensajes y revisar los detalles, pero, cuando hay que tomar la iniciativa o apaciguar a algún cliente, soy yo quien tiene que hacerse cargo —indicó su móvil antes de añadir—: Como ahora, por ejemplo.

—Sal a hacer tus llamadas —le dijo Cora Jane.

Emily salió del restaurante y le devolvió la llamada a Sophia Grayson, una ricachona de Beverly Hills muy exigente que esperaba que todo estuviera hecho en un abrir y cerrar de ojos. Pagaba una buena suma de dinero a cambio de que fuera así, y el hecho de que hubiera contratado los servicios de Emily había sido una recomendación de primera en ciertos círculos.

—Has madrugado bastante, ahí no son ni las ocho de la mañana —comentó Emily.

—Estoy levantada a esta hora porque no he pegado ojo en toda la noche —protestó Sophia, con un teatral suspiro—. No podía dejar de pensar en esa desastrosa confusión que hubo con la tela de las cortinas. Ya sabes que voy a dar una fiesta muy importante en menos de dos semanas, Emily. Me prometiste que todo, hasta el más mínimo detalle, estaría listo con suficiente antelación.

—Y así será. Las cortinas nuevas ya están en marcha, yo misma hablé con Enrico y está horrorizado por el error que hubo. Le ha encargado el trabajo a sus mejores empleados, y las nuevas las tendrá listas para instalar mañana mismo.

—¿Y qué pasa con el color de las paredes del comedor? Es horrible, yo no lo habría escogido ni por asomo. La gente va a sentirse como si estuviera dentro de una calabaza.

—Te advertí que el naranja podía resultar pesado, pero tenemos preparado el reemplazo. Yo creo que este color visón va a gustarte mucho más. Es muy elegante, refleja mucho mejor tu buen gusto y el excelente estilo que tienes. Los trabajadores llegarán a tu casa a las nueve y acabarán esta misma tarde.

—Sí, ya sé que el visón quedará bien, pero esperaba dar un pequeño toque de color para cambiar un poco —comentó Sophia, con otro suspiro pesaroso.

—Ese toque nos lo darán los accesorios. Esta tarde tienes concertada una cita con Steve, de la galería de arte Rodeo. Seguro que encontrarás algún cuadro precioso para tu colección de nuevos artistas que te aportará el toque de color que quieres, y después podremos añadir varios toques más para acabar de redondearlo todo.

—Sí, supongo que sí. Sabes que confío en ti, Emily. No me has decepcionado nunca, pero ¿dónde estás?, ¿por qué no estás aquí? Lo que pago por tus servicios incluye tu supervisión personal, ¿no?

—Estoy encargándome de una emergencia familiar en Carolina del Norte, pero no tienes de qué preocuparte. Todo está bajo control. Si me necesitas, solo tienes que llamarme —al oír el pitido que le indicaba que estaba recibiendo otra llamada, añadió—: Tengo que colgar, querida. Te llamaré después para comprobar que todo va bien, mándame un mensaje de texto si me necesitas antes para algo.

Cortó la llamada antes de que Sophia pudiera quejarse de algo más, y al mirar la pantalla del móvil vio el nombre del cliente al que había conocido poco antes en Aspen.

—Nos gustan tus ideas —le dijo Derek Young, sin andarse con preámbulos—. ¿Cuándo puedes volver a venir para poner en marcha el proyecto? Nos gustaría que las instalaciones estuvieran listas a primeros de diciembre, para aprovechar al máximo la temporada de esquí. Si pudiera ser para Acción de Gracias, mucho mejor.

Emily se sintió fatal por tener que rechazar ese plazo, pero, como no tenía otra opción, admitió:

—Tardaré un par de semanas por lo menos. Si puedo ir antes, lo haré, pero voy a ser sincera contigo: Creo que pensar en abrir en diciembre sería muy optimista, incluso suponiendo que yo pudiera estar ahí mañana mismo. Vas a tener que decidir si quieres un trabajo de calidad o uno rápido.

—Quiero las dos cosas —le contestó él sin vacilar—. Si eso significa doblar la mano de obra, adelante.

Emily captó el mensaje, y se limitó a contestar:

—De acuerdo.

—Estamos hablando de un proyecto muy grande, es un hotel de montaña entero —insistió él. Estaba claro que quería subrayar lo que había en juego—. Seguro que la publicidad te vendría bien.

—Soy consciente de la oportunidad tan fabulosa que estás ofreciéndome, Derek, pero no puedo abandonar a mi familia en este preciso momento. El huracán lo ha destrozado todo a su paso.

Emily esperó con el aliento contenido, y le pareció oír a la esposa de su potencial cliente hablando con él en voz baja.

—Vale, haz lo que puedas —dijo él al fin—. Tricia acaba de recordarme que, a pesar de que yo no lo hago, de vez en cuando hay que darle prioridad a la familia por encima de los negocios.

Emily sonrió al admitir:

—Esa es una lección que a mí también me cuesta poner en práctica, dale las gracias de mi parte.

—¿Me llamarás?

—Por supuesto. Hay cosas que ya puedo poner en marcha desde aquí, no perderemos mucho tiempo.

Cuando cortó la llamada, se permitió unos segundos para disfrutar del triunfo que suponía haber conseguido el trabajo, pero suspiró al preguntarse si su abuela y sus hermanas iban a alegrarse por aquel logro. Seguro que se sentían decepcionas al ver que había prometido marcharse tan pronto, cuando lo más probable era que el restaurante aún no estuviera listo del todo.

Mientras contemplaba a sus niñas con el corazón henchido de amor, Cora Jane sintió que sus ojos se inundaban de lágrimas. Antes de que pudiera secárselas, Gabi se dio cuenta de lo que le pasaba y le preguntó en voz baja:
–¿Estás bien, abuela?
–Sí. Es que me siento muy feliz al volver a teneros a las tres bajo este techo, aunque haya un montón de goteras y todo esté hecho un desastre.
–No hay nada que no pueda arreglarse con un poco de trabajo duro. Yo me encargo de llamar para que arreglen el tejado.
–No hace falta, Boone ya se ha encargado de eso y vendrán mañana a primera hora para poner uno nuevo. En teoría, no tardarán más de un par de días en tenerlo listo, así que todo irá bien si no cae otra tormenta en ese plazo de tiempo.
–¿Estáis hablando de Boone? –preguntó Emily, que había entrado justo a tiempo de oír a Cora Jane.
–Se ha encargado de que vengan a arreglar el tejado –le contestó Gabi.
–Yo puedo hacer un par de llamadas, me dedico a negociar con contratistas –protestó ella, molesta.
–¿A cuántos contratistas de la zona conoces que puedan encargarse del tejado mañana mismo? –le preguntó Boone, al entrar en la cocina junto a B.J.–. Pero haz lo que quieras, no voy a ofenderme si quieres intentarlo.
Emily se sonrojó.
–Solo digo que quiero que mi abuela pueda elegir a quien le ofrezca un presupuesto razonable.

—Vaya, no sé cómo no he pensado yo en eso —le contestó él, con un deje de sarcasmo en la voz.

Cora Jane miró al uno y a la otra con exasperación. Siempre igual. Si Boone decía que el cielo era azul, Emily aseguraba que tenía un tono gris plomizo. Nunca había conocido a dos personas que disfrutaran tanto llevándose la contraria, quizás se debía a que eran muy parecidos y esperaban mucho tanto de sí mismos como de los demás.

—Dejadlo ya —les ordenó—. Tommy Cahill vendrá mañana y me parece bien lo que va a cobrarme, así que se acabó la discusión. Para mí es una suerte que Boone haya conseguido que acepte empezar ya con un encargo tan pequeño con todo el trabajo que hay ahora en la zona. Ha dicho que sí para hacerle un favor a él, seguro que cualquier otro me habría hecho esperar semanas.

Emily se reclinó en la silla y contestó enfurruñada:

—Como quieras, abuela.

—Gracias —le contestó Cora Jane con sequedad—. Bueno, ahora propongo que nos pongamos manos a la obra y empecemos a adecentar este lugar. Me gustaría abrir mañana para servir desayunos, si consigo que los proveedores me traigan esta tarde el pedido.

—Eso es una locura, el local está hecho un desastre —protestó Emily—. Va a llevarme días hacer traer mobiliario nuevo, repintarlo todo y tener lista la nueva decoración. Durante el viaje desde Colorado he esbozado unas cuantas ideas.

Cora Jane sabía que la intención de su nieta era ayudar y que era una experta en el tema, pero no quería cruzar la puerta en un par de semanas y que el restaurante familiar que había abierto su difunto marido hubiera quedado irreconocible. A ella le gustaba cómo estaba decorado; quitando el estropicio y la humedad que había en ese momento, claro, y nunca les habían faltado clientes. El local siempre estaba lleno de gente de la zona y de turistas. Caleb había sabido ver lo que funcionaría en una comunidad costera como aquella, y ella se había limitado a seguir el camino que él había marcado.

–Esta noche repasaremos tus ideas, Emily. Es verdad que hay que dar una nueva mano de pintura, pero ten en cuenta que, además de la gente de la zona que va a volver, también van a venir un montón de obreros, y todos ellos van a tener que ir a comer a algún sitio. De momento nos las apañaremos con lo que tenemos, puede que más adelante podamos plantearnos hacer un par de cambios.

Dio la impresión de que Emily quería protestar, pero al final se levantó sin más y salió al porche lateral del restaurante.

Cora Jane se volvió hacia Boone.

–Ve a hablar con ella.

Tal y como cabía esperar, él se mostró alarmado ante semejante petición.

–¿Yo?, ¿por qué yo?

–Querido, lo sabes tan bien como yo. Tenéis que hablar, hacedlo ya y aclarad las cosas. Puede que discutir contigo la ayude a olvidarse por un rato de lo que la tiene tan enfurruñada.

–¿Crees que vamos a aclarar las cosas con una breve charla en el porche? –le preguntó él con escepticismo–. Suponiendo que no nos caigamos por culpa de las tablas rotas del suelo, claro.

–No, no creo que vayáis a aclararlo todo sin más, pero vais a tener que empezar a hacerlo antes o después. ¿Para qué perder más tiempo? B.J. puede ayudar a lavar estos platos, así que no te preocupes por él. No va a estorbar ni a meterse en líos.

Cuando Boone la miró con resignación y salió de la cocina, ella se volvió y vio que sus otras dos nietas estaban mirándola sonrientes.

–Bien hecho –le dijo Samantha–. ¿Tienes planeada alguna otra misión para las próximas semanas de la que debamos estar enteradas?

Cora Jane se rio con suavidad al oírla hablar con tanto descaro. Samantha tenía treinta y cinco años, pero para ella siempre sería una niñita.

–Supongo que vais a tener que esperar para ver lo que pasa –se limitó a contestar–. Y, por si las dudas, dejad que os aclare una cosa: Aunque creo que mantengo una relación bastante buena con Nuestro Señor, ni siquiera yo puedo provocar un huracán. Eso ha sido por voluntad divina –y ella empezaba a tener la sensación de que, en el fondo, dicho huracán iba a terminar por ser una bendición.

Emily estaba llorando. Boone lo supo en cuanto la vio con los hombros encorvados y oyó los suaves sollozos que ella se esforzó por disimular al oír que la puerta que daba al porche se abría y se cerraba.

–Vete –murmuró, enfurruñada.

–Lo siento, me han ordenado que viniera.

Ella se volvió de golpe al oír su voz.

–¡Boone!

–¿Quién pensabas que era?

–Samantha, Gabi, puede que mi abuela.

Él se echó a reír y admitió:

–Sí, yo también las habría enviado a ellas antes que a mí.

Ella lo miró sorprendida, pero al cabo de unos segundos dijo con resignación:

–Era de esperar que la abuela te enviara a ti.

Boone se apoyó junto a ella en la baranda y miró hacia el océano, que se extendía ante sus ojos al otro lado de la carretera. Costaba creer que, escasos días antes, aquel mismo océano hubiera estado azotando la carretera con unas gigantescas y destructivas olas. En ese momento el cielo tenía un resplandeciente tono azul, y las olas lamían con suavidad la arena salpicada de tablones, cascotes y tejas.

—Cora Jane cree que tú y yo tendríamos que aclarar las cosas.

—¿Qué cosas?

—Nuestra relación, supongo. No nos despedimos de forma demasiado amistosa, y eso es algo que a ella le pesa.

—Sí, es verdad, pero los dos seguimos adelante con nuestras respectivas vidas. Todo eso es agua pasada... ¿verdad? —su voz reflejó un ligero matiz de esperanza.

—Eso es lo que yo pensaba hasta que has entrado por la puerta esta mañana —admitió él con sinceridad—. Tu llegada anuncia complicaciones.

Emily le miró y suspiró antes de admitir:

—La verdad es que yo he reaccionado igual que tú —se quedó desconcertada al ver que se echaba a reír—. ¿Qué te hace tanta gracia?

—No esperaba que lo admitieras.

—Yo nunca he mentido, Boone. Tú sí.

Él frunció el ceño al oír aquella acusación.

—¿A qué te refieres?, ¿cuándo te mentí?

—Me dijiste que me amabas, y de buenas a primeras me enteré de que te habías casado con Jenny.

Le sorprendió el profundo dolor que le pareció detectar en su voz, y se preguntó si ella había estado reescribiendo la historia según su conveniencia.

—Me dejaste muy claro que no pensabas regresar jamás. ¿Qué se suponía que tenía que hacer?, ¿morirme de amor?

—Podrías haberme dado algo de tiempo para que me aclarara las ideas, eso es lo único que te pedí.

Boone la miró sorprendido.

—¿Cuándo me pediste tiempo? Si lo hubieras hecho, puede que te lo hubiera dado. Me dijiste que lo nuestro se había acabado, y te mostraste muy categórica —la observó pensativo antes de añadir—: Aunque puede que esa fuera la mentira que tuviste que decirte a ti misma para poder marcharte sin mirar atrás.

Emily le dio vueltas a esa posibilidad antes de admitir:

—Sí, algo así. Vale, los dos cometimos errores. Yo no fui lo bastante clara, y tú sacaste conclusiones precipitadas. Soy capaz de admitirlo, ¿y tú?

Él vaciló por un instante antes de contestar.

—Sí, supongo que sí.

—Vaya concesión tan efusiva —murmuró ella con sequedad, antes de mirarle a los ojos—. Pero, en el fondo, eso no cambia en nada las cosas. Mi vida sigue sin estar en este lugar.

—Soy plenamente consciente de eso, te lo aseguro. Entre Cora Jane y B.J. me han puesto al corriente de todo. Samantha y tú habéis impresionado mucho a mi hijo, sois las primeras personas famosas que conoce.

Emily soltó una pequeña carcajada que sirvió para aligerar un poco la tensión que había en el ambiente.

—Samantha sí que es famosa, yo solo trabajo para unas cuantas. La mayoría de mis clientes no son tan célebres.

—No, solo ricos, ¿verdad?

—¿Qué tiene de malo ser rico? Tu familia no era pobre ni mucho menos. Tu padre era un abogado de renombre, y tu madre se casó con un tipo que ganaba millones fabricando no sé qué aparatitos.

Él sonrió al oírla hablar con tanta indiferencia de su padrastro, que era el propietario de una multinacional.

—Eso no tiene nada que ver conmigo. Yo empecé desde cero y me he ganado a pulso todo lo que tengo. Además, no estaba juzgando a nadie. Solo digo que el hecho de tener dinero conlleva un estilo de vida concreto, hay que guardar las apariencias y todo eso.

—En eso tienes razón. ¿Adónde quieres llegar?

Él la observó de arriba abajo con una mirada penetrante que la hizo sonrojar antes de contestar:

—Me gustaría saber qué pensarían esos clientes tuyos si te vieran en pantalón corto y con una camiseta que lleva en la espalda la etiqueta de una tienda barata —le guiñó el ojo al quitarle dicha etiqueta, y le rozó la piel desnuda con los dedos más tiempo del necesario antes de añadir—: Yo creo que estás increíblemente sexy.

Ella contuvo el aliento, y no pudo disimular cuánto estaba costándole mantener la compostura.

—Boone, por favor, no vayamos por ahí. No tenemos más remedio que intentar llevarnos bien durante un par de semanas por el bien de mi abuela, pero cada uno volverá a tomar su propio camino después de eso. Cometer una locura solo servirá para ponernos las cosas más difíciles cuando llegue la despedida.

La advertencia estaba clara, y él la entendió a la primera.

—Vale, nada de locuras, aunque me gustaría que concretaras bien cuál es la locura que crees que deberíamos evitar.

—Nada de peleas, de caricias ni de besos —le contestó ella de inmediato, ruborizada—. Sabes perfectamente bien lo que quiero decir, así que no te hagas el tonto. Está claro que aún basta con muy poco para encendernos.

Él sonrió al oír aquello.

—Si tú eres capaz de morderte la lengua y de mantener las manos quietecitas, yo también.

—De acuerdo.

A Boone le pareció ver cierta desilusión en su mirada, pero se esfumó en un abrir y cerrar de ojos. Al verla dar media vuelta para volver a entrar en el restaurante, le puso una mano en el hombro para detenerla y notó que el contacto la acaloraba aún más y la estremecía.

–Una cosa más –le dijo, sin dejar de sostenerle la mirada–, ¿por qué estabas llorando cuando he salido a hablar contigo?

–Por nada, bobadas mías.

Estaba claro que no quería hablar del tema, pero él sabía que no estaba siendo sincera, que se trataba de algo más hondo. Durante todo el tiempo que habían estado juntos, la había visto luchar por ganarse la elusiva aprobación de su padre... y también, en cierta medida, la de su abuela. En su opinión, Cora Jane nunca había escatimado a la hora de darle su aprobación a sus nietas, pero eso era algo que Emily había sido incapaz de ver en algunas ocasiones; en cuanto a Sam Castle, la distancia que le separaba de sus hijas siempre había sido insalvable.

–Te has ofendido cuando Cora Jane ha rechazado tu ofrecimiento, ¿verdad? Has pensado que ella no te necesita aquí, y que por eso no ha aceptado tus sugerencias respecto a las reformas.

–Puede ser –las lágrimas que le inundaron los ojos sirvieron para corroborar la teoría de Boone.

Él le puso un dedo bajo la barbilla antes de asegurarle con voz firme:

–Tu abuela te necesita, Em. Necesita teneros a las tres aquí, y no por lo que podáis hacer ni por la ayuda que podáis prestarle, sino porque está envejeciendo y os echa de menos. Tenlo en cuenta, por favor. Os quería lo suficiente como para dejaros ir, pero eso no quiere decir que no quiera teneros a su lado de vez en cuando. Le hace falta cuidaros, entrometerse un poco en vuestras vidas, volver a sentirse querida por vosotras –se sintió mal al ver que ella lloraba aún más.

−¿Cuándo demonios te has vuelto tan listo y sensible? –le preguntó, con la voz entrecortada.

−Siempre lo he sido –le aseguró él, sonriente–. A lo mejor no te diste cuenta en aquel entonces porque lo único que te interesaba de mí era mi cuerpo.

Como ante eso no tenía ninguna respuesta que no fuera una mentira descarada, Emily dio media vuelta y se alejó mientras se secaba con exasperación las lágrimas.

Boone se echó a reír al ver que no contestaba, pero no pudo evitar seguirla con la mirada y preguntarse hasta qué punto iba a complicarse su vida. A pesar de lo que ella había afirmado, a pesar de lo que él le había prometido, estaba convencido de que lo que había entre ellos no había terminado ni mucho menos... y lo más probable era que eso causara unos problemas y un dolor que él no estaba preparado para afrontar de nuevo.

Capítulo 4

A última hora de la mañana, el móvil de Cora Jane había sonado media docena de veces y habían aparecido para ayudar a limpiar tanto camareros como miembros del personal de cocina del restaurante. Ella les había puesto a trabajar en la cocina, para que quedara limpia como una patena y pudiera pasar, si fuera necesario, incluso la más dura de las inspecciones sanitarias.

El último en llegar fue Jeremiah Beaudreaux, más conocido como Jerry, que prácticamente llevaba cocinando en el Castle's desde que el restaurante había abierto por primera vez sus puertas. Aquel hombre que en otra época había sido un pescador de Luisiana tenía sesenta y tantos años, medía más de metro ochenta, seguía gozando de una buena salud y, aunque tenía el rostro curtido por el tiempo y el pelo canoso, seguía teniendo una sonrisa que iluminaba sus brillantes ojos azules.

–¿Qué ven mis ojos?, ¡qué sorpresa tan agradable! –exclamó al ver a Emily, Samantha y Gabriella, que estaban barriendo el comedor y apilando los escombros–. Está claro que no hay mal que por bien no venga, Cora Jane.

–Yo de ti esperaría a ver en cuántos líos se meten, Jerry –le contestó ella, en tono de broma.

–¡Venid a que os dé un abrazo! –exclamó, antes de darle a cada una de ellas un abrazo de oso que las levantó del suelo.

–¿Cómo te has puesto tan fuerte? –le preguntó Emily, sonriente, tal y como había hecho la primera vez en que la había lanzado al aire de niña. En comparación con su delgado abuelo, Jerry le había parecido un cariñoso gigante.

–Cargando esas ollas de hierro llenas de sopa de cangrejo para tu abuela. Bueno, voy a la cocina para ver qué es lo que hay que hacer. Esos jovencitos que tienes trabajando ahí van a hacer una chapuza sin mi supervisión, Cora Jane.

–Algunos de esos «jovencitos» son tan viejos como tú, Jeremiah Beaudreaux. Saben bien lo que tienen que hacer.

–Estaré más tranquilo si veo los resultados con mis propios ojos –miró sonriente a Emily y a sus hermanas, y les guiñó el ojo–. Nos sentaremos a charlar largo y tendido cuando este sitio esté arreglado. Cora Jane, Andrew me ha dicho que estará aquí dentro de una hora más o menos, en cuanto ayude a su abuela a poner a secar al sol unas cuantas cosas. Ponle a trabajar en lo que haga falta, le prometí a su abuela que aquí le tendríamos ocupado para que no se meta en líos –al ver a B.J., exclamó–: ¡Aquí está mi mejor ayudante! ¿Te vienes conmigo, jovencito?

–¡Claro, te ayudo en lo que haga falta! –le contestó el niño con entusiasmo.

Antes de entrar en la cocina, Jerry se detuvo y miró a Cora Jane con ojos penetrantes.

–¿Estás bien? Tendremos este sitio a punto en un periquete, no te preocupes por nada. ¿De acuerdo?

Emily notó cómo se miraban, y esperó a que él entrara en la cocina antes de preguntar:

—¿Ha notado alguien más la mirada que Jerry acaba de lanzarle a la abuela?

—¡No digas tonterías, jovencita! —se apresuró a decir Cora Jane, a pesar de que sus mejillas se tiñeron de un rubor de lo más sospechoso—. Jerry es mi mano derecha en el restaurante desde hace años, fue uno de los mejores amigos de vuestro abuelo.

Samantha la miró con ojos chispeantes al comentar:

—Pues a mí me parece que le gustaría que fuerais algo más que amigos.

—Yo también lo creo, abuela —apostilló Gabi—. ¿Hay algo que quieras contarnos?

Cora Jane las miró con exasperación.

—No penséis que vais a darle la vuelta a las cosas y a interferir en mis asuntos para intentar que yo no me meta en los vuestros. Venga, hay que seguir trabajando. Estamos dando muy mal ejemplo a la gente que ha venido a ayudar.

Emily dejó a un lado el tema y agarró su escoba; al cabo de un momento, Gabi se acercó y apiló en un único montón lo que ambas habían recogido antes de preguntar:

—No creerás de verdad que hay algo entre Jerry y la abuela, ¿no? Supongo que lo has dicho para tomarle un poco el pelo.

—La verdad es que he visto algo raro. A lo mejor no ha sido nada más que dos viejos amigos mirándose con afecto, pero a mí me ha dado la impresión de que había algo más.

—¿Y te parecería mal? Seguro que a veces se siente sola, hace mucho que perdió al abuelo.

—Sí, nunca había pensado en ello —admitió Emily—. Supongo que los hijos no suelen plantearse si sus padres se sienten solos, y mucho menos sus abuelos.

—Nosotras somos adultas, deberíamos ser más sensibles.

–Boone me ha comentado algo así antes.

–Vaya, así que ahora mencionas lo que él ha dicho, ¿no? ¡Vaya cambio! –dijo Gabi, con una sonrisa traviesa.

–No exageres. Él ha comentado que el hecho de que la abuela nos dejara marchar no significa que no quiera que vengamos de vez en cuando, que no nos necesite.

–En eso tiene razón. Ni siquiera yo vengo tanto como debería, y eso que soy la que vive más cerca. Y de papá, mejor no hablar. No recuerdo cuándo pisó Sand Castle Bay por última vez hasta el otro día, cuando vino a buscarla en su coche. Ni siquiera cruza Raleigh para venir a verme a mí, a menos que yo insista.

–¿De verdad esperabas otra cosa? –le preguntó Emily.

Gabi puso cara de desconcierto ante la pregunta, pero al cabo de un momento soltó una carcajada y admitió:

–Sí, supongo que sí. Qué locura, ¿no? Mamá ni siquiera podía hacerle venir a cenar a casa la mayoría de las veces. Supongo que me hice ilusiones pensando que, ahora que mamá ya no está, a lo mejor necesitaría estar acompañado de vez en cuando, disfrutar de algo de comida casera.

–Lo siento, Gabi.

–No lo sientas por mí. Nos ha decepcionado a todas, incluyendo a mamá.

–Sí, pero creo que a la que más le afectaba era a ti. Mamá aceptaba la situación, Samantha iba por libre y yo también. Nos rendimos, no esperábamos nada de él. Fuiste tú la que se quedó a vivir en Raleigh, siguió sus pasos e intentó entrar a formar parte de su mundo. No te ofendas, pero todas sabemos que lo hiciste para intentar que él te prestara al fin algo de atención.

Gabi ni siquiera se molestó en intentar negarlo.

–Puede que trabaje en el mismo campo que él, pero no me paso la vida mirando a través de un microscopio.

Yo me dedico a redactar notas de prensa acerca de descubrimientos ajenos.

Emily se echó a reír y comentó, sonriente:

—Sí, y lo peor de todo es que lo haces para un rival suyo, uno cuyo éxito se debe en gran parte a tu trabajo de relaciones públicas. Seguro que papá tiene acidez de estómago solo con pensarlo.

—No está bien regodearse —le dijo su hermana, sonriente.

—Pues a mí me encanta. Papá se lo merece por no contratarte, seguro que lo que tú querías en el fondo era trabajar con él.

—Sí, pero ahora me doy cuenta de que habría sido un desastre. Tuvo razón al decirme que no.

—En eso tienes razón, y me alegra que por fin te hayas dado cuenta. Lo habrías pasado fatal con un jefe que no reconoce tus méritos y que está tan centrado en su trabajo que ni siquiera se da cuenta de tu existencia hasta que te equivocas en algo.

Gabi frunció el ceño. Por un momento, dio la impresión de que iba a salir en defensa de su padre, pero al final no lo hizo. Su actitud bastó para dejar entrever que había acabado por aceptar, desilusionada, los defectos de su padre.

—¿Qué tal os habéis llevado Samantha y tú mientras veníais en el coche? —se limitó a decir, para cambiar de tema.

Emily se puso de inmediato a la defensiva.

—Bien, ¿por qué?

—Porque siempre consigue ponerte de los nervios sin intentarlo siquiera.

—Esta vez no, aunque me parece que se le ha metido en la cabeza no sé qué idea absurda acerca de mi relación con Boone.

Gabi se echó a reír.

—Todas tenemos esa idea absurda en la cabeza, hermanita... incluso tú, admítelo. Atrévete a decir que no has estado a punto de desmayarte cuando le has visto después de tanto tiempo.

Emily lo habría negado si se lo hubiera preguntado Samantha, pero lo admitió ante Gabi.

—Bueno, puede que me haya afectado un poquito, pero le he dicho que no podíamos cometer ninguna locura.

—¿En serio? ¿Y por qué has creído necesario dejarle claro algo así? —estaba claro que Gabi estaba disfrutando con la situación.

—Porque cuando estábamos en el porche ha habido un momento, un momentito de nada, en que ha dado la impresión de que entre los dos saltaban chispas, igual que antes.

—¿Y tú te opones por completo a que se encienda alguna que otra chispita?

—Por supuesto —lo dijo con mucha firmeza, aunque en el fondo estaba intentando convencerse también a sí misma.

Gabi reaccionó con la misma incredulidad que había mostrado Samantha horas antes.

—Estás metida en un buen problema si de verdad te crees lo que estás diciendo, hermanita.

—Entre Boone y yo no puede pasar nada —insistió ella.

—Decirlo no va a convertirlo en realidad. Unos sentimientos tan fuertes como los que sentisteis el uno por el otro no se esfuman ni por el paso del tiempo ni porque sean inconvenientes.

—Pero cada uno siguió adelante con su vida.

—Y ahora tenéis una segunda oportunidad. Me parecería una locura no aprovecharla, Emily —antes de que pudiera protestar, añadió—: Solo digo que deberías pensar en ello antes de ponerte terca y cerrarte en banda. Boone es un hombre increíble.

Ni siquiera Emily era tan necia como para intentar negar semejante obviedad.

–Sí, pero es un hombre increíble que vive en Carolina del Norte.

–Que yo sepa, hay líneas telefónicas, aeropuertos, y hasta *wifi*; además, tengo entendido que te has labrado una sólida reputación en tu campo, y creo que podrías mantenerla incluso en este rincón tan apartado de la civilización.

Emily se echó a reír.

–Vale, mensaje recibido.

Pero eso no quería decir que fuera a abrir su corazón... ni a correr el riesgo de romper por segunda vez el de Boone.

Mientras las Castle estaban atareadas en el interior del restaurante, Boone salió a limpiar el aparcamiento; tras la conversación que había mantenido con Emily poco antes, sentía la necesidad de liberar algo de tensión alejado de ella. El ejercicio físico de acarrear tablas de madera, cortar ramas de árbol y apilarlas en la plataforma de carga de su camioneta era justo lo que necesitaba, y cuando llegó Andrew, el vecino adolescente de Jerry, le puso a trabajar también en ello.

Al cabo de dos horas y de varios viajes al vertedero, Cora Jane salió con una botella de agua y un grueso bocadillo de atún, lechuga y mayonesa con pan de centeno, tal y como a él le gustaba, y comentó:

–Los demás están tomándose un descanso en la terraza. Le he dicho a Andrew que vaya, pero tenía la sensación de que tú preferirías quedarte aquí.

–Sí, gracias.

–¿Has aclarado algo con Emily esta mañana?

–Hemos estado hablando –se limitó a contestar, antes de tomar un buen trago de agua.

—¿Y qué ha pasado?

—Creo que será mejor que te mantengas al margen de esto, Cora Jane —le aconsejó con voz suave.

—Esa es tu opinión, pero no está en mis genes quedarme de brazos cruzados mientras dos personas a las que quiero están pasándolo mal.

Boone se echó a reír.

—No veo que Emily esté pasándolo nada mal, es una empresaria con éxito y segura de sí misma.

—Pero que no tiene vida propia, y lo mismo podría decirse de ti.

—¿No hemos tenido esta conversación un millón de veces? —le preguntó, con una mezcla de exasperación y afecto—. Tengo la vida social que quiero tener, y punto.

—Estás centrado en B.J., blah, blah, blah —dijo ella con sarcasmo.

—Es la pura verdad. Él es mi principal prioridad, y que yo iniciara una relación con tu nieta y ella acabara por marcharse no le beneficiaría en nada; de hecho, a mí tampoco. Me imagino lo que dirían los padres de Jenny, les faltaría tiempo para llevarme a los tribunales para pedir la custodia de mi hijo. No quiero que ninguno de nosotros, en especial B.J., tenga que pasar por algo así.

—Eres un necio testarudo.

Boone no se ofendió al oír aquello, y se limitó a contestar:

—Me han llamado cosas peores.

—Esto aún no ha terminado —le advirtió ella, antes de regresar al restaurante.

Él suspiró mientras la seguía con la mirada, ya que sabía que estaba metido en un buen lío. Cuando Cora Jane se empecinaba en algo, era imposible razonar con ella. Se preguntó si habría alguna forma de conseguir que ella se centrara en la vida amorosa de otra persona, pero, por desgracia, se dio cuenta de que esa posibilidad era muy improbable.

Emily se acercó a su abuela, que parecía estar al borde del colapso, y le dijo con firmeza:

–¡Abuela! Como no te sientes y pongas los pies en alto, le pediré a Boone que te meta en su camioneta y te lleve a tu casa, ¡te lo juro!

–¡No serías capaz! –exclamó la anciana con indignación.

–¡Ponme a prueba!

–Yo la veo dispuesta a hacerlo, abuela –apostilló Gabi, con más delicadeza–. Si de verdad quieres abrir mañana mismo, no puedes agotarte hoy.

Cora Jane recorrió el restaurante con una mirada llena de frustración antes de admitir:

–Me parece que estamos librando una batalla perdida, niñas. No podré abrir mañana por mucho que quiera, así que supongo que más vale que lo admita y me siente un rato.

–Gracias –le dijo Emily–. Si te sientas diez minutos, las demás también podremos hacerlo. Estoy sedienta, ¿a alguien más le apetece beber algo?

–Un té fresquito con azúcar –contestó Cora Jane de inmediato.

–Lo mismo para mí –dijeron Gabi y Emily al unísono.

–Yo lo traigo –se ofreció Samantha, antes de ir a la cocina. Cuando regresó con cuatro vasos de té y una jarra llena hasta los topes, se sentó junto a Gabi y comentó con un suspiro–: Lo admito, estoy hecha polvo.

–Y yo he descubierto músculos que ni sabía que tenía, me duele todo el cuerpo –comentó Gabi.

–Empezamos a última hora de la mañana y ya son casi las siete de la tarde, voto por dejarlo por hoy.

Aunque Emily lo dijo como si aquello fuera una democracia, todas sabían que era Cora Jane la que tenía la última palabra; aun así, cuando la matriarca de la familia empezó a dar la respuesta negativa que cabía esperar, Gabi la interrumpió.

–Ni siquiera me has dejado pasar por la casa esta mañana, no tenemos ni idea de lo que vamos a encontrar allí. Tenemos que ir mientras es de día, yo voto como Emily.

–Y yo secundo la moción –dijo Samantha, antes de posar la mano sobre la de su abuela–. Nos cundirá más el trabajo cuando volvamos mañana descansadas, un día más no va cambiar gran cosa. Nadie espera que obres milagros, abuela.

–Es que no soporto la idea de decepcionaros –admitió ella.

–Mira, Tommy Cahill ha reemplazado las tablas del suelo de la terraza que ha visto que estaban dañadas, y dice que el resto de la estructura está bien –le explicó Emily–. La cocina funciona casi al cien por cien, ¿por qué no sirves un menú básico mañana? Huevos, beicon y tostadas por la mañana, hamburguesas al mediodía. Pídele a un par de las camareras que vengan a ayudar, y nosotras nos encargamos de limpiar.

A su abuela se le iluminó el rostro al oír aquella sugerencia, y comentó más animada:

–Es una buena idea. La panadería va a servirnos pastas por la mañana, así que también contamos con eso.

–¿Mañana te van a traer un pedido de la panadería?, ¿a qué hora? –Emily se lo preguntó a pesar de que tenía miedo de cuál iba a ser la respuesta.

–A las cinco y media, como siempre –le contestó Cora Jane, como si fuera lo más normal del mundo.

–Dios mío de mi vida –susurró Samantha–. Tenemos que ir a casa cuanto antes, me iré a dormir en cuanto me dé una ducha.

Cora Jane soltó una carcajada.

–Vaya trío de debiluchas, ¿se puede saber qué os ha pasado? Esa actitud no la aprendisteis de mí.

–No, pero empiezo a recordar los inconvenientes de pasar los veranos contigo –comentó Gabi.

–Yo también –apostilló Emily.

Boone, B.J. y Andrew entraron en ese momento procedentes del aparcamiento. El primero sacudió la cabeza al verlas sentadas, descalzas y tan tranquilas, en una de las mesas, y comentó con ironía:

–Supongo que no tenéis la misma jefa que yo, porque a mí no me ha dado permiso para descansar y poner los pies en alto.

–Nos hemos rebelado y ahora es nuestra prisionera –le explicó Emily–. Vamos a llevarla a casa en cuanto tengamos fuerzas para movernos.

–¿Habéis cenado algo? –les preguntó él–. La casa ha estado sin luz mucho tiempo, no podéis comer nada de lo que haya en la nevera.

–¡Es verdad!, ¡y estoy hambrienta! –gimió Gabi.

Jerry salió de la cocina justo a tiempo de oír el comentario.

–No os preocupéis, acabo de preparar una olla de sopa de cangrejo y puedo hacer hamburguesas a la parrilla. El generador no se ha apagado, así que lo que había en las cámaras no se ha echado a perder.

–¿Hay patatas fritas? –le preguntó B.J. con entusiasmo–, ¡yo quiero una hamburguesa con patatas fritas! –frunció la nariz al añadir–: No me gusta la sopa de cangrejo, ¡puaj!

–Yo estoy con B.J. en lo de la hamburguesa con patatas fritas, nada de sopa –dijo Samantha.

–No entiendo cómo es posible que seas de aquí y no te guste el marisco –comentó Cora Jane.

–Solo sé que nunca me ha gustado ni el olor, ni el sabor, ni la textura.

–Puede que sea porque tenías una reacción bestial cada vez que lo probabas. Eres alérgica a él, idiota –dijo Emily.

–No llames idiota a tu hermana –la regañó su abuela–. ¿Seguro que es alergia?

Emily asintió.

–Sí, te lo juro. Gabi, ¿no te acuerdas de aquella vez que mamá se empeñó en que Samantha probara al menos un pastel de cangrejo, y tuvimos que ir corriendo al hospital? La pobre apenas podía respirar.

Samantha la miró sorprendida por unos segundos antes de admitir:

–Lo había borrado de mi mente, pero tienes razón. Me llevé un susto de muerte. A raíz de eso, me dan náuseas solo con pensar en el marisco.

–Pues yo voy a cenar hamburguesa, patatas fritas y sopa –dijo Boone–. Te echaré una mano con las hamburguesas, Jerry.

Emily lo miró ceñuda.

–Supongo que eso significa que tenemos que levantarnos y ayudar. Quédate aquí sentada, abuela, nosotros nos encargamos de todo. B.J., ¿podrías sacar cubiertos y servilletas? ¿Sabes dónde están?

El niño la miró sonriente.

–¡Claro que sí!, a veces ayudo a poner las mesas. ¿Quieres que te enseñe a hacerlo?

Ella sonrió al verlo tan entusiasmado.

–Sí, genial.

–Yo me ocupo de la bebida –se ofreció Gabi–. ¿Todo el mundo quiere té frío, o alguien prefiere una cerveza o un refresco?

–Me encantaría tomarme una cervecita, pero estoy tan cansada que me quedaría dormida. Un refresco para mí –le dijo Samantha.

–Que sean dos –dijo Emily.

Cuando todos pidieron la bebida, cada cual fue a cumplir con la tarea que se le había asignado y trabajaron juntos con mucha fluidez, como si llevaran años trabajando en equipo.

Después de que juntaran dos mesas, pusieran los cubiertos y todo lo necesario, se sirvieran las bebidas y Boone repartiera los platos de sopa, Cora Jane los miró con aprobación y comentó:

–No quiero volver a oír a ninguna de las tres diciendo que no puede hacerse cargo de este lugar. Hace mucho que no veníais, pero aún os acordáis de todo lo que os enseñé.

–No te hagas ilusiones –le advirtió Gabi–. Para dirigir un restaurante hacen falta talento, habilidad para los negocios y pasión. Está claro que Boone tiene todo eso, pero yo no.

–Yo tampoco –afirmó Samantha–. No he olvidado todo lo que sabía sobre restauración porque, muy a mi pesar, he tenido que trabajar en algún que otro restaurante cuando no me salía nada como actriz, pero no es mi vocación.

–Y da la impresión de que se te ha olvidado mi tendencia a perder la paciencia con los clientes, abuela –le recordó Emily–. Según recuerdo, tuviste que pagar varias facturas de tintorerías el último verano que pasé aquí, porque se me cayó algo «accidentalmente» encima de algunos clientes.

Cora Jane se echó a reír antes de admitir:

–Algunos de ellos también habrían puesto a prueba mi paciencia.

–Y yo estuve a punto de echarles agua helada encima a un par de borrachos cuando me enteré de que estaban intentando propasarse con vosotras –apostilló Jerry–. Si no lo hice fue porque vosotras mismas os encargasteis de ponerlos en su lugar.

—Bueno, la verdad es que Gabi y yo no hicimos nada —le explicó Samantha, sonriente—. Dejamos el asunto en manos de Emily, que disfrutó de lo lindo con la venganza.

—Sí, admito que fue todo un placer para mí —al ver que B.J. estaba escuchándoles con los ojos como platos, se inclinó hacia él y le dijo—: Lo que hice no estuvo bien, no sigas mi ejemplo.

—Gracias —le dijo Boone con ironía—. Después de oíros hablar, voy a tener que desprogramarle antes de dejar que se acerque a un cliente en alguno de mis restaurantes. Nos enorgullecemos de ofrecer un servicio impecable y cercano.

—Por suerte, la gente que viene a comer al mediodía casi nunca se alborota tanto —comentó Cora Jane—. Esa es una de las razones por las que prefiero que cerremos a media tarde, y que la cerveza sea lo más fuerte que tengamos en el menú. Que los otros locales ofrezcan si quieren el consumo descontrolado de alcohol, la música fuerte y esas cosas, este sitio está pensado para familias. Los fiesteros suelen optar por quedarse en la playa al mediodía.

—Has hecho del Castle's algo único, de eso no hay duda —afirmó Boone—. Es toda una institución en la zona, espero que mis restaurantes duren al menos la mitad de lo que ha durado este.

—Cuentas con una buena cocina y ofreces un servicio magnífico —le dijo Jerry—, Cora Jane y yo nos quedamos impresionados la última vez que fuimos. Tuve una conversación con tu chef, y está claro que sabe lo que hace. Tiene influencias del estilo típico del sur de Luisiana, que ya sabes que me encanta.

Emily escuchó con sorpresa creciente aquellos elogios que, viniendo de Jerry, eran todo un honor. Aunque estaba trabajando en un restaurante de la costa, sus credenciales como cocinero eran impecables y tenía un nivel de exigencia muy alto. Ella aún se acordaba de cuando su abuelo se lo había arrebatado a un restaurante de Luisiana.

–Gracias, presté mucha atención a todo lo que me enseñasteis Cora Jane y tú –le dijo Boone–. Si estoy teniendo éxito es porque tuve los mejores profesores del mundo –se puso en pie antes de añadir–: Bueno, voy a quitar las mesas y a ayudar a limpiar antes de llevar a B.J. a casa. Será mejor que vosotras os vayáis ya, está a punto de anochecer y tenéis que conducir con cuidado. Han despejado gran parte de la carretera principal, pero seguro que en las secundarias aún quedan restos.

–Tú has ido a la casa, ¿hay algo especialmente preocupante? –le preguntó Cora Jane.

–Hay un montón de ramas en el jardín, pero el camino de entrada está despejado. Tened cuidado al entrar. Encendí la luz de fuera por si volvía la luz, he llamado antes a algunos de tus vecinos y me han confirmado que ya ha vuelto. No creo que tengáis problemas. No he visto ninguna gotera en el interior de la casa, pero será mejor que la reviséis a conciencia.

–Gracias –le dijo Cora Jane, antes de darle un beso en la mejilla.

–De nada. ¿Sigues empeñada en abrir mañana?

Emily miró a su abuela con severidad al contestar:

–Solo se servirá en las mesas de la terraza, hemos llegado a un acuerdo.

–Entonces vendré temprano por si necesitáis ayuda, ¿a qué hora os va bien? –le preguntó él.

–La abuela ha encargado que traigan un pedido de la panadería a las cinco y media –le contestó ella con sequedad.

Él se echó a reír.

–Típico en ella. Por eso tengo un restaurante donde solo se sirven cenas. Yo he pospuesto la reapertura hasta el fin de semana. Quiero darles tiempo a mis empleados para que tengan sus asuntos arreglados, hablen con sus compañías de seguros, lo que sea.

–¿Podemos ir a ayudarte a ti en vez de quedarnos aquí? –le pidió Samantha.

–Traidoras –dijo Cora Jane–. La familia es lo primero, que no se os olvide. Aquí estaremos todos, a las cinco y cuarto y con una sonrisa en la cara.

Jerry se echó a reír al oír las quejicosas protestas de las tres hermanas, y comentó:

–Bueno, al menos tú y yo sí que estaremos, Cora Jane.

–Nosotras también, pero lo de las sonrisas es mucho pedir –afirmó Emily.

Teniendo en cuenta el madrugón que les esperaba, sus hermanas y ella podían comprometerse, como mucho, a presentarse allí vestidas.

Capítulo 5

Cuando Boone llegó a casa por fin aquella noche, bañó a un exhausto B.J. y le acostó de inmediato. Después llamó a Pete Sanchez, el gerente de operaciones de sus restaurantes, para que le dijera cómo iba todo.

–Malas noticias, jefe.

Aunque Pete tenía un año menos que él, había entrado a trabajar para él con diez años de sólida experiencia a sus espaldas. Estaba soltero y era muy activo, así que pasaba gran parte del tiempo supervisando los restaurantes de Norfolk y de Charlotte, con lo que le ahorraba a él tener que viajar; aun así, había regresado a Carolina del Norte en cuanto los residentes y los empresarios de la zona habían recibido permiso para regresar a las islas costeras.

–Dime.

Pete solía ser bastante comedido, así que, si lo que tenía que contarle le parecía malo, lo más probable era que pudiera considerarse algo desastroso.

–Por lo que parece, el restaurante se ha inundado demasiadas veces, y las últimas reparaciones debieron de hacerse con materiales de baja calidad. Al quitar las moquetas hemos encontrado por todas partes secciones con tablas podridas.

—¡Mierda! –masculló Boone.

—Espera, que la cosa se pone peor. Hemos encontrado moho detrás de una parte del panel de yeso que queda en el lado más cercano a la bahía, donde el agua quedó estancada más tiempo. Es mucho moho, y bastante penetrante.

—No me lo puedo creer –murmuró con frustración.

Si había mucho moho, estaba claro que no era algo que hubiera pasado de un día para otro, por muy rápido que pudiera aparecer después de una inundación. Y las tablas del suelo no se habían podrido a raíz de aquel último huracán. Seguro que eran cosas que sus inspectores tendrían que haber detectado antes de que comprara el local.

Soltó un suspiro y llegó a la conclusión de que iba a tener que considerarlo como una lección bien aprendida. La próxima vez iba a encargarle a un contratista que revisara todas las propiedades que se planteara comprar, y así se aseguraría de que la inspección no fuera superficial ni a favor del vendedor.

—¿Por qué no me has llamado al móvil? –le preguntó a Pete, cuando tuvo controlado su mal genio–, le habría pedido a Tommy que fuera a echar un vistazo hoy mismo.

—Lo he intentado, pero supongo que aún hay problemas con el servicio. Creo que el viento derribó una de las antenas repetidoras, o algo así. He conseguido contactar una vez y he intentado dejarte un mensaje, pero se ha cortado antes de que pudiera explicarte lo que pasaba.

Boone se sacó el móvil del bolsillo, y al ver que la llamada había quedado registrada a primera hora de la tarde supuso que la había recibido cuando estaba atareado con la ruidosa sierra mecánica.

—Lo siento, estaba echando una mano en el Castle's.

—Ya lo sé, por eso no he querido darle una importancia exagerada a algo que puede solucionarse mañana. He pensado en llamar yo mismo a Tommy, pero me he dado cuenta de que lo más probable era que estuviera ahí contigo. Me comentaste que querías que se encargara de reparar el tejado de Cora Jane, ya sé que para ti eso es una prioridad.

–No te preocupes, tú no tienes la culpa de nada. Voy a llamar a Tommy ahora mismo, estaremos ahí bien temprano para que evalúe los daños y me diga cuánto tiempo van a durar las reparaciones.

–¿Cómo de temprano?, ¿al amanecer?

–Sí, más o menos.

–¿Quieres que yo también vaya?

–No, tómate un descanso –le dijo, consciente de que Pete era un ave nocturna–. Ya me encargo yo. Podríamos quedar a eso de las nueve para trazar un plan de acción; por lo que parece, vas a tener que quedarte aquí más tiempo del que hablamos en un principio, ¿tienes pendiente algo urgente en Norfolk o en Charlotte?

–No, los dos restaurantes van como la seda. Tienes unos excelentes equipos de gestión.

Boone se echó a reír.

–No tienes más remedio que decir eso, fuiste tú quien contrataste a casi todos.

–Eso no implica que sea parcial. Si la cagan, el responsable soy yo –vaciló antes de añadir–: He estado pensando que, cuando las cosas se normalicen por aquí, podríamos empezar a buscar la cuarta propiedad que mencionaste.

–¿Qué pasa?, ¿estás aburrido?

–Pues la verdad es que un poco, ya sabes que me encanta encargarme del arranque de los nuevos locales.

–En breve nos pondremos en serio con el próximo, ¿puedes empezar a recopilar información para el estudio de mercado por mí?

–Claro. Por cierto, ¿quieres que cancele los anuncios de la reapertura de este fin de semana?

—Lo decidiremos cuando haya revisado el local con Tommy, a lo mejor no está tan mal como te ha parecido a primera vista.

—Está fatal —le advirtió Pete—. Si el moho se ha extendido más allá de lo que he visto, estamos hablando de reformas en mayúsculas.

—¿La cocina está funcional? —le preguntó, al recordar el compromiso al que Cora había llegado con sus nietas para reabrir el Castle's parcialmente.

—Lista y limpia como una patena.

—Y sabemos que la terraza está firme.

—¿Qué se te ha ocurrido?

—Que por el momento podríamos servir fuera un número limitado de platos. Estamos a finales de temporada y, por lo que me han comentado algunos agentes de policía de la zona, se espera que empiecen a llegar turistas otra vez este fin de semana. No me gustaría que los camareros se pierdan las propinas que reciben en esta época del año.

—¿Quieres que vengan todos a trabajar aunque haya menos mesas?

—Yo creo que repartir menos propinas entre todos ellos es mejor que no recibir ninguna, ¿no?

—¿No te preocupa cómo puede afectar a tu reputación el que no podamos servir a tanta gente como de costumbre, y que nos limitemos a ofrecer un par de especialidades en vez de un menú completo?

Boone soltó una carcajada.

—Si alguien tiene mucha prisa o viene con la intención de publicar una opinión sobre la comida, supongo que podríamos dar una buena imagen diciendo que hemos hecho el esfuerzo de mantener abierta la cocina, que nuestra selección de platos es limitada pero de gran calidad, y que nuestros empleados están trabajando a pesar de los daños que nos ha ocasionado el huracán; de hecho, conozco a la persona perfecta para redactar una nota de prensa –comentó, pensando en Gabi–. Seguro que puede conseguir que parezcamos unos angelitos benevolentes.

Pete se echó a reír.

–Si puede conseguir eso con un par de tipos como tú y yo, es una maga. Pídeselo y yo me encargo de la distribución, será mejor que nos anticipemos y generemos una buena imagen mediática.

–Así me gusta, esa es la actitud. Pon esa nota de prensa en la lista de tareas que tendremos que concretar cuando nos veamos mañana.

–Qué optimista eres. No sé cómo lo consigues, incluso después de lo de Jenny... en fin, digamos que es una de las razones por las que me encanta trabajar contigo. Acabo de darte un informe horrible, pero tú has conseguido darle la vuelta, idear un plan, y ya estás listo para pasar a la acción.

–Por eso me pagan un pastón –le contestó Boone en tono de broma. En sus comienzos, a menudo había tenido que salir adelante sin apenas dinero para poder mantener a flote su primer restaurante–. Y a ti te pago otro pastón por controlar que las cosas se hagan en el tiempo previsto. Nos vemos mañana, Pete.

En cuanto terminó la llamada, llamó al móvil de Gabi; de todas las Castle, su número y el de Cora Jane eran los únicos que se sabía de memoria ya que, en caso de que surgiera una urgencia y hubiera que avisar a la familia para que alguien fuera cuanto antes, ella era la que vivía más cerca. La última vez que la había llamado había sido justo antes de la tormenta, para cerciorarse de que alguien iba a ir a por Cora Jane para llevársela de la zona de peligro, porque sabía que ella no iba a tomar por sí misma la decisión de marcharse. Iba a ponerse furiosa si llegaba a enterarse de que él era el culpable de que Sam hubiera ido a buscarla, pero estaba dispuesto a soportar el rapapolvo con tal de mantenerla a salvo.

Gabi contestó adormilada al teléfono.
–Hola, Boone. ¿Qué pasa?
–Perdona, ¿te he despertado?
–No, acabo de acostarme.
–Seré breve, te lo prometo –después de explicarle el problema, le pidió–: ¿Puedo contratarte para que redactes una nota de prensa cuanto antes? A Pete le preocupa que la gente no se tome bien que no trabajemos a pleno rendimiento.
–Y queréis que vean que habéis abierto para no perjudicar ni a vuestros trabajadores ni a los clientes, aunque la situación no sea óptima.
–Exacto. ¿Puedes hacer algo al respecto?
–Pues claro, déjamelo a mí. ¿Os funciona el fax del restaurante, o prefieres que te mande el documento por correo electrónico?
–Por correo electrónico, eso parece lo más eficiente de cara a la distribución.
–Perfecto. ¿A qué hora has quedado con Pete?
–A las nueve de la mañana.
–Lo tendrás mucho antes. Si cambias en algo el enfoque, llámame para que prepare un borrador nuevo en mi iPad y te lo enviaré cuanto antes.
–Eres un ángel, Gabi.
–Pues parece que tu halo también es bastante brillante –bromeó ella–. ¿Quieres que le diga a alguien en particular lo bueno que eres?
Boone captó la indirecta a la primera.
–No hace falta que le hables bien a Emily de mí.
–¿Por qué no?, ¿qué tendría de malo?
–Cíñete a las relaciones públicas y deja el papel de casamentera, por favor. No hagas que me arrepienta de haberte llamado.
–Bueno, si me lo pides así de bien, por ahora me centraré en lo que me has encargado.

–¿Puedes avisar a Cora Jane de que Tommy y yo llegaremos más tarde de lo previsto?
–No te preocupes por eso, hoy has ayudado de sobra. Ven cuando puedas.
–Gracias, Gabi.
Boone colgó y se preguntó si ella iba a ser capaz de no inmiscuirse en sus asuntos personales; teniendo en cuenta de quién era nieta, era bastante improbable.

Emily no dejaba de mirar hacia el aparcamiento cada dos por tres. Era media mañana, y ni rastro de Boone. Los clientes habían ido llegando al Castle's desde que habían abierto a las seis; al parecer, entre la gente de la zona se había corrido la voz de que iban a abrir, aunque solo hubiera servicio en las mesas de la terraza. Al principio, habían ido llegando con cuentagotas los que querían disfrutar de un glorioso amanecer, pero después no había habido ni una sola mesa vacía en toda la mañana.

Nadie se había quejado del limitado menú. El café estaba bien fuerte y había huevos, beicon, tostadas y gachas a tutiplén. Todo el mundo parecía satisfecho con la reducida selección. Las cestas de pastitas gratuitas que Cora Jane había insistido en poner en las mesas también habían tenido un gran éxito, y los clientes de toda la vida se habían alegrado mucho al volver a ver a Emily, Gabi y Samantha trabajando junto a su abuela.

Con la ayuda de dos camareras más, las tres hermanas habían logrado que todo funcionara de maravilla, pero no les había quedado tiempo para seguir con la limpieza del interior del restaurante; cuando la terraza empezó a vaciarse un poco por fin, Emily pudo tomarse un respiro y se acercó con una taza de café a una mesa que estaba junto a la baranda y desde la que se veía el océano... y también el aparcamiento.

Samantha se sentó junto a ella, apoyó los pies en otra silla con un suspiro de alivio, y le preguntó en tono de broma:

–¿Estás buscando a alguien?

–No, ¿por qué?

–Porque has pasado un montón de tiempo con los ojos pegados al aparcamiento, y he pensado que estarías preguntándote dónde está Boone.

–Nos aseguró que vendría a primera hora –contestó, con la voz teñida por años de dudas y amargura–. Por mucha fe que la abuela tenga en él, está claro que no se puede confiar en su palabra.

–La ha llamado justo cuando llegamos aquí esta mañana, y anoche habló con Gabi para explicarle lo que pasaba.

Emily se tensó al oír aquello.

–¿Llamó a Gabi?, ¿por qué?

–Para encargarle un trabajo.

–¿Qué clase de trabajo?

–Venga ya, no me digas que estás celosa de tu propia hermana –le dijo Samantha, con una sonrisa de oreja a oreja.

–No digas tonterías, lo que pasa es que me parece curioso que la haya llamado a ella. ¿Desde cuándo tienen una relación tan estrecha?, ¿por qué no nos llamó a alguna de nosotras dos?

–Pues puede que sea porque ella es la que tiene experiencia en relaciones públicas. Si me das dos segundos, te lo explico para que te quedes tranquila.

Emily sabía que estaba exagerando, que estaba buscando excusas para criticar a Boone y poder mantener las distancias con él, así que respiró hondo y asintió.

–Venga, explícamelo.

Samantha le contó los problemas que habían encontrado al inspeccionar con mayor detenimiento el restaurante de Boone, el plan que había ideado él para lidiar con la situación, y el papel que iba a jugar Gabi desde el punto de vista publicitario.

–Esta mañana tenía que reunirse con la gente que está poniendo a punto el restaurante, ver por sí mismo la gravedad del problema, y tomar las decisiones pertinentes.

–¿Y qué pasa con Tommy Cahill?, ¿dónde está? Iba a empezar a reparar el tejado hoy mismo, Boone se lo prometió a la abuela. Han anunciado tormentas para última hora de esta tarde, el local se va a inundar si no colocan aunque sea una lona ahí arriba.

–Tommy está con Boone para evaluar los daños y ver lo que hay que hacer en el restaurante, ha quedado aquí con su cuadrilla a las once –Samantha miró hacia el aparcamiento al oír que llegaban varias camionetas–. Aquí están, justo a tiempo –miró a Emily con expresión elocuente al añadir–: No deberías ser tan dura con Boone. Ayer estuvo aquí todo el día, pensó en la abuela y en el Castle's antes que en sus propios problemas.

Emily era consciente de que le había juzgado mal de nuevo, así que no tuvo más remedio que admitir:

–Tienes razón, ya sé que estoy buscando excusas para no llevarme bien con él.

–Porque te da miedo.

–¿El qué?

–Volver a enamorarte de él.

–Eso no va a pasar –insistió, a pesar de que su hermana había dado justo en el clavo.

Samantha esbozó una amplia sonrisa al oír aquello, y se limitó a decir:

–Podría apostarte algo a que sí, hermanita, pero no hay que quitarle dinero a los ilusos.

Después de su conversación con Samantha, Emily entró en el restaurante y se sentó en uno de los reservados con su portátil para intentar trabajar un poco antes de que tuviera que seguir ayudando a servir mesas o a limpiar. Tenía un listado de proveedores con los que quería contactar para ver cuál era la disponibilidad de los muebles para hoteles de montaña que ofrecían. Como tenía tan poco margen de tiempo para maniobrar, no podía hacerle un pedido a alguien que no tuviera en stock gran parte de lo necesario, y en cantidades suficientes. No podía darse el lujo de esperar a que le entregaran artículos hechos a medida.

Llevaba un rato tomando notas y mirando páginas web cuando se dio cuenta de que B.J. estaba parado junto a la mesa.

—Hola —le saludó, sonriente.

El niño se acercó un poco más.

—¿Qué haces?

—Buscar muebles.

—¿Puedo verlo?

—Claro —le contestó, antes de apartarse un poco a un lado para dejarle sitio.

El niño se colocó de rodillas sobre el banco y, cuando se inclinó un poco hacia ella, el contacto de aquel cuerpecito con olor a niño la tomó desprevenida. No se había planteado nunca la posibilidad de ser madre, pero de repente estaba sintiendo una especie de instinto maternal. Sentir aquello fue toda una sorpresa, pero la experiencia no le resultó nada desagradable.

Al ver cómo fruncía el ceño, cómo sacaba la puntita de la lengua entre los dientes mientras observaba la pantalla con atención, se dio cuenta de que había visto a Boone poner aquella misma cara una o dos veces cuando estaba pensativo.

Al cabo de unos segundos, el niño la miró y comentó con cierta vacilación:

—Todo eso quedaría bastante raro aquí.

Ella se echó a reír al oír aquella certera valoración, y admitió:

—Sí, es que es para ponerlo en otro sitio. Anda, dime por qué te parece que no quedaría bien aquí.

—Todo es muy oscuro, y demasiado grande.

—Exacto. Tienes buen ojo. ¿Se te ocurre dónde podría quedar bien?

—En algún sitio muy grande.

—¿Crees que quedaría bien delante de una gran chimenea de piedra?

Los ojos del niño se iluminaron.

—¡Ah!, ¿es uno de esos sitios donde la gente va a esquiar en invierno?

Era sorprendente que tuviera tanto acierto.

—Exacto. Son muebles para un hotel de montaña que van a abrir en Colorado.

—¡Genial! Pero yo creo que quedarían mejor en rojo.

Emily se echó a reír al verle tan seguro a la hora de dar su opinión.

—¿Por qué?

—Porque es mi color preferido, el color de los coches de bomberos y de las manzanas de caramelo.

—Y supongo que a ti te gustan las dos cosas.

—Sí —su sonrisa se desvaneció—. Y era el color del coche de mi madre, el que eligió antes de morir —la miró a los ojos al confesar—: Papá se lo compró para darle la sorpresa en su cumpleaños, pero mamá no llegó a conducirlo nunca porque se puso muy malita.

Emily tuvo que tragar el nudo que se le formó en la garganta antes de poder decir:

—Lo siento.

—A veces la echo de menos.

—Es normal. Mi madre murió hace tiempo, y aún la echo de menos.

—¿Alguna vez lloras?

—Claro que sí, ¿y tú?

—Sí, pero intento ser valiente porque sé que hablar de ella pone a papá muy, pero que muy triste.

Emily tuvo ganas de abrazarlo con fuerza hasta que liberara todas las lágrimas que tenía contenidas, pero, como sabía que ella no era quién para hacer tal cosa, le dijo con voz suave:

—Apuesto a que a tu papá le gustaría que hablaras de tu mamá siempre que tengas ganas de hacerlo. Aunque nos sintamos tristes al hablar de alguien, yo creo que siempre es reconfortante recordar a esa persona con alguien que también la quería.

La expresión de B.J. se iluminó un poco.

—¿De verdad lo crees?

—Sí, de verdad. ¿Dónde está tu padre?

—En su restaurante. Yo estaba aburrido, así que ha llamado a la señora Cora Jane para preguntarle si podía venir con Tommy.

—¿Sabe ella que estás aquí conmigo?

—No —se sonrojó al admitir avergonzado—: Me ha mandado a decirte que salgas y te pongas a trabajar.

Emily se echó a reír, aunque tenía la sospecha de que su abuela había tenido motivos ulteriores para mandar al niño.

—¿Ah, sí? ¿Qué te parece si no le decimos que se te ha olvidado darme su recado? Le explicaremos que te he pedido tu opinión de experto sobre el trabajo que estoy haciendo, así serás mi asesor.

El niño la miró con los ojos como platos.

—¿En serio?

—En serio. Bueno, se acabó mi descanso. Será mejor que haga caso a mi abuela y salga a echar una mano.

Después iba a tener una charla con ella, por enviarle a B.J. con el solo propósito de que estrecharan lazos. El plan había sido todo un éxito, y tenía la sensación de que iba a acabar por lamentarlo tarde o temprano.

Boone había entrado en el Castle's justo a tiempo de oír la conversación de su hijo con Emily. La sutileza y la ternura de esta última le tomaron por sorpresa, pero le dolió en el alma saber que B.J. tenía miedo a lastimarle.

Salió del restaurante con sigilo antes de que se percataran de su presencia, y Cora Jane le miró sorprendida y le preguntó:

–¿No están dentro?
–Sí –le contestó él con rigidez.
–Pareces enfadado.
–No lo estoy.

No estaba seguro de lo que estaba sintiendo, pero no era enfado. Quizás era un pánico ciego, porque había vuelto a ver algo que demostraba que su hijo estaba estrechando lazos con una mujer que al final acabaría marchándose y haciéndole daño. No había podido protegerle de muchos golpes de la vida, pero no esperaba tener que protegerle tan pronto de una nueva pérdida.

–Me parece que será mejor que le mantenga alejado de aquí durante las próximas semanas –no sabía cómo iba a lograrlo sin que el niño se emberrinchara.

–¿Por qué? –le preguntó Cora Jane, atónita.

–Está encariñándose demasiado con Emily.

–Yo creo que eso es algo positivo tanto para él como para ella.

–Se marchará tarde o temprano. Yo sé de primera mano lo que es eso, lo que se siente, pero él es un niño. Ya ha perdido a su madre. ¿Qué pasa si le toma afecto a Emily y ella se larga?, ¿cómo va a encajar ese golpe?

Cora Jane le miró con exasperación.

–Ya sé que sientes cierto resquemor hacia Emily, pero

¿de verdad crees que sería tan cruel como para dejar que B.J. le tomara afecto antes de marcharse sin más? No tienes muy buena opinión de ella.

–¿Y eso te extraña? Me dejó sin pensárselo dos veces.

–Los dos sabemos por qué lo hizo –le recordó ella con tacto–. Le daba pánico que, con una mera palabra, lograras convencerla de que se quedara. Pero tú ni siquiera lo intentaste. Peor aún: en un abrir y cerrar de ojos, diste media vuelta y te casaste con Jenny.

Boone frunció el ceño al notar cierto matiz acusador en su voz.

–¿Crees de verdad que la ruptura fue culpa mía?

Ella sonrió al verle tan indignado.

–No, lo que creo es que ella rompió contigo y tu orgullo te impidió intentar arreglar las cosas.

–Tú dejaste que se fuera porque la quieres, ¿qué tiene de distinto lo que hice yo? Me di cuenta de que no sería feliz aquí conmigo.

–¿En serio? Tú podrías haberle ofrecido algo que no estaba en mis manos, el futuro que ella siempre ha querido en el fondo.

–Cora Jane, me dejó muy claro que compartir su vida conmigo no era lo que quería para su futuro.

–Puede que no lo fuera en aquel preciso momento, pero ella estaba enamorada de ti en aquel entonces y estoy convencida de que sigue estándolo ahora. Lo que pasa es que debe encontrar la forma de tenerlo todo, tiene que darse cuenta de que elegirte a ti no significaría sacrificar la carrera profesional que ansía. Esa es una lección que te da la madurez, y creo que ya está a punto de aprenderla.

Boone la miró ceñudo, y afirmó con testarudez:

–Es demasiado tarde. ¿Cómo es ese dicho...? El gato escaldado del agua fría huye, ¿no?

–Ah, entonces ¿no crees en las segundas oportunidades? Pues me parece que a ti te dieron unas cuantas hace años. Acuérdate de aquella noche en que tuve que mandar a mi marido a buscarte a comisaría, cuando te pillaron intentando comprar cerveza con un carné falso y me llamaste a mí en vez de a tus padres.

—Era un idiota —admitió, avergonzado.

Ella no negó aquella afirmación, y se limitó a contestar:

—Pero yo no te di la espalda, ¿verdad?

—Porque eres una santa, o a lo mejor para poder echármelo en cara durante el resto de mi vida.

—A lo mejor fue porque te quiero, y sé que tus defectos forman parte de ti.

Él suspiró y la miró a los ojos.

—Te entiendo, de verdad que sí, pero no puedo arriesgarme. No puedo poner en peligro mi corazón, y mucho menos el de mi hijo.

No hizo falta que mencionara cuánto se enfurecerían los padres de Jenny si se enteraran de que Emily había vuelto a su vida; por ilógico que pareciera, la consideraban tan culpable como él de todas las desdichas que hubiera podido sufrir Jenny, y regresarían a Sand Castle Bay a toda velocidad si se olieran siquiera que volvían a estar juntos.

—Hay demasiadas cosas en juego, Cora Jane. No hay nada por lo que merezca la pena correr el riesgo de lastimar a B.J.

—Pues lo siento por ti —le dijo ella con voz suave—. No hay nada en la vida que carezca de riesgos, ¿habrías renunciado a la posibilidad de tener a B.J. de haber sabido con antelación el dolor que te esperaba al perder a Jenny?

—Claro que no.

—Pues a eso me refiero. Si quieres llegar a las cimas más altas, también tienes que arriesgarte a pasar por las hondonadas más profundas.

—Quiero que tanto mi vida como la de mi hijo se mantengan en una plácida llanura –él mismo era consciente de que lo que estaba diciendo era un sueño imposible.

–Me parece un objetivo loable, pero poco realista. La vida no es así –le sostuvo la mirada al añadir–: Y sabes tan bien como yo, Boone Dorsett, que te aburrirías a más no poder si lo fuera.

Quizás sí, quizás no; en todo caso, él estaría encantado de probar esa plácida existencia por un tiempo, a ver qué tal.

Capítulo 6

B.J. salió como un cohete a la terraza del Castle's, y al ver a Boone echó a correr hacia él. Emily le siguió un poco vacilante. Le habría encantado poder evitarle por completo, pero aquel hombre parecía atraerla como un imán.

–¡Papá! ¿Sabes qué?, ¡soy el asesor de Emily!

Boone sonrió al verle tan entusiasmado, pero miró a Emily con expresión interrogante.

–¿Y eso?

–B.J. tiene muy buen ojo para el diseño de interiores, me da muy buenos consejos.

Boone ni siquiera intentó ocultar su escepticismo.

–Tiene ocho años, ¿qué consejos puede darte?

–Se ha dado cuenta de inmediato de que los muebles que estaba viendo en mi portátil no encajaban aquí –sonrió al añadir–: Y me lo ha dicho sin cortapisas, esa es una cualidad positiva en un asesor.

Boone no pudo evitar soltar una carcajada al oír aquello, y no pudo por menos que admitir:

–Sí, no se calla casi nada. Si se le pasa por la cabeza, lo suelta por la boca –alborotó el pelo del niño en un gesto juguetón–. No habrás estado dándole la lata a Emily, ¿verdad?

El pequeño protestó con indignación:

—¡Ya te he dicho que soy su asesor!, ¡ella quiere que la ayude!

—Ojalá pudiera servir las mesas por mí —comentó ella.

Estaba deseando alejarse de Boone, pero no le entusiasmaba demasiado tener que lidiar con la hora punta de la comida; a juzgar por el montón de gente que estaba llegando, estaba claro que, como de costumbre, Cora Jane había acertado al decidir reabrir.

—Puedo ayudar a llevar y traer cosas —se ofreció B.J. de inmediato.

—Lo siento, campeón, pero tenemos que irnos —le dijo Boone—. Tengo que volver a mi restaurante, solo he venido a ver cómo va la cuadrilla de Tommy con el tejado.

—A juzgar por los martillazos que he oído cuando estaba dentro, deben de estar avanzando bastante —comentó Emily.

—Sí, Tommy me ha dicho que la cubierta de protección va a estar colocada antes de que empiece a llover esta tarde, y también van a empezar a poner las nuevas tejas.

—Eso va a ser todo un alivio para la abuela, le preocupaba que entrara más agua y hubiera más daños; por cierto, ¿te ha dicho que el mueble de la caja registradora está hecho un desastre?

—Sí, echaré un vistazo antes de irme. Conozco a un ebanista muy bueno al que suelo recurrir, se llama Wade. Puedo pedirle que venga mañana, para hacer otro mueble a medida y cualquier otro cambio que Cora Jane quiera en el comedor.

—¿Crees que mi abuela va a querer cambiar algo? Tengo suerte de que me haya dado permiso para traer a los pintores.

—Sí, es una defensora acérrima de mantener las cosas tal y como están —la observó con ojos penetrantes antes de preguntar–: ¿Aún te molesta eso, o ya te has resignado?

–Voy a seguir dándole la lata, pero no creo que sirva de mucho.

–Bueno, voy a echarle un vistazo a ese mueble y después me voy. Vamos, B.J.

–¡Yo quiero quedarme aquí! –protestó el niño.

–Esta tarde no, todo el mundo está muy ocupado y molestarías. Cora Jane no puede vigilarte cuando tiene tanto trabajo.

–Ya le vigilo yo –se ofreció Emily, antes de tener tiempo de pensárselo dos veces–. Si a ti te parece bien, claro. Entre la abuela, Gabi, Samantha y yo, no habrá ningún problema. Puede quedarse en la cocina, a Jerry le encanta que le haga compañía; además, supongo que tendrás que hacer un montón de cosas en tu restaurante, ¿no? Me he enterado de que ha sufrido bastantes daños.

–Sí, pero...

B.J. empezó a dar saltitos, y miró suplicante a su padre.

–¡Por favor, papá!

–Lo siento, campeón. Ya está todo arreglado para que pases la tarde en casa de Alex, su madre me ha dicho que puedes quedarte a dormir allí.

–¡Yo prefiero quedarme aquí!

–Solo tendremos abierto hasta las tres –intervino Emily–. Después nos pondremos a limpiar otra vez el local, y podremos tenerle entretenido con eso; cuando acabemos, alguien puede llevártelo al restaurante o a tu casa –se preguntó si el verdadero problema era que Boone quería estar libre aquella noche porque tenía una cita. A lo mejor estaba saliendo con alguien–. Si tienes planes para esta noche, puede quedarse a dormir en casa de la abuela –le ofreció, con toda naturalidad.

–No, no tengo planes –le contestó él, con voz un poco tensa–. Por regla general, le encanta quedarse a dormir en casa de Alex, porque ellos tienen las videoconsolas que yo me niego a comprarle.

–¡Pero hoy quiero quedarme aquí a ayudar!

Boone no tuvo más remedio que claudicar al verle tan empeñado en quedarse, pero no disimuló su renuencia.

–Vale, está bien. Deja que hable con Cora Jane.

–No hace falta, ya se lo digo yo –le aseguró Emily.

–De acuerdo, ¿te va bien que pase a buscarle por vuestra casa a eso de las siete y media? Así no tendrá que esperar en mi restaurante a que yo termine si tengo que quedarme allí más tiempo del previsto.

–Perfecto. Saber que vas a ir a buscarle a casa será la excusa perfecta para conseguir que la abuela salga de aquí a una hora decente.

–Genial, todos contentos –comentó él con ironía, antes de agacharse para mirar a su hijo a los ojos–. Haz caso a lo que te digan, y no les des más trabajo ni a Emily ni a la señora Cora Jane.

–¡Te lo prometo! –el niño se fue corriendo, por si a su padre se le ocurría cambiar de opinión.

Boone miró a Emily y admitió, ceñudo:

–Esto no me hace demasiada gracia.

–Ya me he dado cuenta, ¿te importaría explicarme por qué?

–Ya te dije que me aterra que le hagas daño cuando te vayas.

Su sinceridad no la tomó por sorpresa, pero que tuviera tan poca fe en ella la hirió más de lo que esperaba.

–Es un niño fantástico. No voy a decepcionarle, te lo prometo.

Él le sostuvo la mirada al decirle con firmeza:

–Espero que lo cumplas, Em. Ese niño es lo más valioso que tengo en mi vida, ya ha sufrido bastante.

–Y tú también. Lo entiendo, Boone –le aseguró, consciente del dolor que habían sufrido padre e hijo.

Él vaciló un instante mientras seguía mirándola a los ojos, pero al final asintió y se limitó a decir:

−Nos vemos luego.

Emily tragó con dificultad al verle dar media vuelta y alejarse, y susurró:

−Hasta luego.

Se preguntó si había cometido un grave error al hacer una promesa que no iba a poder cumplir por muy buenas que fueran sus intenciones; al fin y al cabo, ella no tenía ni idea de cómo proteger el corazón de un niño.

A eso de las seis y media de la tarde, cuando Boone estaba a punto de dar por terminada la jornada y de ir a buscar a B.J. a casa de Cora Jane, su móvil empezó a sonar. No reconoció ni el prefijo ni el número que vio en la pantalla, pero contestó de todas formas.

−Boone, soy Emily.

Se puso alerta de inmediato al notar que parecía alterada y le temblaba la voz.

−¿Qué pasa?, ¿le ha pasado algo a B.J.?

−Se ha caído en el aparcamiento y se ha cortado con un clavo que sobresalía de un tablón −le explicó ella atropelladamente, como si estuviera ansiosa por soltar las palabras cuanto antes. Respiró hondo antes de añadir−: Es un corte bastante profundo, pero B.J. está bien. Te lo juro, Boone, de verdad que está bien. Se está portando como todo un valiente.

−¿Dónde estáis? −le preguntó, mientras luchaba por controlar el pánico y las ganas de descargar su ira. Había sabido de antemano que era una locura dejar a B.J. en el Castle's aquella tarde, ¿en qué había estado pensando?

−En la clínica de Ethan Cole, en urgencias. La abuela le ha llamado para que viniera. Hay que coser la herida, y habrá que ponerle la inyección del tétano si no se la has puesto ya. Por eso te llamo, Ethan no quiere ponérsela si no hace falta.

–Déjame hablar con Ethan –necesitaba que un experto le diera su opinión y le tranquilizara.

–Ya te lo paso.

–Hola, Boone. B.J. está bien –le aseguró Ethan, con una serenidad y una firmeza que eran de agradecer en un médico de urgencias–. No ha derramado ni una lágrima; de hecho, le encanta la idea de tener una cicatriz. Estoy anestesiando la zona para poder coserle la herida, estará como nuevo en un par de semanas.

–Júrame que está bien.

–Te lo juro. Para cuando llegaron a la clínica, Emily había conseguido detener la hemorragia. Se mantuvo serena en todo momento, y eso contribuyó a calmar a B.J.

–¿Por qué demonios estaba jugando en el aparcamiento?, ¿de dónde ha salido ese tablón? Yo mismo dejé esa zona despejada.

–Estás preguntándole a la persona equivocada; si quieres mi opinión, puede que la marea lo arrastrara hasta la carretera esta noche y que alguien lo tirara al aparcamiento. ¿Qué importancia tiene eso?

Boone suspiró y admitió:

–Ninguna, supongo. Sabía que no tenía que darle permiso para quedarse hoy en el Castle's, se suponía que Emily iba a vigilarle.

–Por lo que tengo entendido, Cora Jane y ella estaban con él cuando se ha caído. Ha sido un accidente. Estas cosas pasan, sobre todo a niños que no piensan en los peligros que pueden acechar después de una tormenta.

–¡Yo le advertí que tuviera cuidado! –exclamó Boone con frustración.

Ethan se echó a reír.

–¿Se te ha olvidado que los niños de ocho años casi nunca prestan atención a las advertencias? Ni te imaginas a cuántos pacientes he tratado esta semana por accidentes como este. ¿Está vacunado del tétano?

–Sí, tiene todas las vacunas al día.

–Perfecto, estará listo para marcharse en media hora.

–Voy para allá.

–¿Por qué no vas a buscarle a casa de Cora Jane, tal y como habíais planeado? Así tendrás tiempo para que ese geniecito tuyo se calme. Ya sé que quieres echarle las culpas a alguien, pero te aseguro que es un accidente que podría haberle pasado a cualquiera. No culpes a Emily; si lo haces, Cora Jane también se sentirá culpable, y ya se ha llevado un disgusto enorme.

–Sí, supongo que tienes razón –vaciló antes de preguntar–: ¿Cómo se te da lo de poner puntos de sutura? Mi hijo no va a quedar como si le hubiera cosido un carnicero, ¿verdad?

Ethan se echó a reír de nuevo.

–Oye, acuérdate de que no hace mucho estaba en Afganistán, cosiendo a los soldados en el campo de batalla. El ejército de los Estados Unidos confió en mi profesionalidad. Le quedará una cicatriz monísima, te lo prometo.

Aquello consiguió arrancarle una pequeña carcajada a Boone.

–Vale, vale, ya sé que estoy exagerando. Gracias, Ethan.

–Aquí estoy para lo que necesites. Ya nos veremos. Ah, tendré que quitarle los puntos a B.J. en un par de semanas. Ven en horario de oficina o, si no te va bien, llámame y pasaré por tu casa.

–De acuerdo, entonces ya saldaremos cuentas cuando le quites los puntos.

–Me conformo con que me invites la próxima vez que hagas carne asada, hace bastante que no nos vemos.

–Eso está hecho.

Lo cierto era que ya casi nunca disfrutaba de una velada entre amigos, y le vendría de maravilla tener una. Sí, sería fantástico liberarse por una noche de las complicaciones que parecían ir amontonándose en su vida últimamente.

Cuando terminó la llamada, respiró hondo y rezó una breve oración para agradecerle a Dios que B.J. no estuviera herido de gravedad. Era consciente de que los accidentes podían suceder en cualquier momento y lugar, que podían pasarle a cualquiera, pero se trataba de su niñito y lo había dejado al cuidado de Emily. No sabía si iba a ser capaz de perdonarla, aunque la lógica dictaba que no hacía falta perdón alguno.

Mientras volvían del hospital en coche con Emily al volante, rumbo a casa de Cora Jane, B.J. las miró y comentó, mohíno:

–Papá va a enfadarse un montón.

–Está preocupado, eso es todo.

Aunque dijo aquello para tranquilizar al niño, Emily había notado por teléfono que Boone estaba enfadado; con un poco de suerte, había sido una primera reacción fruto del miedo y se había calmado al hablar con Ethan, porque al niño y a Cora Jane no iba a ayudarles en nada que irrumpiera en la casa hecho una furia.

Instantes después de que enfilaran por el camino de entrada de la casa, Boone apareció tras ellos en su coche, se detuvo con un frenazo, y salió del vehículo antes de que el motor acabara de pararse. Abrió con brusquedad la puerta trasera del coche de alquiler de Emily, y su expresión no se relajó hasta que vio por sí mismo que B.J. estaba vivito y coleando.

El niño le mostró su brazo vendado y le explicó con entusiasmo:

—El doctor Cole dice que me va a quedar una cicatriz. Me han puesto puntos, pero no he llorado.

—Ha sido increíblemente valiente —confirmó Cora Jane, mientras le lanzaba a Boone una mirada de advertencia.

Él hizo un esfuerzo y chocó la mano de su hijo en un gesto de felicitación, aunque saltaba a la vista que estaba conteniendo las lágrimas.

—No vas a castigarme ni a gritarle a nadie ni a prohibirme que vaya al Castle's, ¿verdad? —le preguntó el pequeño con preocupación.

—Puede que tengas que tomarte un par de días de descanso hasta que se te cure el brazo, pero no, no voy a castigarte.

—¿Y vas a gritarle a alguien? —le preguntó Emily en voz baja—. Supongo que te gustaría decirme un par de palabritas.

Boone la miró con ojos llenos de emoción. Dio la impresión de que estaba deseando decirle un montón de cosas, pero consiguió contenerse.

Cora Jane debió de darse cuenta de que tenían que hablar en privado, porque rodeó los hombros de B.J. con el brazo y le dijo:

—Ven, vamos a por la leche y las galletas que te he prometido. Apuesto a que Samantha ya las tiene esperándonos en la mesa.

—¡Vale! —exclamó el niño, antes de echar a correr hacia la casa.

Boone sacudió la cabeza mientras le seguía con la mirada.

—Nunca se queda quieto, seguro que por eso se ha caído en el aparcamiento.

—Sí. Lo siento mucho, Boone —se disculpó Emily.

—Desde un punto de vista racional, sé que tú no has tenido la culpa —le dijo él, antes de llevarse un puño al pecho–. Pero mi corazón hace que quiera echarle la culpa a alguien.

–Lo entiendo. Se ha caído estando bajo mi supervisión, justo después de que te asegurara que iba a estar a salvo conmigo.

–Y yo estoy aquí, pero acaba de atravesar corriendo el jardín sin prestar atención a las ramas con las que podría tropezar. Es un niño muy revoltoso.

–Da la impresión de que estás exonerándome de toda culpa.

–Estoy intentándolo –admitió él, sonriente–. Ethan me ha dado un sermón que también me ha ayudado a poner las cosas en perspectiva.

–¿Seguís siendo buenos amigos?

–Sí, aunque no me lo puso nada fácil cuando volvió de Afganistán. Estaba enrabietado y amargado, odiaba al mundo entero desde que perdió la parte inferior de una pierna.

Ella le miró atónita.

–¡No sabía que había perdido una pierna!

–A él le encantaría oírte decir eso. La verdad es que casi nadie se da cuenta. Se ha acostumbrado a llevar la prótesis, cambió radicalmente de actitud, y parece que por fin vuelve a tener su vida bien encauzada.

–Qué bien, me alegro por él.

–Sí, es un gran tipo. Cuenta con toda mi admiración.

–Estaba prometido, ¿verdad? ¿Se ha casado ya?

Boone vaciló antes de admitir:

–Su relación se rompió, y te aconsejo que no saques el tema delante de él.

–¿Se rompió por lo de la pierna?

–Sí. Ethan es un experto en el tema de los desengaños amorosos.

–Qué lástima –como él se limitó a asentir, le miró a los ojos y le preguntó–: ¿Vas a entrar a tomar leche con galletas? A lo mejor te apetece algo más fuerte, me parece que tenemos alguna cerveza.

Emily le vio vacilar y tuvo la impresión de que, de no ser por B.J., se habría marchado en ese mismo momento, así que se sorprendió cuando él le sugirió que fuera a por un par de cervezas y añadió:

—Si te apetece, podemos ir a charlar al muelle para ponernos al día.

Ella no dudó en aceptar aquel ofrecimiento de paz.

—Genial —le contestó de inmediato, antes de ir a por las cervezas.

Cuando entró en la casa, encontró a sus hermanas colmando de atenciones a B.J., dejando que les enseñara su brazo vendado y comentando admiradas lo valiente que había sido.

—¿Dónde está Boone? —le preguntó su abuela.

—Fuera. Vamos a charlar un rato y he entrado a por un par de cervezas, si te parece bien.

Sus hermanas y su abuela se miraron sonrientes, y Samantha alargó una mano y exclamó:

—¡Yo gano!

—¿El qué? —le preguntó Emily con suspicacia. Se quedó boquiabierta al ver que tanto su abuela como Gabi ponían un billete de cinco dólares en la mano extendida de Samantha, y se indignó aún más al ver la sonrisa victoriosa de esta última—. Será broma, ¿no? ¿Se puede saber cuál ha sido la apuesta?

—Cuánto tardaríais Boone y tú en hacer las paces —le contestó Gabi, sonriente.

—No hemos hecho las paces, solo vamos a tomar una cerveza y a charlar —protestó, ceñuda.

—Con eso nos vale —le aseguró Samantha.

—¿Y tú apostaste a que íbamos a tardar un par de días? ¿Qué dijiste tú, abuela?

—Que pensaba que tardaríais una semana por lo menos.

—Yo aposté a que nunca, porque los dos sois unos testarudos —admitió Gabi.

Emily sacudió la cabeza en un gesto de exasperación, agarró las cervezas, y salió sin más. Boone estaba sentado en el muelle con los vaqueros remangados y los pies metidos en las cálidas aguas del estrecho de Pamlico.

—¿Cuántas noches crees que pasamos aquí sentados, charlando hasta que Cora Jane venía a decirte que entraras ya? —le preguntó él, antes de aceptar la cerveza y tomar un trago.

Emily sonrió al recordar el empeño de su abuela en asegurarse de que se limitaran a hablar y no hicieran nada más. Lo había logrado hasta que Boone se había sacado el carné de conducir, porque, de allí en adelante, habían encontrado un montón de sitios donde disfrutar de intimidad.

—Yo tenía catorce años el verano en que nos conocimos, y a partir de ahí nos hicimos inseparables. Haz las cuentas. Aunque en aquella época bebíamos refrescos, no cerveza.

—Me parecías la chica más guapa que había visto en mi vida —admitió él.

Para variar, su voz estaba teñida de nostalgia y no de la amargura a la que Emily se había acostumbrado en los últimos días.

—Y a mí me parecías el chico más peligroso de la zona, sobre todo cuando me enteré de que te habían arrestado por intentar comprar cerveza con un carné falso —le lanzó una mirada de soslayo—. ¿De verdad creías que iba a colar que tenías veintiún años? Acababas de cumplir los quince.

—No fue uno de mis mejores momentos. Cora Jane me ha recordado ese incidente esta misma mañana; según ella, lo que pasó tendría que hacerme creer en las segundas oportunidades.

—¿No crees en ellas?

—Supongo que depende de las circunstancias, hay cosas bastante imperdonables.

—¿Por qué tengo la impresión de que lo que has hablado con mi abuela tenía algo que ver con lo que te hice?

Él se volvió a mirarla con una sonrisa en los labios.

—Porque ella cree que mi actitud hacia ti es un poquito intransigente.

—Y lo es —asintió ella, antes de esbozar una amplia sonrisa—. Aun así, lo entiendo. Sé que te hice daño, Boone. A decir verdad, yo tampoco te lo he puesto fácil.

—Según me han dicho, yo te hice daño a ti cuando me casé con Jenny.

—Sí, la verdad es que me lo tomé como algo muy personal.

—Yo creía que te sentirías aliviada.

Emily le miró con incredulidad.

—¿Por qué? Te había dicho que te amaba, daba por sentado que me esperarías.

—Cielo, deja que te diga una cosa: Si le dices a un tipo que le amas justo antes de dejarle, es difícil que te crea. Te aconsejo que lo tengas en cuenta si vuelve a surgir una ocasión parecida.

—¿Hacía falta que buscaras otra novia tan rápido?

—¿Qué quieres que te diga? Me sentía perdido sin ti, y estaba dolido y enfadado. Jenny estaba aquí, y me dejó claro que estaba enamorada de mí. Nada de juegos, ni de fingir, ni de motivos ulteriores. Ella quería casarse y fundar una familia, y me gustó esa actitud después de que tú me dijeras que no estabas preparada para nada de todo eso.

Emily hizo de tripas corazón y le preguntó abiertamente:

—¿La querías, Boone?

Él la miró con una expresión inescrutable en el rostro durante unos segundos antes de contestar:

—¿Te sentirías mejor si te dijera que no? La verdad es que sí que la quise, Emily; de no ser así, no me habría casado con ella. No me considero tan mezquino como para hacer algo así.

Ella sintió el inesperado escozor de las lágrimas en los ojos. En el fondo, había guardado la esperanza de que no hubiera existido amor entre ellos, pero eso era muy egoísta por su parte. La idea de que Boone se hubiera sentenciado a sí mismo a un matrimonio sin amor era absurda.

—Lo siento —le dijo, sin saber del todo por qué estaba disculpándose. Quizás fuera por la pérdida que él había sufrido, o por su propio deseo infantil de seguir siendo la primera en su corazón—. ¿Fuiste feliz?

Él volvió a mirarla en silencio durante un largo momento.

—Sí, sí que lo fui. Y, cuando llegó B.J., creí que todas mis aspiraciones se habían cumplido.

—Te entiendo, es un niño fantástico.

—Sí, y está claro que le has caído muy bien.

A juzgar por su tono de voz, estaba claro que aquello seguía sin gustarle demasiado, y Emily le aseguró:

—El sentimiento es mutuo. Espero que no le prohíbas venir a verme por lo que ha pasado hoy.

—Me dan ganas de hacerlo —admitió, antes de admitir con resignación—: Pero dudo que lo consiga si lo intento, casi siempre se las ingenia para salirse con la suya. Soy un blandengue, sus tácticas suelen funcionar conmigo. Jenny era mucho más dura a la hora de imponer disciplina, pero, desde que ella murió, quiero que tenga todo lo que quiera o necesite. Supongo que esa actitud acabará por salirme cara tarde o temprano.

—No creo. Si quieres mi opinión, yo veo a un niño que sabe que le quieren y que reacciona en consonancia. No creo que esté aprovechándose de la situación, es un crío muy responsable.

—Ha tenido que crecer demasiado deprisa.
—Ya sabes que se preocupa por ti. No quiere mencionar a su madre para no entristecerte.
—Sí, hoy le he oído cuando estaba contándotelo y me he quedado hecho polvo. Supongo que voy a tener que hablar con él del tema, tengo que dejarle claro que puede hablar conmigo de Jenny siempre que quiera.
—Eso es lo que le he dicho yo.
—Ya lo sé, le has tratado de maravilla.
—¿Y eso te sorprende?
—Sí, supongo que sí, al menos un poco. Nunca tuve la sensación de que te interesara demasiado tener hijos. Esa fue otra de las razones que me hicieron pensar que tú y yo no teníamos futuro.

Emily frunció el ceño al oír aquello, aunque pudo llegar a entender que él opinara así.

—Que no estuviera preparada para tener hijos hace diez años no quiere decir que nunca me lo haya planteado, lo que pasa es que tú ibas muy por delante. Me dio miedo lo preparado que estabas para todo... una esposa, una familia, echar raíces... Yo sentía que estaba empezando mi vida. Había un montón de sitios que quería ver, tenía muchas metas.
—Y pensaste que estar conmigo sería un obstáculo.
—Sí.
—El hecho de estar casado y de tener a B.J. no me impidió abrir mis restaurantes, ni expandir mis negocios a varios mercados más.
—Está claro que hacer mil cosas al mismo tiempo se te da mejor que a mí, yo pensé que tenía que centrarme en mis sueños al cien por cien.
—¿Has alcanzado todas tus metas?
—No todas, pero tengo una carrera fantástica.
—¿Y cómo te va en tu vida personal?
—Salgo de vez en cuando.

—¿Con alguien en especial?

Ella negó con la cabeza. No quería admitir que, al margen de unos cuantos clientes, nadie iba a darse cuenta de que iba a pasar una temporada fuera de Los Ángeles. Era algo que le sonaba demasiado deprimente incluso a ella misma, a pesar de que en gran medida se sentía satisfecha con la vida que llevaba. Era como si perder la relación más importante que había tenido en toda su vida le hubiera quitado las ganas de volver a intentarlo.

—Supongo que estoy demasiado ocupada para tener una relación seria —se limitó a decir al fin—. ¿Y tú qué?, ¿sales con alguien?

—He tenido un par de citas, pero aún es demasiado pronto para que entre alguien nuevo en la vida de mi hijo. Estoy demasiado ocupado como para tener que preocuparme también por una relación; además, también estoy intentando ser respetuoso y tener en cuenta los sentimientos de los Farmer, la muerte de Jenny los dejó destrozados. Me odiarían por intentar reemplazarla si tuviera una relación seria, y las cosas ya están bastante tensas entre nosotros.

—¿No te llevas bien con tus exsuegros?

—No nos llevamos mal, mientras yo no haga nada que les cabree. Salir con alguien en este momento les cabrearía, y mucho.

—Puede que tengamos motivos distintos, pero me da la impresión de que nuestros puntos de vista coinciden bastante.

Él se volvió a mirarla y le preguntó, sorprendido:

—¿Así es como lo ves?

—Sí, ¿tú no?

—Em, yo creo que nuestros puntos de vista no han coincidido desde que éramos unos adolescentes y nos sentábamos aquí en noches como esta.

El inesperado dardo dio de lleno en la diana. Emily

volvió a sentir que los ojos se le inundaban de lágrimas, y solo pudo contestar con voz queda:

—Ah.

—¿Estás a punto de llorar? —le preguntó, ceñudo.

—No, claro que no —le aseguró, antes de secarse una lágrima con impaciencia—. Es que pensaba que... no sé, tenía la impresión de que las cosas iba mejorando entre nosotros, que estábamos haciendo las paces.

—¿Eso es lo que quieres?, ¿que hagamos las paces?

—Fuiste mi mejor amigo, y viceversa. ¿No te parece un buen punto de partida?

—Sí, supongo que sí —saltaba a la vista que no estaba demasiado convencido.

—¿No te parece posible?

—Todo es posible. El hombre llegó a la luna, ¿no?

—¿Estás poniendo la posibilidad de que volvamos a ser amigos en la misma categoría que un paseo por el espacio? —no supo si tomárselo a broma o sentirse insultada; al parecer, estaba convencido de que era muy improbable que pudieran retomar su amistad.

—Eso parece.

Verle tan lleno de dudas tuvo una extraña reacción en Emily; ni él mismo lo sabía, pero acababa de poner ante ella un reto irresistible. No sabía cuánto tiempo iba a pasar en Sand Castle Bay, pero de repente tenía una nueva misión: recuperar la amistad que había tenido con Boone en el pasado.

Era una amistad que, al menos para ella, había tenido un valor incalculable... y había sido tan estúpida como para echarla a perder. Daba igual lo que opinara del matrimonio de Boone con Jenny, había sido ella quien, al marcharse, había dado pie a lo que había sucedido después.

Capítulo 7

Boone se dio cuenta demasiado tarde del error que acababa de cometer. En cuanto vio cómo le brillaban los ojos a Emily, supo que acababa de lanzar un reto al que ella no iba a poder resistirse. Su intención había sido mantenerla a distancia, evitar que ella derribara sus defensas, pero lo que había conseguido era que se esforzara más que nunca por recobrar lo que habían compartido en el pasado o, como mínimo, por lograr que él le prestara atención; en cualquiera de los dos casos, estaba perdido.

–No empieces a intrigar –le advirtió con severidad.

–¿A qué te refieres?

–Lo sabes tan bien como yo. Me refiero a los juegos, los retos... lo de siempre. Lo nuestro se terminó, Em. Se terminó hace mucho, y es mejor dejar las cosas tal y como están.

–Boone Dorsett, ¿acaso estás insinuando que yo sería capaz de intentar influirte con mis armas de mujer con el único propósito de demostrar que tengo razón? –le preguntó, con el meloso acento que había logrado eliminar de su voz a base de entrenamiento.

Él contuvo a duras penas las ganas de echarse a reír al oírla hablar con un acento sureño tan exagerado. No quería darle alas, aquel jueguecito podía ser muy peligroso.

—Puede que no lo hicieras para demostrar que tienes razón, pero ¿para salirte con la tuya? Sí, claro que sí.

Al ver que ella no dudaba en echarse a reír, Boone supuso que no estaba demasiado preocupada por todo lo que estaba en juego, que era mucho. Aunque él había hecho alusión a la difícil relación que mantenía con los padres de Jenny, Emily no tenía ni idea de que le amenazaban constantemente con luchar por la custodia de B.J.

—Qué bien me conoces —comentó ella, en tono de broma—. En fin, ya veremos lo que pasa. ¿Tienes puesta la vacuna?

—¿Qué vacuna?

—La que te protege de las armas de mujer —le dijo, antes de parpadear con una coquetería exagerada de lo más inusual en ella.

—Cielo, te aseguro que me he vuelto inmune —le habría gustado estar la mitad de convencido de eso de lo que intentaba aparentar. La miró y le preguntó con frustración—: ¿Por qué quieres volver a sacar a la luz todo esto?, ¿no te bastó con romperme el corazón una vez?

Ella le miró perpleja; por primera vez desde que la conversación había tomado aquel cauce, la vio ligeramente desconcertada.

—No voy a romperte el corazón, Boone.

Aunque se lo prometió con una voz suave que rebosaba sinceridad, no logró convencerle del todo.

—Los dos sabemos que acabarás por marcharte. ¿Qué crees que va a pasar si intentas empezar algo que no vas a poder terminar?

Ella le observó en silencio con expresión pensativa, y al final asintió.

—Vale, tienes razón.

—¿En serio?, ¿vamos a volver al plan original? ¿Nada de locuras mientras estás aquí?

–En serio, nada de locuras.

Boone le sostuvo la mirada para intentar ver si se había tomado en serio su advertencia o se trataba de una triquiñuela para lograr que él se confiara. Lamentablemente, y a pesar de lo que la propia Emily pudiera creer, ya no podía leer su expresión como en los viejos tiempos... aunque otra posible explicación sería que ya no confiaba en sus instintos en lo relativo a ella; al fin y al cabo, en el pasado había tenido la certeza de que el amor que sentían el uno por el otro era lo bastante fuerte como para sobrevivir a lo que fuera.

En cualquier caso, tenía la sensación de que lo que él acababa de reavivar entre ellos sin querer no había hecho más que empezar. Estaba claro que, si se atrevía a bajar la guardia, volvería a salir perdiendo de nuevo, pero en aquella ocasión la pérdida sería mucho más devastadora de lo que Emily podía llegar a imaginar.

Cuando Emily entró en el Castle's al día siguiente de su perturbadora conversación con Boone, sus ojos tardaron unos segundos en acostumbrarse a la tenue luz que reinaba en el interior del local; cuando por fin pudo ver con claridad, vio al otro lado de la sala a un adonis que sería el sueño de cualquier mujer.

Camiseta blanca que se amoldaba a un pecho amplio y estaba metida por dentro de unos vaqueros descoloridos y ajustados; cabello castaño teñido de reflejos dorados por el sol y un pelín largo; frente bronceada; manos grandes y callosas, que acariciaban la madera del mueble de la caja registradora tal y como una mujer soñaba que la acariciaran a ella.

–¡Madre mía! ¿Quién es ese tipo? –murmuró.

No se lo dijo a nadie en particular, pero era más que consciente de lo cerca que estaba Boone. Había dicho aquello con la intención de que él la oyera, pero eso no quería decir que su admiración no fuera sincera.

Boone se detuvo a su lado; a juzgar por su sonrisa, le había hecho gracia su reacción.

—Es Wade Johnson, ya te comenté que iba a pedirle que viniera hoy. Es el mejor ebanista de la zona, hace muebles a medida.

—Apuesto a que eso no es lo único que se le da bien —murmuró ella, con la mirada puesta en las acariciantes manos del tipo sobre la madera.

—Empiezo a plantearme si será buena idea presentártelo, se te ve bastante impactada.

—Tendrías que estar celoso. Ese tipo podría hacer que una mujer se olvidara de su propio nombre, y de cualquier otro hombre.

—Cuánto me alegra que te haya impresionado tanto, por eso le pedí que viniera —comentó él con ironía.

Gabi entró en ese momento y se detuvo junto a ellos mientras sus ojos se acostumbraban al cambio de luz; al ver que su hermana parecía fascinada por algo, siguió la dirección de su mirada.

—¿Ves lo mismo que yo? —le preguntó Emily, sin apartar la mirada de Wade.

—¿El qué? —le preguntó Gabi, desconcertada.

—El dios que Boone nos ha traído.

Gabi volvió a mirar de nuevo a Wade, y se encogió de hombros en un gesto de indiferencia.

—Bueno, supongo que es atractivo en plan obrero de la construcción o albañil, como esos que salen en las revistas de reformas del hogar.

—¿Estás ciega? —le preguntó Emily con incredulidad.

Wade alzó la mirada en ese momento, y sus ojos azules reflejaron diversión al ver que tenía público.

—¡Eh, Boone! ¿Van a pagarme más por servir también de entretenimiento?

—Solo si haces un striptease.

—¡Madre de Dios! —susurró Emily. La idea la había impactado, pero exageró su reacción de forma deliberada.

—Tranquilízate, Em —la voz de Gabi reflejaba exasperación, pero de repente debió de darse cuenta de lo que estaba pasando, porque la miró en silencio por un instante antes de echarse a reír—. Estás perdiendo el tiempo, hermanita.

—¿Qué quieres decir? —le preguntó Emily, fingiendo desconcierto.

—Sé lo que te traes entre manos.

—Todos lo sabemos —comentó Boone, con una carcajada—, y no estoy celoso.

Después de mirar ceñuda a su hermana, Emily se volvió hacia él y protestó con indignación:

—¿Crees que me molestaría en intentar ponerte celoso?, ¿no te prometí ayer que no iba a empezar con jueguecitos de ese tipo?

—Sí, pero fue una promesa que no me creí del todo —admitió él.

—¿Le interesan a alguien mis propuestas para el mueble de la caja registradora? —les preguntó Wade.

Fue Gabi quien respondió:

—A mí sí, y creo que soy la única mujer de la sala que no supone ningún peligro para usted.

Él la recorrió de arriba abajo con la mirada muy, pero que muy a conciencia, y entonces comentó:

—Qué lástima.

Al ver que su hermana se quedaba desconcertada ante aquel obvio flirteo, Emily se echó a reír.

—Me parece que has logrado captar su atención, lo de fingir indiferencia siempre funciona.

—No estoy fingiendo, tengo novio —le aseguró Gabi en voz baja, antes de mirar ceñuda a Wade.

Emily hizo una mueca. No sabía quién era el tipo del que hablaba su hermana, pero, quienquiera que fuese, la relación no debía de ser demasiado seria; si lo fuera, él ya estaría allí echando una mano. Que ella supiera, ni siquiera se había molestado en llamar a Gabi con regularidad para ver qué tal iba todo.

–Qué interesante –murmuró, al verla acercarse a Wade con una cautela inusitada; al parecer, el comentario que él había hecho había dejado muy confundida a su hermana.

Boone se echó a reír.

–Esto supone un problemilla para tus planes, ¿verdad?

–¿Qué planes? –siguió fingiendo inocencia, aunque su actuación había perdido algo de credibilidad.

En vez de contestar, él se inclinó y le dio un beso inesperado y demasiado fraternal en la mejilla.

–No te preocupes, cielo, puede que me haya puesto un poquito celoso durante un par de segundos.

–Qué alivio –masculló, enfurruñada, al ver que se lo tomaba a broma.

Tendría que haber sabido de antemano que la treta no iba a funcionar. Boone siempre había sido un tipo sencillo y que confiaba en sí mismo, y nunca le habían gustado los juegos; que ella supiera, nunca se había sentido inseguro cuando estaban juntos, y ni que decir tiene que en aquel entonces no había tenido motivo alguno para ponerse celoso.

¿Qué le había hecho pensar que fingir que estaba interesada en un amigo suyo iba a funcionar en esa ocasión? Y no porque Wade no fuera digno de interés, porque la verdad era que estaba buenísimo; de hecho, le encantaría que Gabi se diera cuenta de lo sexy que era, estaba casi segura de que aquel tipo podía ser justo lo que necesitaba su hermana para darle una buena sacudida a aquella vida centrada en el trabajo que llevaba.

En cuanto a ella, estaba claro que Wade no era lo que

necesitaba para darle una buena sacudida a Boone; no, para eso iba a necesitar un plan muy distinto, así que iba a tener que pensar en ello con mayor detenimiento. Porque Boone había acertado en algo: no estaba dispuesta a cumplir su promesa de portarse bien.

Cora Jane se apartó a toda prisa de Jerry cuando Boone y Emily entraron en la cocina, y se ruborizó avergonzada. No habría sabido decir por qué le causaba pudor mostrar la estrecha relación que había surgido entre los dos, ni por qué sentía la necesidad de ocultarle a sus nietas lo que sentía. A lo mejor era una anticuada que pensaba que tener un romance a aquellas alturas de la vida era inapropiado, que nadie iba a entenderlo.

A Jerry le hizo gracia su reacción, ya que la miró sonriente y le preguntó:

–¿Crees que no se han dado cuenta ya de que hay algo entre nosotros?

–Puede que sí, pero no hace falta que confirmemos sus sospechas –le contestó ella en voz baja–. Prefiero vivir sin aguantar sus bromitas.

Él se mostró comprensivo y se limitó a decir:

–Como quieras.

A diferencia de Boone, que parecía no haber notado nada raro, Emily estaba observándoles con suspicacia y preguntó:

–¿Hemos interrumpido algo?

–Para nada –le contestó Cora Jane, con toda naturalidad–. Jerry me ha pedido que pruebe la sopa de cangrejo para ver si está demasiado fuerte.

El aludido le siguió la corriente y preguntó:

–¿Cuál es el veredicto?

–Está perfecta –le aseguró ella, antes de volverse hacia Boone–. ¿Qué tal va Wade con el mueble?

—Tiene varias sugerencias, está hablándolo con Gabi.
—¿Ah, sí?

A Cora Jane le parecía que un hombre tranquilo y centrado como Wade sería perfecto para Gabriella, pero estaba convencida de que su nieta no iba a darse cuenta si no recibía un pequeño empujoncito en la dirección adecuada, ya que tenía tendencia a gravitar hacia profesionales estirados igualitos a su bendito padre.

Por mucho que Sam fuera su hijo, Cora Jane era consciente de sus defectos y le parecía increíble que hubiera logrado mantener a flote su matrimonio durante tanto tiempo; en su opinión, la madre de sus nietas había sido una santa por aguantar que su marido llegara tarde casi a diario y sus frecuentes ausencias.

—Abuela, creo detectar cierto brillo de casamentera en tus ojos —comentó Emily.

—No sé a qué viene eso. Fue Boone quien le pidió a Wade que viniera, no yo.

—Empiezo a plantearme si hice bien —murmuró él—, me da la impresión de que se están urdiendo un montón de planes malvados.

Emily se echó a reír.

—Solo son unos cuantos, y creo que la abuela y yo coincidimos en uno de ellos.

—Tú también te has dado cuenta, ¿verdad? —le preguntó Cora Jane, encantada de tener una aliada.

Jerry lanzó una mirada llena de conmiseración a Boone.

—¿Crees que tendríamos que poner sobre aviso a Wade?

—Ni se os ocurra —les advirtió Cora Jane—. Es un adulto, puede cuidarse solito.

—¿Avisamos a Gabi para que esté alerta? —propuso Boone.

—Os aconsejo que no os metáis en esto —insistió ella.

Boone alzó las manos en un gesto de rendición.

—Vale, vale. Me largo a territorio más seguro.

Jerry asintió.

—Te entiendo, ojalá pudiera irme contigo.

—Si te cansas de estar aquí, puedes marcharte cuando quieras —le espetó Cora Jane con sequedad.

Él la alzó en volandas y le plantó un besazo en los labios.

—Nunca me canso de ti, a estas alturas ya tendrías que saberlo.

—¡Ahora sí que la has hecho buena! —murmuró ella, ruborizada.

Él se echó a reír.

—Tú eras la única que pensaba que las muchachas no nos habían descubierto.

—Jerry tiene razón, abuela —afirmó Emily—. Aunque no sepamos a ciencia cierta lo que está pasando, tienes la aprobación de las tres.

Cora Jane soltó un bufido de indignación.

—¿Os la he pedido?

—Dale las gracias, Cora Jane. Sabes tan bien como yo que querías tener la aprobación de las tres —le dijo Jerry.

—Puede que la quisiera, pero no me hacía falta —refunfuñó ella, antes de mirar a Emily con ojos brillantes—. Vale, está bien. Gracias.

Emily la abrazó con fuerza y besó a Jerry en la mejilla antes de decir, sonriente:

—Me alegro mucho de que os tengáis el uno al otro.

Cora Jane sintió que los ojos se le inundaban de lágrimas; a pesar de sus protestas, aquello era justo lo que ansiaba oír. A lo mejor resultaba que lo que sentía por Jeremiah no era tan descabellado como ella había creído en un principio.

—Lo que has hecho en la cocina ha estado muy bien

—le dijo Boone a Emily, cuando salieron juntos a la terraza.

—¿El qué?

—Darle tu bendición a Cora Jane, me parece que estaba muerta de miedo pensando que ni tus hermanas ni tú ibais a aprobar su relación con Jerry.

—Ella tenía razón al decir que nosotras no tenemos derecho a aprobar o desaprobar lo que haga.

—Pero vuestra aprobación es importante para ella, le preocupaba mucho que pensarais que estaba comportándose como una vieja tonta.

—¿Habló contigo del tema?

—Sí, me lo mencionó.

—Entonces, tú sabías que había algo entre ellos dos, ¿no?

—Sí, cualquiera que pase con ellos más de un par de segundos se daría cuenta.

Ella se puso a la defensiva de inmediato.

—¿Estás criticándonos a mis hermanas y a mí por no venir más a verla?

—Tómatelo como quieras. La cuestión es que creo que Jerry llevaba años enamorado de tu abuela, pero lo ocultó mientras tu abuelo estaba con vida. Caleb y él eran amigos, es un hombre de honor y nunca habría traicionado esa amistad.

—Supongo que nunca me pregunté por qué no había ninguna mujer en su vida. Siempre fue como un miembro más de la familia, como una especie de tío solterón que guarda con celo su vida privada.

—¿Creías que era gay?

Ella se echó a reír.

—¡Claro que no!, ¡ni por asomo! Alguna que otra vez le pillé mirando a las clientas. A lo mejor salía con una mujer distinta cada noche, pero con mucha discreción.

—Yo creo que salía lo justo para que tus abuelos no

sospecharan lo que sentía. Una vez yo estaba ayudando en la cocina y oí a tu abuela intentando convencerle de que saliera con una amiga suya. Él se negó en redondo, dijo que la situación sería muy incómoda si la cosa no iba bien. Está claro que no podía admitir que la amiga no tenía ninguna oportunidad comparada con Cora Jane –la observó con atención por unos segundos antes de preguntar–: ¿Seguro que no te molesta que estén juntos?

–Seguro. Estaba pensando que, en cierto sentido, es muy dulce que todos esos años de amor no correspondido estén dando sus frutos ahora.

–Sí, resulta reconfortante. Hace pensar que el universo se las ingenia para arreglar las cosas de forma que haya un final feliz.

–Qué punto de vista tan romántico.

Él sonrió al verla tan sorprendida.

–Es que a veces estoy inspirado –aunque lo dijo en tono de broma, sabía que tenía que evitar dejarse llevar por aquellas absurdas ideas románticas cuando estaba con Emily.

Emily salió a sentarse al porche de la casa de su abuela aquella noche y, mientras saboreaba un vaso de té frío con los pies apoyados en la baranda, le dio vueltas a lo que le había dicho Boone.

Al cabo de un rato, Gabi salió también con un vaso de té en la mano y se sentó junto a ella en otra silla de mimbre antes de decir:

–Sabía que te encontraría aquí. Has estado muy callada durante la cena, ¿va todo bien?

–Estaba pensando en el amor, y en lo complicado e impredecible que es.

–Ah, qué tema tan sencillito –comentó su hermana en tono de broma.

—La abuela ha admitido esta tarde que Jerry y ella son pareja.

El rostro de Gabi se iluminó al oír aquello.

—¿En serio?, ¿cómo has conseguido sacarle la información?

—Boone y yo hemos entrado en la cocina y les hemos pillado desprevenidos. No estaban haciendo nada comprometedor, pero la abuela ha reaccionado como si les hubiéramos encontrado juntos en la cama. Se ha resistido un poco, pero al final ha admitido la verdad; según Boone, Jerry llevaba años enamorado de ella.

—¿Desde cuándo se ha vuelto Boone tan observador, sobre todo en temas del corazón?

—Eso me gustaría saber a mí. Desde que volví, he visto facetas nuevas en él.

—Pareces sorprendida.

—Años atrás, creía que lo sabía todo acerca de él. Resulta bastante chocante descubrir todas estas facetas nuevas. No sé si siempre estuvieron ahí, o si surgieron gracias a Jenny. ¿Tú que opinas?

—Que a lo mejor ha madurado, y punto. Es algo que puede suceder entre los veintiuno y los treinta y uno. Tú no eres la misma que cuando te fuiste de aquí, ¿verdad?

Emily pensó en ello antes de admitir:

—No, la verdad es que no.

—¿Qué opinas de los cambios que has tenido?

—Prefiero que seas tú la que opine sobre eso, me vendría bien oír una valoración externa.

Dio la impresión de que Gabi era reacia a responder.

—¿De verdad quieres saber lo que opino?, ¿sin censura?

—Pues claro, ¿por qué me preguntas eso? —no entendía la actitud de su hermana.

—Porque eres humana, igual que todos los demás, y la verdad puede doler a veces. ¿Te acuerdas de cuando hablamos por teléfono la semana pasada, y me molesté cuando bromeaste diciendo que soy igualita a papá? Es la pura verdad, pero no me hizo ninguna gracia escucharlo.

–¡Pero si hace años que te lo decimos! ¿Por qué te molestaste?

–Porque en los últimos tiempos he empezado a sentirme insatisfecha. Creo que quiero algo más que un trabajo estresante que me absorbe día y noche.

–¿Lo dices en serio?

A Emily le costó creer que aquellas palabras hubieran salido de boca de una mujer cuya dedicación al trabajo siempre había sido total; de las tres hermanas, Gabi siempre había sido la más centrada en su carrera profesional, y eso que ni Samantha ni ella misma eran unas flojas a la hora de ir a por sus metas.

–Es increíble, ¿verdad? –comentó Gabi.

–¿Es por el tipo ese con el que estás saliendo? ¿Estás enamorada?, ¿estás planteándote fundar una familia con él?

Su hermana vaciló por un instante, pero al final negó con la cabeza y admitió:

–No, creo que no; a ver, a lo mejor podríamos ir en esa dirección, y ha sido fantástico contar con alguien que está ahí al final de la jornada, alguien que entiende lo importante que es mi trabajo para mí y que no se enfada si tengo que quedarme hasta tarde en el despacho. Nos llevamos bien, es una relación cómoda y sin complicaciones.

–No has mencionado la pasión.

Gabi se ruborizó, pero admitió sonriente:

–Hay pasión de sobra, te lo aseguro.

–Parece una relación ideal.

–¿Verdad que sí?

Emily frunció el ceño al ver que no parecía demasiado convencida.

—Si todo es tan ideal, ¿por qué no se te ve más contenta?
—No tengo ni idea.
—Eso quiere decir que hay algo que no acaba de convencerte, yo creo que tendrías que intentar averiguar lo que es.
—Sí, tienes razón. Bueno, dejemos el tema. Has conseguido desviar la conversación para que dejáramos de hablar de ti, así que está claro que no te apetece demasiado que te dé mi opinión acerca de cómo has cambiado.
—Tendría que haberme dado cuenta de que no ibas a olvidarte del tema, tu cerebro es como uno de esos teléfonos nuevos tan sofisticados que te avisan cuando tienes alguna tarea pendiente.

Gabi se echó a reír.

—Esos trastos son un regalo caído del cielo... y sí, mi mente es así. A ver, ¿quieres que te dé mi opinión? ¿Sí o no?
—Sí —aunque se sentía un poco reacia, tenía la sensación de que le vendría bien oír las opiniones de su hermana. Se sentía capaz de encajarlas bien, aunque la cosa habría sido muy distinta si se tratara de Samantha en vez de Gabi.
—Yo creo que has llegado a un punto de inflexión en tu vida, uno muy importante. Puedes tener una carrera profesional extraordinaria, hacer como yo y dedicarle las veinticuatro horas del día al trabajo, o puedes intentar buscar un equilibrio.
—¿Seguro que ya no estamos hablando de ti?
—Sí, lo que pasa es que puede aplicarse el mismo concepto —le sostuvo la mirada al añadir—: La diferencia está en la dulzura que tenías años atrás, cuando estabas con Boone. Sí, eras ambiciosa, pero estabas locamente enamorada de él, y eso atemperaba esa ambición. Ahora estás centrada al cien por cien en tu trabajo. Se te ve tensa,

te has vuelto un poco dura. Estoy segura de que, si alguien te encargara un gran proyecto de diseño de interiores que tuviera que estar listo en poquísimo tiempo, lo harías sin inmutarte.

—Dicho así, no suena demasiado positivo.

—Es positivo si esa es la vida que quieres tener, pero a mí me gustaría volver a verte realmente feliz. Me encantaría verte reír como cuando estabas con Boone, cuando os escabullíais en medio de la noche. No sé cómo explicarlo, pero se te veía... relajada, feliz. Eras una mujer plena.

—¿Estás insinuando que no puedo sentirme plena si no hay un hombre en mi vida? —le preguntó Emily con indignación.

—Claro que no. Lo que digo es que tú, Emily Castle, no puedes sentirte plena sin esa profunda felicidad que irradiabas cuando estabas con Boone. No sé, puede que el trabajo logre proporcionártela algún día, pero por ahora me parece que no es así —se encogió de hombros antes de admitir—: A mí me pasa lo mismo, y créeme cuando te digo que yo soy la primera sorprendida.

Emily reflexionó sobre lo que acababa de oír. Gabi había acertado al pensar que sus palabras iban a herirla, pero era innegable que reflejaban la realidad. Hacía mucho que no era feliz al cien por cien, que no sentía esa felicidad embriagadora y liberadora. Era increíble que no se hubiera dado cuenta, que no se hubiera percatado de que ni todos los éxitos del mundo ni todos los encargos que recibía gracias a su talento la hacían sentir realmente plena. Los trabajos que aceptaba ponían a prueba sus aptitudes, pero no le daban la satisfacción que, en su opinión, debería proporcionar una profesión.

Gabi posó una mano sobre la suya antes de preguntar:

—No te has enfadado conmigo, ¿verdad?

—Claro que no, te has limitado a decir lo que ves.

—A lo mejor me equivoco —insistió su hermana, en un claro intento de quitarle hierro a sus palabras.

—Me gustaría que fuera así, pero la verdad es que has acertado de lleno. El problema es que no sé cómo cambiar las cosas, no puedo pasar a tener una nueva vida solo con chasquear los dedos.

—¿Estás segura de eso? Puede que solo tengas que chasquearlos cuando la persona adecuada esté cerca.

—¿Te refieres a Boone?

—Exacto.

—¿Aún piensas que es el hombre adecuado para mí y que yo soy la mujer adecuada para él, teniendo en cuenta el daño que le hice y todo lo que ha sufrido en los últimos tiempos?

—Da igual lo que yo piense... y también da igual lo que piensen la abuela y Samantha, aunque te adelanto que las dos están de acuerdo conmigo. Lo único que importa es lo que pienses tú.

—Y Boone. Su opinión también es fundamental en todo esto, y está bastante molesto conmigo.

—Es comprensible.

—Sí, pero justo por eso estamos hablando de una batalla muy dura.

—La Emily con la que me crie no se achantaría ante las dificultades.

—Pero esa Emily ya no existe, tú misma acabas de admitirlo.

—Yo creo que aún sigue ahí, solo tienes que encontrarla —le aseguró Gabi, sonriente—. Has aprendido a luchar para conseguir trabajos cada vez más grandes, ¿no? Pues ahora tienes que recordar cómo se lucha por una relación.

—¿Y qué pasa con Boone?, ¿crees que aún existe el hombre que estaba locamente enamorado de mí?

—Claro que sí, cielo, eso lo sabe cualquiera que os vea juntos. Las chispas que saltan entre vosotros bastarían para incendiar el pueblo entero, lo que pasa es que él está luchando con todas sus fuerzas por contenerlas.

–Y con razón –admitió Emily, descorazonada–. ¿Qué pasa si al final no puedo renunciar a mi carrera y vuelvo a irme?

–Si hicieras eso, serías una idiota. Yo no creo que vayas a perder nada; al contrario, puedes ganarlo todo –le apretó la mano en un gesto cariñoso, y añadió–: La hermana a la que conozco y quiero no es ninguna idiota y, en el fondo, ella sabe que no lo es.

A Emily le habría gustado que se le contagiara la fe que Gabi tenía en ella. Si seguía sus consejos, el riesgo era muy grande... tanto para Boone como para ella, pero sobre todo para el niño. Boone y ella eran adultos y podían lidiar con lo que pasara, fuera lo que fuese, pero sería egoísta y reprobable poner en juego los sentimientos de B.J., en especial si no estaba segura al cien por cien de lo que quería.

Se dio cuenta de que eso era lo que el propio Boone había estado advirtiéndole desde el principio.

Capítulo 8

Cora Jane miró atónita a Emily, y al cabo de unos segundos alcanzó a decir:

—¿Te vas?, ¿cómo que te vas? ¡Aún queda trabajo por hacer!, ¡creía que ibas a quedarte un par de semanas como mínimo!

—Eso era lo que tenía pensado, pero tengo un trabajo en Los Ángeles que está en un punto crítico —le explicó ella, mientras intentaba esquivar la mirada llena de consternación de Gabi—. La clienta es muy exigente y está a punto de sufrir un ataque de nervios porque las cosas aún no están terminadas, tengo que ir a revisarlo todo en persona para que se calme. Por si fuera poco, mi cliente de Aspen tiene que revisar y darle el visto bueno a lo que tengo pensado para su proyecto. Como aquí todo está bastante controlado, me ha parecido un buen momento para irme.

—¿Te vas porque no quise hacer las reformas que sugeriste? —le preguntó su abuela.

Fue Gabi, que no se había tragado sus excusas ni por asomo, la que contestó:

—No, abuela. Se va por una conversación que ella y yo tuvimos anoche. ¿Verdad que sí, hermanita?

Cora Jane las miró con preocupación.

—¿Qué conversación?, ¿discutisteis por algo?

—No, para nada —le aseguró Emily.

Le suplicó con la mirada a su hermana que no dijera nada más, pero Gabi respondió con una mirada desafiante antes de explicarle a su abuela lo sucedido.

—Yo le dije que debería volver con Boone, que tenía que encontrar la forma de forjarse un futuro con él, pero está claro que se asustó y que ha decidido salir huyendo.

—No me voy por lo que me dijiste, ni por Boone —protestó Emily—. Tengo varios trabajos pendientes y en los últimos días los tengo muy descuidados, voy a estar fuera un par de días como mucho.

—Ah, ¿solo es un viaje corto? —le preguntó su abuela con alivio.

—Sí, claro —no era cierto, pero lo dijo para que dejaran de presionarla.

—A menos que se le ocurran media docena de excusas más para no volver —insistió Gabi, inflexible.

—¡No hables sin saber! —se enfurruñó al ver que su hermana parecía conocerla tan bien. La verdad era que había estado ideando excusas para mantenerse alejada de allí y evitar todas las complicaciones que acechaban en el horizonte—. Bueno, me voy ya. Mi vuelo sale esta tarde, tengo que darme prisa.

—¿Cómo piensas ir al aeropuerto?, no tienes coche —le recordó Gabi, con una sonrisa muy ufana.

—Samantha me ha dado permiso para que vaya en el coche que ella alquiló allí. Lo entregaré antes de irme, y alquilaré otro cuando vuelva. Tú tienes aquí tu coche y la abuela el suyo, apenas hemos usado el alquilado —explicó Emily.

Samantha entró justo entonces en la cocina y debió de notar la tensión que reinaba alrededor de la mesa, porque preguntó:

—¿He hecho algo mal?, ¿qué tiene de malo que le haya dado permiso para que se vaya en ese coche?

—Que le has puesto muy fácil la huida —le contestó Gabi con exasperación—. La culpa no es tuya, yo creo que sería capaz de marcharse hasta haciendo autostop si no le quedara otra alternativa —se levantó de la silla y salió de la cocina sin más.

—¿Por qué está tan enfadada? —preguntó Samantha.

—Cree que estoy huyendo porque estoy asustada —le explicó Emily.

—Pues claro, eso es lo que haces siempre.

Emily la miró consternada; como de costumbre, las acusaciones de Samantha tenían un peso del que carecían las de Gabi, y se puso a la defensiva de inmediato.

—¡Eso no es verdad!

—Es lo que hiciste hace diez años, ¿no? Yo ya estaba en Nueva York, pero todas nos dimos cuenta de que te asustó la intensidad de lo que sentías por Boone y saliste huyendo.

—Me marché porque quería lanzar mi carrera profesional en otro sitio —le espetó con impaciencia.

—Sí, en cualquier sitio que estuviera lejos de Boone. ¿A que tengo razón, abuela?

—Sí, yo también tuve esa impresión.

—Y mira lo bien que te salió la jugada —siguió diciendo Samantha—. Él te dio la sorpresa del siglo al seguir adelante con su vida y tú te quedaste dolida, confundida y amargada.

—No tienes ni idea de lo que pasó, y no tengo tiempo de discutir contigo. ¿Dónde están las llaves del coche?

Su hermana se las lanzó antes de decir:

—La documentación está en la guantera.

—Gracias —después de darle las gracias con sequedad, le dio un abrazo y besó a su abuela en la frente—. Te quiero, volveré pronto.

—Más te vale, señorita; como no lo hagas, mandaré a alguien a buscarte. Esa cobardía no la has aprendido de mí, y tampoco de tus padres.

—¡No es cobardía!

Se dio cuenta de que era inútil protestar, porque ninguna de las dos se creía que su marcha se debiera al trabajo; de hecho, no se lo creía ni ella. Había tomado aquella decisión la noche anterior de forma impulsiva, porque estaba asustada y el último ataque de nervios de Sophia le había dado la excusa perfecta, y ya no podía cambiar de opinión. Si no quería quedar como una idiota indecisa ante su familia y cualquier otra persona que tuviera el más mínimo interés en ella, tenía que cumplir con lo que había dicho y marcharse.

Boone consiguió que B.J. aguantara las ganas de ir al Castle's hasta después de comer, pero gracias a que le sobornó comprándole un videojuego portátil que llevaba meses pidiéndole; en cualquier caso, no tardó en darse cuenta de que había cometido un error, porque, tal y como temía, el niño no había dejado de jugar en toda la mañana.

Cuando llegaron al aparcamiento del Castle's, extendió la mano y le ordenó:

—Dámelo.

—¡Pero si es mío!, ¡quiero enseñárselo a la señora Cora Jane y a Emily!

—Ya se lo enseñarás otro día, ahora vamos a guardarlo. Después decidiremos cuánto rato al día puedes jugar con él.

—¡No es justo!, ¡me has dicho que es mío!

—Y lo es, pero hay límites. Como con la tele.

B.J. le miró enfurruñado, pero al final le dio el juego y salió a toda prisa de la camioneta.

Boone suspiró al verle correr hacia el restaurante; al parecer, su hijo ya se había olvidado de cómo había acabado con puntos de sutura en el brazo.

Fue sin prisa hacia el local, y se detuvo a hablar con Tommy para ver cómo iba la reparación del tejado y cuándo iba a poder ir a su restaurante.

—Acabaré con esto mañana por la mañana como muy tarde, la cuadrilla estará en tu restaurante después de comer.

—Perfecto. Ah, por cierto, pásame a mí la factura de Cora Jane.

—Boone, sabes que va a ponerse hecha una furia.

—Tú dile que no has tenido tiempo de hacer las cuentas.

Tommy le miró con incredulidad.

—¿Quieres que le dé largas? Tardará dos días en empezar a sospechar.

—Yo creo que uno. Estoy en deuda con ella, quiero hacerle este regalo. Si le reclama este gasto al seguro, su cuota se resentirá. Es mejor que lo pague yo. No te preocupes, ya hablaré yo con ella.

—Como empiece a sermonearme sobre lo mal que llevo mi negocio por no pasarle la factura, o se le ocurra llamar a mi madre para quejarse, te juro que se lo cuento todo. No quiero que se enfade conmigo, ni que mi madre meta las narices en mi negocio. Está deseando hacerse cargo de la contabilidad, y esto sería una excusa perfecta para ella.

Boone se echó a reír. Tommy era un tipo de treinta y siete años que medía más de metro noventa y al que le iban bien los negocios, pero estaba claro que aún seguía teniéndole miedo a su madre. Aunque no era de extrañar, porque la señora en cuestión era una mujer de armas tomar.

—No te preocupes, yo daré la cara frente a Cora Jane...

y no te meteré en problemas con tu mamaíta –añadió, en tono de broma.

Su sonrisa se ensanchó al ver que Tommy mascullaba una palabrota y se alejaba, pero se puso serio cuando, escasos segundos después, B.J. salió del restaurante con cara triste. Le agarró del hombro y se puso de cuclillas delante de él.

–¿Qué pasa, campeón?

El niño se sorbió la nariz, y se le llenaron los ojos de lágrimas al decir:

–Emily se ha ido, nadie sabe cuándo va a volver.

Boone maldijo para sus adentros. Aquello era justo lo que temía que pasara desde el principio.

–¿Cuándo se ha ido?

–Esta mañana, supongo –le miró con cara de reproche al añadir–: Yo quería venir, pero no me has dejado. A lo mejor no se habría ido si yo hubiera estado aquí.

–Sabías desde el principio que ella tenía que retomar su trabajo, que tenía que volver a su casa –le recordó, a pesar de que estaba tan desconcertado como él por aquella súbita partida.

–¡Pero aún no! Es demasiado pronto. Creía que era amiga mía, y se ha ido sin despedirse.

«Tal y como yo predije», pensó Boone para sus adentros, mientras intentaba disimular la furia que sentía.

–Lo siento, campeón. Pero has comentado que va a volver, ¿no?

Los hombros del niño se alzaron en lo que podría ser un gesto de conformidad o un suspiro pesaroso.

–Eso es lo que me ha dicho la señora Cora Jane.

–Pues seguro que es verdad –le aseguró, a pesar de que tenía sus dudas. Impulsado por la necesidad de volver a ver una sonrisa en su rostro, añadió–: ¿Por qué no vas a por tu juego y se lo enseñas a Jerry?, apuesto a que querrá jugar contigo.

Los ojos del niño se iluminaron por un instante.

–¿Me das permiso?

–Sí, pero solamente por esta vez –al ver que cruzaba el aparcamiento a la carrera, Boone le advirtió–: ¡Ten cuidado!

B.J. aminoró un poco la marcha y, después de sacar el juego del coche, regresó andando poco a poco, exagerando cada paso con una teatralidad que hizo que Boone tuviera que disimular una sonrisa.

–No eches a correr en cuanto te dé la espalda.

El niño respondió con una sonrisita traviesa mientras pasaba por su lado, pero siguió andando con lentitud.

En cuanto le vio entrar en el restaurante, Boone se sacó el móvil del bolsillo y buscó el número de teléfono de Emily, que había quedado registrado cuando ella le había llamado desde la clínica la otra noche.

La llamó sin pensárselo dos veces.

–Hola, Boone. Qué sorpresa.

–Te lo advertí, te advertí que no le hicieras daño a mi hijo –le espetó él, furioso, en voz baja.

–No te entiendo, yo no le he hecho nada a B.J. –protestó ella con voz serena.

–Te has marchado sin despedirte. Está hecho polvo, Em. No lo entiende, él creía que erais amigos.

Emily masculló en voz baja unas duras palabras contra sí misma, pero lo que dijo en voz alta fue:

–Voy a volver, ¿no se lo ha dicho nadie?

–Tiene ocho años. Su madre se fue y no volvió nunca más, aunque yo le había asegurado que iba a ponerse bien. No se confía demasiado en ese tipo de circunstancias. Se siente abandonado, y te lo advertí. Te supliqué que mantuvieras las distancias con él –fue incapaz de contener su furia, y le espetó–: Si vuelves, no quiero que te le acerques. ¿Está claro?

–No lo dirás en serio, ¿verdad? –protestó ella, horrorizada–. ¿Qué vas a conseguir con eso?, va a pensar que no le tengo ningún cariño.

–¿Y qué crees que piensa ahora? –le preguntó él, furibundo.

–Deja que lo arregle, voy a llamarle ahora mismo. ¿Estáis en el Castle's?

A Boone le habría gustado poder decirle que no se molestara, que se olvidara del tema, pero sabía que esa respuesta sería fruto de su enfado y que no era lo mejor para su hijo.

–Voy a entrar, llámame al móvil en cinco minutos y se lo paso. Puedes despedirte, disculparte, o lo que sea, pero no le prometas nada que no tengas intención de cumplir.

–No lo haré –le aseguró ella, con voz suave–. Lo siento, Boone. Lo he hecho sin pensar, sabes que jamás le haría daño a propósito.

–Nunca lo haces a propósito, pero acabas haciéndolo –suspiró antes de decir–: Llámame en cinco minutos. ¿De acuerdo?

–De acuerdo.

Después de cortar la llamada, Boone entró en el restaurante en busca de B.J. mientras se preguntaba si acababa de hacer lo correcto. Quizás habría sido mejor dejar que el niño se desilusionara ya, porque más adelante podía ser incluso peor.

Mientras esperaba en el aeropuerto, Emily empezó a pasear de un lado a otro con nerviosismo. Cada dos por tres le echaba un vistazo a su reloj, los cinco minutos que Boone le había pedido estaban siendo interminables. No alcanzaba a entender su propio comportamiento. Después de todas las advertencias de Boone, había hecho lo que él temía: le había hecho daño a su hijo. Tal y como él había comentado, daba igual que no lo hubiera hecho a propósito. Lo cierto era que había sido una desconsiderada.

Se había marchado justo por eso, ¿no? Porque le daba miedo terminar hiriendo tanto al padre como al hijo. Quizás tendría que haberse marchado antes... no, mejor aún: Tendría que haberse excusado y haberse mantenido alejada de allí, aunque fallarle así a su abuela habría sido inaceptable.

En cuanto pasó el último segundo de los cinco minutos acordados, llamó al móvil de Boone y él le contestó con voz tensa antes de pasarle a B.J.

–¿Emily? –dijo el niño, vacilante.

–¿Cómo está mi asesor? –le preguntó, procurando mostrarse animada.

–Bien.

–Oye, perdona que me haya ido sin decirte adiós. Tengo que ir a supervisar un par de trabajos, y me he marchado a toda prisa.

–Vale –se limitó a decir él, con voz apagada.

–Voy a enseñarle al cliente de Aspen los muebles que me ayudaste a seleccionar para su hotel de montaña.

Al ver que no contestaba de inmediato, Emily optó por esperar; con un poco de suerte, la curiosidad que el niño sentía por su profesión acabaría por hacerle hablar.

–¿Vas a enseñarle el rojo? –le preguntó él al fin.

–Sí.

–¿Le dirás que yo te ayudé a elegirlo?

–Claro que sí. Eres mi asesor, ¿no? Siempre reconozco el mérito de quien se lo merece.

Él soltó un pequeño suspiro antes de preguntar:

–¿Cuándo vas a volver?

–No lo sé con exactitud, pero pronto.

–¿Cómo de pronto?, ¿mañana?

–No, no tanto. Dentro de un par de días, más o menos.

–¿Estarás aquí para el fin de semana? –le preguntó,

esperanzado–. Tengo partido de fútbol este sábado, podrías venir con papá. Él siempre viene a verme jugar.

Emily se dio cuenta de que estaba internándose en terreno peligroso. Incluso suponiendo que estuviera de vuelta para entonces, dudaba mucho que Boone quisiera que ella se acercara siquiera a ese campo de fútbol.

–No te prometo nada, ya veremos cómo va todo –contestó con cautela.

–Pero ¿vendrás si estás aquí?

Antes de que pudiera contestar, Emily oyó de fondo a Boone pidiéndole a su hijo que le diera el teléfono.

–Emily tiene que subir al avión, dile adiós.

–Papá dice que tengo que decirte adiós –refunfuñó el niño.

–Adiós, cielo. Pórtate bien, hasta la vista.

–Adiós, Emily.

–Dime que no le has prometido que irás a verle jugar –le exigió Boone. Lo dijo en voz baja, para que B.J. no le oyera.

–Le he dicho que no sé si estaré ahí para el sábado, ya sé que no quieres que vaya en ningún caso.

–Exacto.

–Lo siento mucho –le dijo, a pesar de que sabía que era inútil disculparse; a ojos de Boone, lo que había hecho era inexcusable... y, a decir verdad, ella estaba bastante disgustada consigo misma.

Lo único positivo era que B.J. parecía haberla perdonado, aunque eso era una muestra de la facilidad con la que se podían herir los sentimientos de un niñito. Le costara lo que le costase, tenía que evitar volver a cometer ese error.

Los tres días siguientes fueron una vorágine de actividad. Emily pasó dos de ellos con Sophia, asegurándose de que todos y cada uno de los detalles fueran de su agrado y estuvieran listos para la cena benéfica que iba a celebrar aquel fin de semana. Aunque Sophia estaba encantada con cómo había quedado todo, se había llevado una decepción cuando Emily le había dicho que no iba a asistir al evento.

–¿No te das cuenta de que podrías entrar en contacto con mucha gente importante? Todo el mundo va a preguntarme quién ha hecho todos estos cambios tan maravillosos.

–Puedo dejarte algunas tarjetas de visita –le había ofrecido ella.

Era consciente de que lo que Sophia quería en realidad era alardear de su última «protegida» ante sus amistades. Le encantaba que la vieran como la mentora de la persona con talento que estuviera de moda en Los Ángeles, ya fuera un artista, un cantante, un actor, o un diseñador de interiores; en cualquier caso, había sido Sophia quien la había puesto en contacto con el actor que le había encargado que actualizara una villa que tenía en Italia. Estaba en deuda con ella, porque una importante revista de diseño había publicado un reportaje fotográfico de ese proyecto.

Sophia había contestado a la sugerencia de las tarjetas con el desdén que merecía semejante idea.

–Querida, eso no está bien visto.

–Ya lo sé, era una broma. Asistiría a tu fiesta si pudiera, pero dejé a mi familia en la estacada por venir a asegurarme de que todo estuviera listo. Fuiste tú la que me presentó a Derek Young, y tengo que enseñarle los diseños que le tengo preparados antes de que pierda la paciencia.

–De acuerdo, como quieras. Tu lealtad hacia tus otros clientes y hacia tu familia es muy loable, ante eso no hay discusión posible.

Le habría encantado que la reunión con Derek Young hubiera ido la mitad de bien que aquella. Aunque le había gustado lo que ella tenía para mostrarle, no estaba satisfecho con el progreso en general.

–No vas a acabar en la fecha prevista, Emily. Tienes que quedarte aquí, y ponerte a trabajar en ello de inmediato.

–La fecha que me diste era muy poco realista, te avisé desde el principio; aun así, creo que podrás abrir antes de Navidades.

–¿Me lo puedes asegurar al cien por cien?

–En cuanto le des el visto bueno a lo que te he enseñado, lo pondré todo en marcha. En una semana podré darte una fecha concreta.

–Es una petición razonable, Derek –comentó su esposa.

Emily la miró con gratitud. Tricia tenía unas expectativas más razonables que su marido y, de no ser por ella, seguro que él ya la habría despedido; de hecho, lo más probable era que ni siquiera hubiera llegado a contratarla.

–Tenéis mi promesa de que este proyecto va a ser una prioridad para mí –les aseguró.

–¿Puedes encargarte de todo desde Carolina del Norte? –le preguntó Derek con escepticismo.

Fue Tricia la que contestó:

–Claro que puede, mira todo lo que ha conseguido ya desde allí. Va a quedar precioso, es tal y como nos lo imaginábamos –miró sonriente a Emily al añadir–: Dile a ese muchachito que está ayudándote que me encanta esa tapicería roja que eligió.

Ella se echó a reír.

–Solo tiene ocho años, seguro que le da la lata a su padre para que le traiga a ver si de verdad seguiste su consejo.

–Les daremos la mejor habitación, tráelos cuando quieras –le contestó Tricia.

Emily se dio cuenta de que el ofrecimiento era sincero, pero sabía que era muy improbable que Boone aceptara, sobre todo si existía la más mínima posibilidad de cruzarse con ella.

–Se lo diré –se limitó a decir, antes de recoger sus papeles y cerrar el portátil–. Bueno, ¿quedamos así? ¿Os gustaría ver algún cambio? Si no es así, haré que el contratista venga mañana a primera hora, y empezaré con las llamadas para encargar el mobiliario y los accesorios.

Tricia se acercó más a su marido y le tomó del brazo; a pesar de lo huraño que era con Emily, saltaba a la vista que adoraba a su mujer.

–Todo es perfecto. ¿Verdad que sí, Derek?

Él la miró con una sonrisa indulgente.

–Lo que tú digas, está claro que tienes mucho mejor gusto que yo en estas cosas.

Tricia se echó a reír, y le dijo a Emily:

–Si lo dejáramos en sus manos, todo sería marrón para que no se notaran demasiado las manchas. Puedes empezar ya, Emily. Tienes nuestro visto bueno.

–Fantástico. Os informaré a diario de cómo va todo, y volveré tan pronto como pueda.

En cuanto salió de la reunión, fue directa al aeropuerto para tomar el avión que iba a llevarla a Denver; una vez allí, tendría que tomar otro con destino a Atlanta, y después otro más con destino a Raleigh. Esperaba tener el tiempo suficiente para idear algún argumento convincente con el que convencer a Boone de que la dejara ver a B.J., pero, por desgracia, tenía la impresión de que no iba a ser capaz de imaginarse ninguna situación en la que él pudiera perdonarla por haberle hecho daño a su hijo.

Desde que Tommy y su cuadrilla habían empezado a trabajar en su restaurante, Boone había conseguido mantenerse alejado del Castle's durante dos días seguidos. Su hijo no estaba nada contento con aquella situación, y ninguna de las actividades que le había preparado había salido demasiado bien; al parecer, se había portado fatal durante el día que había pasado con Alex, había sido grosero cuando había asistido a un partido de la liga menor de béisbol con otra familia, y se había quedado sentado delante de la tele sin decir ni una palabra en todo el día cuando le había dejado en casa con una canguro.

–¿Tengo que castigarte para que se te meta en la cabeza que no está bien ser grosero cuando alguien te invita a ir a algún sitio? –le preguntó con frustración–. Lo haré si no me queda más remedio. Pasarás lo que queda de verano en casa con una canguro, sin juegos ni tele.

–Me da igual –le contestó el niño con cabezonería.

–Esa actitud no te beneficia en nada.

–¡Me da igual! –insistió el pequeño, antes de ir a su habitación hecho un basilisco.

Boone se quedó allí plantado, luchando con la frustración que sentía. Emily tenía la culpa de lo que estaba pasando, eso estaba claro como el agua. No habían vuelto a saber nada de ella después de aquella primera llamada, y, aunque no se había comprometido a estar en contacto con B.J., era obvio que el niño la echaba de menos y tenía la esperanza de que ella le volviera a llamar.

El partido de fútbol era al día siguiente, y él no sabía si dejarle ir o castigarle con quedarse en casa por cómo se había comportado durante los últimos días. Al final se decidió por la primera opción. El pobre ya estaba lo bastante triste como para hacer que se perdiera un partido que estaba esperando con tanta ilusión. A lo mejor se animaba al jugar.

El partido empezaba temprano, así que, cuando llegó el sábado, Boone despertó al niño a las siete de la mañana.

–No voy a ir, papá.

–Llevas toda la semana hablando de este partido, es el primero que jugáis después del huracán.

–Yo quería que Emily me viera jugar.

–Ni siquiera está en el pueblo –dijo, rezando para que fuera cierto.

–¿Cómo lo sabes?, ¿te lo ha dicho la señora Cora Jane?

–No, pero Emily te advirtió que seguramente no volvería a tiempo.

–¡Pero puede que sí! Podríamos llamar para asegurarnos, tú tienes su número de teléfono.

Boone flaqueó un poco al verle tan esperanzado, pero no cejó en su intento de hacerle cambiar de opinión.

–Si hubiera vuelto, seguro que la señora Cora Jane nos lo habría dicho.

–No, a lo mejor cree que estás enfadado con Emily; además, apuesto a que no vendrá a ver el partido si tú no le das permiso.

Estaba claro que su hijo era demasiado listo y se enteraba de todo, así que no tuvo más remedio que claudicar.

–Vale, voy a llamarla, pero no te sorprendas cuando resulte que aún está en California, o Colorado, o donde sea que haya ido.

Buscó el número en el directorio del teléfono, la llamó, y ella contestó casi de inmediato. El sonido de su voz despertó en su interior sentimientos que, después de aquella última decepción, él esperaba que estuvieran muertos y enterrados.

–Hola, soy Boone –la saludó con rigidez.

–Sí, ya lo sé.

–A B.J. le gustaría saber cuándo vas a volver –quiso dejar muy claro que a él le daba igual si volvía o no.

–Llegué anoche. La abuela me ha dicho que no te ha

visto en los últimos días, ¿es que no quieres que B.J. se relacione con nadie de mi familia?

—No es eso. He estado muy ocupado con mi restaurante.

—Claro, demasiado ocupado como para traer al niño y correr el riesgo de que vuelva a tratar conmigo, ¿no?

—Vale, sí, lo admito.

—¿Para qué me has llamado?

—El partido de fútbol de B.J. es esta mañana.

—Ya lo sé.

—Quiere que vayas a verle jugar.

—¿Y qué es lo que quieres tú?

Él bajó la voz al admitir:

—Que mi hijo vuelva a ser feliz —sabía que era una respuesta demasiado reveladora, que estaba dándole demasiado poder a Emily.

—¿Estás de acuerdo en que vaya? —le preguntó ella, para que quedara claro.

—Sí, pero...

—Sí, no hace falta que lo digas. Me esforzaré por no volver a ser tan desconsiderada con sus sentimientos; además, le tengo preparada una gran noticia.

—¿Qué noticia?

—A mis clientes les encanta la tapicería que él eligió para ellos; de hecho, os han invitado a pasar unos días en su hotel de Aspen.

A Boone le costó creer lo que acababa de oír.

—Será broma, ¿no? ¿Siguieron los consejos de un niño de ocho años? ¿Sabían la edad que tiene?

—Sí, y la invitación va en serio. Debo admitir que el rojo no me convencía tanto como a B.J.

Boone recordó el día en que el niño había hecho la sugerencia, el día en que había estado hablando con Emily acerca de cuánto le gustaba a su mamá el color rojo. Era increíble que, en cierta forma, el interior de un elegante

hotel de montaña acabara siendo una especie de homenaje a Jenny gracias a su hijo.
 –Va a ponerse muy contento –se limitó a decir.
 Lo cierto era que el niño iba a ponerse como loco de contento por el mero hecho de que Emily fuera a verle jugar. Su inesperado éxito como diseñador de interiores tan solo iba a ser la guinda del pastel.

Capítulo 9

Emily llegó al campo de fútbol cuando el partido acababa de empezar y fue hacia las gradas procurando no llamar la atención, pero justo entonces hubo una pausa en el juego y B.J. la vio desde el campo. El niño echó a correr hacia ella a toda velocidad, y la abrazó con tanto ímpetu que estuvo a punto de tirarla al suelo.

—¡Papá me ha dicho que ibas a venir! ¿Has visto esa última jugada?, ¡por poco marco un gol!

—¿Ah, sí? —Emily sonrió al ver que estaba tan entusiasmado a pesar de no haber marcado—. Ojalá lo hubiera visto, pero debe de haber sido justo cuando venía del aparcamiento.

—Pero vas a quedarte a ver el resto del partido, ¿verdad?

—Sí, claro que sí.

Él miró hacia el campo, y se dio cuenta de que estaban a punto de retomar el juego.

—Me tengo que ir, ¡hasta luego!

—Hasta luego.

Justo cuando acababa de sentarse, Boone apareció desde alguna de las gradas superiores y se sentó a su lado.

—Cuando ha empezado el partido y he visto que aún

no habías llegado, me he imaginado que al final no ibas a poder venir.

—Te he dicho que vendría —frunció el ceño al ver que se limitaba a enarcar una ceja en un gesto burlón. Le dolía que no tuviera ninguna fe en ella—. No me tienes ninguna confianza, ¿verdad?

—¿Cómo quieres que te la tenga? —se limitó a contestar él.

Emily le sostuvo la mirada sin amilanarse, y esperó a verle vacilar un poco antes de decir:

—Vale, vamos a dejar las cosas claras de una vez. Voy a esforzarme al máximo por no volver a fallaros ni a B.J. ni a ti. Cuando hago una promesa, la cumplo. Si por la razón que sea veo que no puedo cumplirla, os avisaré antes para que no os llevéis una decepción. La verdad, no sé qué más puedo hacer. La vida es impredecible. Sabes tan bien como yo que a veces surgen imprevistos, eres un hombre de negocios.

—Sí, pero la diferencia está en que yo siempre antepongo a B.J.

—Lo sé, y lo respeto. Es tu hijo, y se merece que su padre piense en él por encima de todo.

Boone la miró ceñudo.

—¿Qué quieres decir? ¿Que, como no es pariente tuyo, no tienes la obligación de pensar en él?

—¡No tergiverses mis palabras!, ¡claro que pienso en él!

—Pero tu trabajo siempre tendrá prioridad, ¿no?

Ella se sintió frustrada al ver que parecía empeñado en malinterpretarla.

—No siempre, pero a veces sí. ¿Puedes asegurar que nunca, ni una sola vez, has desilusionado a B.J. por culpa de algún imprevisto en el trabajo? —al ver la cara que puso, se dio cuenta de que acababa de dar justo en la diana—. Supongo que te parecía lo normal cuando Jenny estaba viva, ¿no?

Él soltó un sonoro suspiro antes de admitir con pesar:

–Sí, antepuse el trabajo demasiadas veces, pero ahora solo me tiene a mí. Las cosas son distintas, tienen que serlo.

Emily le puso una mano en el brazo en un gesto de consuelo.

–Lo entiendo, de verdad que sí. No sabes cuánto admiro la abnegación con la que cuidas a tu hijo, es un niño increíblemente afortunado por tenerte como padre. Sé por experiencia propia lo que es tener un padre para el que sus hijos no son lo primero, ni siquiera lo segundo, y te aseguro que tú no eres así.

–Pero podría haberlo sido –dijo él, con voz queda y mirada distante. La miró a los ojos por un instante al admitir–: Estuve a punto de convertirme en alguien así.

Al ver el arrepentimiento que había en sus ojos, al oír el dolor que reflejaban sus palabras, ella entendió de repente lo que pasaba. Boone no era un padre fantástico porque fuera algo innato en él, sino que, al menos en parte, estaba intentando expiar errores que había cometido en el pasado.

Cuando la veía equivocarse a ella, en cierta medida se veía reflejado a sí mismo, y recordaba una época que estaba desesperado por olvidar.

Boone sabía que había dejado al descubierto más información de la debida acerca de su comportamiento en el pasado. Sí, se había dejado arrastrar por la ambición y le había dedicado demasiado tiempo a sus negocios, pero en parte lo había hecho porque mantenerse ocupado a todas horas le ayudaba a mantener a Emily apartada de sus pensamientos.

Le consolaba saber que, aunque había admitido los errores que había cometido con su hijo, al menos no se le había escapado nada acerca de los que había cometido con su matrimonio. No quería que Emily se enterara jamás de la distancia, quizás inevitable, que había existido siempre entre Jenny y él. Era una distancia que no había podido salvar por mucho que quisiera, ya que le faltaba un pedazo del corazón. Esa era una culpa que iba a acarrear por el resto de su vida... y, en caso de que se le olvidara, los Farmer siempre estarían ahí, dispuestos a recordársela.

Lo que había confesado ya era lo bastante reprobable, y Emily tenía razón en una cosa: ella sabía de primera mano lo que era tener un padre tan metido en su propio mundo que descuidaba a todos los que le rodeaban.

A pesar de la estrecha relación que había mantenido con los Castle durante todos aquellos años, lo cierto era que apenas conocía a Sam, el padre de Emily. Podía contar con los dedos de una mano las veces que aquel tipo había ido al pueblo, siempre era la madre la que llevaba a las tres hermanas a casa de Cora Jane para que pasaran allí el verano, la que iba a verlas, la que iba con ellas a comer con los abuelos en fiestas señaladas.

Cuando la pobre había fallecido, él mismo había hecho novillos, se había subido a su coche, y había cruzado el estado para estar junto a Emily en el funeral, pero Sam Castle había estado medio ausente. Estaba allí en persona, pero tenía la mente en otro sitio. Había sido Cora Jane quien había consolado a las tres hermanas, y la que se había encargado del velatorio.

Samantha mencionaba a su padre en contadas ocasiones, Emily hablaba de él con desdén, y Gabi era la única que parecía adorarle. Esta última estaba labrándose una vida centrada en el trabajo en Raleigh con el claro propósito de que Sam le prestara algo de atención, pero daba la impresión de que era un esfuerzo inútil.

Sam Castle era el ejemplo perfecto de un mal padre,

pero Boone era consciente de que había estado a punto de ser como él.

La muerte de Jenny había sido el catalizador que le había impulsado a reflexionar sobre la clase de hombre en que se había convertido. Las conclusiones a las que había llegado no le habían gustado nada, pero en el fondo también le había echado la culpa de eso a Emily a pesar de que ella llevaba mucho tiempo fuera de su vida; al fin y al cabo, no habría puesto el trabajo por delante de su familia una y otra vez si hubiera podido entregarse en cuerpo y alma a su matrimonio.

El regreso de Emily había hecho resurgir toda esa maraña de emociones, se había sentido muy culpable al darse cuenta de que ella seguía atrayéndole. No había estado a la altura ni con su mujer ni con su hijo, se había volcado de lleno en el trabajo, y todo para nada. Detestaba el hecho de que Emily siguiera siendo la dueña de parte de su corazón, y detestaba aún más que también hubiera conseguido conquistar a su hijo.

Se dio cuenta de repente de que Emily se había puesto de pie y estaba sacudiéndole el brazo, y de que todo el mundo estaba gritando y aplaudiendo.

La miró desconcertado, pero se puso de pie de forma instintiva y le preguntó:

—¿Qué ha pasado?

—¡B.J. acaba de marcar!

Boone miró hacia el campo de juego y vio a su hijo rodeado de sus entusiasmados compañeros de equipo; al cabo de unos segundos, el pequeño miró hacia las gradas con una sonrisa de oreja a oreja y dijo, marcando bien las palabras para que pudiera leerle los labios:

—¿Me has visto?

Aunque era imposible oírle, la pregunta estaba clara. Boone alzó el pulgar mientras su rostro se iluminaba con una sonrisa tan enorme como la del pequeño.

Cuando se reinició el partido, Emily le miró y le preguntó con curiosidad:
–¿Dónde estabas hace unos minutos?
–Aquí.
–Sí, físicamente sí, pero no estabas prestando atención al partido.
–Me he distraído por un momento, nada más.

Dio la impresión de que quería seguir interrogándole, y Boone se sintió aliviado al ver que, al menos por una vez, optaba por quedarse callada. Si admitía ante Emily no solo los errores que había cometido, sino también el papel que ella había jugado en el asunto, iba a causar unas complicaciones que era preferible evitar.

El equipo de B.J. ganó por dos a uno, su gol había sido el que había sellado la victoria. Todo el mundo iba a ir a comer a un restaurante de Manteo, una población cercana, después del partido, y el pequeño estaba deseando que Emily se uniera al grupo.

–Vas a venir, ¿verdad? –le preguntó, implorante, mientras daba saltitos delante de ella–. ¿A que puede venir, papá?

Como era obvio que a Boone no le hacía ninguna gracia la idea, Emily contestó con voz suave:

–Cielo, tengo que ir al Castle's para ver qué tal va todo.
–¡Pero es que tienes que venir a la celebración!
–Ya la has oído, campeón. Tiene otras obligaciones –adujo Boone.
–¡Porfa!, ¡media hora!

Estaba claro que el niño estaba acostumbrado a salirse con la suya y que se sabía de memoria todas las tácticas de persuasión que había que usar... pedir, suplicar... Emily tenía la sensación de que la siguiente era enfurruñarse.

–Solo media hora –insistió el pequeño–. Van a darme un trofeo por marcar un gol, ¿no quieres verlo?

Emily miró a Boone y, al ver que se limitaba a encogerse de hombros en señal de rendición, supo que el niño había conseguido salirse de nuevo con la suya; lamentablemente, ella era igual de blandengue que él, así que también acabó por ceder.

–Media hora, me iré después de que recibas el trofeo. Cuando te lo entreguen, haré una foto con el móvil para que la vea Cora Jane.

–¡Ven en nuestro coche! –le dijo, antes de tomarla de la mano para conducirla hacia el vehículo en cuestión.

–Será mejor que vaya en mi coche de alquiler, así podré marcharme cuando quiera –protestó ella.

–Yo te traeré en mi el coche cuando me digas –se ofreció Boone, resignado.

B.J. fue a sentarse con sus compañeros de equipo en cuanto llegaron al restaurante. Emily miró a Boone, que se había quedado plantado en la puerta y parecía sentirse muy incómodo, y le preguntó en tono de broma:

–¿Estás pensando en deshacerte de la acompañante que te han endosado?, a lo mejor te apetece ir a charlar con alguna de las mamás solteras presentes.

Él contuvo una sonrisa al contestar:

–¿Para que B.J. me lo eche en cara el resto de mi vida? Ni hablar.

–No se lo diré a nadie; al fin y al cabo, sería bastante humillante para mí, no tendría sentido que lo hiciera.

Boone se echó a reír.

–Sí, tú mantendrías la boca cerrada, pero mi hijo no. Puede que ni él mismo sea consciente de ello, pero la verdad es que está haciendo de casamentero.

–¿Lo dices en serio?, ¡pero si solo tiene ocho años!

–Por lo visto, su edad no es un impedimento. Supongo que ha sido Cora Jane quien le ha metido esa idea en la cabeza, porque no se molesta en ocultar sus intenciones.

—Eso es verdad. ¿Qué se supone que tenemos que hacer?, ¿hacerles caso?

—Claro que no.

Lo dijo con tanto énfasis, que Emily no pudo evitar echarse a reír y comentó:

—Bueno, tu opinión está clara.

—Perdona, ¿ha sonado como un insulto?

—Un poquito.

—Lo que quiero decir es que los dos sabemos cómo están las cosas entre nosotros. Tenemos que comportarnos de forma civilizada mientras estés aquí, y procurar no darles falsas esperanzas a ellos. Es lo que acordamos cuando llegaste, ¿no? Bastará con que nos ciñamos al plan.

—Así que ahora nos sentamos en una de las mesas, pedimos unos refrescos, charlamos un rato de nimiedades, y después me llevas de vuelta a por mi coche. Fin de la historia.

—Sí, con eso me conformo.

Emily deseó poder decir lo mismo, y con convicción; de hecho, después de la desconcertante conversación que había mantenido con Gabi, tendría que encantarle la idea de que su relación con él se limitara a charlar de nimiedades y no tuviera más complicaciones. El problema era que Boone no era una persona cualquiera para ella. Deseaba con todas sus fuerzas saber en qué había estado pensando durante el partido, cuando se había quedado tan abstraído que ni siquiera se había dado cuenta de que B.J. había marcado un gol.

Él se tomó su silencio como una señal de aquiescencia y la condujo a una de las mesas.

Cuando estuvieron sentados el uno frente al otro, Emily dio el visto bueno cuando él sugirió unas hamburguesas y cerveza; después de devanarse los sesos intentando encontrar la mejor forma de averiguar lo que quería saber, al final optó por ser directa y se inclinó un poco hacia delante.

–¿Por qué te has alterado tanto antes? –le preguntó en voz baja, a pesar de que en el restaurante había mucho ruido y no había peligro de que nadie la oyera.

–No me he alterado –afirmó, ceñudo.

–No me mientas, está claro que hablar de cómo eras como padre antes de la muerte de Jenny te ha traído malos recuerdos.

–No pienso hablar contigo de mi matrimonio –le espetó él con rigidez.

Emily notó lo tenso que estaba y cómo evitaba mirarla a los ojos, pero no se dio por vencida.

–Me dijiste que habías sido feliz, ¿es mentira?

–Claro que no.

Ella se dio cuenta de que estaba mintiendo al ver cómo se sonrojaba, y le preguntó con voz suave:

–¿Amabas a Jenny?

–¡Claro que sí! ¿A qué viene todo esto?, ¿quieres torturarme?

Aquellas palabras fueron muy reveladoras para Emily.

–Si amabas a tu mujer, si eras feliz, recordar aquellos tiempos no debería torturarte. Te causaría tristeza, pero no te haría sentir furia, ni culpabilidad, ni lo que sea que pone esa expresión en tu rostro.

–¿Qué expresión?

–La que dice que estás pensando en cómo hacerme callar.

Lo dijo en tono de broma, porque tenía la sensación de que aligerar un poco el ambiente podía acercarla a las respuestas que buscaba; en todo caso, la táctica sirvió para que él se relajara un poco y comentara, con un tenue brillo de picardía en la mirada:

–Me acuerdo de cómo solía hacerlo, ¿y tú?

–Sí, con un beso –admitió ella, con voz un poco trémula–. Me parece que en este momento no es la mejor opción.

–Pero siempre fue de lo más efectiva –le sostuvo la mirada al repetir–: Siempre.

El ambiente se cargó de tensión mientras Emily esperaba con el aliento contenido a ver qué hacía él a continuación. No habría sabido decir si deseaba con desesperación que la besara... o si la aterraba que lo hiciera. ¿Por qué era tan necia?, ¿por qué se empeñaba en meterse en terreno peligroso con él?

Finalmente, cuando Emily pensaba que iba a morir si él no hacía algo, lo que fuera, Boone tragó saliva con dificultad y cerró los ojos.

–Eres enloquecedora –dijo al fin, antes de abrir los ojos de nuevo. Le sostuvo la mirada al añadir–: No podemos volver a lo de antes, Em. No puede ser.

–Ya lo sé. Pero algunas veces... como ahora mismo, por ejemplo... se me olvida por qué no podemos.

–Sí, yo también tengo ese problema en este momento.

Ella apartó a un lado la hamburguesa, que seguía intacta.

–Será mejor que me vaya, tiene pinta de que van a tardar un poco en entregar los trofeos.

Él no fue capaz de disimular lo aliviado que se sintió al oír aquello, y se apresuró a asentir.

–Vale, yo te llevo.

–A lo mejor te pierdes la ceremonia.

–Le pediré a alguno de los padres que haga fotos, y estaré de vuelta antes de que B.J. se dé cuenta de que me he ido –le aseguró, mientras la conducía hacia el coche.

–¿Crees que le va a sentar mal que me vaya sin verle recibir el trofeo?

–Yo se lo explico para que lo entienda; además, tú misma le has dicho que tenías que ir a echar una mano al

Castle's –la miró con curiosidad al preguntar–: La verdad es que no sé para qué quieres ir, cierran dentro de una hora. ¿Quieres ponerte a lavar platos?

–Qué gracioso. Voy para volver a proponerle a mi abuela hacer algunos cambios en el restaurante, y esta vez voy a enseñarle muestras de tela y varios bocetos.

–Como B.J. tiene tan buen ojo para eso, podrías enseñárselos antes a él para que te dé su opinión –comentó él, sonriente.

–Puedo ingeniármelas yo sola –le contestó ceñuda.

–Lo digo en serio, te lo juro. Cora Jane le adora, seguro que tiene en cuenta su opinión.

–Y también la mía.

–Sí, pero te enfurruñarás otra vez cuando vuelva a rechazar tus sugerencias.

–No va a rechazarlas –aunque lo dijo con aparente seguridad, era consciente de que era más que probable que su abuela no aceptara ninguna de ellas.

Cuando llegaron al aparcamiento, Boone le dijo:

–Cuando terminemos la celebración y B.J. se duche, puedo llevarle al Castle's para que comentéis entre vosotros tus ideas, y después vais los dos a hablar con tu abuela.

–Estás convencido de que es una pérdida de tiempo, ¿verdad?

–Eso me temo.

–¡Soy muy buena en mi profesión!

–No lo dudo, pero Cora Jane es terca como una mula y tiene unas costumbres muy arraigadas. No quiere hacer cambios en el restaurante, me sorprendió que aceptara la sugerencia de Wade de modernizar toda la zona de la caja.

–Claro que aceptó –le explicó ella, sonriente–. Le conviene que él pase todo el tiempo posible en el Castle's, porque quiere emparejarle con Gabi. No sé si te habrás dado cuenta, pero casi cada día le pide algún nuevo cambio para mantenerle ocupado.

—¿Lo dices en serio?, ¿y Wade le sigue la corriente? —le preguntó él, sorprendido.

—Sí, parece ser que está encantado. Se ve que no le quita los ojos de encima a Gabi desde aquel primer día; al menos, eso es lo que dice mi abuela. Él no tiene prisa por marcharse, y ella hace todo lo posible por retenerle en el restaurante.

—¿Y qué opina Gabi de todo eso?

La sonrisa de Emily se ensanchó aún más al admitir:

—Ella no se entera de nada, y eso está sacando de quicio a mi abuela; en cuanto a Samantha, la situación le parece de lo más entretenida —le miró de soslayo al añadir—: Tengo una idea infalible para que mi abuela le dé el visto bueno a los cambios que quiero hacer en el restaurante.

—¿Ah, sí?

—Tú podrías acceder a supervisarlo todo, y habría que pedirle a Wade que se encargara del trabajo de carpintería. Dos pájaros de un tiro, sería como un sueño hecho realidad para la casamentera de mi abuela —la triquiñuela le parecía maravillosamente intrigante.

—Ya, pero ¿en qué situación nos dejaría eso a nosotros?

—En una muy problemática, supongo, pero yo creo que podría valer la pena.

—¿Por qué?, ¿porque te saldrías con la tuya?

—Solo digo que lo consideraría como un favor de tu parte.

—Lo siento, cielo, pero ni hablar. Ni aunque sea por una causa tan noble. Vas a tener que apañártelas sola, a menos que aceptes la ayuda de B.J.

—Vale, tráelo —le dijo, cuando se detuvieron detrás de su coche de alquiler—. Siempre va bien tener un aliado, aunque sea uno en miniatura.

Boone se echó a reír.

–De acuerdo, nos vemos en una hora.

Mientras le veía marcharse, Emily no pudo evitar preguntarse cuándo había dejado de preocuparle que ella pasara el tiempo con su hijo. Le habría gustado saber si Boone había empezado a confiar en ella a pesar de todo, o si había acabado por resignarse al hecho de que B.J. no iba a dejar que intentara mantenerles separados.

Tal y como Boone había predicho, el último cliente estaba marchándose justo cuando Emily llegó al Castle's. El comedor estaba cerrado, y Wade ya había llegado para trabajar en los aparadores que Cora Jane había decidido poner detrás del mueble donde iba la caja registradora.

–Hola, Wade. ¿Qué tal va todo?, ¿cuántas veces ha cambiado de opinión mi abuela hoy?

Él se echó a reír antes de contestar:

–De momento seguimos con lo que se dijo ayer. Tres aparadores para almacenaje, pero ahora ha decidido que también quiere algunos estantes.

–¿Para qué?

–Para vender recuerdos, creo. Fue una sugerencia de Gabi, lleva varios días mirando catálogos; según ella, sería una buena campaña publicitaria que la gente fuera por la calle con camisetas y gorras del Castle's, y bebiendo en vasos de plástico con el logotipo del restaurante. Yo le recomendé que mirara si también se pueden hacer palas de plástico de esas que se usan para hacer castillos de arena en la playa. Me pareció una buena idea.

–A mí también, ¿qué te dijo Gabi?

–Lo que cabía esperar, que me centrara en la carpintería –le indicó que se acercara antes de admitir, sonriente–: Pero hoy he echado un vistazo sin que se dé cuenta a los catálogos que está mirando... y son de palas de plástico.

–¡Punto para ti! –le dijo ella, con una carcajada, antes de acercarse a la mesa donde estaba su hermana; después de sentarse frente a ella, le preguntó–: ¿Qué haces mirando catálogos?, ¿quieres comprar algo?

Gabi alzó la mirada, y su sonrisa se desvaneció al verla.

–Vaya, ¿has decidido ser valiente y volver a la escena del crimen?

–¿Qué crimen?

–El de dejar plantado a un niñito que contaba contigo.

–Ya he hecho las paces con B.J., y también con Boone... bueno, más o menos. ¿No te ha dicho la abuela que esta mañana he ido a ver el partido de fútbol de B.J.? Por cierto, ¿dónde estabas cuando llegué anoche?

–Me quedé aquí hasta tarde, alguien tiene que vigilar a Wade.

Emily contuvo una sonrisa al oír aquello, y comentó con fingida inocencia:

–A mí me parece que sabe lo que hace, ¿de verdad crees que hay que supervisarle?

–No me fío de él, no deja de añadir cambios. Yo creo que está intentando engordar la factura de la abuela.

–Y yo que es la abuela la que está añadiendo esos cambios para tenerle aquí todo el tiempo posible.

–¿Por qué? –le preguntó su hermana, desconcertada.

–Porque quiere que te fijes en él.

–¡No digas tonterías!

–No son tonterías. La maquinaria casamentera de la abuela está a pleno rendimiento... Boone y yo, Wade y tú. Estoy deseando saber lo que le tiene preparado a Samantha; mejor dicho, quién le tiene preparado.

–Tengo novio.

–Sí, nos lo has dicho un montón de veces, pero ¿por qué no ha venido? ¿Por qué no te llama cada diez minutos para decirte que te echa de menos?

—Nuestra relación no es así. Los dos somos personas ocupadas que entienden de obligaciones.

—Madre mía, qué romántico. No me extraña que la abuela se haya propuesto buscarte un reemplazo adecuado.

—Wade no es el hombre adecuado para mí —protestó Gabi.

—Es guapísimo, amable y divertido, y da la impresión de que está deseando caer rendido a tus pies. Yo diría que eso le pone bastante por encima de... oye, ¿cómo se llama tu novio? ¿Por qué no nos hablas más a menudo de él, si es tan perfecto para ti?

—Se llama Paul, y no os hablo más de él porque no quiero aguantar vuestros comentarios. La abuela tiene a Jerry, pero no veo que ni Samantha ni tú estéis viviendo ninguna gran historia de amor, así que vuestras opiniones no me sirven —la miró con expresión interrogante—. A menos que haya algo entre Boone y tú, y no me haya enterado. Has comentado que habéis hecho las paces, ¿significa eso que has aceptado tu destino y te has acostado con él?

A Emily le habría encantado poder decirle que sí, aunque solo fuera para borrar aquella sonrisita burlona de su cara... Bueno, la verdad era que se le ocurrían más razones para desear que las cosas se hubieran puesto al rojo vivo entre Boone y ella. A pesar de todo lo que se habían dicho el uno al otro, por mucho que afirmaran que debían mantener las distancias, a pesar de los días que había pasado lejos de allí para volver a ver las cosas en perspectiva, anhelaba volver a sentir las caricias de aquel hombre sobre su cuerpo... a pesar de que sería un error enorme.

Capítulo 10

A Boone empezaron a asaltarle las dudas mientras iba camino del Castle's en su coche. Cada minuto que pasaba junto a Emily hacía que las cosas se complicaran más y más, cuando estaban en el restaurante había estado a punto de besarla. Puede que fuera ajeno a las consecuencias que podrían tener algunos de sus actos, pero tenía muy claro que un beso sería su perdición. La fuerza de voluntad a la que se había aferrado para lograr mantener a distancia a Emily se desvanecería como por arte de magia.

–Mi trofeo es súper chulo, ¿verdad? –comentó B.J., que agarraba el pequeño trofeo de plástico como si fuera el de la Super Bowl.

–Sí.

–Puede que la señora Cora Jane quiera ponerlo en una vitrina.

–¡Oye! ¿Y yo qué? ¿Qué pasa si quiero exponerlo en mi restaurante?

–¿En serio? –le preguntó el niño con incredulidad.

–¿Por qué no? Eres mi hijo, y es el primer trofeo que ganas. Hay que ponerlo donde la gente pueda verlo, para que todo el mundo sepa lo orgulloso que estoy de ti –le lanzó una rápida mirada antes de añadir–: ¿Qué te parece? ¡Será el primer trofeo expuesto en Boone's Harbor!

–¡Genial! Lo puedes poner allí, pero antes quiero enseñárselo a Emily y a la señora Cora Jane.

–Claro.

–¿De verdad que Emily te ha dicho que quiere que la ayude a elegir cosas para el Castle's?

Boone sonrió al verle tan entusiasmado.

–Bueno, admito que la idea ha sido mía, pero está deseando que le des tu opinión.

–¿Por qué le has dicho que me pida consejo a mí?

–Porque sé lo persuasivo que puedes ser y cuánto te quiere la señora Cora Jane, y puedes ayudar a Emily a convencerla de que acepte sus propuestas. Para ella es algo muy importante.

–Sí, la señora Cora Jane está muy, pero que muy en contra de hacer cambios. Yo la entiendo, el Castle's me gusta mucho tal y como está.

–¿Piensas decirle eso a Emily?

El niño sonrió al admitir:

–¡Claro que no! Si se lo digo, no le hará falta que la ayude.

–Yo creía que lo que más le gustaba de tenerte como asesor era tu franqueza.

–¿Mi qué?

–Le dices lo que piensas de verdad, ella cuenta con eso.

–Sí, pero es que no quiero herir sus sentimientos.

Boone se echó a reír.

–Acabas de topar con el eterno dilema de los hombres.

–¿Qué? –preguntó el niño, desconcertado.

–Lo entenderás cuando seas grande. Los hombres siempre estamos buscando el equilibrio perfecto entre admitir la verdad, ser diplomático, y decir lo que una mujer quiere oír. Solemos meter bastante la pata.

–Suena muy complicado, no sé si vale la pena romperse tanto la cabeza por las chicas.

–Es complicado, eso te lo aseguro –le dijo Boone, que era de los que habían metido la pata un montón de veces. Sonrió al asegurar–: Pero sí que vale la pena, ya lo verás.

Cora Jane estaba en la cocina, repasando con Jerry los platos especiales que iban a servir al día siguiente, cuando B.J. entró como una tromba seguido de Boone, que iba a un paso más pausado.

–¿Qué es eso, jovencito? –le preguntó ella, sonriente, al ver el trofeo que tenía en las manos, a pesar de que Emily ya le había contado el gran día que el niño había tenido en el campo de fútbol.

–¡He marcado el gol de la victoria! Me han dado un trofeo y papá va a ponerlo en una vitrina en su restaurante, porque es el primero que gano.

Ella se echó a reír ante semejante despliegue de entusiasmo.

–Qué bien, debe de sentirse muy orgulloso de ti.

–Claro que sí –afirmó Boone.

–¿Dónde está Emily? –el niño no cabía en sí de emoción–. Ha tenido que irse antes de que me dieran el trofeo, quiero enseñárselo.

–Está en el comedor con Gabi. Ve a enseñárselo, seguro que está deseando verlo.

–Y después ven otra vez a la cocina, quiero que me cuentes cómo has marcado ese gol –apostilló Jerry.

–¡Vale! ¿A que ha sido genial, papá?

–Sí, una pasada.

Boone no pudo ocultar su preocupación al verle ir al comedor, y Cora Jane le observó unos segundos en silencio antes de preguntar:

–¿No vas con él?

—No, Emily y él tienen que hablar de un par de cosas. ¿Os importa si me sirvo un café y me quedo haciéndoos compañía?

—Me parece que estás evitando a mi nieta. ¿Por qué?, yo pensaba que habíais hecho las paces.

—Y así es.

Cora Jane esbozó una amplia sonrisa al oír aquello.

—Cada vez te afecta más estar con ella, ¿verdad? ¿Su presencia te recuerda a lo que compartisteis en el pasado?

—No hace falta que me lo recuerde, no se me había olvidado —le contestó él con impaciencia—. Fue ella la que lo echó todo por la borda.

—Te da miedo que vuelva a hacerlo, sobre todo ahora que también están en juego los sentimientos de B.J. —Cora Jane lamentaba lo mal que su nieta había hecho las cosas en el pasado.

—Sí, algo así. Por favor, ¿podríamos dejar de darle vueltas a este tema? Las cosas son como son, y punto.

—No tienes por qué conformarte. Estoy convencida de que estás deseando darle una segunda oportunidad a Emily, ¿por qué no lo haces?

—¿Acaso ha hecho ella lo más mínimo para indicar que quiere otra oportunidad? Porque yo no lo he visto.

Jerry optó por intervenir por primera vez en la conversación.

—No insistas, Cora Jane. Si no dejas que arreglen las cosas a su manera, vas a quedar atrapada en medio de los dos.

—¡Ya lo estoy! Los quiero a los dos y sé que, lo quieran reconocer o no, cuando estaban juntos eran más felices que en el tiempo que han estado separados —miró a Boone a los ojos, y añadió—: No estoy menospreciando a Jenny, era una muchacha fantástica y una esposa maravillosa. Y bien sabe Dios que fue una madre increíble.

—Sí, y eso es algo que no quiero olvidar jamás —le contestó él.

Cora Jane observó a aquel muchacho que había sobrevivido al abandono de Emily. Se había casado de forma demasiado impulsiva y, por desgracia, la vida le había dado demasiados motivos para arrepentirse de aquella decisión. Ella creía saber por qué era tan renuente a pasar página y seguir adelante con su vida, al menos con Emily.

—¿Piensas pasar el resto de tu vida haciendo penitencia por no haber podido amar lo suficiente a Jenny? —le preguntó, con voz suave—. La quisiste todo lo que pudiste, Boone. Fuiste un muy buen marido.

—Sabes que eso no es cierto —protestó él con incredulidad.

—Sí, sí que lo es. No olvides que yo vi cómo erais como pareja. A Jenny no le faltaba de nada, tuvisteis juntos un hijo maravilloso. Ella estaba radiante de felicidad.

Era obvio que no había logrado convencerle, porque él insistió:

—Nunca fui suyo por completo.

—Por supuesto que no —dijo ella con impaciencia—. A lo largo de la vida, podemos enamorarnos una vez si tenemos muchísima suerte. Casi todo el mundo ama dos veces, o incluso más. El corazón tiene una capacidad ilimitada para amar. Parte del mío siempre pertenecerá a mi difunto esposo, que en paz descanse, pero eso no significa que lo que siento por Jerry no sea profundo y sincero.

—Y yo no espero que se olvide de Caleb —apostilló Jerry—, por supuesto que sigue llevándolo en su corazón.

Cora Jane le miró con agradecimiento por el apoyo antes de volverse de nuevo hacia Boone.

—No creo que Jenny pretendiera que fueras a olvidar por completo a Emily. Ella sabía mejor que nadie lo que había supuesto para ti perder a mi nieta. Esa muchacha te amaba, y por eso te entendía mejor de lo que tú mismo crees.

—Sentí que estaba siéndole infiel durante todos los días que duró nuestro matrimonio, porque nunca pude desprenderme del todo del pasado. Quería ser un buen marido, el marido que ella se merecía, pero fracasé una y otra vez.

—Eso no es verdad, estás dejándote llevar por un sentimiento de culpa que no tiene sentido. Tú no hiciste nada malo, no intentaste buscar a mi nieta; que yo sepa, nunca hablasteis por teléfono ni mantuvisteis contacto alguno. Siempre fuiste fiel a tu compromiso con Jenny.

—Eso díselo a sus padres. Ellos sabían lo que pasaba, su madre me lo echó en cara tras su muerte. Me dijo que había arruinado la vida de su hija, que yo era el culpable de su muerte, que Jenny no tenía nada que la impulsara a vivir.

Cora Jane se quedó atónita al oír eso.

—No me puedo creer que Jodie Palmer se atreviera a decirte algo así, y justo cuando acababas de perder a tu esposa.

—Me dijo eso y mucho más —afirmó él. Jodie había amenazado con arrebatarle la custodia de B.J.

—Y tú la creíste, ¿verdad? Ya te habías condenado tú mismo, así que te creíste las acusaciones de una madre enfadada que estaba sufriendo por la pérdida de su hija.

—¿Cómo no iba a creerla?, sabía que estaba diciendo la verdad. Por mucho que me esforzara por ser un buen marido, no estuve a la altura.

Cora Jane no podía permitir que siguiera creyendo semejante barbaridad, tenía que encontrar las palabras adecuadas para hacerle entender que la amargura de Jodie no estaba basada en la realidad.

—¿Llegó Jenny a insinuar siquiera alguna vez que la habías defraudado?

—No, pero es que ella era así. Quería a todo el mundo. Pasaba por alto los defectos de los demás, en especial los míos.

—Por el amor de Dios, ¿cómo es posible que seas tan duro contigo mismo? Jenny era inteligente, ¿verdad?

—Por supuesto que sí.

—¿Y te eligió a ti como marido?

—¿Adónde quieres llegar?

—Dudo mucho que una mujer inteligente eligiera a un hombre que no le pareciera digno de su amor. Y no creo que aguantara ni por un segundo ser el segundo plato de nadie, no si esa persona le echara en cara que no era más que eso, un segundo plato.

—¡Claro que no se lo eché en cara! —exclamó él, indignado.

Cora Jane sonrió.

—No, claro que no, justo a eso me refiero. Cuando decidiste comprometerte con esa muchacha, pusiste todo tu empeño en ser un buen marido, y eso bastó para que Jenny tuviera una sonrisa radiante en el rostro y el corazón lleno de felicidad. Ella era feliz, Boone. Apostaría mi vida a que lo era. Y esa felicidad se debía a ti —le miró con severidad al añadir—: No quiero volver a oírte decir ni una palabra que indique lo contrario.

La sonrisa de Boone tardó un largo momento en aflorar, pero, cuando lo hizo al fin, fue acompañada por un profundo suspiro.

—¿Qué he hecho yo para merecerme tener de mi parte a alguien como tú?

Ella se levantó y le puso las manos en las mejillas antes de contestar:

—Entraste a formar parte de mi familia el día que entraste aquí por primera vez con Emily, y eso no va a cambiar por nada del mundo —le dio una ligera sacudida—. No soy ninguna inocentona, ya lo sabes. Se me da bien calar a la gente, me doy cuenta a la primera cuando tengo enfrente a un mentiroso, a un tramposo o a un patán, y tú no eres ninguna de esas cosas. Eres un hombre decente, fuerte y de buen corazón, Boone Dorsett; de no ser así, no te querría para mi nieta. ¿Está claro?

La sonrisa de Boone se ensanchó.

—Muy claro —le aseguró, antes de besarla en la mejilla—. Pero creo que será mejor que vaya a buscar a B.J. y me lo lleve ya a casa.

—¿Tan pronto? —le preguntó ella con incredulidad—. ¿Qué pasa?, ¿lo que acabo de decirte no ha servido de nada?

Él se echó a reír.

—Ha servido de mucho, pero no voy a lanzarme de cabeza al vacío solo porque tú quieras que lo haga.

—Vas a hacer que retire todo lo dicho —le advirtió ella.

—Como quieras —le contestó él, sonriente, antes de guiñarle el ojo a Jerry—. Nos vemos pronto.

—Puede que sí, puede que no —refunfuñó ella—. No me gusta que la gente no haga caso a mis consejos.

—Pues tenlo en cuenta cuando Emily venga a comentarte los cambios que tiene en mente para este sitio, a ella tampoco le gusta que no le hagan caso. Las dos os parecéis mucho en eso —sin más, salió de la cocina.

—¡Pero bueno! —murmuró ella, antes de volverse hacia Jerry—. Creía que por fin había progresado un poco con él.

—Yo de ti me plantearía esperar a que la naturaleza siga su curso. Cuando esos dos están juntos saltan chispas, no van a poder resistirse mucho tiempo más a la atracción que hay entre ellos.

—No me gusta dejar las cosas importantes en manos del azar.

—Plantéatelo así: Lo estás dejando en manos de Dios; que yo sepa, a él se le da incluso mejor que a ti conseguir que las cosas salgan como debe ser.

Era un argumento irrebatible, pero a Cora Jane seguía sin hacerle ninguna gracia la situación.

Boone había prestado atención a lo que Cora Jane le había dicho el sábado y se había dado cuenta de que ella tenía razón en algunas cosas, pero eso no quería decir que estuviera listo para desprenderse de la culpabilidad que le envolvía como un manto desde la muerte de Jenny; así las cosas, decidió ir al Castle's lo menos posible, al menos hasta que Emily se marchara de forma definitiva. Logró mantenerse alejado de allí tanto el domingo como el lunes, pero, para cuando llegó el martes, B.J. se hartó y le dio la lata hasta que se salió con la suya; aun así, se limitó a llevarlo por la mañana y a ir a buscarlo por la tarde, pero sin poner un pie en el restaurante.

El miércoles, intentó convencer de nuevo a B.J. de que pasara el día con él, pero, por desgracia, el niño cada vez estaba más apegado a Emily. Aunque no le parecía que esa relación fuera beneficiosa para su hijo, entendía el porqué de ese apego: echaba de menos a su madre, y necesitaba la calidez de una influencia femenina.

–¿Por qué no pasas el día en mi restaurante? –le propuso, mientras salían de casa.

–No, allí me aburro mucho. Todo el mundo está muy ocupado, nadie me hace caso. Tommy no deja que ayude en nada, dice que podría hacerme daño.

Boone no podía ponerle pegas a la actitud precavida de Tommy, pero en ese momento no era algo que jugara en su favor.

–Te buscaré alguna tarea para que te entretengas, a lo mejor puedes echarle una mano a Pete.

El niño no parecía demasiado convencido.

–¿Haciendo qué?

–No sé, se lo preguntaremos cuando lleguemos.

–¡Ni hablar! Cuando estemos allí no querrás marcharte aunque yo esté súper aburrido.

–Pero tienes el videojuego ese que, según tú, era el mejor del mundo. Te lo compré para que tuvieras algo con lo que entretenerte.

–No es tan divertido como el trabajo de verdad que hago en el Castle's. Y Emily necesita mi ayuda, tú mismo lo dijiste.

Boone se dio por vencido, así que pasó de largo al llegar a su restaurante y puso rumbo al Castle's.

–¿Qué tarea te dio Emily ayer? –le preguntó. Sentía curiosidad por saber qué tenía tan fascinado a su hijo.

–Me enseñó un programa de ordenador súper chulo, lo usa para elegir colores de pintura y cosas así. Ella dice que el Castle's quedaría mejor en un tono azul cielo con adornos dorados como el sol, en vez de ser tan oscuro y sombrío como ahora.

Boone contuvo una sonrisa, y comentó:

–Supongo que lo de «oscuro y sombrío» lo dijo tal cual, ¿verdad?

–Sí, también dijo que es muy rus... no me acuerdo de la palabra.

–¿Rústico?

–Eso. Yo no entendí lo que quería decir, y entonces me dijo que era oscuro y sombrío como una cueva.

A Boone no le costó imaginar cómo reaccionaría Cora Jane si oyera esa comparación.

–¿Oíste lo que dijo la señora Cora Jane cuando Emily le propuso esa idea?

A pesar de que él mismo había intentado convencer a Cora Jane de que al menos escuchara las sugerencias de Emily, era poco probable que estuviera dispuesta a aceptar un cambio tan drástico, ya que ella pensaba que el sencillo tono beige de las paredes y la madera oscura del mobiliario le conferirían al restaurante un marcado carácter marinero.

–Sí. Que no iba a dejar que embe... embelleciera el restaurante, que por encima de su cadáver. ¿Qué significa embellecer?

–Poner cosas que a una chica le parecen bonitas. ¿Cómo se lo tomó Emily?

–La llamó mula testaruda. La señora Cora Jane se echó a reír y dijo que Emily era igualita a ella en eso.

Boone sonrió, ya que aquella afirmación era totalmente cierta.

Justo entonces llegaron al aparcamiento del Castle's, que había vuelto a abrir su comedor y estaba abarrotado. A la gente no parecía importarle que, escasos días atrás, el local estuviera dañado por el agua y que el suelo hubiera estado cubierto por una capa de arena, ni que aún quedara un ligero olor a humedad en el ambiente. El aire acondicionado volvía a funcionar, el restaurante iba secándose poco a poco, las hamburguesas estaban tan buenas como siempre, y la cerveza se servía bien fría.

Estaba a punto de abrir la puerta cuando Emily estuvo a punto de golpearle con ella al salir como una exhalación.

–¡Habla tú con mi abuela, a ver si puedes hacerla entrar en razón! ¡Yo me rindo! –exclamó, furibunda, mientras se alejaba hacia las dunas de la playa.

Boone la siguió a toda prisa después de ordenarle a B.J. que entrara en el restaurante. Ella cruzó sin miramientos la carretera y dos coches tuvieron que frenar de golpe para evitar atropellarla, pero, como no era un suicida, él optó por dejar pasar el tráfico antes de cruzar a su vez. Para cuando la alcanzó, ella ya había llegado a la orilla, y le extrañó que no se metiera en el agua vestida y todo; en su opinión, le habría ido bien para calmarse.

–¿Quieres hablar del tema?

Mantuvo las manos en los bolsillos para contener las ganas de abrazarla, porque daba la impresión de que el más mínimo gesto de consuelo bastaría para que se derrumbara del todo.

—¿De qué serviría? Le he enseñado una docena de propuestas para modernizar el restaurante, para darle algo de estilo, y ella las ha rechazado todas. Ni siquiera parece darse cuenta de que sé lo que hago, la gente me paga mucha pasta por mis ideas.

—A lo mejor piensa que esas ideas son adecuadas para un restaurante sofisticado de Beverly Hills, pero que no encajan en un local informal que está en una playa de Carolina del Norte. Al Castle's no le falta clientela, en este momento está abarrotado con gente que tiene que comer de pie.

Ella le asestó una mirada asesina que debió de dañar un par de órganos vitales como mínimo.

—¿Por qué crees que tengo tanto éxito en mi profesión? Pues porque sé analizar las necesidades de cada cliente, y crear el ambiente perfecto para cada lugar —le espetó ella con irritación—. Conozco este restaurante y a sus clientes mejor que nadie, empecé a servir mesas aquí en cuanto pude sostener una bandeja.

—Sí, y creo recordar que detestabas ese trabajo —comentó él, sonriente.

—Eso es irrelevante. Por el amor de Dios, no estoy proponiéndole que traiga asientos de cuero, ni que instale iluminación ambiental. Tan solo intento darle un poco de encanto marino al local, ahora es deprimente.

—Y rústico, ¿no? —al ver que volvía a fulminarlo con la mirada, se encogió de hombros y admitió—: Me lo ha comentado B.J.

—Vale, sí, me parece rústico. ¿Puedes decirme por qué no ha querido dejar cerrado el comedor un par de días más, hasta que se ventile del todo? Seguro que para no perder clientes.

—A lo mejor es porque sabe que la gente de la zona

cuenta con ella –sugirió él con tacto–. Emily, sabes tan bien como yo que es un lugar con muchos clientes habituales. Los turistas nos mantienen a todos a flote, pero la prioridad para tu abuela son las personas de por aquí que se reúnen en su restaurante para ver a sus convecinos, para charlar y ponerse al día. El Castle's es una parte muy importante de esta comunidad, mucho más que mi restaurante.

–Vale, puede que tengas razón en eso, pero ¿qué tiene de malo arreglarlo un poco?

–A lo mejor es que ahora no es un buen momento para hacer más obras.

No le extrañó verla negar con la cabeza, porque ni él mismo se creía ese argumento.

–Si yo pensara que es por eso, pondría las cosas en marcha y esperaría a que acabara la temporada alta antes de implementar los cambios, pero seguro que a mi abuela tampoco le parece bien esa idea.

Boone no pudo evitar esbozar una pequeña sonrisa al verla tan exasperada; de hecho, entendía que quisiera modernizar el interior del Castle's, porque él mismo había contratado a un diseñador de interiores para que creara un ambiente acogedor y elegante en sus restaurantes. No quería peces embalsamados y aparejos de pesca en las paredes, quería una imagen que encajara tanto en una ciudad como Charlotte como allí, en la costa.

–A lo mejor deberías confiar más en su opinión. Da la impresión de que conoce los gustos de sus clientes, lleva muchos años en este negocio.

–Yo solo digo que creo que el local gustaría más aún si metiéramos dentro algo de luz –masculló ella.

–Y de ahí el tono azul cielo con adornos dorados como el sol que B.J. me ha comentado que querías.

–¿Te ha comentado también cómo reaccionó mi abuela?

Boone se esforzó por contener una sonrisa, y se limitó a contestar:

–Sí.

–Pues a lo mejor se cumple el deseo de esa testaruda, y lo hago por encima de su cadáver. Puede que un día de estos, suponiendo que ella no me haya llevado a la tumba antes a mí, venga cuando ella ya no esté y pinte el restaurante entero con colores estridentes... un rosa fuerte y un rojo chillón, por ejemplo. ¡Esa sí que es una combinación explosiva!

Él tuvo que hacer un esfuerzo titánico por contener las ganas de echarse a reír.

–Sí, no hay duda de que sería bastante llamativa. ¿Y qué harías después?, ¿te apetece llevar las riendas de un restaurante que te mantendría atada a este lugar?

–Claro que no, mis hermanas y yo lo venderemos por un montón de dinero; de hecho, a lo mejor te lo vendemos a ti. Eso es lo que quieres, ¿verdad? Apuesto a que estás deseando echarle mano.

La camaradería que se había creado entre ellos desapareció de golpe, Boone se quedó helado al oír aquello. Le parecía inconcebible que, aunque fuera por un segundo, ella pudiera pensar algo así.

–Como sé que estás alterada, voy a dejar pasar esa ridiculez –la miró a los ojos al añadir–: Deberías conocerme lo bastante como para saber que no soy así, Em.

Dio media vuelta y se marchó hecho una furia. De vez en cuando, sentía un chispazo de la vieja conexión que había habido entre los dos, esa mentalidad de «nosotros dos contra el mundo» que les había unido en la adolescencia, pero en ese momento se daba cuenta de que estaban más distanciados que nunca.

Emily se sintió avergonzada, mezquina y despreciable

mientras veía alejarse a Boone. Sabía que acababa de herirle con sus palabras. A lo mejor lo había hecho a propósito, pero, en cuanto su dardo envenenado había dado en la diana, se había arrepentido de haber abierto la boca. Él había ido tras ella, había escuchado sus quejas y había intentado consolarla, y ella le había pagado insinuando que ayudaba a su abuela porque quería quedarse con el Castle's. A aquellas alturas, después de ver el vínculo que les unía, se había mostrado suspicaz e irracional.

Había sido un exabrupto estúpido provocado por lo dolida y enfadada que estaba, y ella misma sabía que lo que había dicho no era cierto; aun así, no estaba bien que se le hubiera pasado siquiera por la cabeza... y mucho menos que lo hubiera dicho en voz alta. Boone no se lo merecía.

Admitir el error ante sí misma era muy distinto a pedirle perdón a él, claro, pero tenía que hacerlo. Y cuanto antes, mejor.

Después de suspirar con resignación, volvió a ponerse las zapatillas de deporte y cruzó la carretera dispuesta a entonar un mea culpa, pero llegó justo a tiempo de verle salir del aparcamiento en su coche. Él ni siquiera se molestó en mirarla, pero B.J. sonrió encantado al verla y la llamó mientras se despedía con la mano.

Ella le devolvió el gesto de despedida, se quedó allí parada mientras veía cómo se alejaban, y al final entró alicaída en el restaurante por una puerta lateral que daba a la cocina.

Cora Jane, que estaba atareada llenando platos de sopa de cangrejo, alzó la mirada y comentó:

–Me vendría bien que me echaras una mano –lo dijo con toda naturalidad, como si poco antes no hubieran estado discutiendo–. Apenas damos abasto. Gabi y Samantha están intentando seguir el ritmo del resto del personal en el comedor, pero nos vendrían bien un par de manos más.

Emily asintió antes de agarrar un delantal y una libreta para tomar nota. Aunque servir mesas era un recuerdo distante, había pasado muchos veranos allí y sabía cómo funcionaba todo; tal y como Boone había comentado, no era un trabajo que le gustara, pero se le daba bien porque era una persona a la que le gustaba hacer bien las cosas. Para hacer mal algo, no lo hacía.

Se dio cuenta de repente de que quizás era esa la razón por la que había abandonado a Boone: porque había tenido miedo de ser incapaz de hacer las cosas bien a la hora de tener una relación real y duradera. Decidió dejar esa reflexión para más tarde, en ese momento había clientes esperando.

Cuando pasó junto a su abuela camino del comedor, esta le dijo:

—Cuando pase la hora punta y la cosa se tranquilice, tú y yo vamos a hablar.

—¿De mis ideas? —le preguntó, esperanzada.

—De Boone.

Emily se detuvo en seco al oír aquello, y le dijo con firmeza:

—Ese tema no está abierto a debate.

—Ya veremos —insistió su abuela con testarudez, antes de pasar junto a ella con los platos de sopa.

Emily fue tras ella al comedor y dio la conversación por terminada, ya que allí había demasiado ruido como para hablar. Se sintió aliviada, porque no le apetecía oír nada de lo que su abuela pudiera decir acerca de Boone; además, seguro que el sermón que le tenía preparado no era nada en comparación con la reprimenda que ella misma estaba dándose mentalmente.

Capítulo 11

Para variar, B.J. se quedó callado mientras se alejaban a toda velocidad del Castle's. Boone no recordaba haberse sentido así de furioso y desilusionado en toda su vida, ni siquiera cuando Emily se había marchado diez años atrás.

Su móvil empezó a sonar poco después de que saliera como un cohete del aparcamiento del restaurante, así que puso el manos libres y contestó con sequedad:

–¿Qué pasa?

–Qué saludo tan agradable –comentó Ethan Cole.

–No me pillas en buen momento.

–Pues no sabes cuánto me alegro de haberte llamado. Quería recordarte que tienes que traer a B.J. a la clínica para que le eche un vistazo a la herida. A lo mejor puedo curar también lo que te aqueja a ti, sea lo que sea.

–Dudo que exista en el mercado una medicina lo suficientemente fuerte para eso. Estamos a un par de calles de ahí, ¿te va bien que vayamos?

–Perfecto.

–Gracias, Ethan.

B.J. se incorporó un poco en su asiento y le preguntó:

–¿Ese era el doctor Cole? –al verle asentir, añadió con preocupación–: ¿Va a quitarme los puntos?

–Sí, casi seguro que sí.

—¿Me va a doler?
—Puede que un poquito.
—Entonces quiero que Emily también venga —le dijo el niño, con los ojos llenos de lágrimas.

Boone se quedó atónito al oír aquello.

—Pero si fuiste muy valiente cuando el doctor Cole te cosió la herida, me lo dijo todo el mundo. ¿Por qué te da miedo que te quiten los puntos?

—Porque me has dicho que a lo mejor me duele.

—Pero no tanto como cuando te los pusieron.

—¡Quiero que Emily esté conmigo! —insistió el pequeño, mientras el llanto arreciaba.

Boone luchó por ocultar la frustración que sentía. En aquella ocasión no podía ceder, por mucho que B.J. insistiera en tener a Emily a su lado; en todo caso, seguro que todo saldría bien. Aunque él tenía la cabeza hecha un lío en ese momento, Ethan sabía cómo calmar a un niño asustado.

—Esta vez no, campeón.

—¿Por qué? ¿Estás enfadado con ella?, ¿por eso hemos tenido que irnos del Castle's?

—B.J., tú y yo nos las arreglábamos muy bien solos antes de que ella llegara al pueblo. Somos un equipo, ¿no?

—¡Quiero que Emily venga! —sollozó entre lágrimas.

A Boone le destrozaba verle llorar, pero no dio su brazo a torcer. Cuando llegaron al aparcamiento de la clínica, bajó del coche y fue a abrir la puerta del lado del pasajero, pero el niño se negó a bajar.

—Cuento hasta tres, campeón. Si no bajas del coche, tendré que llevarte en brazos como si fueras un bebé.

B.J. le miró boquiabierto, pero bajó del coche; al pasar furibundo junto a él, exclamó:

—¡Te odio!

Boone sintió que se le rompía el corazón. No era la primera vez que el niño le lanzaba aquellas palabras, y siempre le dejaban igual de devastado. Cuando entraron en la clínica, notó que Ethan le miraba con curiosidad antes de entrar tras B.J. en la sala de reconocimiento. Él entró tras ellos, pero se quedó en la puerta mientras el niño se cruzaba de brazos y les miraba enfurruñado.

–¿Qué tal estás, B.J.? –le preguntó Ethan, con voz serena.

–Bien.

–¿Estás listo para que te quite los puntos?

–No.

Ethan se quedó sorprendido ante aquella inesperada respuesta y miró a Boone, que admitió:

–Le he dicho que a lo mejor le duele un poco.

Ethan se volvió de nuevo hacia B.J. y le dijo, sonriente:

–Los papás no tienen ni idea de estas cosas. Seguro que el tuyo era un cagueta, pero tú eres todo un valiente. No derramaste ni una sola lágrima cuando te cosí la herida, apuesto a que ni siquiera notas cómo te quito los puntos.

B.J. le miró con suspicacia, pero dejó que se pusiera manos a la obra sin protestar.

–¿Lo ves?, ya te he dicho que ni siquiera lo notarías –comentó Ethan, cuando terminó de quitárselos–. Y apenas se nota la cicatriz, debo admitir que he hecho un buen trabajo.

–¿La cicatriz se borrará del todo antes de que empiece el cole? –le preguntó el niño, mientras examinaba con detenimiento su brazo.

–No, del todo casi seguro que no. ¿Piensas enseñársela a tus amigos?

–Sí, aunque habría sido mejor enseñarles los puntos.

–Ya, pero no habría sido buena idea dejarlos más tiempo. ¿Por qué no vas al mostrador de recepción y pides un caramelo?, tu papá y yo enseguida salimos.

B.J. salió corriendo de la sala sin mirar atrás, y Ethan observó en silencio a Boone antes de preguntar:

–¿Podrías decirme por qué estabas de tan mal humor cuando te he llamado? Ah, y también me gustaría saber por qué has asustado a B.J. antes de traerlo.

–Solo he intentado ser sincero al decirle que a lo mejor le dolía cuando le quitaras los puntos –le contestó él a la defensiva–. Desde que su madre no volvió a casa después de que yo le prometiera que iba a ponerse bien, tengo por norma decirle siempre la verdad.

–En teoría, es una idea excelente, pero tú mismo acabas de comprobar que la verdad a veces puede ser dura para un niño de ocho años.

–Sí, ya me he dado cuenta.

–¿Te ha pasado algo más con él? –eran viejos amigos, así que le conocía bien.

–Se ha empeñado en que llamara a Emily para pedirle que viniera, y yo me he negado.

Ethan sonrió al oír aquello.

–No sé por qué, pero sabía que Emily tenía algo que ver en todo esto. ¿Te has peleado con ella?

–No exactamente. Me ha dicho algo muy injusto acerca de los motivos de mi estrecha amistad con Cora Jane, y me he largado.

–Me gustaría saber cuándo vais a dejar de fingir que ya no sentís nada el uno por el otro, ¿cuándo vais a daros cuenta de que nunca seréis felices del todo si no volvéis a estar juntos?

–Cuando las ranas críen pelo, supongo. Estás muy equivocado, Ethan. Lo mío con Emily es cosa del pasado, y creo que esta alianza de boda que llevo y B.J. son prueba de ello.

–Pues yo creo que la alianza es un mecanismo de defensa. Jenny falleció hace tiempo, nadie pensaría mal de ti si te la quitaras. Aunque la verdad es que no soy ningún experto en estas cosas.

–Teniendo en cuenta que nunca sales con nadie porque la última mujer por la que sentiste algo te dejó con un miedo de por vida a volverte a enamorar, me perdonarás si no me tomo en serio tus consejos.

–Pues la verdad es que el hecho de no salir nunca con nadie me deja mucho tiempo para observar a otras parejas –le contestó su amigo, confirmando de manera implícita que no estaba interesado en buscar pareja–. He recabado mucha información útil sobre las estupideces que comete la gente en nombre del amor. Estaría encantado de compartir contigo mi sabiduría, si es que estás de humor para hacer un par de bistecs a la parrilla esta noche.

Boone no sabía si estaba de humor para que le dieran consejos, por muy bienintencionados que fueran; aun así, no le apetecía estar solo, así que contestó:

–¿Quedamos a las seis en mi casa?

–Allí estaré. Llevaré un pack de cervezas, ¿o te apetece algo más fuerte?

–No, una cerveza de vez en cuando es mi límite. Me gustaría poder ahogar mis penas en el alcohol, pero no puedo hacerlo teniendo a B.J. a mi cargo.

–De acuerdo, nos vemos después.

Boone salió a la zona de recepción, pagó por el tratamiento de B.J., y le indicó al niño que saliera. Cuando entraron en el coche, se volvió hacia él y le dijo con voz suave:

–Perdón por lo de antes, ha sido sin querer.

–¡No es verdad que te odie! –le aseguró el niño, mientras le caía una lágrima por la mejilla.

Boone sonrió y abrió los brazos, y su hijo pasó por encima de la guantera que separaba los asientos y le abrazó con fuerza.

–Ya lo sé, campeón. A veces nos diremos cosas de las que después nos arrepentiremos, pero después siempre nos perdonaremos el uno al otro. ¿De acuerdo?

–¿Y qué pasa con Emily?, ¿también vas a perdonarla

a ella? Si te has enfadado tanto, seguro que te ha dicho algo bastante feo.

–No te preocupes por eso.

–Es que es mi amiga.

–Sí, ya lo sé, y te prometo que haremos las paces.

A pesar de sus palabras, Boone no tenía ni idea de cómo iba a hacer las paces con ella si estaba realmente convencida de que lo que le había dicho en la playa era cierto.

Emily estaba hecha un manojo de nervios mientras se dirigía a casa de Boone siguiendo las indicaciones que le había dado su abuela. No habría sabido decir lo que esperaba encontrar, pero se sorprendió al ver una encantadora casita blanca situada en una ensenada, con un porche lateral cubierto y un jardín repleto de hortensias de un intenso color azul.

Después de aparcar, vio a B.J. sentado en el muelle con una caña de pescar; como no tenía prisa alguna por iniciar la incómoda confrontación con Boone que se avecinaba, optó por acercarse a él.

El niño se quedó sorprendido al verla, y comentó con cierta cautela:

–¿Qué haces aquí?, creía que papá y tú estabais enfadados.

–¿Es eso lo que te ha dicho? –al verle asentir, admitió–: La verdad es que le he dicho una cosa que ha estado muy mal, y he venido a disculparme. ¿Está en la casa?

B.J. asintió y le enseñó el brazo.

–Me han quitado los puntos y no he llorado –comentó con orgullo.

–¡Qué bien! Sabía que eras un valiente.

–Yo quería que tú vinieras a la clínica, pero papá no ha querido llamarte.

–Lo siento mucho, aunque está claro que lo has hecho de maravilla –se puso de cuclillas junto a él antes de preguntar–: ¿Has pescado algo?

–No, pero no quería molestar a papá mientras trabaja un poco antes de la cena.

–Ya veo.

El rostro del niño se iluminó, y le propuso sonriente:

–A lo mejor puedes quedarte a cenar, también va a venir el doctor Cole.

–No creo que pueda. He venido a hablar unos minutos con tu padre, me iré enseguida.

–Papá va a hacer carne asada, le queda de rechupete. Y también va a asar mazorcas de maíz. Dice que a lo mejor son las últimas de este verano, porque el huracán ha hecho mucho daño a los agricultores de la zona.

Boone salió por la puerta trasera de la casa en ese momento, y su rostro reflejó una mezcla de sorpresa y resignación al verla con su hijo.

Ella se puso en pie y dio un paso hacia él, pero se detuvo y le preguntó:

–¿Podemos hablar?, seré breve.

Él vaciló un poco, pero acabó por asentir.

–Vamos dentro. B.J., en quince minutos entra y lávate las manos. Ethan no tardará en llegar.

–Vale. Le he pedido a Emily que se quede a cenar, pero me ha dicho que no. Podrías pedírselo tú.

–Ya veremos, a lo mejor tiene otros planes.

Emily entró tras él a una cocina luminosa y amplia con encimeras de granito, electrodomésticos de acero inoxidable y ventanas por todas partes. Ni ella misma habría podido diseñar un espacio tan acogedor.

–Qué cocina tan bonita, supongo que no estaba así cuando compraste la casa.

–No, para nada. Los electrodomésticos blancos que había debían de ser los que se pusieron al construir la casa, y apenas funcionaban –hizo un gesto hacia uno de los extremos de la cocina, y comentó–: Ahí había una pared que creaba en esa zona un comedor poco más grande que un armario, y Jenny se dio cuenta mucho antes que yo de cómo sacar el máximo partido. Ella tenía muy claro hasta el último detalle y lo eligió todo, hasta los tiradores de los cajones. Yo me limité a decirle al contratista que siguiera sus instrucciones.

–Tenía muy buen ojo –le sostuvo la mirada y afirmó con sinceridad–: No quiero ser repetitiva, pero lamento de verdad que la perdieras.

–Yo también. Era una persona maravillosa, no se merecía lo que le pasó.

–¿Qué fue lo que le pasó?

Sentía curiosidad por saber la verdadera historia. Su abuela había sido muy parca en detalles, quizás había pensado que era Boone quien debía explicárselo cuando estuviera preparada para saberlo.

–Sufrió una infección masiva. Ella creyó que había pillado algún virus sin importancia, pero la infección se extendió a los pulmones. Para cuando fue al médico, ninguno de los antibióticos que probaron surtió efecto y no pudieron hacer nada por salvarla.

–Qué horror, lo siento de verdad.

–Gracias –la miró a los ojos, y le preguntó con calma–: ¿A qué has venido, Em?

Ella respiró hondo antes de admitir:

–A decirte que antes he sido desconsiderada y grosera.

–¿Te refieres a cuando me has acusado de ser amigo de tu abuela para quedarme con su restaurante?

–Sí, pero te aseguro que no lo pienso de verdad. Sé que lo que he dicho es una tontería, Boone.

–Entonces ¿por qué lo has dicho?

–Ni yo misma lo sé. A lo mejor es porque al ver cómo

eres con ella, con B.J., con todo el mundo en general, me acuerdo de lo mucho que perdí cuando renuncié a ti. A lo largo de estos años me convenía imaginar que eras otra clase de hombre, alguien que no valía la pena, que carecía de lealtad. Supongo que necesitaba justificar lo que hice, y que te casaras con Jenny me lo facilitó en cierto sentido. Lo vi como la prueba de que nunca me habías amado de verdad.

—¿Era necesario que yo fuera una mala persona para que tú pudieras ir en pos del futuro que querías tener?

—Pensé que así me sería más fácil marcharme, pero no fue así.

Él la miró lleno de frustración.

—Sabía que tenías sueños de futuro, Emily. ¿Cuántas noches pasamos sentados en la playa, hablando de tus metas? ¿Crees que no prestaba atención a tus palabras? Aunque deseaba con todas mis fuerzas poder retenerte a mi lado, sabía que no iba a lograrlo —le sostuvo la mirada al admitir con tristeza—: Mi única esperanza era que regresaras tarde o temprano, que lo que había entre nosotros fuera lo bastante importante como para traerte de vuelta.

—Creo la presión de saber que estarías esperándome me superó, así que sí, es posible que me comportara como si no pensara volver; además, tenía que convertirte a ti en el malo de la película porque me sentía culpable por hacerte daño. La abuela ya había perdido la paciencia conmigo por lo mal que te traté, y mis hermanas pensaban que era una locura que renunciara a lo que había entre nosotros. Me sentí incapaz de plantearme siquiera que pudieran tener razón. Necesitaba cortar por lo sano, aunque al final todo fue más desagradable de lo que cabría desear.

—¿Lo que ha pasado hoy tiene algo que ver con eso? Te has asustado al pensar que algunos de aquellos viejos sentimientos aún están vivos entre nosotros, y has sentido la necesidad de ponerme en mi sitio para seguir manteniéndome a distancia. ¿Es así?

—No, lo que pasa es que estaba frustrada con mi abuela, pero a ella no le puedo gritar. Necesitaba desahogarme con alguien, y tú has topado de lleno con mi mal genio.

—No me lo trago. Seguro que, en el fondo, lo que has dicho es lo que opinas de verdad.

—¡No, te juro que no! Tengo claro que esa no es tu forma de ser... en cierto sentido, ese es el problema. Tu verdadera forma de ser es condenadamente atractiva.

—¿Irresistible, quizás? —le preguntó él, con una pequeña sonrisa en los labios.

—No seas tan creído.

Él se echó a reír.

Emily agarró una taza y sonrió al leer lo que ponía en ella: *La mejor mamá del mundo*. Seguro que a Boone le dolía muchísimo verla en la cocina, pero, aun así, la tenía a plena vista para mantener vivos los recuerdos de su hijo. Así era el hombre al que había tratado tan mal. Había intentado convencerse a sí misma de que era un insensato, un irresponsable, pero Boone no había sido así en el pasado y seguía sin serlo. Era un padre increíble, un buen amigo, un hombre decente.

—Mi abuela está furiosa conmigo —admitió, resignada—. No es que sea la primera vez ni mucho menos, pero ahora ya soy mayorcita y me fastidia que me mire como si le hubiera dado una patada a su gato.

Él tuvo la desfachatez de sonreír al oír aquello, y comentó en tono de broma:

—Supongo que el gato soy yo, ¿no?

Emily no pudo evitar echarse a reír.

—Sí, algo así. Tendrías que haber oído cómo se deshacía en elogios al hablar de ti; según ella, eres un verdadero parangón. Seguro que nunca ha hablado tan bien de mí.

—Pues estás muy equivocada, porque para esa mujer sus tres nietas sois extraordinarias. Junto a la caja registradora tiene un álbum con fotos y recortes de revistas, y se lo enseña página a página a todo el que le pregunta cómo os va. Ese álbum fue una de las primeras cosas por las que me preguntó cuando me llamó para que le diera un informe de daños, estaba ansiosa por saber que se había salvado. Es como un tesoro para ella.

Por una parte, a Emily le costaba un poco creer que aquello fuera cierto, ya que nunca había tenido la impresión de que su abuela fuera una persona muy sentimental; por otra parte, estaba clarísimo que era una persona profundamente sentimental, ya que esa era una de las razones por las que estaba luchando tanto contra los cambios que ella quería hacer en el Castle's.

—¿En serio? —le encantaría tener la certeza de que, a diferencia de su padre, su abuela sí que estaba orgullosa de ella.

—Te lo juro.

—¿Y los clientes vuelven después de que ella les dé la lata con ese álbum?

Le costaba creer que su abuela presumiera tan abiertamente de sus nietas, sobre todo teniendo en cuenta que la exasperaban con frecuencia. El rapapolvo que le había dado antes no había tenido nada de sentimental ni de afectuoso; se sentía decepcionada con ella, y se lo había dejado bien claro.

—Claro que sí —le contestó Boone—. Esa sensación de formar parte de una gran familia es lo que hace que el Castle's by the Sea tenga tanto éxito, es algo que no se puede recrear a base de pintura, telas, y cuadros pintorescos en las paredes.

Emily era reacia a admitir que aquello fuera verdad, porque, de ser así, sus planes de reformar el restaurante serían prácticamente imposibles; por desgracia, era muy difícil negar la evidencia cuando una la tenía delante de las narices.

–Sí, empiezo a darme cuenta de eso –admitió con un suspiro.

–La cuestión es si vas a quedarte el tiempo suficiente para entender de verdad el valor que tiene ese sitio para esta comunidad, lo que tu abuela significa tanto para mí como para todos los demás.

–Tengo un par de trabajos urgentes que tengo que retomar cuanto antes, ya lo sabes. No puedo quedarme mucho tiempo más. El restaurante ya está en marcha otra vez, mi presencia no es necesaria.

Él asintió con rigidez, pero no parecía sorprendido por su respuesta; de hecho, lo más probable era que se la esperara.

–Seguro que Cora Jane entiende lo ocupada que estás.

Ella frunció el ceño al notar cierto matiz de reproche en su voz, y comentó:

–Pero tú no, ¿verdad? Crees que debería quedarme, aunque ella no necesita ni quiere mis consejos.

–Lo que creo es que harás lo que consideres oportuno. Tienes la obligación de responder ante tus clientes, eso es incuestionable.

–Dices las palabras adecuadas, pero tu tono de voz te delata. Estás decepcionado conmigo.

Boone acababa de dejarle muy claro, sin decirlo abiertamente, que pensaba que ella estaba comportándose de forma egoísta una vez más.

Él le sostuvo la mirada durante unos largos segundos en los que el ambiente fue cargándose de una extraña tensión, y al final admitió con voz suave:

–Puede que esté decepcionado a secas, Em.

A Emily se le aceleró el pulso al oír aquella inesperada confesión.

–¿Quieres que me quede?

–Si no lo haces, jamás sabremos lo que habría podido haber entre nosotros.

Se acercó un poco más a ella, le puso un dedo bajo la barbilla para instarla a que la alzara, y entonces bajó la cabeza lentamente y la besó. No fue uno de esos besos ardientes y apasionados que Emily recordaba del pasado, de esos que la habían mantenido despierta y anhelante por las noches. Fue un beso dulce y tentador.

–Piénsatelo –le pidió él, antes de acompañarla a la puerta.

No la invitó a quedarse a cenar, no le pidió que no se marchara del pueblo. Lo único que había usado para incitarla a quedarse era aquel beso... y ella fue la primera sorprendida al darse cuenta de que con eso podía bastar.

Para cuando Ethan llegó, Boone ya tenía la carne en la parrilla y un par de cervezas en la nevera. B.J. corrió a recibirle, y se apresuró a ponerle al día de las novedades.

–Ha venido Emily, pero ha tenido que irse otra vez. Le he enseñado mi cicatriz.

El médico lanzó una mirada llena de curiosidad a Boone por encima de la cabeza del niño, pero se limitó a preguntarle al pequeño:

–¿Se ha impresionado al verla?

–Sí, un montón. Tengo que ducharme, porque me he caído al agua sin querer mientras pescaba.

–¿Sin querer? –le preguntó Ethan, sonriente.

–Sí, te juro que sí. He tropezado.

–Sí, apuesto a que con sus propios pies –apostilló Boone–. Date prisa, campeón. La carne ya casi está lista.

En cuanto el niño se fue, Boone miró ceñudo a Ethan y afirmó con firmeza:

–No quiero hablar del tema.

–¿A qué te refieres?, ¿a que Emily ha venido y tú la has dejado ir?

–Las cosas no han sido así. Ha venido a disculparse, me ha dicho lo que tenía que decirme, y se ha ido. Ya está.

–¿Y qué va a pasar a partir de ahora?

–Que ella se irá del pueblo, la vida volverá a la normalidad, y la paz reinará de nuevo en estas tierras –le contestó Boone con ironía.

–Si de verdad crees eso, es que eres tonto de remate. Que la dejaras escapar una vez puede achacarse a la ignorancia de la juventud, pero dejarla escapar una segunda vez sería una soberana estupidez.

–No sabes cuánto te agradezco tus perspicaces observaciones, ¿quieres que hablemos de por qué dejaste que una mujer que tiene la sensibilidad de un guardia de asalto te convirtiera en un recluso?

–No soy un recluso –protestó su amigo, a la defensiva–; además, no estábamos hablando de mí, eres tú el que tiene el problema. ¿Te digo lo que pienso?

–Lo único que se me ocurre para conseguir que te calles es amordazarte, y eso sería un mal ejemplo para mi hijo –masculló Boone con frustración.

–Sí, es verdad. Mira, yo creo que tendrías que aprovechar que estoy aquí. Ve a por ella, yo me quedo con B.J.

–¿Y qué hago cuando la tenga delante? Ya le he dicho que, si no se queda, jamás sabremos lo que habría podido haber entre nosotros.

Su amigo le miró con un brillo de diversión en los ojos, y comentó sonriente:

–Me imagino con cuánta pasión se lo habrás dicho. Es increíble que no haya caído rendida en tus brazos, ¿qué mujer no estaría dispuesta a abandonar su carrera profesional por estar con un poeta como tú?

–No tiene gracia.

—Solo digo lo que pienso. Estás enamorado de ella, ¿verdad? Siempre lo has estado.

—Eso no quiere decir que podamos tener una relación, ella tiene que quererlo tanto como yo.

—¿Qué pasa?, ¿no puedes ser persuasivo? ¿Es que no puedes besarla hasta dejarla atontada, llevártela a la cama, hablar hasta quedarte sin voz del futuro que podríais tener juntos?

—La he besado, pero se ha ido de todas formas —admitió Boone con irritación.

Ethan se echó a reír a carcajadas; cuando logró recobrar un poco la compostura, comentó:

—Pues está claro que no lo has hecho bien, seguro que no has echado mano de las habilidades que tú y yo sabemos que tienes. ¿Seguía consciente después del beso?, ¿era capaz de mantenerse en pie?

Boone no pudo evitar echarse a reír.

—Me parece que estás exagerando mis habilidades.

—De eso nada, oí lo que se rumoreaba en el instituto. Todas las chicas a las que besabas se desmayaban, ninguna de ellas te olvidó. Apuesto a que unas cuantas de las que están solteras se te habrán acercado desde que murió Jenny, dispuestas a tener algo contigo.

—Sí, y la verdad es que también se me han acercado algunas de las que no están solteras, pero no estoy interesado en tener nada con ninguna de ellas.

—Porque Emily es la dueña de tu corazón.

—Vale, sí, lo admito, pero las cosas no son tan sencillas. No lo eran diez años atrás, y ahora son incluso más complicadas.

—Sois vosotros dos los que las complicáis sin necesidad. Deja a un lado las dudas y las preocupaciones, y escucha a tu corazón. Ese es mi consejo.

A Boone le habría gustado poder hacer oídos sordos a aquellas palabras, pero, teniendo en cuenta que lo que estaba diciéndole su amigo era prácticamente lo mismo que había estado diciéndole una y otra vez Cora Jane, estaba claro que no podía descartar el consejo sin más.

—Bueno, ¿qué vas a hacer? —insistió Ethan—. ¿Vas a ir a buscarla?, ¿sí o no?

—¿Ahora mismo?

—¡No hay que perder el tiempo, amigo mío! No sabemos cuánto tiempo piensa quedarse ella aquí. A lo mejor lo que quieres es que se vaya, para que la decisión no esté en tus manos. Así podrás quedarte aquí, lloriqueando por haberla perdido y diciéndote a ti mismo que has hecho todo lo que has podido.

Boone no pudo por menos que admitir que su amigo podía tener razón en eso, y también en algo más: A lo mejor tenía razón al decir que era tonto de remate.

—¿Te quedas aquí con B.J.?

—Claro —la sonrisa de Ethan se ensanchó aún más, y añadió—: Puedo quedarme a pasar la noche, si las cosas te salen bien.

—No creo que haga falta —le contestó, a pesar de que la mera idea hizo que se le acelerara el corazón.

—En cualquier caso, la oferta sigue en pie. Un tipo inteligente aprovecharía la ocasión.

Boone deseó estar tan convencido como él de que todo iba a salir bien, pero tenía la sensación de que un tipo realmente inteligente no volvería a poner en juego su corazón por Emily; en cualquier caso, solo había una forma de averiguarlo.

Capítulo 12

Emily se dio una larga ducha bien caliente cuando llegó de casa de Boone. Sin molestarse en secarse el pelo, se puso unos pantalones cortos y una camiseta sin mangas y salió a reunirse con sus hermanas en el porche. Cora Jane, por su parte, había ido al cine con Jerry.

Se sentó en la tumbona con uno de los sofisticados cócteles de ron que había preparado Samantha, que parecía tener un inesperado interés por aprender el oficio de barman.

–¿Has hecho las paces con Boone? –le preguntó Gabi.

–Me he disculpado. Supongo que podría decirse que estamos en paz, aunque no se ha alegrado demasiado cuando le he dicho que me marcho dentro de poco –como no quería que empezaran a sermonearla sobre su inminente marcha, se apresuró a añadir–: ¿Y vosotras qué?, ¿cuándo pensáis iros? El restaurante ya ha vuelto a la normalidad.

–Yo tengo pensado irme este domingo –admitió Gabi–. Me he enterado de que Samantha, mi jefa, no está nada contenta al ver que tardo tanto en volver. No le parece suficiente tenerme a su disposición a todas horas por teléfono, fax y correo electrónico.

–¿Has recibido alguna queja de tu novio? –le preguntó Emily.

Gabi la miró ceñuda, y le contestó con firmeza:
—Se va a alegrar mucho de que vuelva, por supuesto.
—Sí, por supuesto —repitió Emily con sequedad.
—Deja el tema —le aconsejó Samantha—. Ni tú ni yo entendemos cómo es posible que ese tipo no haya dado señales de vida mientras ella está aquí, pero parece que a Gabi no le molesta, y eso es lo único que importa.

Emily dejó el tema a regañadientes, y le preguntó a Samantha:
—¿Piensas volver ya a Nueva York?
—No, aún no. Mi agente me llamará si surge algo, y de momento no hago falta en el restaurante donde echo una mano de vez en cuando. En Nueva York apenas hay movimiento en agosto, todo el que puede aprovecha este mes para tomar vacaciones. Voy a quedarme aquí un poco más.
—La abuela va a llevarse una alegría. Ándate con cuidado, a lo mejor consigue convencerte de que te quedes aquí de forma definitiva.

Samantha sonrió al contestar:
—Lo dudo mucho. No me salen demasiados trabajos, pero los pocos que hay están en Nueva York. Lo que no entiendo es por qué tú estás decidida a marcharte cuanto antes, si aún no has resuelto las cosas con Boone.
—¿Qué es lo que queda por resolver? Él vive aquí, y yo en la Costa Oeste. ¿Cómo vamos a encontrar un punto medio?, ¿nos vamos a vivir juntos a Kansas?
—Me parece que podríais encontrar alguna alternativa mejor —comentó Gabi, con una carcajada, antes de añadir con diplomacia—: Aunque Kansas no tiene nada de malo, si el hombre al que amas está dispuesto a llegar a un arreglo.
—Dudo mucho que Boone esté interesado en llegar a un arreglo.
—¿Y tú lo estás? —insistió Gabi.

Emily estuvo a punto de contestar con algún comentario superficial, pero lo que acababa de plantear su hermana merecía ser tomado en serio. Se preguntó si sería posible llegar a un arreglo con Boone, si lo que sentía por él seguía siendo lo bastante fuerte como para que valiera la pena intentar ver adónde conducía. ¿Cómo demonios iba a averiguarlo, si se empeñaba en seguir huyendo? Partir en pos de una elusiva meta cuando una tenía veintiún años era muy distinto a hacerlo diez años después; a aquellas alturas, ya debería ser lo bastante madura para darse cuenta de que tener éxito en su profesión no era tan gratificante como ella había creído. Ya debería saber que quizás había otras cosas en la vida que podían hacer que se sintiera plena y realizada.

Aún estaba dándole vueltas al asunto cuando oyó que un coche se acercaba y acababa por detenerse; poco después, Boone dobló la esquina de la casa y se acercó a ellas.

—Eh... si alguien me necesita, estoy dentro —murmuró Samantha.

—Lo mismo digo —se apresuró a decir Gabi, antes de ponerse en pie con una agilidad que sorprendía un poco, teniendo en cuenta los dos fuertes cócteles que acababa de tomar—. Adiós, Boone.

Él se detuvo a los pies de los escalones mientras las dos hermanas entraban a toda prisa en la casa, y le preguntó a Emily:

—¿Tú también vas a huir?

—No, ya he sido bastante grosera por hoy —le contestó ella, con una pequeña sonrisa—. Además, esta es mi casa. Nadie va a echarme de aquí.

—Muy bien, ¿puedo quedarme un rato?

—Como quieras. ¿Te apetece una bebida? —alzó su vaso, que ya estaba medio vacío, y comentó—: No sé qué es lo que ha puesto Samantha en este cóctel, pero a mí me está ayudando a relajarme.

–No, gracias. Creo que será mejor que tenga esta conversación con la cabeza despejada –contestó él, antes de sentarse en el balancín que había en la esquina del porche.

Emily empezó a marearse un poco al ver cómo se mecía, y miró ceñuda su vaso.

–¿Qué demonios habrá puesto Samantha en esta cosa?

Él se echó a reír y le preguntó:

–¿Quieres que prepare café?

–Sí, puede que sea buena idea, sobre todo si piensas decirme algo que no quieras que se me olvide.

–Enseguida vuelvo. Anda, dame ese vaso. Será mejor que no bebas más.

–Sí, es verdad –le dio el vaso, aunque un poco a regañadientes.

Boone no tardó mucho en volver, lo justo para que Emily empezara a ponerse nerviosa pensando en las posibles explicaciones que podía tener su inesperada llegada. Cuando volvió con dos tazas de café, dejó una junto a la mesa que había junto a ella y se sentó de nuevo en el balancín antes de decir:

–Será mejor que dejes que se enfríe un poco.

–Me sorprende que hayas venido. Ethan iba a ir a cenar a tu casa, ¿no? –le preguntó ella.

–Sí, y está allí en este momento. Una de las consecuencias que tiene contar con un muy buen amigo, un amigo que te conoce desde siempre, es que por regla general hay que prestar atención cuando te dice ciertas cosas.

–¿Qué clase de cosas?

–En este caso, cosas acerca de ti y de mí.

–Sí, yo también he escuchado muchas opiniones sobre ese tema últimamente –admitió ella, con una sonrisa.

–Me parece que hay bastante consenso al respecto, porque lo que me dice todo el mundo es que seríamos unos idiotas si no nos diéramos una segunda oportunidad.

–Sí, a mí me dicen lo mismo. ¿Ethan te ha dicho que deberíamos intentarlo de nuevo?

–Me ha dicho eso y muchas cosas más –la miró a los ojos al admitir–: Me encantaría saber cuál es el camino correcto, Em, te lo digo de verdad. Desde el mismo momento en que te fuiste del pueblo, me propuse no mirar atrás. Entonces apareció Jenny, y con ella y con B.J. me resultó más fácil mirar hacia delante. Ahora ella ya no está, y tú has vuelto.

–¿Y crees que arriesgarte a confiar en mí de nuevo sería como dar un paso atrás?

–Sí. A lo mejor no es justo, pero así es.

–Si eso es lo que crees, ¿qué haces aquí? En serio, ni siquiera Ethan podría convencerte de que hicieras algo que no te convence.

Él se encogió de hombros. Se le veía desconcertado de verdad, y sorprendentemente vulnerable.

–Soy incapaz de mantenerme alejado de ti –admitió al fin con cierta renuencia–. Al parecer, sigues estando en mi sangre, y sé que me arrepentiré si no aprovecho esta oportunidad para ver si aún queda algo entre nosotros. Algo real, no meros recuerdos y algunas fantasías.

A pesar de todo lo positivo que había en su respuesta, Emily solo fue capaz de oír las dudas que subyacían bajo aquellas palabras.

–No pareces muy contento con tu decisión.

–No lo estoy –admitió él, con una pequeña sonrisa–. Siempre he pensado que no tengo que repetir mis errores, sino aprender de ellos.

Aunque tendría que haberse sentido ofendida al oírle decir aquello, ella le entendió y se preguntó si estarían cometiendo un doloroso error al intentar reavivar lo que habían tenido en el pasado.

—Quizás sería buena idea ir poco a poco, día a día —le propuso, en un intento de encontrar aquel punto medio que había mencionado Gabi—. Sin presiones, sin grandes expectativas.

—Pero la presión está ahí, lo queramos o no. Tú misma me has dicho antes que piensas marcharte dentro de poco, y de repente me siento como si tuviéramos que solucionar esto a toda prisa. Sería gracioso si no fuera tan trágico —admitió con tristeza—. Enamorarme de ti en aquel entonces fue facilísimo, en ningún momento tuve que replanteármelo. Fue algo natural, como los latidos de mi corazón o respirar.

—¿Y ahora?

—Dímelo tú. ¿Crees que hay algo que sea fácil en esta situación? Yo veo complicaciones por todas partes, incluso más que la última vez. Ahora los dos tenemos una profesión, una vida. Por no hablar de mis exsuegros, que están al acecho por si meto la pata.

—¿Qué quieres decir?

—A los padres de Jenny, sobre todo a su madre, les encantaría tener una excusa para poder quitarme la custodia de B.J., y yo estoy haciendo todo lo posible por evitarlo. Ya sé que Jodie no ganaría en caso de que me llevara a juicio, pero puede convertir en un infierno mi vida y la de mi hijo.

—¿De verdad la crees capaz de ser tan vengativa? —le preguntó, consternada. Le parecía inconcebible que alguien pudiera amenazar de esa manera a un padre.

—Prefiero no ponerla a prueba.

—En ese caso, lo más sensato es ir con cautela, sería una tontería enfadarla sin motivo alguno. Y también tenemos que tener en cuenta a B.J., él es la prioridad en este caso. Si tú y yo nos damos una segunda oportunidad y él acaba sufriendo porque las cosas no salen bien, no serás el único que sufra por él, a mí también me destrozaría saber que le hemos hecho daño.

–¿Y qué demonios se supone que tenemos que hacer, Em?, ¿nos rendimos sin más? –le preguntó él con frustración.

Emily sabía que ese sería el camino fácil y seguro, pero ¿era lo que ella quería? Contempló a aquel hombre que había sido su mundo entero años atrás, hasta que sus horizontes se habían ampliado. Después de todo aquel tiempo, volvía a tenerlo frente a ella, dispuesto a volver a arriesgar su corazón. La cuestión era si sus horizontes habían alcanzado una etapa más inclusiva, una en la que tuvieran cabida el amor, el matrimonio y la familia, o si al final iba a acabar por decepcionarle de nuevo. ¿Era una loca por plantearse siquiera la posibilidad de empezar de cero? A lo mejor el loco era él por arriesgarse a que ella volviera a romperle el corazón, sobre todo si lo de la custodia de B.J. era un problema real.

Por desgracia, la única forma de averiguar la respuesta a todas esas cuestiones era dar el paso y arriesgarse. La vida estaba llena de riesgos y, aunque evitarlos fuera lo más cómodo, eso no era vivir de verdad.

Se puso de pie y dio un paso hacia él, pero vaciló y le indicó con un gesto el espacio libre que quedaba junto a él en el balancín.

–¿Puedo sentarme?

Él soltó una carcajada al verla tan insegura, y le preguntó en tono de broma:

–¿Tienes miedo de que intente propasarme?

–No, de que no lo hagas –admitió, antes de sentarse a su lado.

Suspiró de placer cuando él le pasó un brazo por los hombros, la sensación era tal y como la recordaba. Estaba otra vez en casa de su abuela y había vuelto a integrarse en aquella comunidad, pero estar sentada junto a él con su brazo alrededor de los hombros fue lo que hizo que sintiera en lo más hondo que había vuelto a su hogar. Boone seguía teniendo el aroma a cítrico de la misma loción de siempre, seguía siendo una presencia sólida que la hacía sentir a salvo y protegida.

Deseó con todas sus fuerzas que la besara, pero con un beso de verdad, uno de esos que siempre habían sido el preludio de muchas cosas más. Se volvió a mirarlo, pero él le puso un dedo sobre los labios y murmuró, con un brillo de diversión en la mirada:

—No sería la solución adecuada.

Emily se sintió decepcionada, pero el deseo contenido que vio en sus ojos hizo que no se sintiera rechazada; aun así, no intentó ocultar lo frustrada que se sentía.

—¿Estás seguro? Podríamos salir a dar una vuelta con el coche y aparcar en algún lugar apartado y oscuro, como hacíamos antes.

—No estoy seguro de casi nada, pero esto lo tengo muy claro. Hacer el amor contigo sería fácil y memorable, como siempre, pero no va a solucionar nada.

—Entonces ¿qué hacemos?

—Dar tiempo al tiempo, darnos una segunda oportunidad y ver qué es lo que pasa.

Parecía muy razonable y sensato... salvo por un pequeño detalle.

—Voy a marcharme, Boone. Puedo esperar uno o dos días más, pero al final tendré que irme. ¿Qué pasará cuando llegue ese momento?

Él le sostuvo la mirada durante unos segundos, y suspiró antes de contestar:

—Supongo que, si vamos a intentarlo de verdad, será mejor que contratemos alguna oferta de esas de llamadas y uso de datos sin límites. Puede que las compañías aéreas nos den algún descuento por volar con frecuencia.

Ella se quedó sorprendida. Sabía que, años atrás, ni él habría hecho esa propuesta ni ella la habría aceptado. En aquel entonces era muy testaruda, y había pensado que lo mejor era una ruptura total.

—¿Te ves capaz de vivir así?, ¿crees que podríamos tener una relación a distancia?

—Como parece ser que no puedo vivir sin ti... sí, estoy dispuesto a intentarlo. ¿Y tú?

Emily respiró hondo antes de asentir.

—Sí, estoy dispuesta a hacerlo.

—Y estamos de acuerdo en que vamos a esforzarnos al máximo, ¿no? Nada de buscar excusas para echarse para atrás.

—Por supuesto. Nada de excusas.

Dio la impresión de que él se sentía aliviado al oír su afirmación, y comentó con voz suave:

—De acuerdo. Puede que lo de la distancia sea algo positivo.

—¿Por qué lo dices?

—Porque así podremos mantener a B.J. al margen, al menos de momento. Y, por extensión, también a los Farmer.

—Entiendo lo de tus exsuegros, pero ¿qué problema hay con B.J.? ¿No quieres que sepa que estamos juntos?

—Aún no. Te lo pido por favor, Em. Tengo que protegerle.

Ella se apartó un poco antes de contestar, molesta:

—Da la impresión de que estás convencido de que las cosas no van a salir bien.

—No es eso, te juro que voy a entregarme al cien por cien a esta relación.

—Sí, pero quieres mantener a tu hijo al margen.

—Ya sabes por qué, no podemos dejar que se haga ilusiones. Cuando estemos seguros de que lo nuestro tiene futuro, le contaremos lo que pasa. Se pondrá loco de alegría, sabes que está loco por ti. Cuando lo nuestro sea lo bastante sólido, buscaré la forma de lidiar con los padres de Jenny. Tengo que hacerles entender que estar contigo no es una ofensa contra ellos.

Aunque Emily sentía en parte que Boone estaba demostrando que no confiaba en la relación que querían construir juntos, era innegable que tenía razón al querer proteger a su hijo; al fin y al cabo, él mismo había visto cómo desfilaban por su vida un sinfín de posibles padres, así que sabía de primera mano lo dañino que podía ser eso para un niño.

—Tienes razón —admitió al fin—. ¿Qué hacemos con mis hermanas y mi abuela?, ¿también se lo ocultamos a ellas?

—Así evitaríamos que intenten entrometerse aún más en nuestros asuntos, pero no creo que lo consigamos; además, Cora Jane se pondría furiosa si se enterara de que estamos juntos a sus espaldas. No me creo capaz de ocultárselo, ¿y tú?

—Estás de broma, ¿no? Se dará cuenta de la verdad en cuanto vea cómo te miro cada vez que te tengo cerca.

Él se echó a reír, y sugirió:

—Podrías decirle que son imaginaciones suyas.

—¿Y negarle la satisfacción de saber que sus esfuerzos como casamentera están surtiendo efecto? Eso sería una crueldad. Yo creo que será mejor no sacar las cosas de quicio; si se dan cuenta de lo que pasa, lo confirmamos sin más.

—Teniendo en cuenta que lo más probable es que tus hermanas estén espiándonos desde la ventana en este momento, me parece una opción sensata.

Alzó un poco la voz para que las aludidas pudieran oírle bien, y sus sospechas se confirmaron cuando oyeron que Gabi decía:

—¡Mierda! ¡Samantha, te he dicho que la ventana hacía ruido al abrirse!

Samantha se echó a reír y, justo antes de cerrar la ventana, les gritó:

—¡Felicidades, parejita!

Emily miró a Boone y comentó con ironía:

—Podrías replantearte lo de que nos vayamos a algún sitio con el coche, está claro que aquí es imposible tener privacidad.

Él la apretó contra su cuerpo antes de contestar:

—No te preocupes. Con lo que tengo en mente, no van a oírnos hablar durante un rato.

—No me digas —le contestó, esperanzada.

Boone le puso un dedo bajo la barbilla, se inclinó hacia delante, y cubrió sus labios con los suyos. En esa ocasión no se reprimió lo más mínimo, y la besó con pasión desenfrenada.

—¡Madre mía! —susurró ella contra su boca—, es tal y como lo recordaba.

—¿Y esto? —le preguntó, antes de meter la mano por debajo de su camiseta.

—Oh, sí... —tenía la respiración acelerada, el corazón le martilleaba en el pecho—. No sé por qué, pero me siento como si tuviera diecisiete años y estuvieran a punto de pillarnos con las manos en la masa.

—Puede que sea porque Jerry acaba de aparcar delante de la casa, y oigo a tu abuela bajándose del coche —se echó a reír al ver que se apresuraba a ponerse bien la camiseta, y le guiñó el ojo—. Seguiremos con esto en cuanto podamos.

Por primera vez desde su regreso a Sand Castle Bay, Emily no estaba deseando volver a marcharse; no era de extrañar, teniendo en cuenta lo que Boone acababa de decir.

Boone llegó a su casa pasada la medianoche, y encontró a Ethan repanchigado en el sofá. Se había quitado la camisa y la prótesis, estaba tapado hasta la cintura con una manta, y estaba viendo un partido de fútbol por la tele.

—Se te ve muy cómodo, ¿cómo está B.J.? —le preguntó, antes de sentarse en el sofá y de agarrar un puñado de palomitas de la bolsa que había encima de la mesa.

—Se durmió hace un par de horas. ¿Qué haces aquí?, ¿las cosas no han salido como querías?

Boone se echó a reír.

—No han salido como querías tú, pero Emily y yo hemos llegado a un acuerdo.

—¿Estáis juntos?

—Estamos esperanzados, pero vamos a tomárnoslo con calma.

—¿Ella va a quedarse a vivir aquí?

—No.

—Entonces ¿cómo os vais a organizar?

—Hay mucha gente que tiene relaciones a distancia.

—Sí, ya lo sé, pero ¿sabes de alguna que haya funcionado a la larga?

—Las cosas no serán así para siempre —le explicó Boone con optimismo—. Emily y yo lograremos que lo nuestro funcione... si el destino lo quiere, claro —se puso en pie y añadió—: Estoy hecho polvo, yo subo a acostarme ya. Si quieres puedes dormir en la habitación de huéspedes.

Ethan indicó con un gesto su prótesis antes de contestar:

—Aquí abajo estoy bien, pero, si no te importa, sí que me quedo a dormir. Después de esa última cerveza que me he tomado, prefiero no salir a la carretera.

—Puedes dormir donde quieras, ¿necesitas algo?

—A menos que se te ocurra la forma de que los Braves remonten el partido... no, nada. Hoy ya han desperdiciado cuatro ventajas.

—Es para echarse a llorar —comentó, en tono de broma, antes de subir al piso de arriba.

Después de pasar por el dormitorio de B.J. para cerciorarse de que estaba dormido, se fue al suyo y se sentó en la cama. Agarró una foto tomada el verano antes de que Jenny muriera en la que salían los tres, y al contemplar a su difunta esposa le pareció ver en su rostro la felicidad de la que le había hablado Cora Jane.

—Te quise de corazón, Jenny, y espero haber sido un buen esposo para ti —susurró. Soltó un suspiro antes de añadir—: Pero espero no estar traicionándote con lo que estoy haciendo ahora.

Se sorprendió cuando, justo en ese momento, sintió que una suave brisa le acariciaba la mejilla. Miró hacia las ventanas y, al ver que estaban cerradas, sus ojos volvieron de nuevo a la foto.

—Gracias —se besó un dedo, y después lo posó sobre los labios de ella.

Se quedó dormido en cuanto se metió entre las sábanas; por primera vez en lo que parecía ser una eternidad, no le atormentaron ni pesadillas ni remordimientos.

El jueves por la mañana, Emily suspiró al oír el mensaje de voz que Sophia le había dejado en el móvil. Ya había hablado con ella dos veces desde la cena benéfica, que había sido todo un éxito, así que no sabía qué más podía querer; en todo caso, era una clienta importante, así que no tuvo más remedio que llamarla.

—¡Buenos días, Sophia! ¿Qué tal?, ¿aún sigues disfrutando del éxito que tuvo tu cena? Conseguiste recaudar una fortuna.

—Ese centro de acogida para mujeres necesita toda la ayuda posible, lo que recaudé es una minucia en comparación con lo que les hace falta. Ayer estuve allí, y me han dicho que están quedándose cortos de espacio. Me rompe el corazón saber que hay mujeres que necesitan un lugar donde refugiarse, y que el centro no puede ayudarlas.

—Pero tú tienes un plan, conozco ese tono de voz —le dijo Emily—. No han pasado ni veinticuatro horas desde que estuviste allí, y ya tienes algo en mente —trabajar para ella podía ser bastante exasperante, pero la ayudaba a sobrellevarlo el hecho de saber que era una mujer de corazón generoso.

—Por supuesto que sí, pero voy a necesitar tu ayuda. ¿Cuándo puedes venir?

Emily recordó lo que le había prometido a Boone. No podía marcharse en un par de días como mínimo, ni siquiera por Sophia.

—A mediados de la semana que viene —contestó al fin.

—¡Tiene que ser antes! Que sea el lunes, ya he concertado una cita para las dos.

—Es demasiado pronto, no sé si voy a poder dejarlo todo listo aquí en tan poco tiempo.

—El lunes —insistió Sophia—. No es por mí, es por todas esas mujeres que necesitan nuestra ayuda.

—Anda, explícame lo que tienes pensado hacer.

Era consciente de que no tenía escapatoria. Si Sophia quería que estuviera allí el lunes, iba a tener que ingeniárselas para ir. Además de ser su principal clienta, aquella mujer estaba convirtiéndose poco a poco en una amiga. Cualquiera de las dos cosas habría bastado para convencerla de que fuera, pero las dos juntas no le dejaban alternativa.

—He encontrado una casa con potencial para albergar a más mujeres —le contestó Sophia, complacida consigo misma—. He hablado con los miembros de la junta, y ya está todo listo para poner en marcha el proyecto. El problema es que hay que hacer algunos arreglillos en la casa, y ahí es donde entras tú. Espero que puedas tirar de algunos hilos para conseguir rápido tanto materiales como muebles. No tenemos demasiado tiempo, el objetivo es que algunas de esas mujeres puedan alojarse allí antes de Acción de Gracias.

—¿Tan pronto? ¡Es imposible, Sophia!

—No hay nada imposible cuando uno lo desea con todas sus fuerzas. Todo el mundo debería poder pasar Acción de Gracias en un lugar donde se sienta a salvo, sobre todo las madres solteras. Ya estoy trabajando con las donaciones de pavos, y mi proveedor de comida ha accedido a servir un verdadero festín.

—Claro —casi nadie, incluyéndola a ella, se atrevía a negarle algo a Sophia.

—¿Qué me dices?, ¿cuento contigo?

—Claro que sí. ¿A qué hora es la cita?

—A las diez de la mañana... pero, como mucho, podría pasarla a la tarde.

Emily repasó mentalmente los horarios de los vuelos que había consultado antes del último viaje que había hecho.

—Intenta pasarla a las tres de la tarde, yo creo que así me dará tiempo de llegar a tu casa; si llego tarde, te llamaré para que me des la dirección de ese sitio y nos veremos allí.

—Eres un ángel, Emily.

—No, ni por asomo, pero estoy en deuda contigo por todos los trabajos que he conseguido gracias a ti. Si esto es importante para ti, también lo es para mí.

Sophia vaciló por un momento antes de admitir:

—La verdad es que esperaba que reaccionaras con un poco más de entusiasmo. ¿Hay alguna razón por la que quieras quedarte en ese sitio, aparte de lo de tu familia?

Era la pregunta más personal que Sophia le había hecho hasta la fecha; aunque estaba claro que le tenía aprecio, solía centrarse en los negocios. Que le preguntara algo así era una muestra más de la amistad creciente que había entre ellas.

–Es que tengo que encargarme de un par de cosas, pero ya me las apañaré.

Había optado por contestar de forma evasiva, porque creyó que sería mejor que la conversación siguiera siendo estrictamente profesional... aunque quizás, en el fondo, no quería que otra persona más se permitiera el lujo de opinar sobre su vida privada.

–En ese caso, nos vemos el lunes en mi casa a eso de las dos. Con el tráfico que hay a esas horas, puede que tardemos una hora en llegar a la casa que te he comentado. No hace falta que te diga que la dirección no puede hacerse pública, ¿verdad?

–No, no te preocupes.

Sabía que, en el caso de algunas de aquellas mujeres, tanto su vida como la de sus hijos dependían de encontrar un refugio donde nadie pudiera encontrarlas. Cualquier pequeño fallo podía tener consecuencias trágicas.

La implicación de Sophia en aquella causa había contribuido a que muchas de aquellas mujeres lograran reconstruir su vida. Las fiestas, las galas y las cenas eran algo más que el frívolo entretenimiento de alguien con demasiado tiempo y dinero en sus manos.

–Lo que estás haciendo es fantástico, Sophia. Gracias por permitir que yo ponga mi granito de arena.

–No será un mero granito, querida –le contestó, con una carcajada–. Cuento con que dones tu tiempo y nos ahorres un montón de dinero. Espero que pongas a trabajar tu gran creatividad y crees algo cálido y maravilloso con un presupuesto limitado. Hay una sala en concreto que está hecha un desastre, pero quiero convertirla en un fabuloso cuarto de juegos para los niños. Ya me lo estoy imaginando.

–Haré todo lo que pueda.

Suspiró con resignación cuando la llamada terminó, y empezó a pensar en lo que iba a decirle a Boone para convencerle de que no estaba empezando a incumplir ya su promesa de implicarse al cien por cien en su relación con él.

Capítulo 13

Boone estaba a punto de llamar a Emily para invitarla a salir aquella noche cuando su móvil empezó a sonar, y al ver la pantalla vio que ella se le había adelantado.

–Qué casualidad, estaba a punto de llamarte.

–¿Ah, sí? Tú primero.

–¿Te apetece salir a cenar esta noche? Ya es hora de que pruebes la comida de mi restaurante, no has ido nunca. El interior está en obras, pero podrás hacerte una idea. Será agradable cenar en la terraza. ¿Qué te parece la idea?

–Perfecta, me encantaría ir.

–No empezarás a decirme cómo tengo que redecorarlo, ¿verdad? Ya sé que esa es una costumbre que tienes muy arraigada.

–Qué gracioso. Seguro que es un sitio muy bonito, a pesar de las reparaciones. Tanto la abuela como Jerry dicen que se come de maravilla, estoy deseando ver el menú.

–¿Te parece bien si paso a recogerte por tu casa a eso de las seis y media? Así tendré tiempo de dejar a B.J. en casa de Alex.

–¿Va a quedarse a dormir allí?

Lo dijo tan esperanzada, que Boone se echó a reír antes de afirmar:

–Sí.
–¿Dónde vamos a dormir nosotros?
–Supongo que depende de cómo va todo.
–No me tientes, Dorsett.

Él se echó a reír de nuevo, ya que ella no se molestó en ocultar la frustración que sentía.

–Has sido tú la que me ha llamado. ¿Querías decirme algo, o solo querías oír el sonido de mi voz?

Ella vaciló antes de contestar:

–Será mejor que lo dejemos para esta noche, prefiero que hablemos del tema cara a cara.

Boone sintió que le daba un vuelco el corazón, y le dijo con cautela:

–Eso no suena demasiado bien, quizás sería mejor que me lo dijeras ya.

–No, prefiero dejarlo para esta noche. Nos vemos a las seis y media, me pondré algo bonito para dejarte sin aliento.

Boone no estaba dispuesto a confesarle que no haría falta gran cosa para dejarle sin aliento... y sin la ropa que llevaba puesta. Le bastaba con mirarla para morirse de ganas de desnudarse y llevarla a la cama, no sabía cómo había logrado contenerse tanto tiempo.

–Nos vemos esta noche. Teniendo en cuenta lo que tienes planeado, procuraré aguantar la respiración para no quedarme sin aliento cuando te vea.

Colgó mientras ella aún estaba riendo. Había logrado bromear un poco, pero empezaba a embargarle una profunda inquietud.

Samantha frunció el ceño cuando se asomó a mirar por encima del hombro de Emily para ver lo que estaba haciendo en el ordenador, y vio que estaba reservando un billete de avión a Los Ángeles.

—¿Te vas el domingo?

—Sí, tengo una reunión en Los Ángeles el lunes por la tarde. Iré un poco justa de tiempo, estoy perdida si pierdo una sola conexión.

—¿Y qué pasa con lo que le dijiste a Boone? Le prometiste que le darías una oportunidad a vuestra relación, Gabi y yo te oímos —comentó su hermana, antes de sentarse frente a ella en la mesa.

—Sí, porque nos escuchasteis a hurtadillas. No es asunto vuestro.

—Vale, olvida mi reacción. ¿Qué crees que va a pensar Boone?, ¿te lo has planteado?

—Pues claro. Va a pensar que vamos a empezar con lo de la relación a distancia antes de lo planeado; al menos, eso espero.

—Qué ingenua eres.

Emily la fulminó con la mirada.

—Gracias por el apoyo. Se supone que tienes que estar de mi lado, ¿no?

—Lo estoy, por eso me mata ver cómo metes la pata tan pronto. Quieres estar con Boone, eso lo tengo claro, pero no estás dispuesta a darle ni la más mínima oportunidad a tu relación con él.

Emily le explicó la propuesta que Sophia le había hecho aquella mañana, y acabó diciendo:

—No se trata de que me vaya a toda prisa para ganar dinero, estamos hablando de un centro que lleva a cabo una tarea importante. Tengo la oportunidad de hacer algo para ayudar a gente que lo necesita de verdad, por fin he llegado a un punto en mi carrera en el que puedo darme el lujo de hacer un trabajo sin cobrar.

—¿Habrías accedido si la tal Sophia no fuera una de tus mejores clientas?

—Me gustaría pensar que sí. Ya sé que Gabi, la abuela y tú pensáis que me dedico a esto por el dinero y los clientes famosos que tengo, y puede que hasta ahora no me haya centrado en nada más. Este centro de acogida me da la oportunidad de contribuir a una buena causa, de encontrar un nivel de satisfacción profesional completamente nuevo.

—Vale, entiendo que no pudieras decir que no —admitió Samantha al fin.

—¿Crees que Boone va a entenderlo? —le preguntó, esperanzada.

—Hay una única forma de averiguarlo, pero te compadezco por tener que decírselo.

—Sí, no me apetece demasiado hacerlo. Espero distraerlo con un vestido bien escotado, para que ni siquiera se dé cuenta de lo que estoy diciéndole.

—Es un ardid maquiavélico, pero que a veces resulta efectivo. Aunque no creo que te sirva de mucho cuando asimile tus palabras.

—Podría proponerle que venga con B.J. a los Ángeles, el niño está deseando ir a Disneyland.

Lo dijo esperanzada, pero Samantha se encargó de echar por tierra su idea al decir:

—Boone quiere mantenerle al margen de vuestra relación de momento.

A juzgar por aquellas palabras, estaba claro que sus dos hermanas habían estado escuchando con suma atención su conversación con Boone la noche anterior. A lo mejor hasta habían estado tomando apuntes.

—¡Tengo que hacer algo para que se dé cuenta de que no estoy dejándole tirado! —exclamó con frustración.

Como daba la impresión de que Samantha estaba dándole vueltas al tema, optó por esperar a ver si tenía alguna idea viable. A ella no se le había ocurrido nada que pudiera ser efectivo y su hermana tenía más experiencia en cuestión de hombres, a pesar de que en los últimos tiempos estaba libre y sin compromiso.

–Pedirle que vaya contigo a la Costa Oeste cuando vuestra relación apenas acaba de empezar podría ser un error táctico –comentó Samantha al fin–. Puede que sea mejor que le digas el día concreto que piensas volver, o que le propongas quedar en un terreno más neutral. ¿Tienes que volver a ir a Aspen?

–¡Qué buena idea! Pasar un par de días en Aspen sería de lo más romántico, como una especie de luna de miel –la abrazó antes de añadir–: A veces no eres tan inaguantable como parece.

–¡Vaya!, ¡qué comentario tan halagador! Me parece que voy a ponerlo en mi currículum.

Emily se echó a reír antes de aconsejarle:

–Pídele a Gabi que te monte una campaña publicitaria, a eso se dedica. Bueno, tengo que irme ya. Voy a casa a arreglarme, hace bastante tiempo que no me pongo a punto para una cita.

–¿Qué le decimos a la abuela si pregunta por qué te has largado justo antes de que la marabunta llegue a comer?

–Que tengo una cita formal con Boone. Se pondrá tan contenta que es capaz de mandarme una peluquera y una manicura.

–No lo dudes –comentó Samantha, con una carcajada–. Me parece que has encontrado la fórmula mágica para escaquearte del trabajo, Gabi y yo vamos a tener que buscar novio.

–Ella dice que ya tiene uno.

–Sí, y tanto tú como yo sabemos que está engañándose a sí misma. Solo espero que no sufra mucho cuando se dé cuenta.

–Yo también –admitió Emily, pesarosa.

Boone no recordaba haber visto nunca a Emily tan arreglada y sexy como cuando pasó a recogerla aquella tarde, y tuvo que tragar saliva y contener las ganas de quedarse mirándola boquiabierto como un tontorrón.

–Estás muy guapa.

Se había acostumbrado a verla con pantalones cortos y camiseta, y, aunque esa ropa dejaba bastante piel al descubierto, no podía compararse con el elegante y veraniego vestido que se había puesto, ya que se la veía muy femenina y sofisticada.

También se había puesto unas sandalias de tacón sujetas con tiras que debían de costar más de lo que él ganaba a la semana; de hecho, estaba casi convencido de que había visto unas parecidas en la película de *Sexo en Nueva York*, que había ido a ver muy a su pesar en una de sus escasas y desastrosas citas.

Emily sonrió al ver su reacción y, cuando lo miró con ojos chispeantes, Boone volvió a tener delante de repente a la mujer a la que conocía desde siempre.

–Sabía que era un error comprarme los pantalones cortos –comentó ella, en tono de broma–. Si me hubiera vestido antes así, tú y yo nos habríamos acostado juntos hace días.

–Yo prefiero creer que mi fuerza de voluntad habría resistido –afirmó, aunque no las tenía todas consigo. En ese momento, la idea de perder el tiempo cenando no le atraía lo más mínimo.

Ella debió de leerle el pensamiento, porque le tomó del brazo antes de decir:

–Vamos, me muero por ver tu restaurante. Ni pienses que voy a perder esta oportunidad.

Él la miró de soslayo.

–No me digas que no se te ha pasado por la cabeza la idea de pasar de la cena.

–Claro que sí, pero el de la fuerza de voluntad férrea se supone que eres tú.

A Boone le costó lo suyo mantener los ojos en la carretera, pero al menos lo intentó. A Emily parecía hacerle mucha gracia ver que la miraba de reojo cada dos por tres.

—Esta noche se te ve distinta —comentó.

—Es por el vestido y las sandalias, estás acostumbrado a que parezca recién salida de la playa.

—Esa sería la respuesta lógica, pero se trata de algo más. Supongo que en pantalón corto te pareces a la chica de siempre, y con ese vestido eres una mujer sofisticada y sexy. No sé si conozco a la Emily que tengo delante en este momento.

Dio la impresión de que se quedaba un poco consternada al oír aquellas palabras.

—Soy yo, Boone. La ropa que lleve puesta no cambia nada.

—¿Ah, no? Apuesto a que esas sandalias cuestan una fortuna.

—¿Y qué tiene eso de malo?, estos días he ido igual de cómoda con zapatillas de deporte y sandalias baratas. Por favor, no me vengas con que te preocupa cuál de los dos gana más dinero. Tienes tres restaurantes que funcionan de maravilla, así que está claro que las cosas te van bien. Tu cuenta bancaria no me importa, ¿por qué habría de importarte a ti la mía?

—¡Me da igual el dinero que tengas! —frunció el ceño, y admitió con frustración—: Bueno, al menos tendría que ser así. Es que acabo de darme cuenta que no estamos al mismo nivel.

—¡No digas tonterías! Compro ropa cara porque mi imagen es importante de cara a conseguir nuevos clientes, no porque me encante desperdiciar un montón de dinero en una blusa. Tú también te vistes de cara a tus clientes. Supongo que eres consciente de que esta es la conversación más absurda que hemos tenido tú y yo, ¿no?

Boone no pudo por menos que admitir que aquello era cierto, así que se esforzó por esbozar una sonrisa.

—Solo se me ocurre una manera de solucionar el problema.

—Dime.

—Voy a tener que quitarte esa ropa —le dijo, en tono de broma, antes de guiñarle el ojo.

Ella se echó a reír.

—Primero dame de cenar, y después ya hablaremos.

—¿Quiere eso decir que estás abierta a negociar?

Emily le miró a los ojos y se puso seria al afirmar:

—Sí, por completo.

Era la mejor noticia que Boone había recibido desde que había pasado a recogerla.

Emily había retrasado todo lo posible el momento de la verdad. Boone le había mostrado el restaurante, que había resultado ser incluso más bonito de lo que ella imaginaba. Lejos de tener la típica decoración playera, en el local reinaba un ambiente cálido y acogedor que seguro que contribuía a que los clientes se sintieran cómodos, y casi todas las ventanas tenían vistas a la playa.

El olor que salía de la cocina era delicioso, y se le había hecho la boca agua cuando Boone había pedido todas las especialidades de la casa para que las probara. La influencia de la cocina típica del sur era evidente, pero sin llegar a ser abrumadora, y tanto el pescado como la paella de Luisiana estaban en su punto.

Apartó a un lado una fantástica *crème brûlée* después de un par de cucharadas, y murmuró quejicosa:

—No puedo más, estoy llena.

—¿Te apetece dar un paseo antes del café?

Ella le miró a los ojos, había llegado el momento.

—¿Por qué no nos lo tomamos en tu casa? —le propuso.

Boone le sostuvo la mirada al contestar con voz suave:

–Sí, ¿por qué no?

Si Emily hubiera podido elegir, habrían salido a toda prisa del restaurante, habrían cruzado el puente a toda velocidad en el coche y habrían cruzado el jardín de Boone a la carrera hasta llegar a la casa, pero el propietario no podía escapar sin más. Algunos clientes habituales querían charlar con él, y el chef quería preguntarle un par de cosas. Pete, su segundo de a bordo, parecía tener que consultarle varias cuestiones, pero a esas alturas a Boone se le había agotado la paciencia y le dijo con firmeza:

–Mañana hablamos.

–Pero...

–¿Va a derrumbarse este sitio si dejamos el asunto para mañana? –insistió él con impaciencia.

Pete miró a Emily, y esbozó una sonrisa al comprender lo que pasaba.

–No, qué va. Pasadlo bien.

–Eso no lo dudes –murmuró Boone, mientras salían del restaurante.

–Salta a la vista que no está acostumbrado a verte en una cita de verdad –por alguna razón, la idea la complacía.

–Aparte de Jenny, nunca me había visto con ninguna otra mujer. Acaba de darse cuenta de que debes de ser alguien especial para mí, y que tengo mejores cosas que hacer que repasar alguna de sus listas.

–¿Se le da bien hacer listas?

–De maravilla. Por regla general, me parece una virtud, pero esta noche es distinto.

–Por fin somos libres –comentó ella, cuando llegaron al coche.

–Sí, y llevo toda la noche deseando hacer esto –la arrinconó contra el vehículo, y se adueñó de sus labios en un beso que reflejaba cuánto la deseaba y lo excitado que estaba.

Ella le dio un pequeño empujón para apartarlo un poco, pero esbozó una pequeña sonrisa para que no se lo tomara como un rechazo y comentó:

—¿No te parece que sería mejor no empezar con esto hasta que podamos llegar hasta el final?

—¿Mi casa? Sí, vamos —alcanzó a decir él, un poco aturdido.

Después de ayudarla a subir al coche, rodeó el vehículo a la carrera, se puso al volante medio frenético, y salió del aparcamiento a toda velocidad.

—Esto me recuerda algo —comentó ella.

—¿El qué?

—A los viejos tiempos, cuando te morías de deseo por mí.

Él la miró con ojos ardientes y admitió:

—Por lo que parece, eso sigue siendo igual.

—¿Preferirías que no fuera así? —necesitaba saber si él lamentaba lo que sentía por ella.

—¿Lo dices en serio? —le preguntó, atónito.

—Necesito saberlo, Boone. ¿Lamentas que estos sentimientos no estén muertos y enterrados?

—¿Vas a hacer que lo lamente?

—Voy a esforzarme al máximo para que no sea así.

Sabía que lo que iba a contarle aquella noche iba a ser una primera prueba de fuego, y también era consciente de que lo correcto era decírselo antes de que dieran aquel paso.

No podía esperar más, acababan de llegar a casa de Boone y él estaba a punto de bajar del coche.

—Espera, tengo que decirte una cosa.

—¿Ahora mismo? —le preguntó él con incredulidad.

—Sí. Tengo que volver a Los Ángeles antes de lo previsto.

—¿Cuándo? —el brillo de sus ojos se había apagado de golpe.

—El domingo, tengo una reunión bastante importante el lunes.

—Ya veo.

—¡Pero voy a volver! Supongo que a mediados de semana ya estaré de vuelta, el fin de semana como muy tarde.

—Vale.

Emily le puso una mano en el brazo, y se dio cuenta de lo tenso que estaba.

—¿Me dejas que te explique por qué es una reunión tan importante para mí?, ¿estás dispuesto a escucharme?

—Supongo que no me queda más remedio que hacerlo, te dije que iba a intentar que esta relación funcionara —no parecía demasiado contento con la situación.

Ella le habló de Sophia, le contó lo de su empeño en ayudar a mujeres que habían sido víctimas de la violencia de género y necesitaban un lugar donde refugiarse.

—Es la primera vez que me pide que forme parte de uno de sus proyectos, aunque supongo que podría haberme negado. Ella no me lo habría tenido en cuenta... bueno, quizás sí, pero el enfado no le habría durado demasiado —le miró a los ojos, quería que él entendiera su postura—. Me puse a pensar en esas mujeres, en el miedo que debe de atormentarlas, en los niños que puede que nunca hayan vivido en un lugar donde se sientan a salvo, y no pude negarme. No pude.

Él cerró los ojos y suspiró antes de admitir:

—Es normal. Sería distinto si quisieras volver por cualquier otra razón, pero no puedo poner ninguna objeción a que accedas a colaborar en un proyecto como ese. Está claro que tienes un corazón enorme.

—No sabes cuánto miedo me daba que no lo entendieras, que pensaras que soy una egoísta y que ya estaba incumpliendo lo que te prometí.

–Ojalá pudiera pensar así, me resultaría mucho más fácil dejarte ir si estuviera furioso contigo.

Ella le dio un codazo cariñoso en el costado, y comentó sonriente:

–Pero ahora estás deseando que me vaya, para que vuelva cuanto antes. ¿A que sí?

–Ahora estoy deseando meterte en casa y aprovechar al máximo el tiempo que tenemos disponible.

–Si quieres, podríamos vernos en Aspen dentro de unos días. Tengo que ir a ver si todo marcha según lo previsto en el hotel de montaña, podríamos pasar algo de tiempo juntos lejos de aquí.

Él sonrió al oír aquello.

–Aunque suena muy tentador, tengo que pensar en B.J., y no me gusta la idea de dejarle aquí con alguien.

–¿Ni siquiera con Cora Jane? Sabes que ella estaría encantada de cuidarle, y Samantha puede echar una mano.

–Dejémoslo para la próxima vez, así tendré tiempo de planear una escapada contigo. Planear las cosas es parte de la diversión, ¿no crees?

–Sí, tienes razón. Pero ¿de verdad que estás de acuerdo en que me vaya?

–De verdad –le aseguró, antes de salir del coche.

Emily salió a su vez cuando él le abrió la puerta, y le puso una mano en la mejilla.

–Gracias por ser tan comprensivo.

–No sé por qué, pero me parece que voy a tener mucha práctica en eso –comentó él, en tono de broma.

Ella se echó a reír, y exclamó sonriente:

–¡Como si tú no pusieras a prueba mi paciencia de vez en cuando!

–Lo haré siempre que pueda, así no nos aburriremos.

Ella le miró a los ojos mientras permanecían parados en el jardín, bañados por la luz de luna que se filtraba entre los árboles.

—Me parece que tú y yo no vamos a tener nunca problemas de aburrimiento; de hecho, no me extrañaría que empezáramos a desear que lo nuestro no fuera tan excitante.

—Ni hablar —le aseguró, antes de besarla a conciencia; cuando el beso terminó con un suave suspiro, añadió—: Empiezo a darme cuenta de que esta excitación es justo lo que le faltaba a mi vida.

Ella se apretó contra su cuerpo y murmuró contra sus labios:

—Es un placer servirte de utilidad.

Estaba muy aliviada al ver que habían podido superar con éxito lo que habría podido convertirse en un primer escollo. Como era una cuestión que daba de lleno en el conflicto que habían tenido en el pasado, el hecho de que hubieran llegado a un entendimiento con tanta rapidez era halagüeño de cara al futuro de aquella relación.

Cuando entraron en la casa, Boone vio la luz parpadeante que indicaba que había un mensaje en el contestador automático. Si alguien quisiera decirle algo importante, lo más probable era que le llamara directamente al móvil, pero B.J. estaba en casa de un amigo y tenía que cerciorarse de que no hubiera surgido ningún imprevisto.

—Dame un momento para que escuche los mensajes que tengo en el contestador, Em —alargó la mano hacia el botón de reproducción, pero le indicó con un gesto el botellero y añadió—: ¿Por qué no abres una botella de vino?

—Vale. ¿Tinto, o blanco?

—Elige tú.

Había dos mensajes inconsecuentes que solo sirvieron para impacientarle, pero en el tercero oyó una voz que le resultaba muy familiar. Era la madre de Jenny, y estaba muy indignada.

–¡Boone! Acabo de hablar por teléfono con Caroline Watson. Ha ido a cenar hoy a tu restaurante, y me ha llamado para advertirme que estabas allí con esa dichosa mujer.

Él masculló una imprecación en voz baja, y notó que Emily se quedaba inmóvil a su espalda. Estuvo a punto de apagar el contestador, pero ella se acercó y le cubrió la mano con la suya antes de aconsejarle con calma:

–Sería mejor que escucharas todo el mensaje.

–No hace falta –le aseguró él, antes de darle al botón–. Jodie está en medio de una de sus rabietas, es mejor que no oigas sus comentarios. Cuando nos hemos parado a saludar a Caroline, tendría que haberme dado cuenta de que iba a llamarla cuanto antes. Jodie acaba por enterarse de todo lo que hago. Hay personas que parece que disfrutan avivando la animosidad que siente hacia mí, estoy acostumbrado.

–Pero yo no. Nunca me había considerado «la otra».

–¡No lo eres!, ¡Jodie no tiene derecho a hacer que te sientas así! En el fondo, tú no tienes nada que ver en esto. El problema lo tiene conmigo, nunca me consideró digno de su hija. Le sentó fatal que Jenny se casara conmigo, y me dejó claro en todo momento que estaba segura de que yo acabaría por hacerle daño a su hija tarde o temprano.

–¿Por qué?, tú no eras un zángano de dudosa reputación.

Boone sonrió al oír aquello, y admitió:

–Para ella, cualquier chico que se fijara en su hija era un zángano de dudosa reputación.

–Y en tu caso era aún peor por tu relación conmigo, ¿no?

–Toda la gente de la zona sabía lo enamorado que estaba de ti, para nadie fue un secreto que me quedé destrozado cuando me dejaste. Jenny y yo siempre habíamos tenido una amistad cordial, y empezamos a vernos con más frecuencia después de que te fueras. Yo sabía que ella estaba loca por mí y supongo que tendría que haberla mantenido a distancia, pero me lo puso muy difícil. Además, admito que necesitaba a alguien como ella... alguien sin complicaciones ni exigencias.

—¿Y Jodie cree que te aprovechaste de la vulnerabilidad de su hija?

—Sí, y en eso tiene toda la razón del mundo.

Ella le observó en silencio durante un largo momento antes de preguntar:

—¿Se te ha ocurrido pensar alguna vez que fue Jenny la que se aprovechó de ti?

—¡Claro que no!

—¿Por qué no?, ¿porque ella era una mujer llena de dulzura y tú eres un tipo astuto?

—Sí, básicamente por eso.

—Por el amor de Dios, las mujeres también saben lo que se hacen. Cuando un hombre está sufriendo, cuando necesita tener a su lado a alguien sin complicaciones ni exigencias, se dan cuenta. No digo que Jenny no fuera una mujer maravillosa. Lo era... al menos, la Jenny que yo recuerdo. Solo digo que sabía lo que hacía cuando se propuso conquistarte; a mi modo de ver, si alguien se aprovechó de la situación, esa fue ella.

Aunque Boone se dio cuenta de que aquello tenía sentido, se negó a creerlo.

—Las cosas no fueron así.

—¿En qué sentido?

—Jenny era...

—¿Una mujer enamorada? Muchas mujeres han cometido locuras por amor, cosas descabelladas que seguro que a la mayoría de los hombres ni se les pasarían por la cabeza. Mira, yo solo digo que Jodie está siendo muy injusta al echarte toda la culpa a ti. Tanto Jenny como tú erais adultos, lo que hubo entre vosotros fue responsabilidad de los dos. A menos que pienses que las mujeres no sabemos lo que queremos, y no somos responsables de nuestros propios actos.

Lo miró con expresión amenazante, como advirtiéndole que tuviera cuidado a la hora de contestar, así que él optó por ser cauteloso y se limitó a decir:

—Vale, mensaje recibido.

—¿Vas a devolverle la llamada?

—¿Para qué?, ¿para oírla parlotear sobre lo mismo? Por esta noche paso, ya la llamaré mañana. Al menos ahora ya sabes de primera mano a qué estamos enfrentándonos.

—Me considero advertida —le aseguró, antes de dar un paso hacia él—. ¿Podríamos seguir con lo que teníamos pensado hacer, por favor?

Él le bajó uno de los tirantes del vestido, y besó su hombro desnudo antes de susurrar:

—Estoy deseándolo.

—Yo también.

La alzó en brazos, y la llevó al dormitorio. Vaciló por un instante en la puerta mientras una oleada de dudas le inundaba la cabeza, pero respiró hondo y se internó en lo que deseaba con toda su alma que fuera un camino con futuro.

Capítulo 14

Emily llamó el domingo por la mañana a B.J. para despedirse, ya que quería que el niño estuviera enterado de sus planes con antelación, y antes de marcharse rumbo al aeropuerto fue en busca de su abuela. La encontró en la cocina del Castle's, ayudando a Jerry a preparar desayunos.

—¿Te vas ya? —le preguntó la anciana con desaprobación, mientras batía unos huevos.

—Sí, en un par de minutos, pero antes me gustaría hablar contigo.

—Aquí está todo controlado, Cora Jane. Anda, ve a hablar con ella —se apresuró a decirle Jerry.

Ella asintió y condujo a Emily hacia un reservado situado en la parte posterior del restaurante que, a menos que el local estuviera abarrotado, era de uso exclusivo del personal.

—¿Qué opina Boone al ver que vuelves a marcharte?

—Él lo entiende, abuela; además, volveré el fin de semana que viene como muy tarde.

Los ojos de Cora Jane se iluminaron al oír aquello.

—¡Eso no lo sabía!, ¿por qué no me lo ha dicho nadie?

—Puede que porque ni Gabi ni Samantha acaban de creérselo. Mira, en realidad quería preguntarte acerca de Jodie Farmer.

–¿Qué ha hecho esta vez?

–Lo dices como si la creyeras capaz de hacer cualquier cosa.

–Es una mujer agradable en todos los aspectos, menos en lo que respecta a Boone. Le tiene entre ceja y ceja desde el día en que se casó con su hija, y desde la muerte de Jenny se ha empeñado en hacerle sentir culpable. Alguien tendría que hacerla entrar en razón, pero su marido no tiene las agallas necesarias. ¿Por qué me preguntas por ella?

–Porque una de sus amigas me vio cenando con Boone, y la llamó enseguida para avisarla. Para cuando llegamos a casa de Boone, ya había un mensaje suyo en el contestador reprochándole que estuviera conmigo. Él lo apagó y no la oímos terminar, pero me quedó claro que no estaba entusiasmada con la noticia ni mucho menos.

–No me extraña; si fuera por ella, Boone habría tenido que lanzarse a la tumba de Jenny para que le enterraran junto a ella... aunque seguro que habría preferido que falleciera él en vez de su hija.

–¿Le trata así por su dolor como madre?

–Eso creía yo, pero a veces me pregunto si estoy siendo demasiado benévola y resulta que lo que pasa es que se trata de una mujer muy vengativa. Te aconsejo que te mantengas apartada de su camino si puedes, y que no hagas caso de nada de lo que ella diga.

–Pero Boone sí que se toma a pecho todo lo que le dice, ¿verdad?

–Sí. Lamentablemente, las palabras de Jodie tienen el poder de herirle y de hacerle dudar de sí mismo. He intentado que el pobre ponga la situación en perspectiva, pero ella se aprovecha del sentimiento de culpa que él tiene por lo de Jenny.

–Sí, eso es justo lo que yo imaginaba. ¿Se te ocurre cómo podría ayudarle?

—Por suerte, Jodie está en Florida, así que en teoría no tendrías que hacer nada. Desde allí está limitada a la hora de lanzar su veneno.

Emily no estaba tan segura de que eso fuera cierto, porque lo más probable era que la vía de información que mantenía a Jodie al tanto de todo lo que pasaba allí funcionara en ambas direcciones; aun así, de momento no tenía sentido buscarse problemas. En caso de que fuera necesario, ya habría tiempo de sobra para idear una estrategia cuando regresara del viaje.

—Una última cosa más: ¿La crees capaz de intentar quitarle a Boone la custodia de B.J.?, ¿estoy dándole yo la excusa perfecta para que lo haga?

—¡Eso es una barbaridad! —exclamó Cora Jane, atónita.

—Él cree que es una posibilidad real, y la mera idea está matándole.

—Si le llevara a los tribunales, Jodie perdería la demanda —afirmó su abuela con contundencia.

—Pero, mientras tanto, la situación sería horrible.

Aunque la propia Cora Jane estaba impactada por lo que acababa de oír, le acarició la mejilla y le aconsejó con ternura:

—No te niegues la posibilidad de ser feliz con Boone por culpa de esa mujer.

—Es que no quiero ser la culpable de que le haga daño.

—Si lo intenta, Boone contará con todos nosotros.

—Gracias, abuela —le dijo, aliviada al verla tan convencida de que todo iba a salir bien—. Bueno, tengo que irme ya.

La anciana se puso de pie y le dio un fuerte abrazo antes de ordenarle:

—Vuelve pronto, aquí somos muchos los que te queremos.

—Y yo os quiero a vosotros —le contestó, sonriente.

—¿Eso también incluye a Boone? Por eso has querido

tener esta conversación conmigo, ¿verdad? ¿Por fin estás preparada para admitir que aún le amas?

–A lo mejor.

Los ojos de su abuela se iluminaron.

–¡Gracias a Dios! ¡Ya era hora de que los dos recobrarais la sensatez!

–Aún tenemos muchas cosas por definir –le advirtió Emily.

–Eso es algo normal en una relación, siempre surge algo nuevo con lo que hay que lidiar. La vida no es estática... si lo fuera, te garantizo que te aburrirías como una ostra.

–Creo que Boone y yo tenemos claro que lo nuestro nunca va a ser aburrido –admitió, con una carcajada.

–¡Ahórrate ciertos detalles, jovencita!

Emily se echó a reír de nuevo.

–No pienso hablar contigo de mi vida sexual, te lo aseguro. No quiero arriesgarme a que decidas contraatacar hablándome de la tuya.

Cora Jane la miró boquiabierta, pero al cabo de un segundo esbozó una amplia sonrisa y rezongó en voz baja:

–¡Yo jamás haría algo así!, ¡qué barbaridad!

Emily notó que no negaba que tuviera una vida sexual, y eso bastó para que no pudiera dejar de sonreír mientras iba camino del aeropuerto.

Boone se reclinó en la silla de su despacho, cerró los ojos y repasó mentalmente la información que Pete acababa de darle acerca de las posibles ubicaciones de futuros restaurantes. Expandir su negocio podía resultar arriesgado. Si quería que tanto la calidad de la comida como el servicio a los clientes se mantuvieran de forma consistente, tenía que tener a alguien controlando las cosas en cada local. Pete era el que se encargaba de viajar de un lado a otro, pero tener que cubrir demasiado terreno podría impedirle hacer bien su trabajo.

Había ocasiones en que su intuición le hacía ir en una dirección determinada. Norfolk había tenido sentido por su proximidad a Carolina del Norte y el hecho de que tuviera costa, y Charlotte le había resultado atrayente porque le apetecía probar con otro tipo de mercado. Los dos restaurantes habían tenido tanto éxito como el de Sand Castle Bay.

Consciente de que Pete estaba observándole a la espera de su respuesta, abrió los ojos y le dijo, sonriente:

–No voy a tomar una decisión ahora mismo. En vez de quedarte ahí sentado mirándome, podrías ir a entretenerte con otra cosa.

–Creía que querrías sopesar los pros y los contras –Pete le mostró un montón de papeles, y añadió–: Aquí tengo este estudio de mercado, por si quieres echarle un vistazo.

–No, confío en que no me propongas nada que no hayas revisado a conciencia... pero está claro que tienes alguna preferencia, te lo veo en la mirada. Venga, desembucha.

–Me gustaría que intentáramos ver cómo nos va en Nueva York. Ya sé que es un mercado disparatado, impredecible y carísimo, pero creo que estamos listos para afrontar un reto así. Como suele decirse, hay que ir a por todas, ¿no?

Boone le miró con cierto escepticismo; aun así, optó por no rechazar de plano una idea que, para empezar, parecía inviable por una cuestión de costes.

–Dime lo que tienes en mente.

Pete se animó al ver que estaba dispuesto a escucharle, y afirmó con convicción:

–Estoy seguro de que podríamos hacernos un hueco en ese mercado, de verdad que sí. No hay nadie que haga exactamente lo mismo que nosotros.

—Vale, vamos a dar esa premisa como válida —le contestó, a pesar de no se creyó del todo que no hubiera multitud de marisquerías en una ciudad del tamaño de Nueva York—. Un local nos costará mucho más caro que aquí, tanto si lo alquilamos como si lo compramos. Tanto los salarios como el coste de las materias primas serán más altos, así que no podremos cobrar por un menú lo mismo que aquí ni por asomo.

—No, pero los neoyorquinos están acostumbrados a pagar más a cambio de productos de calidad.

Boone siguió haciendo de abogado del diablo, porque quería que Pete se diera cuenta por sí mismo de los inconvenientes que tenía su plan.

—¿Y qué pasa cuando alguno de los clientes asiduos de cualquiera de nuestros restaurantes vaya a Nueva York, decida pedir alguno de nuestros platos estrella, y después vea que le cuesta, como mínimo, el doble que de costumbre?

—¿Cuántas veces puede pasar algo así? —protestó Pete, aunque ya no se mostraba tan seguro de sí mismo.

—Más de las que me gustaría, por desgracia. Hay mucha gente que nos descubre aquí y después viaja a otros lugares, Pete. Bastantes clientes me han comentado que también han estado en alguno de nuestros otros locales. No quiero que vayan a un restaurante nuestro en Nueva York y salgan sintiéndose estafados, y no se me ocurre cómo evitarlo.

—Pero tener éxito allí nos abriría las puertas del mercado nacional, la gente nos rogaría que abriéramos en otras ciudades.

—Si las cosas salieran así, sería increíble, pero me preocupa más que salieran mal y eso echara a perder nuestra reputación.

—No saldrán mal —insistió Pete, con confianza renovada.

—Lo siento, pero no. Tenemos que centrarnos en estas otras opciones, aquí sí que podremos ofrecer comida de calidad a precios razonables.

Boone no se sorprendió al ver la cara de desilusión que ponía. Pete estaba deseando dejar su impronta en el negocio de la restauración y estaba claro que pensaba que Nueva York era el lugar idóneo para lograrlo, ya que allí abundaban los chefs famosos y comer bien era todo un arte.

—¿Vas a darte por satisfecho con cualquier otro sitio que no sea Nueva York? Una de las razones por las que siempre hemos trabajado tan bien juntos es que estamos dentro de la misma línea.

—Admito que me descoloca que estés cuestionando así mi opinión, pero la verdad es que entiendo tu punto de vista. No estoy diciendo que me guste, pero lo entiendo.

Boone lo observó en silencio, tenía la sensación de que había algo más detrás de aquel interés por probar suerte en Nueva York.

—¿Hay alguna otra razón por la que tengas tantas ganas de ir a Nueva York, aparte del reto que supone entrar en ese ambiente tan competitivo? —estuvo a punto de dejar pasar el tema al ver que le había tomado por sorpresa con aquella pregunta, pero al final optó por insistir—. ¿Se trata de una mujer?

Pete lo miró como si acabara de hacer gala de una capacidad adivinatoria insospechada.

—¿Cómo demonios lo has averiguado?, ¡no la he mencionado en ningún momento!

Boone sonrió al admitir:

—He reconocido los síntomas. Cuéntame, ¿lo vuestro va en serio?

—No nos ha dado tiempo —admitió Pete con frustración—. Nos conocimos en Norfolk. Ella estaba allí para recibir a su hermano, que volvía después de pasar un año a bordo de un barco de la Armada, y ha vuelto un par de veces desde entonces. Yo pasé unos días en Nueva York, pero pasó lo del huracán y tuve que venir a toda prisa. Fue ella la que hizo que me ilusionara con la idea de irme a vivir allí.

–¿Crees que lo vuestro solo puede funcionar si te mudas a Nueva York? –le preguntó, pensando en la complicada relación a distancia que él mismo iba a tener con Emily.

–No, claro que no. Lo que pasa es que me ilusioné con la idea, ni siquiera sé si mi relación con ella tiene futuro. Es una abogada de altos vuelos y nos lo pasamos muy bien juntos. Le gustan la buena comida y los vinos de calidad, así que fuimos a algunos restaurantes realmente fantásticos de Nueva York. Ahí fue cuando empecé a fijarme en la competencia.

–¿Y cuál es tu veredicto?

–Que somos tan buenos e incluso mejores que la mayoría de ellos. Lexie... así se llama, es un diminutivo de Alexandra... me dio la razón, y es una persona que sabe lo que dice. La verdad es que, cuando vi cómo se desenvolvía estando en su propio terreno, empecé a preguntarme qué era lo que veía en mí.

–Aunque no tengas un restaurante en Nueva York, eres un tipo con bastante éxito en el campo de la restauración –le recordó Boone–. Sabes de comida y de vinos, y acabas de decirme que esas son dos cosas que a ella le interesan. No te subestimes.

–La verdad es que parece que ve en mí unas cuantas cualidades más –admitió Pete, sonriente–. Y menos mal que podemos permitirnos pagar los billetes de avión.

–A lo mejor te regalo un par de viajes a Nueva York este año con el aguinaldo. Bueno, vamos a revisar en serio las otras posibilidades. ¿Cuál es la que más te convence, si dejamos tu libido al margen de la ecuación?

Pete no se tomó a mal el comentario, y se echó a reír antes de contestar:

–Creo que me decantaría por Charleston, sobre todo si conseguimos encontrar un buen sitio en la zona histórica. Te di un listado con varias propiedades que creo que podrían servir.

–Charleston es un sitio que siempre me ha gustado, podríamos ir en los próximos días. Tendré que llevarme a B.J., pero al menos nos haremos una idea. Encárgate de concertar las citas de rigor con un agente inmobiliario, la Cámara de Comercio, el alcalde... en fin, tú mismo.

–De acuerdo. ¿Cuándo quieres que vayamos? –era obvio que su entusiasmo había regresado.

Como Emily estaba fuera, Boone pensó que ese era un buen momento; además, el viaje le serviría de distracción. Como no contaba con que ella volviera pronto a pesar de que se había comprometido a hacerlo, sugirió:

–El lunes o el martes, si puedes tenerlo todo listo tan rápido.

–No te preocupes, yo me encargo.

Boone tenía la esperanza de que, con un poco de suerte, Emily ya estuviera de vuelta en casa para cuando ellos regresaran.

Huelga decir que las conexiones de los vuelos que Emily tenía que tomar no habían sido tan fluidas como cabría desear, así que llegó el lunes al mediodía. Como era demasiado tarde para pasar por casa de Sophia, tuvo que ir directamente a la casa que tenían pensado convertir en centro de acogida, y se dio cuenta de que era mejor así. Como Sophia no había tenido ocasión de hablarle del lugar, iba a poder verlo sin ideas preconcebidas.

–Perdón por el retraso –les dijo a Sophia y a las dos mujeres que la acompañaban, una de la junta de dirección del centro y la otra una agente inmobiliaria, que estaban delante de la casa–. El vuelo de Atlanta se canceló y he tenido que esperar hasta esta mañana a que saliera el siguiente.

Centró de inmediato su atención en la casa. Abarcaba una parcela muy amplia que hacía esquina y de inmediato se dio cuenta de que tenía potencial, aunque a simple vista costaba bastante de imaginar. En ese momento el jardín estaba descuidado y lleno de basura, la pintura rosa pálido de las paredes estucadas del exterior estaba descascarillándose, y había zonas donde asomaba un color turquesa anterior; las ventanas de la planta baja tenían barrotes, y casi todas ellas estaban rotas; los escalones de cemento del porche estaban hechos polvo y eran todo un peligro.

Miró a Sophia y enarcó una ceja al decir:

–¿En serio?

–Ni te molestes en intentar fingir que no estás interesada –le advirtió su amiga, sonriente–. Sabes que eres incapaz de resistirte a un reto como este.

Emily intentó seguir aparentando incredulidad, pero fue en vano. Sophia la conocía demasiado bien.

–¿Qué tal está el interior? –se limitó a preguntar.

–Peor que el exterior.

Quien contestó fue Marilyn Jennings, presidenta de la junta de dirección y esposa del presidente de un importante estudio cinematográfico. No parecía demasiado esperanzada.

–Pero tiene potencial –afirmó Taylor Lockhart, con una habilidad para tergiversar la verdad según su conveniencia digna de una excelente agente inmobiliaria–. ¿Verdad que sí, Sophia?

–Sí, es un lugar perfecto –contestó la aludida con optimismo–. Estoy convencida de que te va a encantar, Emily.

–Vamos a echar un vistazo.

En cuanto entraron, vio la sala que Sophia quería convertir en un cuarto de juegos. La cocina estaba hecha un desastre... los enseres estaban viejísimos, el linóleo agujereado y las cañerías herrumbrosas... pero había espacio suficiente para poner una mesa comunitaria.

La mayor ventaja que la casa tenía a su favor era su gran tamaño. En todas las salas de la planta baja había espacio suficiente para un montón de adultos con niños revoloteando de acá para allá, aunque el hecho de que no hubiera un cuarto de baño en aquella zona podía suponer un problema.

Arriba había media docena de dormitorios lo bastante espaciosos para acomodar sin problemas a una madre con un niño, incluso dos si se ponían literas. Había uno muy luminoso en el que podrían caber una madre con tres niños pequeños.

Emily ya empezaba a visualizar cómo intentar aprovechar al máximo el espacio, cómo hacer que todas aquellas habitaciones quedaran cálidas y acogedoras con muebles sencillos, colores luminosos y distintas texturas. Sabía que aquel lugar podía ser como un regalo caído del cielo para muchas mujeres que habían huido con sus hijos de una vida marcada por la violencia. Lo que necesitaban no eran lujos, sino un lugar seguro, limpio y cómodo. En los dormitorios disfrutarían de privacidad, y tanto el cuarto de juegos como la sala de estar y el jardín les proporcionarían espacio.

–Que solo haya dos cuartos de baño es un problema –comentó–. Con tanta gente, habría que tener tres por lo menos, mejor aún si pudieran ser cuatro. No sé si eso va a ser posible sin sacrificar uno de los dormitorios, tendré que revisar el código de edificación.

–Ven, a ver qué te parece esto –le dijo Sophia, antes de conducirla hasta una puerta que había al final del pasillo; cuando la abrió, le mostró un trastero bastante amplio y le preguntó–: ¿Crees que podría servir? Está justo al lado de uno de los cuartos de baño, supongo que eso podría evitar en cierta medida que las obras de fontanería se conviertan en una pesadilla.

Emily observó pensativa el trastero. No era demasiado grande, pero había espacio suficiente para instalar un lavabo, un retrete, y una ducha.

–Lo consultaré con el fontanero, a ver qué opina.

Lo anotó en su móvil, donde ya había guardado otras observaciones, medidas preliminares, y fotos de todas las estancias que habían ido viendo.

–¿Quieres ver el ático? –le preguntó Taylor, la agente inmobiliaria.

–¿La casa tiene ático?

–Espera y verás.

Cuando Emily vio que para subir había que usar una escalera abatible, tomó nota de que habría que cambiarla por algo más permanente. Subió con cuidado, y soltó una exclamación de sorpresa al ver que se trataba de un espacio muy amplio y lleno de luz.

–Aquí caben dos dormitorios más, como mínimo –afirmó de inmediato.

–O un dormitorio compartido con cuarto de baño, para los niños más grandes –propuso Sophia–. Sería como un dormitorio universitario, con camas y escritorios para que estudien. Así tanto las madres como los adolescentes tendrían un poco más de privacidad.

–Sí, pero no puede ser un dormitorio mixto –comentó Emily.

–No, claro que no.

–A algunas de las madres no les gustará la idea de separarse de sus hijos –apostilló Marilyn–. Sienten la necesidad de tenerlos cerca, de saber que están a salvo.

–No estamos hablando de los más pequeños, sino de los adolescentes –puntualizó Sophia–. Me parece que ellos necesitan disfrutar de un poco de independencia –la miró con una sonrisa persuasiva al añadir–: Ya hablaremos con calma del tema.

–Sí, y tú acabarás por salirte con la tuya, como siempre –afirmó Marilyn con resignación.

–Porque suelo tener razón –le contestó Sophia, en tono de broma–. Bueno, Emily, ya lo has visto todo. ¿Qué te parece?, ¿puedes obrar un milagro?

–¿Sigues empeñada en abrir antes de Acción de Gracias?

–Sí.

Emily esperaba una respuesta así de tajante, y ya se había hecho a la idea de tener que enfrentarse a unos plazos descabellados.

–¿Para qué hacer las cosas con normalidad, si podemos obrar milagros? Deja que entre hoy y mañana haga algunas llamadas –miró a la agente inmobiliaria y le preguntó–: ¿Puedo tener acceso a la propiedad mañana, supongo que por la tarde, si consigo que varios de mis colaboradores vengan a echar un vistazo y se pongan ya manos a la obra?

–Se lo preguntas a la persona equivocada. Si la junta firma los documentos de compra esta tarde, podrá darte todo el acceso que quieras.

–Qué rapidez.

Emily hizo el comentario con la mirada puesta en Sophia, que afirmó con firmeza:

–No hay tiempo que perder. Te enviaré las llaves por mensajería en cuanto todo esté firmado. Mi abogado lleva varios días trabajando en esto y se ha encargado del papeleo. He echado mano de todos los contactos que tengo en mi arsenal y mañana mismo tendremos el título de propiedad, y ya hemos solicitado la licencia de obras.

–Pueden tardar una eternidad en dárnosla –le advirtió ella.

—Con Sophia de nuestra parte, no habrá problema —afirmó Marilyn—. El alcalde se derrite cuando la ve y se encarga de que consiga todo lo que quiere, es única a la hora de acelerar los trámites burocráticos.

Emily miró con admiración a Sophia y preguntó:

—¿Hay algo que no puedas conseguir cuando se te mete entre ceja y ceja?

—De momento no, y cuento con que estés a la altura de este proyecto —le contestó, sonriente.

—Haré todo lo que pueda.

A pesar de sus palabras, Emily no sabía cómo diantre iba a conseguir hacerlo sin incumplir la promesa que le había hecho a Boone de regresar a casa aquella misma semana.

—¡Tendrías que ver la casa, Boone! —le dijo, cuando habló con él aquella noche.

Aunque en Carolina del Norte ya eran las once pasadas, no había tenido tiempo de llamarle hasta ese momento, ya que había estado muy atareada contactando con sus contratistas y proveedores más fiables. Había usado todo su poder de persuasión, y había conseguido que varios de ellos accedieran a ir a la casa al día siguiente.

Después de contarle a Boone cómo era la casa y todo el trabajo que había por delante, añadió:

—Cuando esté terminada, va a quedar perfecta. Ya puedo oír las risas de los niños en cada una de las habitaciones.

—Por lo que dices, vais a tener que trabajar duro para ponerla a punto en tan poco tiempo. ¿Vas a quedarte a revisarlo todo en persona?

—Puede que tenga que quedarme unos días más de lo previsto, pero la gente que he contratado sabe lo que hace y no hace falta mi supervisión. Estaré ahí la semana que viene, aunque solo sean unos días.

—Espero que sea a finales de semana, porque no esperaba que volvieras tan pronto y a principios de semana voy a Charleston con Pete. Estamos pensando en abrir un restaurante allí.

—Ah —aquello la había tomado desprevenida, no esperaba que hubiera un problema de agendas—. Esperaba estar ahí pronto, y volver a venir antes de que las obras estuvieran a pleno rendimiento. Quiero que los obreros puedan empezar a finales de semana y eso sí que tengo que supervisarlo, aunque solo sea durante los primeros días.

—Entiendo —se limitó a comentar él.

—Esto va a ser más difícil de lo que pensábamos, ¿verdad? —le dijo ella, sin intentar ocultar lo decepcionada que estaba—. ¿Podrías cambiar de día tu viaje, esta única vez?

—Pete se ha pasado todo el día concertando citas con las autoridades de Charleston, no podemos llamarles y pedirles que las cambien de día. Estamos intentando empezar con buen pie.

—Sí, ya lo sé. Perdona, no tendría que habértelo pedido.

—Y ni que decir tiene que tú tampoco puedes reprogramar tu agenda, esas familias cuentan contigo.

—Boone, tenemos que ir viendo sobre la marcha cómo nos organizamos con esto de la relación a distancia, es normal que al principio haya algunos baches. Creo que será mejor que veamos cómo lo tenemos para dentro de dos semanas, a ver los días que los dos tenemos libres.

—Buena idea. No tengo ningún viaje planeado en toda esa semana, solo tengo que prepararlo todo para cuando B.J. vuelva al cole.

—Podríamos llevarle de compras, lo pasaremos bien.

Me acuerdo de que mi madre siempre me llevaba a comprar ropa nueva en septiembre, antes de que empezara el nuevo curso.

Él se echó a reír.

–Claro, pero tú eres una chica. A B.J. no le entusiasma tener que ir a comprar ropa, libretas, lápices, una fiambrera... prefiere quedarse en casa y quejarse al ver lo que le he comprado.

–Por eso mismo tendría que ir él también –vaciló al darse cuenta de que quizás estaba metiendo la pata–. Si el problema es que no quieres que yo vaya, solo tienes que decírmelo. ¿Estoy cruzando los límites de los que hablamos? –tuvo su respuesta al ver que se quedaba callado–. Vale, es eso; en cualquier caso, iré a pasar unos días ahí para estar contigo.

–Podrás ver a B.J. sin problemas, lo que no quiero es que se haga ilusiones.

Ella se sintió desilusionada, pero logró disimular y dijo con naturalidad fingida:

–De acuerdo. Bueno, te dejo dormir ya. Ahí es tarde, y a mí aún me queda trabajo por hacer.

Iba a colgar, pero se detuvo al oírle decir con voz suave:

–Em...

–¿Qué?

–Te echo de menos.

–Yo también. Vamos a conseguir que esto funcione, te lo aseguro. Es demasiado importante como para que lo echemos a perder.

–Los dos vamos a esforzarnos al máximo, de eso no hay duda.

–¿Hablamos mañana? –le preguntó ella.

–Sí. Seguro que no vas a parar en todo el día, así que te llamaré al móvil.

–Vale, buenas noches.

–Ojalá estuvieras aquí, no sabes cuánto desearía tenerte a mi lado.
–Claro que lo sé, yo siento lo mismo.

Después de volver a acostarse de nuevo con Boone, se había quedado con ganas de más; de hecho, lo que quería era una vida entera junto a él, pero lo que había pasado a lo largo de aquella jornada complicaba un poco las cosas. Aunque su trabajo siempre le había dado satisfacciones y la había enfrentado a retos excitantes, por primera vez sentía que estaba haciendo algo importante de verdad, y esa era una sensación fantástica que le daba una inesperada plenitud.

El problema radicaba en que colaborar en más proyectos como aquel implicaría tener que aceptar más trabajos pagados, y eso haría que estuviera más ocupada que nunca. Era difícil imaginar que una relación pudiera funcionar en semejantes circunstancias, sobre todo teniendo en cuenta que Boone vivía al otro lado del país.

Suspiró y procuró apartar a un lado aquellas preocupaciones. Era un problema que no solo la concernía a ella y no podía hacer nada por resolverlo en ese momento, pero había muchas otras cuestiones de las que sí que podía encargarse. Era mejor que se centrara en ellas, al menos de momento.

Capítulo 15

Cuando Emily entró en casa de su abuela a su regreso de Colorado, se sorprendió al ver que Gabi salía a toda prisa de la habitación, y miró desconcertada a Samantha.
–¿Qué le pasa?
–Dice que tiene gripe, pero estoy un poco preocupada por ella. No es normal que haya decidido perder más días de trabajo, antes estaba deseando volver. Me parece que ese trabajo la tiene muy estresada, pero que intenta disimularlo.
–¿No volvió a Raleigh? –le preguntó Emily, sorprendida–. Yo creía que iba a volver el mismo día que yo me marché.
–Ese era el plan, pero se puso mala y aún no ha conseguido recuperarse.
–¿Ha ido al médico?
–No. La abuela quería que pasara por la clínica de Ethan, pero no hubo forma de convencerla. Gabi nos aseguró que iba a ponerse en pie en un periquete y que pensaba irse a su casa a finales de la semana pasada, pero al ver que no lo hacía me dieron ganas de llevarla a la clínica a rastras.
–Ya, claro, y supongo que no estás buscando excusas para ir a ver a Ethan, ¿verdad? –comentó Emily, en tono de broma.

−¡Anda ya!

A pesar de la vehemente protesta, Samantha tenía las mejillas teñidas de un rubor que revelaba su interés por el que había sido todo un héroe en el equipo de fútbol del instituto.

−Si quieres que deje de darte la lata con ese tema, deberías dejar de ponerte esa vieja sudadera suya para estar por casa.

−¡Es que es muy cómoda! Bueno, cuéntame qué tal te ha ido. Yo creía que volverías antes.

−Yo también, pero es que se trata de un proyecto fantástico. Va a ser un milagro que esté todo listo antes de Acción de Gracias, pero quiero conseguirlo y creo que todo el mundo tiene claro lo importante que es que la casa esté acabada para entonces. Tanto para esas mujeres como para sus hijos va a ser una bendición poder pasar esas fechas en un lugar donde se sientan a salvo.

−Me encanta verte tan emocionada con una buena causa, es muy distinto a tener que complacer los caprichos de todos esos clientes tuyos forrados de dinero.

Emily se sintió ofendida por aquel comentario.

−Gracias a esos clientes de los que hablas, puedo llevar a cabo proyectos como este.

−Sí, supongo que sí −Samantha optó por dejar el tema y pasar a otro que le parecía menos espinoso−. ¿Cuándo va a llegar Boone?, supongo que estará deseando venir ahora que ya estás aquí.

−No podrá venir hasta mañana. B.J. le pidió permiso para que un amiguito suyo se quedara a dormir en su casa, y Boone le dijo que sí porque aún no sabía que yo iba a llegar hoy.

−Yo puedo ir a cuidar de los niños si quieres, o tú misma podrías ir a echarle una mano con ellos.

−No, acordamos que sería mejor que B.J. no nos viera juntos demasiado a menudo, y seguro que el niño se huele que pasa algo si ve que su padre se va de la casa aunque sea por una hora.

–Supongo que vais con tanto cuidado con B.J. por si las cosas no funcionan entre vosotros, ¿no? Tiene sentido, pero ¿cómo lo llevas?

–La verdad es que no muy bien –admitió Emily–, pero no quiero que B.J. acabe pasándolo mal; en fin, Boone llevará al otro niño a su casa lo antes posible mañana, y después pasará por aquí a verme antes de irse con B.J. a comprar las cosas para la vuelta al cole.

–¿No vas a ir con ellos?

–No –intentó mantenerse inexpresiva, pero no pudo ocultar del todo lo dolida que estaba por ese tema.

–Emily, eso no me parece bien.

–Boone es el padre, así que es él quien pone las reglas; además, después de ver cómo reaccionó Jodie Farmer cuando una de sus amigas nos vio cenando juntos, entiendo que sea tan cauto.

–¿Ah, sí? Pues a mí me parece que uno de vosotros dos piensa que estáis obrando mal, o que no quiere herir susceptibilidades por si lo vuestro no funciona. ¿Eres tú?

–No –admitió, consciente de que su hermana tenía razón.

No se sentía cómoda con aquella situación, pero estaba decidida a ser comprensiva de momento. Sabía que la actitud de Boone no se debía tan solo a que quisiera proteger a B.J., también tenía mucho que ver con lo traicionado y abandonado que se había sentido cuando ella se había ido años atrás; lo quisiera admitir o no, estaba en guardia, y las amenazas de los Farmer le hacían ser incluso más cauto.

Samantha, por su parte, no estaba dispuesta a mostrarse comprensiva, y le aconsejó con firmeza:

–Tienes que cambiar las reglas; tal y como están, no son justas para nadie, incluyéndote a ti. A estas alturas de la vida no tienes por qué verte a escondidas con el hombre al que amas, y Boone no debería pedirte algo así.

–Sí, tienes razón. Pensé que era demasiado pronto para darle mayor importancia al asunto, pero voy a hablarlo con él. Tiene que haber una opción mejor –por desgracia, la verdad era que no se le ocurría ninguna, ya que la sombra del pasado parecía oscurecer el presente.

Boone estaba frustradísimo por tener que malgastar una de las noches que Emily iba a pasar allí, que seguro que eran muy pocas, pero no se le había ocurrido ninguna alternativa. La madre de Alex habría estado dispuesta a llevarse a los niños a su casa, pero últimamente ya le había pedido demasiados favores. La invitación estaba hecha, no podía echarse atrás; además, seguro que ella ya tenía otros planes. Kim era madre soltera, así que debía de estar deseando tener una vida social que no incluyera a dos revoltosos de ocho años.

Los revoltosos en cuestión estaban jugando con el videojuego en el piso de arriba, así que aprovechó para ir a la cocina y llamar a Emily al móvil.

–Hola –la saludó.

–Hola.

Boone sintió que le daba un brinco el corazón al oír su voz.

–¿Ha ido bien el viaje?

–Sí, los vuelos sin contratiempos y había poco tráfico en la carretera.

–Me gustaría haber podido estar en casa de Cora Jane cuando has llegado.

–Podrías haber estado.

Él se sorprendió al notar cierto tono acusador en su voz.

—B.J. quería que su amigo se quedara a dormir aquí, ya te lo expliqué.

—Sí, pero he estado dándole vueltas al asunto. ¿Tan horrible habría sido que les trajeras aquí un par de horas? Podríamos haber preparado unas hamburguesas, o lo que fuera. B.J. no habría notado nada fuera de lo normal.

—Puede que no, pero no quería correr ese riesgo.

—¿Porque B.J. es muy intuitivo, o porque no quieres que Jodie se entere? —le preguntó ella, con cierta amargura.

—Ambas cosas —admitió, desconcertado por su actitud—. Creía que lo entendías, ¿se puede saber qué es lo que ha cambiado? ¿Te ha dicho alguien alguna cosa que te haya sentado mal?, ¿ha hecho Cora Jane algún comentario?

—No se trata de lo que piensen los demás, soy yo la que se siente frustrada. He hecho un largo viaje para venir a verte, solo voy a pasar unos cuantos días aquí, y vamos a pasar juntos... ¿qué?, ¿un par de horas como mucho? Esto no va a funcionar si seguimos así, no podemos asentar una relación sobre esos cimientos.

—Yo estoy tan frustrado como tú, cielo, créeme. Lo de que Alex se quedara a dormir aquí surgió antes de que me dijeras cuándo ibas a venir, pero la próxima vez no dejaré que nada interfiera en nuestros planes. Organizaré alguna actividad para B.J., y tú y yo podremos apurar hasta el último minuto juntos. Sabes que lo deseo tanto como tú, ¿verdad?

—Sí, por supuesto.

—Ven a comprar mañana con nosotros, te apetecía hacerlo —le ofreció, de forma impulsiva.

—Me dijiste que no era buena idea —le contestó ella, sorprendida.

—Puede que no lo sea, pero nadie va a pensar mal si nos ve comprando material escolar o comiendo juntos.

—¿Estás seguro?

—Sí —afirmó, sin darse tiempo a poder cambiar de opinión.

No podía permitir que la hostilidad de Jodie gobernara su vida. Si se enteraba de que estaba con Emily, pues que se enterara; en cualquier caso, iba a tener que acostumbrarse a la idea tarde o temprano, así que lo mejor era que empezara a estar mentalizada cuanto antes.

Enterarse de que él había salido de compras con Emily iba a enfurecerla, pero su reacción sería mucho peor al saber que B.J. les había acompañado; aun así, el padre era él, y una salida de compras era algo del todo inocuo.

—Pasaremos a por ti a las diez, en cuanto dejemos a Alex en su casa. ¿Qué te parece si pasamos todo el día fuera?

—¿Un día entero de compras? —le preguntó ella, con una carcajada—. Cielo, ahora sí que empezamos a entendernos.

Boone tuvo la sensación de que acababa de buscarse unos cuantos problemas con aquella invitación... y, probablemente, el desgaste que iba a tener su tarjeta de crédito era el menor de todos ellos.

B.J. cruzó el jardín a la carrera al ver a Emily, y la abrazó con fuerza antes de exclamar con entusiasmo:

—¡Has vuelto! ¡Papá, mira quién está aquí!

—Ya lo sabía, he pensado que querrías pasar a verla y saludarla —le contestó él, sonriente.

—¿Vas a quedarte para siempre, Emily?

—Solo un par de días —le contestó ella, mientras le abrazaba con fuerza—. A ver, apártate un poco para que te vea bien. ¡Me parece que has crecido unos tres centímetros desde la última vez que te vi!

—Papá dice que este verano he crecido cinco centímetros como mínimo, todos los pantalones del cole me quedan cortos.

—Pues tienes que comprarte otros. ¿Estás listo para comprar un montón de cosas?

El entusiasmo del niño se acrecentó, y le preguntó esperanzado:

—¿Tú también vienes?

—Sí —afirmó, con los ojos puestos en Boone. Aunque él estaba sonriendo, le pareció notar cierta preocupación en sus ojos.

—¡Genial! Papá me ha dicho que comeremos en el centro comercial, y que puedo pedir pizza y tacos.

Emily fingió sorpresa.

—¿En serio? ¡Es mucha comida! ¿Crees que vas a poder con todo eso?

—¡Claro que sí! La abuela Jodie dice que tengo que comer mucho para ponerme grande, pero ella quiere que coma verdura, fruta, y cosas de esas. Es vege... ¿Cómo se dice, papá?

—Vegetariana.

—Ah. Sí, la dieta vegetariana es muy sana —afirmó Emily. Le parecía que podía resultar bastante dura para un niño que iba a ver a sus amigos comiendo pizza de *pepperoni*, hamburguesas y patatas fritas, pero prefería no criticar a Jodie Farmer. No quería meterse en problemas con aquella mujer.

—¿Por qué no entras a saludar a la señora Cora Jane? —Boone miró esperanzado a Emily—. Está en casa, ¿verdad? Los sábados suele ir al restaurante un poco más tarde.

—Sí, sí que está. Según ella, se ha tomado la mañana libre para pasar algo de tiempo conmigo, pero yo creo que está agotada después de pasar las últimas semanas poniendo a punto el restaurante.

Cuando el niño entró en la casa y los dejó a solas, Boone se acercó a ella y murmuró:
–Quiero besarte.
Estaban a escasos centímetros de distancia, y Emily notó la caricia de su aliento en la mejilla. Le sostuvo la mirada al contestar:
–Pues hazlo. Tenemos unos cinco minutos antes de que B.J. vuelva, seguro que la abuela lo mantiene un rato ocupado.
–Así que cinco minutos, ¿no? Pues va a tener que ser todo un besazo.
–Seguro que estás a la altura de las circunstancias.
–Se hará lo que se pueda –le aseguró, antes de tomarla entre sus brazos y besarla.
Emily se entregó por completo a las sensaciones que inundaban sus sentidos... el deseo, la pasión, el familiar aroma cítrico y masculino.
–Ya me siento mucho mejor –murmuró, cuando el beso terminó al fin–. Me preocupaba que hoy no pudiéramos darnos ni un solo beso en todo el día, aunque fuera a hurtadillas.
–Las cosas van a mejorar, llegará el día en que no tendremos que hacerlo a hurtadillas.
–Eso espero, porque no sé si soy capaz de seguir así. Suena muy sórdido, como si nos avergonzáramos o algo así.
–Podrías verlo desde otra perspectiva. Besarnos a hurtadillas podría ser bastante excitante, antes lo era. ¿Te acuerdas de cuando nos daba miedo que nos pillaran?
–Éramos adolescentes –le recordó ella, a pesar de que no pudo evitar sonreír al recordar aquellos tiempos–. Dos adultos no tendrían que verse obligados a ocultar lo que sienten, sobre todo si están libres y sin compromiso. No tendríamos que tener que darle explicaciones a nadie.
–Estoy intentando ser respetuoso con los sentimientos

de Jodie, por muy injustos que sean. ¿Para qué buscar problemas sin necesidad? Además, tenemos que pensar en B.J.

—No estoy diciendo que nos demos el lote delante de él, pero creo que podríamos salir y pasarlo bien los tres juntos.

—Eso es lo que vamos a hacer hoy.

Al ver lo frustrado que parecía, Emily le puso una mano en la mejilla y comentó con voz suave:

—Pero esto te pone muy nervioso, ¿verdad? Te preocupa que el niño se haga ilusiones y acabe sufriendo, o que le cuente a su abuela que hemos salido juntos de compras.

—Ambas cosas son posibles.

—Deja de imaginarte problemas inexistentes. Te prometo que voy a ser una chica buena, no voy a comerte a besos delante de tu hijo.

Él sonrió al oír aquello.

—Vaya, ahora no habrá quien me quite esa idea de la cabeza. Voy a pasarme el día entero pensando en esos besos.

—Perfecto, puede que eso te motive para idear la forma de que pasemos algo de tiempo a solas antes de que yo tenga que volver a Los Ángeles.

La sonrisa de Boone se ensanchó aún más.

—Ya estoy en ello, así que no me tientes a menos que lo digas en serio.

—Lo digo muy, pero que muy en serio —le aseguró ella, con total sinceridad.

Las perspectivas de su breve estancia allí acababan de mejorar considerablemente.

Al igual que la mayoría de hombres, Boone habría preferido la tortura antes que ir de compras a un centro comercial, pero el entusiasmo de Emily era contagioso. El propio B.J. no se quejó por tener que probarse media docena de vaqueros y suficientes camisas y jerséis como para vestir a todos sus compañeros de clase, aunque se negó en redondo cuando ella intentó convencerle de que, además de las carísimas zapatillas de deporte de las que estaba enamorado, se probara también unos zapatos de vestir.

–No puedes ir a la iglesia con zapatillas de deporte –arguyó Emily.

–Ya tengo zapatos finolis, y me aprietan los pies.

–Por eso mismo necesitas unos nuevos –ella frunció el ceño al ver que Boone intentaba disimular sin éxito una sonrisa, y le espetó–: ¡Podrías echarme una mano!

–Emily tiene razón, campeón. Ya que estamos aquí, deberíamos aprovechar y comprarte unos zapatos de vestir. Los que tienes se te han quedado pequeños.

–¡Bueno, pero si tú también te compras unos! –le dijo el niño, enfurruñado.

El rostro de Emily se iluminó.

–¡Qué buena idea! ¿Te has probado alguna vez unos mocasines de cuero como estos, Boone? –agarró un par y se los enseñó para que los viera bien–. ¡Mira lo suaves que son!

–Sí, suavísimos –murmuró él, sin demasiada convicción. Teniendo en cuenta lo que valían los dichosos mocasines, tendrían que poder levitar como una alfombra mágica.

–¡Tienes que probártelos! –insistió ella, antes de pedirle a una dependienta todos los modelos que quería que les sacara.

Boone miró con incredulidad la media docena de cajas que tuvo ante sus ojos poco después.

–¡Por el amor de Dios, Em!

–Más tarde me lo agradecerás –miró a padre e hijo

con una sonrisa radiante al comentar–: ¡Qué divertido es esto!, ¿verdad?

Boone miró a B.J. con una cara de sufrimiento que el niño le devolvió, pero se la veía tan feliz que no podían fastidiarle el momento saliendo huyendo de la zapatería.

Después de gastar más de doscientos dólares, salieron de allí con unos mocasines para él, unas zapatillas de deporte y unos zapatos de vestir para B.J., y un par de zapatos con unos siete centímetros de tacón para Emily. Había insistido en que se los probara al ver que ella no les quitaba la mirada de encima, y en cuanto había visto el efecto que tenían combinados con sus espectaculares piernas le había pedido a la dependienta que se los envolviera.

—No tienes por qué comprarme unos zapatos, Boone. Puedo pagarlos yo —protestó ella.

—Estás ayudándonos muchísimo con las compras, es lo mínimo que puedo hacer —se inclinó hacia ella y susurró—: Estoy deseando verte con esos zapatos... y sin nada de ropa.

Sonrió al ver que ella se ponía roja como un tomate y no seguía protestando, pero la verdad era que él estaba igual de afectado; por desgracia, aquella tarde no iba a tener oportunidad de saciar su deseo. Se planteó regresar a Sand Castle Bay de inmediato en vez de quedarse a comer en el centro comercial, pero B.J. estaba empeñado en comer pizza, tacos y quién sabe qué más, y ya estaba arrastrándoles hacia la zona de restaurantes.

—No hay nada como un poco de frustración para mantener a raya el aburrimiento, ¿verdad? —le dijo a Emily, en tono de broma.

—¿Qué frustración?, no sé de qué estás hablando —le aseguró ella, con fingida inocencia.

—En ese caso, está claro que eres más fuerte que yo.

O eso, o estaba encantada al darse cuenta de que ya

estaba arrepentido de las dichosas reglas que él mismo había insistido que tenían que respetar.

–¡Me he comido dos trozos de pizza y un taco de ternera! –le explicó B.J. a Cora Jane con entusiasmo–. ¡Y me he bebido un refresco de los grandes! –frunció el ceño al admitir–: Eso no ha sido buena idea, papá ha tenido que parar el coche dos veces para que hiciera pis.

Cora Jane se echó a reír, miró a Boone con ojos penetrantes, y le preguntó con una expresión de lo más inocente:

–¿No tienes que ir a ver cómo va todo en tu restaurante?

–Sí. En fin de semana hay más movimiento, y me gusta ir a comprobar que la situación está bajo control.

–¿Por qué no va Emily contigo? B.J. puede quedarse aquí conmigo, y enseñarme todo lo que ha comprado para el cole.

–¿Estás segura? –le preguntó él. Llevaba el día entero muriéndose de ganas de estar a solas con Emily, y Cora Jane se lo estaba poniendo en bandeja.

–Claro que sí. Seguro que está cansado después de tanto ajetreo, puede quedarse a dormir aquí. Jerry va a venir dentro de un rato, así que tendré ayuda.

Boone la besó en la mejilla y le dijo, sonriente:

–Eres un ángel.

–Es una casamentera metomentodo –murmuró Emily, aunque estaba sonriendo y no puso ninguna objeción a lo que había propuesto su abuela.

–Cuidado con lo que dices, jovencita. No hagas que retire mi ofrecimiento –le advirtió Cora Jane.

–¡No, por favor! –se apresuró a decir Boone–. Venga, Emily, vamos al restaurante para comprobar que todo marcha bien.

—No vendremos muy tarde, abuela.

—Yo creo que sí —afirmó él, mientras la conducía hacia la puerta—. Hijo, haz caso a la señora Cora Jane. Pórtate bien.

—No te preocupes por B.J. —le dijo la anciana—, los dos nos llevamos de maravilla. Si vais a llegar tarde, no hace falta que llaméis para avisar. Así no nos despertaréis.

—Gracias —le dijo él, con una sonrisa de oreja a oreja.

En cuanto salieron de la casa, condujo a Emily hasta el coche medio a rastras y la hizo entrar en el vehículo apresuradamente.

—¡Parece que quieres huir a toda prisa! —comentó ella, con una carcajada.

—No quiero que tu abuela cambie de opinión, ni que B.J. empiece a preguntar por qué me acompañas al restaurante. Esto es un regalo caído del cielo, no voy a desaprovecharlo... y tú tampoco deberías hacerlo —condujo por el camino hasta que perdieron de vista la casa, y entonces detuvo el coche y le pidió con voz suave—: Ven aquí —cuando se inclinó hacia él, enmarcó su rostro entre las manos y la miró a los ojos antes de soltar un profundo suspiro—. Espero que esos zapatos tuyos que hemos comprado estén en el maletero, no he podido quitarme esa imagen de la cabeza en toda la tarde.

—La verdad es que yo pensaba que no ibas a lograr que estuviéramos a solas esta noche, pero los he dejado ahí por si acaso. Tendría que haber dado por hecho que mi abuela iba a ingeniárselas para echarte una mano.

Él le dio un beso largo y profundo, y después comentó sonriente:

—Yo no le he dicho nada a tu abuela. No he tenido que insinuar nada, ni suplicarle que me ayude.

—No hace falta, es una mujer muy astuta.

—¿Y eso te parece mal?

—En este momento, la verdad es que no —admitió ella,

con una sonrisa traviesa–. Pisa el acelerador, Dorsett. Estamos perdiendo tiempo.

–¡Así me gusta! –exclamó, antes de incorporarse de nuevo a la carretera y poner rumbo a su casa.

En condiciones normales, el trayecto duraba unos quince minutos, pero estaba convencido de que podía acortarlo a diez. Podía hacer un montón de cosas interesantes con cinco minutos extra, sobre todo una vez que Emily estuviera desnuda.

Pasada la medianoche, cuando quedaron saciados al fin, les entró hambre y bajaron a la cocina.

–Para ser un hombre que tiene tres restaurantes, tienes la nevera bastante vacía –comentó ella, mientras echaba un vistazo.

–Esta semana no he tenido tiempo de ir a comprar; además, B.J. y yo hemos comido fuera casi todos los días, aquí solo hemos desayunado. Alex y él pidieron pizza para cenar anoche, hicieron palomitas, y de postre comieron helado –rebuscó en uno de los armarios, y sacó triunfal un paquete de palomitas–. ¡Sabía que había quedado algo!

Ella enarcó una ceja, y comentó con escepticismo:

–¿De verdad crees que unas palomitas nos van a dar la energía necesaria para aguantar un par de rondas más en el dormitorio? No sé tú, pero yo necesito proteínas.

–¿Preparo unas tortillas? Hay huevos, queso, y... –miró en el cajón de la verdura, y sacó una cebolla y un pimiento verde–. ¿Qué te parece?

–Sí, con eso me basta. ¿Anoche quedó algo de helado?

Boone abrió el congelador, sacó una tarrina medio vacía, y anunció sonriente:

–¡Aquí está el postre!

—¡Dame eso! ¿Dónde están las cucharas?

—En ese cajón de ahí. Ya que estás, saca también tenedores y cuchillos.

—Después del postre —le dijo ella, con una sonrisa de oreja a oreja, antes de meterse una enorme cucharada de helado en la boca y de cerrar los ojos extasiada.

Él soltó una carcajada, y comentó en tono de broma:

—No sé si estabas tan excitada mientras hacíamos el amor.

—Mucho más, te lo aseguro, pero es que esto está de rechupete. ¿Quieres un poco?

—Me conformo con la tortilla —no pudo dejar de mirarla mientras ella gemía de placer con cada cucharada de helado, y al final le advirtió—: Como sigas así, voy a llevarte de vuelta al dormitorio. Me estás poniendo a mil.

—Lo que pasa es que te sientes retado, quieres comprobar si tú también eres capaz de hacerme gemir así.

—Cielo, hace un rato estabas gimiendo sin parar; de hecho, si mal no recuerdo, también has suplicado un poco.

—¿Ah, sí? Pues yo no me acuerdo de eso.

—Yo sí.

—Vas a tener que demostrármelo —le retó, sonriente. Al ver que daba un paso hacia ella, alzó la mano para detenerle y le dijo con firmeza—: Después de las tortillas.

Él se echó a reír.

—Te juro que no recordaba que fueras tan provocadora.

—Puede que sea porque nunca estuvimos juntos de verdad —se puso seria, y añadió—: Nunca estuvimos así, con una casa entera para nosotros, sin tener que estar pendientes de la hora a la que había que volver a casa. Ahora estamos juntos como adultos.

—¿Y qué te parece? —le preguntó él, con el corazón en vilo.

Ella dejó la tarrina de helado sobre la mesa, le rodeó la cintura con los brazos y apoyó la cabeza contra su hombro antes de admitir:

–Que es increíble.

Boone sonrió aliviado al oír aquellas palabras. Ella tenía razón, su relación era increíble... ¡y pensar que apenas acababa de empezar!

Capítulo 16

Emily se dio cuenta de que Boone estaba ansioso por volver a casa de su abuela antes de que B.J. despertara. Aunque apenas había amanecido, no había dejado de pasear de un lado a otro con nerviosismo mientras ella se duchaba y se vestía.

–Por lo que parece, anoche estaba equivocada y sí que tenemos que estar pendientes de la hora a la que volvemos a casa –comentó al fin, ceñuda.

–No quiero que B.J. se despierte y empiece a hacer un montón de preguntas. Puede que no le extrañe que yo no esté allí, pero ¿qué va a pensar si ve que tú tampoco estás?

–Que hemos ido a dar un paseo, que hemos salido a comprar algo... Seguro que mi abuela se inventa cualquier cosa.

–Claro, pero ¿no crees que sospechará cuando vea que vas vestida igual que ayer?

–Los niños de ocho años no suelen ser tan observadores –a pesar de todo, procuró darse prisa al notar que él cada vez estaba más nervioso.

Al ver que seguía tenso cuando subieron al coche, Emily se dio cuenta de que no podían dejar pasar el tema como si nada.

—Espera un momento —le pidió, antes de que arrancara.

—¿Qué pasa?

—Que nos escabulléramos para estar juntos cuando éramos adolescentes era una cosa, pero ahora ya no es tan divertido. Tengo la impresión de que no sientes demasiado respeto ni por mí ni por lo que yo creía que estábamos intentando construir juntos.

Dio la impresión de que sus palabras produjeron el impacto deseado, porque él se apresuró a protestar:

—¡Em! ¿Cómo puedes pensar siquiera que no te respeto?

—En este momento, esto parece una aventura intrascendente y pasajera, un rollo del que no quieres que se entere nadie.

—¡No es eso ni de lejos!, ¡sabes que quiero que tengamos un futuro juntos! Lo que pasa es que tengo que acabar de arreglar algunas cosas antes de que hagamos pública nuestra relación, sobre todo de cara a mi hijo. Tú y yo acordamos que...

—Estoy replanteándomelo, no me gusta cómo me siento con todo esto. Acabas de sacarme de tu casa a toda prisa como si me hubieras contratado para pasar una noche contigo y no quisieras que te cobrara extra.

—¿No te parece que estás exagerando un poco?

—Vale, a lo mejor me he pasado, pero estoy diciéndote cómo me he sentido.

Él suspiró y se pasó una mano por la cara antes de preguntarle:

—¿Qué es lo que quieres de mí?

—Que dejemos de escondernos, ese es el meollo de la cuestión. No estoy diciendo que alardeemos de nuestra relación ante nadie, pero quiero poder tomarme un café o una copa contigo en público sin que pongas cara de susto cada vez que nos vea alguien conocido.

—¿Y qué pasa con B.J.?, ¿cómo lo hacemos con él?

Ella entendía que sintiera la necesidad de proteger a su hijo, así que decidió ceder un poco en ese aspecto.

—Propongo que no nos comportemos como si hubiera que evitar a toda costa vernos delante de él. Podemos estar con los demás en familia, salir los tres juntos de vez en cuando... cosas así. Nada de besos ni de caricias, ningún gesto de complicidad que pueda extrañarle. ¿Te parece bien? Yo creo que es un acuerdo justo para los tres.

—Sí, eso es innegable —admitió él, con un suspiro.

—¿Te ves capaz de intentarlo?

—¿Qué pasa si el niño empieza a hacer preguntas?, ¿y si sospecha que hay algo entre nosotros?

Al ver que seguía aferrado a sus temores, Emily contraatacó preguntándole a su vez:

—Dímelo tú, ¿qué pasaría?

—Supongo que tendríamos que contarle la verdad, que estamos intentando sacar adelante una relación de pareja —lo dijo como si estuviera valorando una idea que no acababa de hacerle demasiada gracia.

—Me parece una buena táctica. Así le daríamos la información que pide, ni más ni menos.

—Este plan tuyo tan racional y juicioso tiene un pequeño fallo —le dijo él, con un inesperado brillo en la mirada—. De repente me han entrado unas ganas locas de llevarte de nuevo a mi dormitorio para que pasemos un par de horas más revolcándonos desnudos en la cama.

Ella se echó a reír al oír la frustración que se reflejaba en su voz, y comentó sonriente:

—Perfecto, así estarás muy motivado a la hora de ingeniártelas para que podamos pasar algo más de tiempo a solas antes de que vuelva a marcharme.

—Cuenta con ello, cielo.

Esa era la respuesta que Emily había estado deseando escuchar.

Cuando llegó el lunes, Boone llevó a B.J. al cole en su primer día después de las vacaciones, y a las ocho y media ya estaba en casa de Cora Jane.

−¿Dónde está todo el mundo? −le preguntó a Emily, al verla sola en la cocina.

−La abuela y Samantha han ido al Castle's antes de que amaneciera, y Gabi volvió ayer a Raleigh −esbozó una sonrisa al añadir−: Así que me he quedado solita. Me he librado de ir al Castle's poniendo por excusa que hoy tengo que hacer un montón de llamadas, además de trabajar en el centro de acogida y en el hotel de montaña.

Boone tiró de ella con suavidad para que se levantara de la silla, y la tomó entre sus brazos y la besó en el cuello antes de murmurar:

−¿Vas a estar ocupada todo el día?

−Sí −confirmó ella, mientras se acurrucaba contra su cuerpo.

−Pues es una lástima.

−¿Por qué?

−Porque se me han ocurrido unas cuantas ideas muy interesantes para mantenernos ocupados con una casa entera a nuestra disposición.

Ella le dio un beso largo, lento y profundo, un beso que dejaba claro que estaba más que interesada en aquellas ideas, y tras un largo momento susurró contra sus labios:

−¿Qué tienes en mente?

−La verdad es que este es un buen punto de partida. Oye, hace mucho que no veo tu dormitorio.

−Nunca lo viste, mi abuela nos habría pegado un tiro.

−Sí, tienes razón. Pero yo me imaginaba hasta el último detalle para poder imaginarte allí de noche, en aquel entonces tenía unas fantasías muy vívidas.

Ella sonrió, y le propuso con coquetería:

–Si quieres, subimos para que me las cuentes. A lo mejor podemos convertir alguna de ellas en realidad.

–Cora Jane podría pillarnos –sabía que era una posibilidad bastante improbable, ya que la anciana iba a pasar casi todo el día en el Castle's.

–No creo que tengamos que preocuparnos por eso –le aseguró Emily–. Si ella estuviera aquí, apuesto a que estaría intentando por todos los medios que subiéramos a pasar un rato a solas. Está deseando que lo nuestro salga bien, así que con tal de conseguir su objetivo ha dejado a un lado las reglas que impuso en su día.

–En ese caso, yo creo que no podemos decepcionarla. ¿Qué opinas tú?, ¿sigues decidida a hacer esas llamadas?

Emily lanzó una mirada hacia el reloj que había en una de las paredes.

–En Los Ángeles aún no son ni las seis de la mañana, las siete en Aspen. Tenemos tiempo.

–Sí, tiempo para ir empezando –afirmó él, antes de alzarla en brazos.

–Qué optimista estás –comentó ella, sonriente.

–¿Qué quieres que te diga?, eres una inspiración para mí –le guiñó el ojo antes de añadir–: Y tenemos que hacer realidad un montón de fantasías.

Boone era consciente de que Emily lograba que aflorara en él su lado temerario y alocado, un lado que había mantenido reprimido durante muchos años; tarde o temprano, iba a tener que pararse a pensar en si redescubrir esa parte de su personalidad era positivo... o peligrosamente malo.

Emily gimió al darse la vuelta, y empujó a Boone a un lado sin apenas fuerzas antes de murmurar:

—Vete a tu casa.

—¿Estás echándome de tu cama después de lo duro que he trabajado para dejarte totalmente satisfecha? —le preguntó él con incredulidad.

—Sí, te estoy echando. Tienes que ir a recoger a tu hijo al colegio, y yo tengo que hacer aunque sea unas cuantas de las llamadas que tenía pendientes; además, a pesar de lo que he dicho antes, no quiero que mi abuela llegue del Castle's y nos encuentre en la cama. A lo mejor se lleva una alegría, pero te aseguro que nos sermonearía hasta quedarse afónica. Sacará el calendario para elegir fecha y reservará la iglesia antes de que nos demos cuenta.

Él se sentó en el borde de la cama, y la miró por encima del hombro al preguntar:

—¿Y tan horrible sería eso?

Lo dijo con tanta naturalidad que Emily tardó un instante en asimilar lo que acababa de oír.

—¿*Qué?* —preguntó, boquiabierta.

—Que si sería tan horrible fijar una fecha para la boda.

Ella no entendía a qué se debía aquel cambio de actitud tan repentino, aquel súbito deseo de dar un paso tan trascendental.

—¿Lo dices en serio?

Por un segundo, dio la impresión de que él iba a echarse para atrás, pero al final asintió y afirmó con voz firme:

—Sí, muy en serio.

Estaba tan desconcertada ante aquella sugerencia tan inesperada, que se cubrió con la sábana hasta la barbilla. Intentó contestar con tacto, pero las palabras que salieron de su boca no fueron demasiado diplomáticas.

—¿Te has vuelto loco? Hace poquísimo que hemos retomado nuestra relación. La cosa va muy bien, yo diría que de maravilla, pero ninguno de los dos estamos preparados para avanzar al siguiente nivel... y mucho menos para saltarnos cinco niveles de golpe, y lanzarnos de cabeza al matrimonio.

—Entonces ¿cómo crees que va a progresar lo nuestro?

—Por lo que parece, mucho más lentamente que tú. Hace unas horas ni siquiera querías que el resto del mundo supiera que estamos juntos, este cambio de opinión tan repentino me descoloca.

—No era más que una idea. Si lo que queremos es llegar a casarnos, ¿para qué esperar? Hagámoslo, y ya lidiaremos después con las consecuencias.

—Qué romántico.

—Vale, muy bien. Si tan en contra estás de mi idea, dime cuáles son tus objeciones.

—Hay muchas cosas que aún no tenemos claras... cómo hacer que encajen nuestras respectivas vidas, por ejemplo. ¿No te parece que ese es un asunto serio?

—Yo solo digo que a lo mejor lo estamos complicando demasiado todo. Te amo, Em. Siempre te he amado. Luché contra mis sentimientos cuando llegaste después de tanto tiempo, pero fue porque me sentía furioso y culpable por haber sido incapaz de entregarle todo mi corazón a Jenny. Ahora parece que hemos recuperado lo que teníamos en el pasado, y creo que tendríamos que aferrarnos a ello antes de que un millón de cosas vuelvan a interponerse de nuevo.

—Según tú, ¿cómo nos organizaríamos después de casados? —su propuesta la tenía perpleja, y, a juzgar por la expresión de su cara, estaba claro que él tampoco tenía ni idea de cómo iban a ingeniárselas—. Típica actitud masculina —comentó, sin acritud en la voz, al ver que no contestaba—. Quieres lo que quieres cuando lo quieres, y ni te das cuenta de que a la otra persona ni siquiera le ha dado tiempo de subirse a tu autobús descontrolado.

Él se quedó mirándola durante un largo momento, y al final soltó una carcajada.

–¿Crees que soy un autobús descontrolado?

–Sí, algo así. Admito que no quiero que nos escondamos del resto del mundo, pero no estaba sugiriendo que fuéramos unos imprudentes. Tenemos que superar unos escollos muy reales. Jodie Farmer va a darnos problemas, B.J. tiene que acostumbrarse a la idea, tendremos que coordinar nuestros horarios de trabajo, podría verme obligada a quedarme un par de meses en California como mínimo por el proyecto del centro de acogida, los plazos para la reforma del hotel de montaña son una locura, y muchos de mis clientes habituales quieren encargarme pequeños arreglos que quieren que estén listos antes de las fiestas; de hecho, tengo cuatro consultas de ese tipo en el listado de llamadas que tenía que devolver hoy.

Los hombros de Boone fueron tensándose de forma visible mientras la oía hablar.

–¿Qué estás diciendo?, ¿que esto ha sido un hola y un adiós a la vez? ¿Cuándo volverás a venir?, ¿a principios de año?

–Seguro que mucho antes –le aseguró, a pesar de que ni siquiera podía comprometerse a dar una fecha aproximada–. Espero volver una vez al mes como mínimo. También había pensado que B.J. y tú podríais venir a California para llevarle a Disneyland, o que podrías venir a Aspen para que pasemos unos días allí los dos solos.

–Empiezo a entender lo que querías decir antes –le dijo él, con una voz que rebosaba decepción y resignación–. Tus prioridades siguen estando patas arriba, ¿verdad? No estás dispuesta a anteponer esta relación a casi nada.

–Se trata de compromisos que ya he adquirido, Boone. ¿Qué se supone que tengo que hacer?, ¿pasar de mi trabajo y no tratar esos proyectos con la dedicación y el esmero que merecen?

–¡Claro que no! Pero ¿qué pasará cuando los termines? ¿Te lo tomarás con más calma?, ¿aceptarás menos encargos? ¿Te has planteado trasladar tu negocio a Carolina del Norte?

–La verdad es que no había pensado a tan largo plazo, no tenía razón para hacerlo. Creía que estábamos empezando a tantear la situación, viendo si aún quedaba algo de lo que teníamos en el pasado.

–¿Admites al menos que sí que quedaba, y mucho?

Ella rodeó la cama y se sentó a su lado antes de contestar:

–¿Cómo quieres que lo niegue? El sexo ha sido increíble.

Boone frunció el ceño al oír aquello.

–¿Para ti no ha sido nada más que eso?, ¿un sexo increíble? Yo pensaba que estábamos reconectando a muchos otros niveles.

En esa ocasión fue ella la que frunció el ceño.

–¿Por qué estás malinterpretándome a propósito?, ¿para que nos peleemos? ¿Quieres que rompamos ahora mismo y las cosas vuelvan a ser como antes, cuando ni siquiera nos dirigíamos la palabra? Eso te facilitaría bastante la vida, ¿verdad? Así no tendrías problemas con Jodie, ni tendrías la preocupación de que B.J. pudiera acabar sufriendo.

–No digas ridiculeces, Em. ¡Acabo de proponer que nos casemos!

–Sí, pero te has puesto a sacarle punta a todo en cuanto has visto que yo no aceptaba. Estás intentando conseguir que me sienta culpable por el mero hecho de que necesito tiempo para ver cómo vamos a organizarnos. Hay un montón de detalles prácticos que debemos tener en cuenta.

–Si estuvieras enamorada de mí, te casarías conmigo y después ya encontraríamos la forma de que la cosa funcionara.

–¿No te parece que es lo mismo?

–En absoluto. Yo digo que te amo lo suficiente como

para arriesgarme a dar un gran paso de cara al futuro, y tú que ya verás lo que te parece todo cuando hayamos pulido todos los detalles. Estamos igual que hace diez años.

–¡Eso no es verdad! Además, yo solo estoy siendo razonable –ella misma fue consciente de que alzaba la voz de forma muy poco razonable al decirlo.

–Bueno, supongo que esa es una forma de verlo –le espetó él, mientras se ponía la camisa y los zapatos–. Tengo que ir a buscar a B.J.; si no te veo antes de que te vayas, que tengas un buen viaje.

Emily se quedó atónita al ver que iba hacia la puerta.

–¿Ya está?, ¿te vas sin más?

–Ya te he dicho que tengo que ir a por B.J.; además, me vendrá bien calmarme un poco. Supongo que para Año Nuevo más o menos ya lo habré logrado... Qué bien, ¿no? Eso encajará de maravilla con tus planes.

–¡Estás siendo un idiota testarudo!

–¡Mira quién fue a hablar! –su voz fue apagándose mientras bajaba por la escalera.

Al oír cómo ponía en marcha el coche y se marchaba a toda velocidad, seguro que levantando gravilla a su paso, Emily se aferró a la almohada y murmuró:

–Me gustaría saber qué es lo que acaba de pasar.

Boone y ella habían retomado su relación, habían pasado unas horas juntos en las que ella había sentido una conexión que nunca había sentido con nadie más, él le había propuesto matrimonio, habían discutido, y... ¿y qué?, ¿habían roto? ¡Ni hablar!

Aunque la verdad era que en ese momento no tenía ni idea de cómo iba a arreglar las cosas, ni por qué era ella la que tenía que tomar la iniciativa e intentarlo.

–Papá, tienes cara de enfadado –comentó B.J. con cautela, cuando subió al coche al salir del colegio.

Boone esbozó una sonrisa forzada.

—No, es que estoy un poco preocupado.

—¿Ha metido alguien la pata?

Más o menos. Ahora que ya estaba un poco más calmado, no habría sabido decir si era Emily quien había metido la pata, o había sido él. Tenía la incómoda sensación de que tenía parte de responsabilidad en lo que había pasado. Le había costado pensar con claridad después de aquel sexo tan increíble, pero cuando se le había despejado la mente se había dado cuenta de que había presionado demasiado a Emily.

—No, tranquilo —le dijo al niño—. ¿Quieres que nos paremos a tomar unos helados para celebrar tu primer día de cole? Quiero que me cuentes qué tal te ha ido con tu nuevo profesor y con tus compañeros de clase.

—¿Puede venir Emily con nosotros? Tengo que contarle lo que han dicho los demás de todas las cosas chulas que compramos el sábado.

A Boone no le apetecía tener otra confrontación con ella tan pronto, así que contestó de forma automática:

—Esta tarde tiene que trabajar.

—Pero seguro que se toma un descanso si la llamamos...

—¡He dicho que no! —Boone se arrepintió de su arranque de genio al ver que al niño se le llenaban los ojos de lágrimas—. Perdona, hijo, pero es que sé que está muy ocupada. ¿Qué te parece si la llamas después para contárselo todo? Apuesto a que está deseando saber cómo te ha ido el día.

—¿Cuándo se marcha?

—No lo sé, creo que mañana.

—¡Pues quiero ir a verla para despedirme de ella! Además, ayer me dijo que tenía fotos del hotel de montaña en el portátil, y quiero verlas. No quiero helado, vamos a ver a Emily.

Boone sabía que podía ser intransigente, hacer valer

su autoridad como padre, hacerle elegir entre el helado o ir directamente a casa y dar por terminada la conversación, pero en el fondo sabía que aquella podía ser una oportunidad de oro para hacer las paces con Emily.

–Vale, pero solo tienes cinco minutos. ¿Entendido? No podemos interrumpirla, tiene que trabajar.

–Bueno.

A juzgar por la sonrisa inocente del niño, estaba claro que no pensaba respetar el límite de tiempo que se le había dado, así que Boone repitió con firmeza:

–Solo cinco minutos.

En cuanto llegaron a casa de Cora Jane, B.J. bajó a toda prisa del coche y cruzó corriendo el jardín mientras llamaba a Emily a pleno pulmón. Cuando ella abrió la puerta trasera, el niño se lanzó a sus brazos como si llevara semanas sin verla en vez de menos de un día. Habían desayunado todos juntos el domingo, cuando Emily y él habían vuelto después de pasar la noche juntos.

Al ver que ella le miraba con expresión interrogante, Boone suspiró y bajó resignado del coche.

–Allá vamos –murmuró, mientras caminaba hacia ellos.

–No esperaba volver a verte hoy –comentó ella con frialdad.

–B.J. se ha empeñado en venir a verte, por si te ibas mañana.

–Sí, ese es el plan. Oye, B.J., ¿por qué no entras a ver lo que hay en la mesa de la cocina? La abuela ha traído galletas del restaurante, por si venías.

–¡Vale!

Emily esperó a que el niño entrara en la casa y no pudiera oírles antes de alzar la mirada hacia Boone.

–¿Te has calmado ya?

–Un poco.

–¿Quieres que intentemos retomar la conversación de antes?

–No, ahora no es el momento. ¿Te va bien que te llame después?

–Cuando yo esté fuera tendremos que conformarnos con hablar por teléfono, ¿no crees que deberíamos aprovechar la oportunidad de hablar cara a cara?

Como estaba claro que no estaba dispuesta a ceder, Boone suspiró con resignación. Aunque no le gustaba la idea de abusar tanto de la buena voluntad de Cora Jane, le propuso:

–Deja que le pregunte a tu abuela si puede volver a quedarse con B.J.

–Si no quieres pedírselo a ella, Samantha también está en la cocina y estará encantada de cuidarle un rato. Puedo dejarles mi portátil, para que B.J. vea cómo va la reforma del hotel de montaña. Está muy entusiasmado con eso.

–Vale, ya me ocupo yo –le dijo él, antes de entrar en la casa; cuando volvió a salir poco después, señaló hacia la playa–. ¿Vamos a sentarnos en el muelle?

–Vale.

Mientras la conducía hacia allí, Boone pensó en lo que iba a decirle para lograr arreglar las cosas. El sol vespertino bañaba la descolorida madera del muelle y le daba su calor; cuando llegaron al final de todo, él la ayudó a sentarse antes de hacerlo a su vez.

Emily cerró los ojos y alzó el rostro hacia el sol al murmurar:

–Qué paz se respira aquí. Se me había olvidado lo que se siente al estar aquí sentada, oyendo el sonido de las olas bañando la orilla y el susurro de la brisa entre los árboles. Seguro que hay muchos sitios parecidos en Los Ángeles, pero nunca voy. Cuando pienso en la ciudad, lo que me viene a la cabeza es el tráfico, gente tocando el claxon y escuchando música a todo volumen. No es una imagen demasiado tranquila.

—Pero estás deseando regresar —no pudo evitar que su voz reflejara cierta amargura.
—También tiene sus cosas positivas... allí tengo trabajo, por ejemplo.
—¿Disfrutas de verdad con tu trabajo, Emily?
—Es algo que se me da bien.
—Eso no responde a mi pregunta. Es posible tener mucho éxito en tu oficio, y darte cuenta de que te falta algo.

Ella frunció el ceño al oír aquello, pero al final acabó por admitir:

—Vale, los proyectos que suelo recibir son un desafío para mí desde un punto de vista creativo, pero en los últimos tiempos me he dado cuenta de que necesito algo más que mi trabajo. Por eso ese centro de acogida significa tanto para mí, porque combina las tareas que me encanta llevar a cabo con algo que es importante de verdad. Es una experiencia maravillosa, y creo que tiene justo lo que les faltaba a los proyectos que suelen encargarme.

Boone sintió que se le encogía el corazón al ver cómo se le iluminaban los ojos al hablar del tema. Se veía capaz de competir con un empleo normal y el éxito financiero, pero ¿cómo iba a luchar contra algo que estaba claro que la afectaba a un nivel tan profundo? Se preguntó si había llegado el momento de rendirse, de renunciar a ella y admitir que aquel segundo intento también había fracasado.

Al pensar en lo que estaba en juego... perderla por segunda vez, y en parte debido a que era un terco y un orgulloso... se dio cuenta de que no podía hacerlo. Le habían dado una segunda oportunidad y en esa ocasión iba a luchar, aunque tenía que idear un buen plan, porque estaba claro que antes se había equivocado al intentar conseguir a la desesperada que ella se comprometiera por completo de forma prematura.

—Siento de verdad lo de antes, Em. Me he dejado llevar, pero sé que no estoy dándote el tiempo que necesitas.

Ella se volvió a mirarle, y le sostuvo la mirada al explicarle con sinceridad:

—No es que no quiera que nos casemos. Te amo de corazón... para serte sincera, admito que nunca dejé de amarte. Pero si vamos a plantearnos siquiera la posibilidad de un futuro matrimonio, tenemos que tomarnos nuestro tiempo. Tenemos que hacer las cosas bien, tanto por el bien de B.J. como por el nuestro propio. Me aterra que estemos abocados al fracaso si nos precipitamos y damos el paso antes de estar preparados.

—Qué sensata eres —bromeó él, mientras le daba un pequeño codazo—. Durante todos estos años pensé que tú eras la impulsiva, y yo el adulto responsable y maduro que tenía un hijo. Me parece que antes, cuando estábamos juntos, me he desquiciado un poco. He pensado que el matrimonio zanjaría con rapidez la situación, y puede que en el fondo también lo viera como una forma de darle un escarmiento a Jodie y obligarla a aceptar la realidad.

—Qué razón tan romántica para pasar por la iglesia —comentó ella, con una pequeña sonrisa en los labios.

—¿Qué te parece si retrocedo un par de pasos, intento tener en cuenta cómo se supone que funciona esto de cortejar a una chica, y vamos lidiando con los problemas que vayan surgiendo poco a poco, buscando soluciones que nos convenzan a los dos?

Ella se reclinó contra su costado, y admitió con una sonrisa:

—Es un plan excelente, muy racional y maduro —le miró con ojos chispeantes al añadir—: supongo que eso significa que queda descartado lo de besarse de forma impulsiva como antes.

Él se echó a reír.

-No, lo que lo descarta es que B.J. está en la casa, a menos de cincuenta metros de distancia.

-Sí, es verdad.

Al ver que se ponía mohína, le recordó:

-Hemos estado juntos buena parte del día. Han sido unas horas memorables para mí, espero que recordarlas me sustente hasta tu regreso.

-Si no es así, llámame y veré si puedo volver antes. Ah, y lo de que vengas a Aspen sigue en pie. Es un sitio ideal para pasar unos días románticos en pareja.

Boone se sintió aliviado al darse cuenta de que habían vuelto a la normalidad, y asintió sonriente.

-Lo tendré muy en cuenta.

Por muy tentadora que fuera la posibilidad de pasar unos días en las montañas de Colorado, no tenía ni punto de comparación con la idea de pasar el resto de su vida junto a aquella mujer, incluso de llegar a tener uno o dos hijos juntos. Era una fantasía distinta a la que se había referido antes, pero de repente era la que deseaba con todas sus fuerzas y, por primera vez en muchos años, la veía al alcance de la mano.

Capítulo 17

—¡Papá, la abuela Jodie quiere hablar contigo! —le dijo B.J., con el teléfono en la mano.

Boone respiró hondo al oír aquellas palabras. Se las había ingeniado para evitar hablar con Jodie, gracias al identificador de llamadas, desde que ella había dejado en su contestador aquel mensaje lleno de indignación acerca de Emily, pero B.J. hablaba con ella todas las semanas. Él siempre procuraba salir de la habitación durante esas llamadas, pero estaba claro que no iba a poder seguir aplazando lo inevitable.

Aceptó el teléfono de manos de su hijo, y procuró hablar con naturalidad.

—Hola, Jodie. ¿Cómo estás?

—Bastante bien —el tono airado de su voz contradecía sus palabras.

—¿Qué tal está Frank? —insistió él, en un intento de alargar al máximo los saludos de rigor.

—Bien, le ha dado por jugar al golf a todas horas. Boone, como tú bien sabes, hay varias cosas que me tienen preocupada.

—Sí, he oído tus mensajes.

El último lo había recibido la noche anterior; al parecer, Jodie se había enterado tanto de la reciente visita de

Emily como de la salida de compras, y ambas cosas le parecían objetables.

−Si los has oído, ¿podrías decirme por qué no has tenido la cortesía de devolverme las llamadas?

−Porque sabía que no iba a gustarte nada de lo que yo pudiera decirte. Que Emily vuelva a formar parte de mi vida o no es algo que a ti no te concierne, Jodie.

−¡Claro que sí! Si tienes intención de permitir que esa mujer esté cerca de mi nieto, estoy en mi derecho de opinar al respecto. Podríamos empezar por el hecho de que B.J. se hizo un corte que hubo que suturar mientras se suponía que ella estaba cuidándole, ¡hay que ser muy descuidada para permitir que suceda algo así! Está claro que no es lo bastante responsable como para hacerse cargo de un niño.

Boone se preguntó cómo se había enterado de que Emily estaba presente cuando B.J. se había accidentado, aunque eso era lo de menos. Respiró hondo de nuevo y rogó a Dios para que le diera paciencia.

−Jodie, sabes cómo queda todo después de una tormenta. Hay tablones con clavos por todas partes y B.J. no se queda quieto por muchas veces que se le diga que vaya con cuidado. Fue un accidente, y él está de maravilla.

−Hubo que ponerle puntos de sutura, ¡a mí no me parece que eso sea estar de maravilla!

−Vale, pues digamos que ya le han quitado los puntos y no hubo ninguna complicación. Dejémoslo así.

−¿Va a quedarle una cicatriz?

−Sí, pero muy pequeña... aunque él se llevó una decepción, le gustaría que se viera más −como sabía que estaba preocupada por su nieto, intentó mostrarse un poco más comprensivo−. De verdad que está bien, te lo prometo.

Sus promesas no sirvieron para aplacarla.

—Aun así, se hizo daño mientras estaba con esa mujer, y después tú vas y la invitas a que os acompañe cuando vais a comprar ropa para el colegio. ¿Qué es lo que te pasa?, ¿acaso ejerce alguna extraña influencia sobre ti?

—Esta conversación no es nada productiva, Jodie.

—Es que no entiendo cómo puedes ser tan desconsiderado con nuestros sentimientos, cómo puedes faltarle el respeto de esa forma a la memoria de Jodie.

—¿Perdona?

Empezó a perder la paciencia, y eso nunca era aconsejable cuando estaba tratando con sus exsuegros. Resultaba difícil intentar tener en cuenta lo importantes que eran en la vida de B.J. mientras, al mismo tiempo, tenía que ignorar el hecho de que no estaban de acuerdo con ninguna de las decisiones que tomaba.

O Jodie no se dio cuenta de lo enfadado que estaba o le dio igual, porque siguió insistiendo en el tema como si nada.

—Ya me has oído. En cualquier caso, ¿qué está haciendo esa mujer en Sand Castle Bay? ¿Se enteró de que Jenny ya no estaba y decidió volver para recuperarte?

Él estaba esforzándose por ser comprensivo, por tener en cuenta su dolor como madre, pero estaba a punto de pasarse de la raya.

—Déjalo ya, Jodie.

Se lo pidió con voz suave, pero ella hizo oídos sordos a la advertencia.

—¿Cómo puedes permitir que el hijo de Jenny esté cerca de ella? ¡Eso es del todo inapropiado, y lo sabes!

—Que B.J. conozca a una vieja amiga mía no tiene nada de inapropiado. Emily volvió para ayudar a Cora Jane después del huracán, pero en todos estos años jamás estuvimos en contacto y ella creía que yo aún estaba casado.

—Debió de llevarse una gran alegría cuando se enteró

de que no era así –comentó ella con acritud, aferrada a su idea de que Emily había planeado echarle el lazo a Boone.

–Pues la verdad es que lo lamentó mucho cuando se enteró de lo de Jenny, y ha sido maravillosa a la hora de apoyar a B.J. en ese tema. Él se siente más cómodo hablando de su madre con ella que conmigo.

–¡Lo dudo mucho!, sé de buena tinta las artimañas que usan esas mujeres de la Costa Oeste.

Boone supuso que lo sabía a base de leer demasiadas revistas de cotilleo, pero se limitó a contestar:

–Emily se crio en Carolina del Norte.

–¿Y qué?, ahora vive en otra parte. Seguro que es como todas esas que van de cama en cama.

–Jodie, voy a dar por terminada esta conversación si insistes en hacer ridículos juicios de valor sobre una mujer a la que ni siquiera conoces.

–¡Conozco a las de su calaña! Seguro que también estaba deseando tener en sus garras a B.J.

Aunque estaba cansándose del tema, Boone siguió intentando hacerla entrar en razón. Sabía que su vida sería mucho más fácil si pudieran tener una relación razonablemente cordial, y para B.J. también sería mejor que su padre y sus abuelos no estuvieran peleados.

–Ya sabes que el niño adora a Cora Jane. Es normal que se cruzara con Emily en alguna ocasión, no exageres las cosas.

–¡No estoy exagerando nada! ¿Qué crees que opinaría Jenny al ver que tu exnovia estrecha lazos con tu hijo?

–Yo creo que sería mucho más comprensiva que tú, que se alegraría al ver que su hijo tiene a alguien con quien se siente cómodo hablando de su mamá.

–¿Por qué no puede hablar de ella contigo?, ¿acaso te sientes culpable cuando la menciona?

–No, no es eso. Me siento muy triste, al igual que tú

cuando te acuerdas de la pérdida que has sufrido, y B.J. se ha dado cuenta. Mira, no quiero discutir contigo, pero tienes que tener en cuenta que B.J. es tan hijo mío como de Jenny. Soy yo quien lo está criando y, aunque lamento tener que hacerlo solo, las cosas son como son.

–¿Y mis sentimientos no cuentan para nada?

–No puedo tenerlos en cuenta cuando estás siendo tan poco razonable –le explicó él, procurando mantener un tono de voz suave–. B.J. te adora y yo quiero que tanto Frank como tú juguéis un papel importante en su vida, pero no voy a permitir que cuestionéis mis decisiones, sobre todo teniendo en cuenta que no estáis aquí.

–De acuerdo, entonces supongo que vamos a tener que presentarnos ahí la semana que viene. Quiero ver con mis propios ojos lo que está pasando.

Boone contuvo a duras penas su irritación. Por respeto a Jenny, no quería dificultar aún más una visita que ya iba a ser tensa de por sí.

–B.J. se alegrará mucho de veros, ya me dirás la fecha exacta de vuestra llegada. ¿Vais a quedaros con nosotros en casa?

–Sí... si no vamos a ser una molestia para ti, claro –le contestó ella, con una voz que rebosaba sarcasmo.

–Sois miembros de la familia, siempre sois bienvenidos –le costó lo suyo decir aquellas palabras, y rezó para que abrirle las puertas de su casa a sus exsuegros no resultara ser un grave error.

–Apuesto a que ahora te alegras de que me haya ido –comentó Emily, cuando Boone le contó lo de la inminente llegada de Jodie; tal y como estaban las cosas, la verdad era que ella se alegraba muchísimo de no estar allí.

–Las cosas van a ser más fáciles así, eso no te lo niego. Soy consciente de que Jodie echa de menos a Jenny y me culpa a mí de todo... de arruinarle la vida a su hija, de su muerte... pero un día de estos voy a perder la paciencia, y le diré un par de cosas que crearán una brecha irreparable. Hoy mismo he estado a punto de hacerlo, pero me he contenido por el bien de mi hijo.

—Eres demasiado bueno y considerado para hacer algo así. Por muy molesto que te sientas con Jodie, y con razón, serías incapaz de herirla a propósito.

—Todo el mundo tiene sus límites, incluso yo. De no ser por B.J., hace mucho que habría dejado claro lo que pienso. Como mis padres se pasan la vida viajando por el mundo, cada uno por su lado, quiero que mi hijo cuente al menos con unos abuelos, pero la verdad es que Cora Jane cumple ese papel mejor que los unos y los otros. De Frank no tengo queja, pero jamás irá en contra de lo que diga Jodie.

Emily soltó una carcajada antes de comentar:

—Sí, la verdad es que tengo una súper abuela, siempre tiene a punto las galletas y los abrazos... y también un montón de consejos que da sin que nadie se lo pida.

—Puede ser, pero esos consejos suelen dar siempre en la diana; además, no se dedica a criticar todo lo que hago.

—¿Qué piensa ella acerca de la inminente visita de los Farmer?

—Me ha aconsejado que me ande con mucho cuidado.

A Emily no le gustó cómo sonaron aquellas palabras.

—¿Tienes idea de por qué te habrá dicho algo así?

—Creo que le preocupa que Jodie pueda hacer algo del todo irracional, que intente crearme problemas. Pero yo dudo que las cosas lleguen a ese punto.

—Hazle caso a mi abuela, Boone. Tiene una muy buena intuición en este tipo de cosas. ¿Qué problemas cree que puedes tener?, ¿te lo ha dicho? ¿Se refiere a lo de la custodia? —la recorrió un escalofrío de inquietud al ver que él tardaba unos largos segundos en contestar.

–Sí, yo creo que sí –admitió él al fin.

–¡No puede ser! –era consciente de cuánto daño les haría un litigio así tanto a Boone como al niño, y también a su propia relación de pareja con él–. Jodie no es capaz de hacer algo así.

–Claro que lo es. Ya te conté que me amenazó con eso cuando Jenny murió, pero Frank le puso freno. Creo que él insistió por eso en mudarse a Florida, para poner algo de distancia entre nosotros y ver si la situación se tranquilizaba. Es la única vez que se ha opuesto a los deseos de su mujer, pero dudo mucho que pueda detenerla si ella está realmente empecinada.

–Ningún tribunal te quitaría a tu hijo. Eres un padre fantástico y B.J. te adora, Jodie va a perder si intenta semejante locura; además, el niño no se lo perdonaría.

–Rezo para que las cosas no lleguen a ese límite, y voy a procurar que reine la paz durante los días que van a pasar aquí.

–¿Crees que ella también va a poner de su parte?

–Lo dudo mucho. Pero dos no discuten si uno de ellos no quiere, y me he propuesto no darle ninguna munición.

–Te refieres a que no vas a decirle lo que hay entre nosotros y cómo pasamos mi último día en el pueblo, ¿verdad? –lo dijo en tono de broma, para intentar quitarle un poco de hierro al asunto, y se sintió gratificada al oírle reír.

–No voy a mencionar ese tema, te lo aseguro. Si Jodie se pasa de la raya, cuento con un arma en mi arsenal.

–¿Cuál es?

–Cora Jane. Está deseando plantarle cara a Jodie, y no solo para defenderte a ti. Parece muy indignada por el trato que estoy recibiendo yo.

–No me extraña, mi abuela no permite que nadie se meta con su familia. Años atrás la vi enfrentarse a un bravucón enorme para exigirle que dejara de molestar a

Gabi, que estaba sirviendo mesas. Le echó del restaurante sin pensárselo dos veces, así que apuesto a que Jodie Farmer le parece una simple molestia.

—Yo también intento ver a Jodie como eso, una molestia y nada más, pero tiene un don para sacarme de quicio.

—En ese caso, te aconsejo que tengas una caja de calmantes a mano —bromeó ella.

—Yo había pensado en una botella de whisky.

Emily tuvo la sensación de que lo decía muy en serio.

Boone estaba en la oficina que tenía en su restaurante cuando Pete entró a avisarle de que Jodie y Frank acababan de llegar.

—¿Estáis peleados? Jodie tenía cara de muy malas pulgas cuando ha preguntado por ti.

—Se le revuelve el estómago solo con oír mencionar mi nombre. Será mejor que salga a verles, ¿les has sentado en una mesa?

—Me han dejado muy claro que ya han comido, da la impresión de que no se fían demasiado de nuestra comida. Están fuera, junto a la puerta. Cualquiera que los vea se lo pensará dos veces antes de entrar.

Boone se apresuró a salir. Tal y como Pete le había dicho, estaban junto a la puerta y daba la impresión de que estaban deseando largarse cuanto antes.

—¡Hola, bienvenidos! —les saludó, intentando mostrarse cordial. Besó a Jodie en la mejilla antes de que ella pudiera apartarse, y le estrechó la mano a Frank—. ¿Qué tal el viaje?

—Ha sido largo. Jodie tenía tantas ganas de llegar, que se empeñó en hacer el trayecto entero en un solo día.

—¿Habéis salido de casa esta mañana? ¿A qué hora?, debéis de estar agotados.

—Sí, hemos salido hoy mismo, y demasiado temprano

para mi gusto –afirmó Frank–. Yo creía que la gente se jubilaba para llevar una vida relajada, pero cuando a Jodie se le mete algo en la cabeza no hay quien la pare.

–Estoy deseando ver a mi nieto –adujo ella–. Quiero comprobar con mis propios ojos que no ha quedado lisiado de por vida.

Boone miró su reloj antes de decir:

–Está en el colegio, llegará a casa dentro de una hora. ¿Por qué no vamos para que os vayáis instalando? A lo mejor os da tiempo de descansar un poco antes de que llegue.

–Si quieres, puedes darnos una llave y quedarte aquí. Debes de estar muy ocupado, no queremos molestar –comentó ella con rigidez.

–No es ninguna molestia –le aseguró él, consciente de que lo que ella quería era fisgonear a sus anchas por la casa–. La habitación de huéspedes está lista, pero quiero acompañaros por si necesitáis cualquier otra cosa.

–Vale, nos vemos allí –dijo Frank con jovialidad. Al ver que su mujer se dirigía hacia el coche sin más, añadió–: Siento mucho todo esto, hijo. Cuando a Jodie se le mete algo entre ceja y ceja, no hay poder humano que la haga cambiar de opinión. Es mejor dejar que haga las cosas a su manera, seguro que se queda tranquila en cuanto pase algo de tiempo con B.J.

–Te lo agradezco, Frank. Soy consciente de que la muerte de Jenny fue un golpe muy duro para ella.

–Todos hemos pasado por un verdadero infierno, pero creo que Jodie es la que peor lo lleva.

–B.J. y yo también la echamos de menos, más de lo que te puedas imaginar.

–Sí, ya lo sé –Frank le dio una palmadita en el hombro antes de añadir–: Nos vemos en la casa.

Al cabo de una hora, B.J. entró corriendo en la casa, subió de un salto al sofá entre sus dos abuelos, y le dio un abrazo enorme a cada uno.

Los ojos de Jodie se llenaron de lágrimas de inmediato, y le dijo con una voz que era apenas un susurro:

–No sabes cuánto me recuerdas a tu mamá. Tienes sus mismos ojos, su pelo.

El niño frunció el ceño al escuchar aquello.

–¡Pero si todo el mundo dice que soy igualito a mi papá cuando tenía mi edad!

Frank se apresuró a comentar con diplomacia:

–Has heredado lo mejor de los dos. ¿A que sí, Jodie?

–Sí, por supuesto –admitió ella, con una sonrisa forzada–. Venga, cuéntame todo lo que has estado haciendo estos días. ¿Qué tal te va en el cole?

El niño les habló de todos sus compañeros de clase, de todos los deberes que tenía, y del papel que le habían dado en una obra de teatro.

–La haremos en Halloween, y yo voy a hacer de fantasma.

–¿Tienes ya el disfraz? –le preguntó ella.

–Aún no, me lo tienen que hacer.

–¿Quieres que te lo haga yo?, en Halloween siempre hacía los de tu madre.

–¡Genial! ¿Vendréis a ver la obra?

–No creo que podamos. Aún falta bastante, y para entonces tu abuelo y yo ya habremos vuelto a Florida.

–¡Pero podéis volver! Le pedí a Emily que viniera, y ella me dijo que lo intentaría.

Al ver que los ojos de Jodie se oscurecían, Boone tuvo ganas de darse cabezazos contra la pared por no haberle advertido al niño que evitara mencionar a Emily, aunque lo cierto era que no le parecía correcto censurar a su hijo con tal de mantener la paz.

–¿Ah, sí? –contestó ella con rigidez–. Voy a tumbarme un rato antes de la cena, de repente me siento cansadísima.

B.J. se quedó desconcertado al ver que se levantaba y se marchaba, y preguntó vacilante:

—¿He dicho algo malo?

—No, claro que no —le aseguró su abuelo—, pero será mejor que vaya a ver cómo está. Boone, ¿te importa si le llevo una taza de té?

—Claro que no, ya sabes dónde está todo.

Cuando Frank se marchó y Boone se quedó a solas con B.J., el niño le preguntó contrito:

—He enfadado a la abuela, ¿verdad?

—No, de verdad que no —no sabía hasta dónde contarle, pero al final llegó a la conclusión de que, cuanto menos le dijera, mejor. No se podía esperar que el niño entendiera las cosas de los adultos—. Sabes que tu abuela te quiere muchísimo, ¿verdad?

—Sí.

—Y también quería muchísimo a tu madre.

—Sí.

—Pues yo creo que para ella es duro oírte hablar de Emily como si fuera alguien importante para ti, porque a lo mejor tiene la impresión de que estás olvidándote de tu madre.

—¿Cómo voy a olvidarme de ella?, ¡pero si la echo de menos todos los días!

—Pues yo creo que podrías mencionarle eso a tu abuela alguna que otra vez, para que se sienta mejor.

B.J. se quedó callado mientras intentaba asimilar lo que acababan de explicarle, y al final asintió.

—Vale. ¿Voy a decírselo ahora mismo?

—No, déjala descansar. Tendrás tiempo de sobra para hacerlo en estos días que va a pasar aquí.

—Es genial que hayan venido, ¿verdad? —comentó, a pesar de que sus ojos aún estaban ensombrecidos por la supuesta metedura de pata que había tenido.

—Sí. Tus abuelos te quieren mucho. Yo sé lo trasto que eres, pero ellos creen que eres el mejor niño del mundo.

—¡Oye, claro que lo soy! —protestó el pequeño, sonriente.

Boone se echó a reír al verle tan convencido de sus cualidades. Si su hijo tenía tanta seguridad en sí mismo, algo debía de estar haciendo bien como padre, ¿no? Al fin y al cabo, dicha seguridad era una prueba de que B.J. estaba rodeado de personas que le apoyaban y le colmaban de amor. Tuvo ganas de retar a Jodie a que dijera lo contrario, pero prefirió no tentar a la suerte.

Cora Jane estaba sentada en uno de los reservados con los pies en alto, revisando las cuentas del día, cuando Boone entró en el restaurante.

—Cielos, conozco esa cara. ¿Qué ha pasado? —le dijo, mientras él se servía un vaso de té frío y se sentaba en el reservado.

—Nada, pero no sé si voy a conseguir que Jodie se largue antes de que su actitud me haga perder los nervios, y eso me preocupa. Aprovecha la más mínima oportunidad para lanzarme pullitas sobre todas las cosas que hice mal con Jenny. También ha hecho unos cuantos comentarios mordaces acerca de Emily, pero esos procura no hacerlos delante de B.J., creo que se ha dado cuenta de que yo tenía razón al decir que existe un vínculo cada vez mayor entre el niño y Emily. No le hace ninguna gracia, pero es lo bastante lista para saber que no le conviene mostrar su malestar delante de él, así que se limita a hacerme comentarios velados a mí.

—Sabías que las cosas iban a ser así —le recordó ella—. La verdad es que es encomiable que les hayas invitado a tu casa, yo les habría mandado a un hotel si me hubiera visto en tu situación. Sería incapaz de permitirles vivir bajo mi techo mientras criticaban todos mis actos.

—Eso lo dices ahora, pero te conozco y sé que habrías antepuesto el bienestar de B.J., tal y como hice yo.

–¿Qué hace Frank mientras su mujer se dedica a intentar meter cizaña?

–Pedir disculpas, y procurar mantener a B.J. al margen de todo. Esta semana se lo ha llevado a pescar todas las tardes, un día lo llevó al campo de prácticas para enseñarle a jugar al golf, y el otro día fueron al mini golf después de cenar.

Cora Jane asintió en un gesto de aprobación, y comentó:

–Siempre ha sido un hombre sensato, sabe que la relación con su nieto va a quedar dañada para siempre si Jodie persiste en comportarse como una necia.

–Sí, él mismo me comentó algo parecido –la miró con frustración al añadir–: Soy consciente de que Jodie está sufriendo, y de que siempre estará convencida de que yo no era el hombre adecuado para Jenny. Estoy intentando tenerlo en cuenta, y ser comprensivo con ella.

–Pero ella sigue presionándote. ¿Por qué no les traes a cenar a mi casa esta noche? Hablaré con ella, puede que a mí sí que me haga caso.

–No, ella lo consideraría fraternizar con el enemigo. Cualquier cosa que tenga la más mínima vinculación con Emily la saca de quicio, se va a su dormitorio con la excusa de que le duele la cabeza cada vez que B.J. hace algún comentario inocente sobre tu nieta. Ha pasado tantas veces, que el niño ha terminado por darse cuenta de que es mejor no mencionarla, y resulta que apenas le dirige la palabra por miedo a molestarla. Me parece que ella no se ha dado cuenta de que está alejándole, cuando lo que quiere es justo lo contrario.

–Qué pena, lo siento mucho por ella.

A Cora Jane le habría gustado hacer algo para que Jodie entrara en razón antes de que perdiera a su nieto, que era el único vínculo real que le quedaba con la hija que había perdido.

—Yo también —afirmó Boone, antes de apurar su vaso de té—. Gracias por dejar que me desahogue contigo.

—Puedes venir siempre que quieras, aquí estoy yo para escucharte.

—Gracias —le dijo, antes de besarla en la mejilla—. ¿Cómo van las cosas en el restaurante?

—Ya estamos a pleno rendimiento. Yo creía que las cosas se calmarían un poco después del Día del Trabajo, pero me equivoqué. Ahora viene mucha gente a la que no le gusta el abarrotamiento del verano... y al final acaba estando igual de abarrotado —añadió, sonriente—. Aunque de cara al negocio va de maravilla que la temporada se alargue hasta el otoño.

—En mi restaurante pasa igual. Tommy acabó con las reformas la semana pasada, y tanto los fines de semana como algunos días entre semana está todo reservado.

—¿Sabes algo de Emily?

Boone sonrió al ver que soltaba la pregunta como si nada.

—Sí, hablamos a diario.

—Me alegro.

—¿Eso es todo? ¿No va a haber preguntas indiscretas ni consejos sutiles?

Ella se echó a reír.

—No, ni uno solo. Pero te aseguro que, si creo que la cosa está torciéndose, te lo haré saber.

—No lo dudo —contestó él con sequedad—. Bueno, será mejor que me vaya. Tengo que ir a buscar a B.J. al cole, esta tarde está ensayando para la obra de teatro que harán en Halloween. Hace días que no paso un rato a solas con él.

—Dale un abrazo de mi parte. Ah, Boone, una cosa más.

—Dime.

—Los Farmer no son la única familia que tenéis B.J. y

tú –le pareció notar que él se relajaba un poco al oír aquello.
–No sabes cuánto cuento con eso.
–No hace falta que sea legal para que sea una realidad, pero espero que un día de estos sea las dos cosas –admitió ella, sonriente.
–Si esa es tu sutil forma de animarme a que me case con tu nieta, me parece que puedes estar tranquila. Creo que Emily y yo vamos en esa dirección.
Ella se olvidó de fingir desinterés al oír aquello, y le preguntó entusiasmada:
–¿Cuándo será el gran día?
Boone se echó a reír al ver su reacción.
–Cuando estemos listos, y no vas a conseguir que sea antes por mucho que intentes entrometerte.
–Tomo nota, pero no creas que eso va a detenerme si considero que estáis tardando demasiado.
–Ya, eso lo tengo muy claro.
Cora Jane esperó a que se marchara antes de esbozar una enorme sonrisa de satisfacción. Las cosas estaban progresando de maravilla, tan solo le quedaba asegurarse de que Jodie Farmer no creara problemas.

Capítulo 18

Emily estaba en medio del caos creado por las obras en el centro de acogida, intentando convencer al capataz de que la fecha en que tenía que quedar todo listo no era una broma, cuando empezó a sonarle el móvil.

–Perdona, tengo que contestar. Revisa el plan de trabajo, a ver lo que puedes hacer para cumplir con el plazo previsto. Hay mujeres y niños que tienen que mudarse aquí antes de Acción de Gracias, ¿de verdad quieres decirles que durante las fiestas no van a tener un lugar donde vivir?

Andy Crawford la miró con exasperación, pero al final se alejó resignado.

–Hola, Gabi. Perdón por tardar tanto en contestar, es que estoy muy liada. ¿Qué tal va todo en el mundo de las relaciones públicas?

–Es una locura, pero te he llamado para ver qué tal te va todo a ti.

–¿Por qué?

–Porque aún no estás de vuelta en Sand Castle Bay. Pensaba que Boone y tú ibais por el buen camino, pero hace bastante que no apareces por allí... y sí, puedes darle las gracias a la abuela por darme el chivatazo. Está empezando a ponerse nerviosa, y yo soy la encargada de sonsacarte lo que quiere averiguar.

Emily le explicó la presión que tenía encima para que el centro de acogida estuviera listo en la fecha prevista.

–Además, a los exsuegros de Boone no les hace ninguna gracia que él me permita acercarme siquiera a B.J., así que pensé que lo mejor sería no aparecer por allí hasta que vuelvan a Florida.

–Quizás sería mejor que te trataran un poco, para que se den cuenta de que no eres el demonio en persona –le sugirió su hermana.

–Dudo que tenga el encanto suficiente para conseguir semejante proeza. Teniendo en cuenta cómo tratan a Boone, lo más probable es que no me pueda morder la lengua y les diga algo que empeore aún más la situación.

–¿Cuándo vuelven a su casa?

–Esa parece ser la pregunta del millón. A Boone no le han dado una fecha exacta, y está que se tira de los pelos. No le resulta nada fácil tenerlos allí, pero cree que tiene que hacer un esfuerzo por el bien de B.J.

–Hagas lo que hagas, no retrases tu regreso de forma indefinida por culpa de ellos. Si se dan cuenta de que con su presencia allí evitan que vayas, a lo mejor no vuelven nunca a Florida.

–Las cosas no van a llegar a ese extremo. Esto no voy a admitirlo ante Boone, pero en cierto modo ha sido un alivio tener un poco más de tiempo. Esta restauración tiene que estar acabada en muy poco tiempo, y si me marcho va a ser mucho más difícil convencer a toda la gente que trabaja en el proyecto que hay que acabar como sea antes de la fecha límite.

–Yo solo digo que no podéis dejar que los Farmer echen a perder vuestra relación.

–No lo vamos a hacer. Anda, háblame de ti. ¿Va todo bien en el trabajo?

–Sí, es la misma locura de siempre.

–¿Y qué tal está tu chico?

A Emily le pareció notar que su hermana vacilaba por un instante antes de contestar:
—Paul está bien.
—¿Te pasa algo, Gabi? ¿Habéis roto?, ¿se molestó porque tardaste bastante en volver?
—No, no es eso.
Emily notaba algo raro en la voz y la actitud de su hermana, así que optó por insistir.
—Gabriella, estás callándote algo. ¿Se puede saber qué es?
Gabi se echó a reír, aunque parecía una risa un poco forzada.
—Solo usas mi nombre completo cuando estás molesta conmigo, igual que hacía mamá.
—Ella siempre conseguía respuestas con esa táctica, así que decidí probarla yo también.
—No hay respuestas, y tampoco preguntas. Supongo que estoy un poco depre, os echo de menos a Samantha y a ti.
—Fue divertido volver a estar las tres juntas como en los viejos tiempos —admitió Emily.
—Sí, pero en ciertos aspectos me di cuenta de que no se puede volver al pasado. Ahora somos adultas, con todas las complicaciones que conlleva eso.
—Gabi...
Quería saber a qué se debía el extraño estado de ánimo de su hermana, estaba decidida a llegar al fondo de la cuestión, pero Gabi la interrumpió.
—Tengo que colgar, hermanita. Cuídate, hasta pronto —colgó antes de que pudiera contestar.
Emily se quedó mirando boquiabierta el móvil, y solo alcanzó a decir:
—¿Qué demonios...?
Justo cuando estaba a punto de llamar a Samantha para preguntarle si ella sabía algo, Andy Crawford se le acercó

con cara de pocos amigos, así que esbozó una sonrisa forzada y le preguntó:

–¿Has encontrado alguna solución?

–Si algunos de mis hombres hacen horas extra durante unos días, puede que lo logremos.

–Tienes que estar seguro.

–Cuatro días de horas extra, y te garantizo que estará hecho.

–De acuerdo, cuatro días.

Él la miró con suspicacia.

–¿Tienes dinero para eso? Creía que estábamos haciendo este proyecto con un presupuesto muy limitado.

–Sí, y por pura bondad.

–No puedo pagar a mis hombres con un puñado de buenas intenciones.

–Me encargaré de que se les pague, no te preocupes –si hacía falta, estaba dispuesta a sacar el dinero de su propio bolsillo–. ¿Quieres que lo ponga por escrito?

Dio la impresión de que él estaba a punto de sacar papel y boli del bolsillo, pero al final se encogió de hombros y contestó:

–No, confío en ti.

Ella le dio un pequeño codazo, y dijo en tono de broma:

–Vaya, muchas gracias por ensalzar mis virtudes con tanto entusiasmo.

Aquello consiguió arrancarle al fin una sonrisa.

–Es la primera vez que te veo tan implicada en un proyecto, por regla general aceptas las cosas como vienen y das un poco de coba a los clientes para apaciguarlos.

–Es que este trabajo sí que es importante de verdad. Piensa en ello, Andy. Esta es la primera vez en Dios sabe cuánto tiempo que algunas de estas familias celebran Acción de Gracias sin estar temiendo que les golpeen, o algo peor.

Él se quedó impactado al oír aquello, y sus ojos se llenaron de indignación.

—¿Tan mal lo han pasado?, no lo sabía... a ver, sabía que esto iba a ser un centro de acogida, pero no me había parado a pensar en lo que eso significa.

—Sí, lo han pasado fatal, y por eso vamos a tener esta casa lista en la fecha prevista pase lo que pase.

Él asintió de inmediato. Estaba claro que las palabras de Emily le habían motivado y que la apoyaba al cien por cien.

—A lo mejor logramos acabar un par de días antes, déjamelo a mí.

—Sabía que podía contar contigo —afirmó ella, sonriente.

Él se ruborizó y le advirtió:

—Pero ni se te ocurra intentar aprovecharte de mi buen corazón, ¿eh? No me vengas con tragedias cuando se trate de alguno de tus clientes habituales. ¿Está claro?

Ella le dio un impulsivo abrazo, y le aseguró sonriente:

—Ni se me pasaría por la cabeza.

—Déjate de abrazos, estás dejando por los suelos mi imagen de tipo duro —rezongó él.

Emily rio por lo bajo mientras él se alejaba dando órdenes a diestro y siniestro, como queriendo contradecir la escena que algunos de sus hombres acababan de presenciar.

—Esto va a salir bien —se aseguró a sí misma en voz baja.

Aquel lugar iba a estar terminado a tiempo, iba a quedar precioso, pero lo principal era que iba a ser un lugar donde algunas mujeres maltratadas iban a estar a salvo.

Cuando Boone llegó a su casa al salir del trabajo, encontró varias maletas en el vestíbulo y a Frank y a Jodie esperándole en la sala de estar. Estaban sentados el uno junto al otro en el sofá, y saltaba a la vista que tenían algo que decirle.

—¿Os vais? —les preguntó, mientras luchaba por ocultar el júbilo que sentía.

—Más o menos —contestó Frank, antes de lanzar una mirada de resignación a su mujer.

—Hemos alquilado una casa —le explicó Jodie—. Queremos ver la obra de teatro de B.J., y pasar las fiestas aquí. En primavera decidiremos si queremos instalarnos aquí de forma definitiva.

A Boone se le cayó el alma a los pies, pero preguntó con calma:

—Ya veo. ¿Dónde está la casa?

—A un par de calles de aquí. B.J. podrá ir allí cuando salga del colegio, y tú no tendrás que preocuparte por dónde está ni lo que está haciendo —le contestó ella, con actitud triunfal.

—Nunca he tenido esa preocupación —le dijo él con rigidez—. Él viene al restaurante conmigo algunas tardes, a veces va a casa de algún amigo suyo, y tiene actividades extraescolares varios días a la semana. No veo razón alguna para que cambie su rutina.

—¿Piensas evitar que esté con nosotros? —le preguntó ella, ceñuda.

—Claro que no, lo que pasa es que no siempre irá a vuestra casa al salir de clase —estaba decidido a mantener el control de las actividades de su hijo, y también de adónde iba o dejaba de ir.

—¿Cómo puedes ser tan desconsiderado y desagradecido? ¡Hemos tomado esta decisión para ayudarte!

—De ser así, lo habríais consultado antes conmigo. No me malinterpretes, por favor. B.J. estará encantado de que paséis aquí las fiestas y es genial que vayáis a estar cerca de él, pero tendremos que ver cuándo puede quedarse con vosotros. A su edad ya tiene horarios establecidos, y actividades que le encantan.

Huelga decir que todos sabían que el objetivo real de todo aquello era conseguir que Emily no estuviera incluida en ninguna de esas actividades. Gracias al plan que había urdido Jodie, lo más probable era que la pareja acabara por coincidir con Emily tarde o temprano, así que iban a tener oportunidad de complicarles las cosas tanto a él como a ella; aun así, él mantuvo la calma y procuró apaciguar los ánimos.

–En cuanto os instaléis en la casa de alquiler, nos sentaremos a hablar para confeccionar un horario y ver cuándo podéis quedaros con B.J. Siempre surge algún que otro imprevisto, así que habrá que hacer ajustes cada semana.

Jodie hizo ademán de protestar, pero Frank le puso una mano en el brazo y fue quien tomó la palabra.

–Nos parece perfecto, Boone. Vamos, Jodie, será mejor que llevemos las cosas a la nueva casa y vayamos instalándonos. No vinimos preparados para una estancia larga, así que tendremos que comprar algo de ropa de abrigo.

–Acuérdate de que dejasteis varias cajas con ropa de invierno aquí, por si veníais en esta época del año. Están en el garaje –le recordó Boone.

Los ojos de Jodie se iluminaron al oír aquello.

–¡Es verdad! Frank, ve a por ellas y llévalas al coche. Me gustaría comentarle una cosita más a Boone.

–Jodie, no creo que sea el momento adecuado –protestó su marido con consternación.

–Es mejor lidiar con esto lo antes posible.

Dio la impresión de que Frank quería protestar de nuevo, pero al final se disculpó con Boone con la mirada y fue a llevar el equipaje al coche.

–¿Qué es lo que pasa, Jodie? –le preguntó él, tenso y alerta.

—Quiero que sepas que Frank y yo estamos planteándonos tomar acciones legales si no nos gusta cómo transcurren las cosas en los próximos meses.

—Así que de eso se trata, ¿no? Queréis quitarme la custodia de B.J., y os vais a quedar a husmear por aquí para buscar excusas que sustenten vuestra demanda.

Ella ni siquiera se molestó en negarlo.

—Sí, creo que es lo que querría Jenny.

Boone la miró con lástima, y contestó con voz suave:

—Si eso es lo que crees, no la conocías ni un poquito. Jenny querría que nuestro hijo estuviera aquí, conmigo —le sostuvo la mirada al añadir—: también querría que vosotros dos tuvierais un papel importante en su vida y yo he estado esforzándome por permitir que eso suceda, pero, si insistís en amenazarme, me encargaré de mantenerlo alejado de vosotros; de hecho, estaré encantado de acudir a un juzgado para tomar medidas legales que os impidan acercaros a él. Dudo mucho que a un juez le guste que amenaces con apartar al niño de su padre por el mero hecho de que me tienes inquina, sobre todo teniendo en cuenta mis esfuerzos por conseguir que sus abuelos sigan siendo parte de su vida.

A ella le tomó por sorpresa su firme determinación; al parecer, esperaba que reaccionara de otra forma... quizás pensaba que iba a tener un arranque de furia del que ella podría aprovecharse después. Se le inundaron los ojos de lágrimas, y susurró con voz quebrada:

—No puedo perder a ese niño, Boone. Es todo lo que me queda de Jenny.

—Ninguno de nosotros tiene por qué perderlo, está en tus manos decidir hasta dónde quieres llegar.

Boone la siguió al ver que se levantaba temblorosa del sofá y se dirigía hacia la puerta. De repente se dio cuenta de lo envejecida que estaba, y fue entonces cuando entendió de verdad los estragos que había causado en ella la muerte de Jenny. El enfado por sus amenazas dejó paso a la lástima, y cuando estuvieron fuera le puso una mano en el hombro.

Ella le miró y preguntó:

–¿Qué?

–Yo también la quería, Jodie –afirmó con voz suave–. Aunque tú no te lo creas, la quería de verdad, y todos y cada uno de los días que la tuve a mi lado me esforcé en asegurarme de que ella lo supiera también –sabía que algunos días no lo había conseguido, pero nunca había sido por falta de esfuerzo por su parte.

Jodie se limitó a asentir antes de dirigirse hacia su coche; cuando entró en el vehículo, Frank la miró y después se despidió de Boone con un gesto y le dijo:

–¡Nos vemos pronto!

–Si necesitáis cualquier cosa, avisadme –le dijo él.

Frank asintió antes de poner rumbo a la casa de alquiler.

Mientras veía cómo se alejaban, Boone deseó poder respirar tranquilo, pero tenía la impresión de que aún se avecinaban muchos problemas. El primero de la lista era cómo decirle a Emily que sus exsuegros habían decidido quedarse a vivir allí.

–Vaya –comentó Emily, cuando Boone le contó que los Farmer tenían intención de quedarse unos meses en Sand Castle Bay–. ¿Qué vamos a hacer tú y yo?, ¿tengo prohibido acercarme por allí?

–Claro que no –le aseguró él de inmediato.

–¿Estás pensando en restregarles en las narices nuestra relación? Así solo vas a conseguir buscarte problemas.

–He pensado que, cuando te conozcan mejor, se darán cuenta de que no eres una amenaza para ellos.

–Qué dulzura de hombre, eres tan ingenuo como Gabi. Ella me dijo lo mismo, que debería demostrarles que no soy el mismísimo demonio.

–Exacto.

–Pero es verdad que soy una amenaza para la vida que tenían hasta ahora.

–Esa vida ya no existe, Jenny ya no está entre nosotros y eso es algo que nadie puede cambiar.

–Ya, pero ahora ninguna otra mujer ocupa su lugar. Jodie puede verse a sí misma como la mujer más importante en la vida de B.J., puede pensar que está cuidándole en representación de su hija. A lo mejor podría llegar a aceptar que otra mujer cumpla ese papel en el futuro, pero está claro que a mí no quiere verme ni en pintura, sobre todo si es verdad que le molesta tanto la relación que tú y yo tuvimos en el pasado.

–Es verdad, te lo aseguro –admitió él con renuencia–. No voy a permitir que echen a perder lo nuestro, Em. Entre todos vamos a tener que buscar la forma de coexistir, y cuanto antes mejor.

–¿Qué quieres decir?

–B.J. quiere que vengas a ver su obra de teatro en Halloween, y yo creo que deberías hacerlo.

–Eso es la semana que viene –mientras hablaba empezó a pensar en cómo reorganizar su plan de trabajo para poder ir, tenía que intentarlo tanto por Boone como por B.J.

–¿Crees que podrás? –insistió él–. Podría dejar que Frank y Jodie se queden con B.J. todo el fin de semana, servirá para apaciguarles y tú y yo podremos aprovechar para estar a solas.

–Me encanta lo optimista que eres –comentó ella, con una carcajada–. Estás usando a B.J. como premio de consolación.

–Nada de eso, todos saldremos ganando.

–¿No ves que Jodie se lo guardará para aprovecharlo si al final cumple con su amenaza y te lleva a los tribunales? Alegará que estabas deseando deshacerte de tu hijo para poder estar conmigo.

Él soltó un suspiro pesaroso antes de admitir con resignación:

–Sí, tienes razón. Vale, B.J. no se quedará a dormir en casa de sus abuelos y tú no te quedarás a dormir conmigo, pero ven de todas formas, por favor. Estoy deseando verte, tenerte cerca me servirá para recordarme a mí mismo que vale la pena luchar por nuestra relación.

Al notar por su voz lo frustrado que estaba, Emily se dio cuenta de que tenía que encontrar la forma de poder ir, aunque solo fuera para apoyarle.

–Déjame ver cómo puedo organizarme.

–Pero vas a venir, ¿no?

–Sí, pero a cambio espero obtener una muy buena recompensa. No me importa si tenemos que hacerlo a escondidas en la cámara frigorífica del Castle's –sonrió al ver que lograba arrancarle al fin una carcajada.

–Yo te mantendré calentita.

–No lo dudo. Para cuando hablemos mañana, ya me habré organizado.

–Te amo.

–Yo también te amo.

Aunque Emily lo dijo con total sinceridad, a veces, sobre todo en los últimos tiempos, se preguntaba si el amor iba a bastar para que funcionara aquella relación tan complicada, en especial teniendo en cuenta que había una persona tan empeñada en conseguir que rompieran.

–¿Seguro que parezco un fantasma, abuela Jodie? –le preguntó B.J. a su abuela, mientras daba saltitos de entusiasmo.

—Eres el fantasma más impresionante y aterrador que he visto en toda mi vida —le aseguró ella, sonriente—. ¿Verdad que sí, Frank?

—Sí, das mucho miedo.

—¿Le has dado las gracias a la abuela por hacerte el disfraz, y por echar una mano también con los de algunos de tus compañeros de clase? —le preguntó Boone al niño.

Jodie había puesto su granito de arena para que la obra fuera todo un éxito, ya que se había ofrecido a hacer aquella tarea al ver que muchas madres no podían por falta de tiempo.

—Gracias, abuela Jodie. Ah, la señora Barnes me dijo que te diera las gracias en su nombre. Tengo que irme, está haciéndonos señas para que vayamos a nuestros puestos. Nos vemos después, ¿verdad?

Fue Boone quien contestó:

—Sí, y vamos a salir a cenar todos juntos, así que no te quites el disfraz. Vamos a hacer un montón de fotos.

No le había dicho a nadie que Emily iba a sumarse al grupo. No sabía si era un error o no, pero había pensado que contar con el factor sorpresa era la única forma de evitar una discusión. Tenía la esperanza de que la presencia de B.J. impidiera que Jodie dijera o cometiera alguna locura.

Al entrar en el auditorio vio que Cora Jane y Emily les habían guardado los asientos, así que condujo a Jodie y a Frank hacia allí y comentó:

—Allí hay tres asientos libres.

Jodie vio a Cora Jane mientras iban hacia allí y debió de adivinar de inmediato quién era la mujer que estaba sentada junto a ella, porque se detuvo en seco y miró ceñuda a Boone.

—¡Ni hablar! ¿Cómo has podido arruinarme una noche tan especial?

—Esta noche quien cuenta es B.J., Jodie. Él quería que

Cora Jane y Emily estuvieran aquí, y también sus abuelos. ¿No podemos llevarnos todos bien por él, aunque solo sea por una noche?

—Claro que sí —afirmó Frank, antes de lanzarle una mirada de advertencia a su mujer—. No pienso perderme la función de teatro de mi nieto por nada del mundo. ¿Vamos, Jodie?

Ella respiró hondo antes de seguirle por la fila de asientos hasta llegar a los que les habían reservado, pero procuró ponerse lo más lejos posible de Emily. Boone se sentó entre Emily y Frank, y este último se inclinó un poco hacia delante para saludar a Cora Jane.

—Hola, hacía mucho que no nos veíamos.

—Sí, es verdad —contestó ella—. Hola, Jodie. Tienes buen aspecto —al ver que la aludida hacía oídos sordos a sus palabras, ella siguió hablando como si nada—. No conocéis a mi nieta Emily, ¿verdad?

Frank la saludó con un gesto de la cabeza, pero su mujer mantuvo la vista al frente con testarudez.

—¿Estás bien? —le preguntó Boone a Emily.

—Sí, pero la idea de meternos en la cámara frigorífica del Castle's cada vez suena mejor. Seguro que allí hay un ambiente más cálido que aquí.

—Las cosas van a mejorar, ya lo verás —le aseguró, con una seguridad que él mismo distaba mucho de sentir—. Puede que Jodie nos deteste a ti y a mí, pero cuento con que no quiera fastidiarle la velada a B.J.

—No te preocupes, procuraré portarme bien.

Las luces se apagaron, y la obra comenzó. A pesar de la tétrica música pregrabada, las interpretaciones de los jóvenes actores generaron más risas que terror. En opinión de Boone, B.J. fue el mejor fantasma de todos. Cada dos por tres se veía el flash de algún móvil tomando una foto, e incluso la mismísima Jodie se imbuyó en el ambiente festivo y tomó unas cuantas.

El público se puso en pie y aplaudió a rabiar al final de la obra, a pesar de las carcajadas y las sonrisas generalizadas que nadie podía disimular.

—Supongo que no era una comedia, ¿verdad? —comentó Frank, con ojos risueños.

Jodie le miró con reprobación.

—¡Frank! Son niños, a mí me parece que han estado maravillosamente bien. Estoy deseando colgar algunas de estas fotos tan adorables en Internet, para que puedan verlas nuestros amigos de Florida.

—Yo también creo que han estado muy bien —comentó Emily—. B.J. ha estado fantástico... señora Farmer, tengo entendido que ha sido usted quien le ha hecho el disfraz.

Dio la impresión de que Jodie se sorprendía al ver que le dirigía la palabra, pero hizo un esfuerzo y respondió con un escueto:

—Sí, así es. Gracias.

—Bueno, vamos a por nuestra futura estrella de las tablas. He reservado una de las salas privadas del restaurante para la cena de hoy —dijo Boone, haciendo un esfuerzo por mostrarse jovial.

Jodie negó con la cabeza de inmediato, pero Frank se puso firme.

—No podemos perdernos esta ocasión, Jodie. B.J. se llevaría una decepción. Además, sabes tan bien como yo que estás deseando hacerle fotos con el disfraz.

Dio la impresión de que ella iba a protestar, pero al final cedió.

—Sí, tienes razón.

Frank la miró con aprobación antes de decirle a Boone:

—Nos vemos en el restaurante.

Emily le dio a Boone un ligero apretón en la mano.

—Yo voy con mi abuela.

Él estuvo tentado de ofrecerle que fuera con él, pero tenía sentido que acompañara a Cora Jane.

–Vale, nos vemos allí.

De momento, la velada iba según lo previsto. No había habido derramamiento de sangre, los combatientes se habían comportado de forma civilizada. Con un poco de suerte, la cena iría igual de bien, en especial si todo el mundo se centraba en B.J. para que tuviera una noche perfecta.

Esbozó una sonrisa llena de ironía al darse cuenta de que estaba haciendo gala del optimismo que, según Emily, iba a ser su perdición.

Capítulo 19

Estaba claro que B.J. estaba bajo los efectos de la excitación del momento sumada a un exceso de refrescos, porque correteaba sin parar por el comedor privado del restaurante de Boone con varios amiguitos suyos que habían sido invitados a sumarse a la fiesta. Emily estaba convencida de que Boone les había invitado para mantener a raya a Jodie, ya que aquella mujer sería incapaz de portarse mal y de airear disputas familiares frente a desconocidos.

–Al menos está siendo civilizada –le dijo su abuela, que estaba sentada a su lado–. Yo estaba dispuesta a pegarle un puñetazo si intentaba faltarte el respeto.

Emily sonrió al verla tan belicosa, y comentó:

–No creo que eso hubiera sido de gran ayuda, de momento el objetivo es mantener el civismo.

–A lo mejor sería buena idea que yo hablara con Frank, es un hombre sensato.

–No, abuela, tú mantente al margen. Es Boone quien tiene que encargarse de esto, las cosas podrían complicarse mucho con una sola palabra fuera de lugar. Jodie podría reaccionar mal ante cualquier chorrada, y hay que evitar a toda costa que B.J. se vea implicado en una horrible batalla legal por su custodia.

—Sí, tienes razón —admitió Cora Jane, con un pesaroso suspiro.

Justo entonces, B.J. se les acercó rebosante de energía y entusiasmo.

—¿Ha visto la obra, señora Cora Jane?

—Sí, y me ha parecido excelente. Tú has interpretado tu papel a la perfección, me he sentido muy orgullosa de ti.

El niño sonrió de oreja a oreja y miró a Emily.

—¿A ti te ha gustado?

Se apoyó contra su costado, y ella le rodeó con el brazo de forma instintiva para darle un achuchón.

—¡Me ha encantado! Estoy muy contenta por haber podido volver a tiempo de verte actuar.

—¿Sabes qué? ¡También voy a salir en la obra de Navidad! —la miró con preocupación al preguntar—: Podrás venir, ¿verdad?

—Claro que sí.

En cuanto pronunció aquellas palabras, se preguntó si habría tenido que ser un poco más cauta. Muchos de sus clientes habituales le habían encargado que les ayudara a preparar sus casas de cara a las fiestas navideñas, y por regla general no solía terminar todos esos proyectos hasta el mismo día de Navidad; aun así, B.J. había quedado satisfecho con su respuesta, y no le pareció oportuno echarle a perder la velada admitiendo que no estaba segura de poder cumplir lo prometido.

—¡Hasta luego! —B.J. se alejó corriendo, pero se detuvo de repente y regresó para abrazarla con fuerza.

Cuando el niño se fue de nuevo, Emily se dio cuenta de que Jodie tenía la mirada puesta en él. Eso quería decir que seguro que había visto todo lo que había pasado, y, a juzgar por la expresión tensa de su rostro, estaba claro que no le hacía ni pizca de gracia.

Al ver que echaba a andar hacia ellas, su abuela murmuró:

—¡Alerta roja!, ¡alerta roja!

Emily soltó una pequeña risita a pesar de la confrontación que se avecinaba, y le pidió en voz baja:

—Por favor, abuela, déjamela a mí. ¿Por qué no vas a ver qué postres hay en la mesa del bufé? Trae para las dos lo que más te llame la atención... a poder ser, que tenga chocolate. Algo me dice que vamos a necesitarlo.

—¿Crees que es buena idea que te deje a solas con Jodie? Puedo quedarme callada si quieres, pero al menos tendrás a alguien como testigo si se pasa de la raya.

—No te preocupes, yo me las apaño sola. Te lo pido por favor, abuela. Ella y yo tenemos que aclarar varias cosas.

Cuando Jodie llegó, Emily le indicó con un gesto que se sentara en una silla. Estaba decidida a portarse bien, su propósito de la noche era bombardear a aquella mujer con amabilidad.

—Siéntese, por favor. Estoy deseando conocerla mejor, sé lo contento que está B.J. por tenerla de nuevo aquí.

—¿A ti qué más te da?, no tardarás en esfumarte de su vida.

—¿Por qué? —le preguntó, ceñuda, al verla hablar con tanta seguridad.

—Porque voy a acudir a los tribunales si persistes en tu empeño de engatusar a mi nieto —lo dijo con total naturalidad, como si estuvieran hablando del tiempo.

La amenaza resultó mucho más impactante por el hecho de que estuviera tan serena y por aquel rencor y aquella determinación tan inquebrantables; aunque Emily estaba convencida de que ningún tribunal le arrebataría a Boone la custodia de B.J., no quería que tuvieran que pasar por el calvario de una batalla legal como esa.

—¿A qué se debe su actitud, señora Farmer? ¿De verdad odia tanto a Boone, o soy yo el motivo de su enfado? ¿Está empeñada en destrozar la vida de su nieto? Se lo pregunto porque estoy intentando entender sus motivos.

—No digas tonterías, no malgastaría mis energías ni por Boone ni por ti. Estoy intentando proteger a mi nieto, todo lo que hago es por su bien.

—¿Ah, sí? ¿Por qué me considera una amenaza? A mí no me conoce, pero a mi abuela sí. Dudo mucho que un solo miembro de esta comunidad pueda hablar mal de ella, o ponerle pegas a la influencia que ejerce sobre B.J.

—Cora Jane es una mujer de bien, pero eso no tiene nada que ver contigo. Por tu culpa, mi hija quedó atrapada en un matrimonio sin amor.

Aunque aquella acusación no la tomó del todo por sorpresa, Emily no esperaba que se la lanzaran a la cara.

—No creo que fuera un matrimonio sin amor, Boone no se habría casado con Jenny si no la quisiera. Usted sabe perfectamente bien que no tenían la obligación de casarse, no se vieron obligados a pasar por el altar por ningún embarazo no deseado. Está claro que los dos querían casarse.

—Es posible, pero el corazón de Boone siempre fue tuyo. Todo el mundo lo sabía, incluso Jenny.

—Pero ella le amaba a pesar de todo.

Jodie hizo un gesto de indiferencia, como si los sentimientos de su hija no tuvieran ni la más mínima importancia.

—Era una boba, ella creía que podría conseguir que él terminara amándola. Esa no es una buena base para un matrimonio.

—En eso puedo darle la razón hasta cierto punto, pero no era usted quien debía tomar la decisión y yo ya no formaba parte de la vida de Boone. Él y yo no hemos tenido ninguna clase de contacto en estos diez años. Jenny y él eran dos adultos que tomaron juntos una decisión, y quiero que sepa que Boone jamás me ha dicho que se arrepienta lo más mínimo de haberlo hecho. Tan solo lamenta haber perdido tan pronto a Jenny.

Jodie parecía sorprendida al oírla hablar con tanta franqueza.

—¿Crees de verdad que la amaba?

—Sí —lo afirmó con firmeza, mirándola a los ojos. Sabía que era muy difícil que aquella mujer aceptara el hecho ineludible de que ella iba a formar una familia con Boone y con B.J., pero estaba decidida a que al menos viera el pasado desde otra perspectiva—. ¿Puedo preguntarle algo? —al ver que se encogía de hombros, se lo tomó como un gesto de asentimiento—. ¿Cree que Jenny no fue feliz durante su matrimonio con Boone?, ¿le dio en alguna ocasión alguna queja de él?

—No, pero es normal. Ella sabía que yo estaba en contra de ese matrimonio.

—A lo mejor habló con su padre, ¿le comentó alguna vez a él que se arrepintiera de haberse casado con Boone?

—Que yo sepa, no —admitió Jodie a regañadientes.

—Así que Jenny nunca le comentó a nadie... ni a usted, ni a su marido, ni a ningún conocido suyo... que fuera infeliz en su matrimonio, ¿verdad?

—No, nunca.

—Qué interesante —le dio unos segundos para que asimilara lo que estaba intentando hacerle comprender, y al final añadió—: Mi abuela me comentó que Jenny estaba radiante, sobre todo después de tener a B.J.

—Ese niño fue una bendición, de eso no hay duda. Yo pensé que se había quedado embarazada para evitar que Boone la abandonara.

A Emily le costó creer que pudiera tener tan mal concepto de la inteligencia de su hija, que dudara así de la atracción que ejercía sobre el hombre que se había casado con ella.

—¿De verdad cree que la mujer que usted misma crio tenía necesidad de recurrir a ese tipo de triquiñuelas para conservar a su marido? La Jenny a la que yo conocí era inteligente, amable y generosa. Era una mujer que merecía el amor de Boone, y dudo mucho que hubiera permanecido junto a él si no la hubiera hecho feliz.

Jodie parecía impactada ante aquella argumentación que parecía indicar que era incapaz de ver las cualidades de su propia hija.

–No, ella habría sido incapaz de intentar atrapar a Boone, pero...

–¿Pero qué? –insistió Emily, al ver que dejaba la frase inacabada.

–Supongo que nunca lo vi desde ese punto de vista.

–Porque estaba obcecada con su propia percepción de las cosas. A lo mejor era incapaz de ver con objetividad lo reales que eran los sentimientos de los dos, la gente de fuera no suele saber lo que pasa en realidad dentro de un matrimonio.

–Me cuesta creer que estés intentando convencerme de que Boone adoraba a mi hija –comentó Jodie, desconcertada.

–¿Por qué? Eso no le resta importancia a lo que siente ahora por mí. Fui muy injusta con él cuando me marché. Se merecía ser feliz, y me alegra que encontrara a una mujer como Jenny; en cuanto a B.J., es un regalo increíble que nos dejó su hija. No estaría de más que usted también le considerara como tal, en vez de verle como un instrumento en su lucha contra Boone y contra mí.

Jodie se quedó mirándola en silencio durante un largo momento, y al final se levantó y se fue sin decir ni una palabra; después de hablar con su marido, los dos fueron a decirle algo a Boone y a B.J. y se marcharon del restaurante.

Boone se acercó a ella de inmediato con cara de preocupación, se sentó junto a ella y le pasó un brazo por los hombros.

—He estado a punto de venir antes, pero parecía que tenías la situación bajo control. ¿Todo bien?

Emily se apoyó en él y tardó un largo momento en contestar.

—Eso espero, pero la verdad es que no lo sé. No se ha marchado gritando, ni soltando más amenazas por la boca.

—¿Qué quiere decir eso?, ¿te ha amenazado con algo? –le preguntó, ceñudo.

—Con lo que ya sabes, lo de la custodia. Creo que quería asustarme para que me vaya, pero a lo mejor interpreta el hecho de que no me haya dejado amilanar como una prueba de que me da igual el bienestar de B.J.

—Eso sería muy retorcido, pero no me extrañaría que Jodie pensara así.

—He procurado hablarle bien de ti, por poco me quedo afónica ensalzando tus virtudes e intentando que viera tu matrimonio con Jenny a través de los ojos de su hija, en vez de hacerlo a través de los suyos.

—Siento haberte metido en todo este embrollo, tú no tienes por qué reparar mi relación con los padres de Jenny.

—Pero tengo que procurar no empeorarla aún más –le miró a los ojos antes de añadir–: Espero haber hecho lo correcto. No quiero que esto se convierta en una especie de guerra abierta, pero si eso sucede me quitaré de en medio. No vas a perder a tu hijo por mi culpa.

—No voy a perderle, y punto –le aseguró él con firmeza. Enmarcó su rostro entre las manos, y le sostuvo la mirada al afirmar tajante–: Y tú no vas a volver a marcharte de mi lado nunca más.

Boone pasó los días posteriores a la obra de teatro de B.J. a la espera de tener que lidiar con las consecuencias de la conversación que Emily había mantenido con Jodie, pero, para su sorpresa, creyó notar que su relación con su exsuegra parecía mejorar un poquito. Frank no era un barómetro fiable en ese aspecto, porque no había dicho ni una sola palabra en su contra ni en contra de su relación con Emily, y se contentaba con pasar todo el tiempo posible con su nieto.

Dos semanas después, cuando estaba intentando conformarse con unas cuantas llamadas nocturnas desde la Costa Oeste sin perder su buen ánimo, fue cuando salió a la luz por fin la nueva estrategia de Jodie.

Mientras llevaba a B.J. en coche a visitar a Cora Jane, el niño le miró y dijo con tono lastimero:

−La abuela Jodie me ha dicho que lo más seguro es que Emily ya no venga a verme casi nunca, que está tan ocupada que seguro que se olvida de mí.

Boone tuvo que respirar hondo para contener su enfado.

−¿Cuándo te ha dicho eso?
−Ayer.

Eso explicaba la actitud mohína del niño la noche anterior. Se había ido a dormir más pronto que de costumbre, y le había dicho que no quería que le contara un cuento ni leer un rato.

−¿Es la única vez que ha mencionado algo así?
−No. Al principio no me lo creí, pero Emily lleva bastante tiempo sin llamar, así que supongo que la abuela Jodie tiene razón.

−Sabes que Emily está muy, pero que muy ocupada intentando poner a punto una casa... te habló de ella, ¿verdad?

−Sí, es una casa para mamás y niños que necesitan un lugar seguro donde vivir. Emily me dijo que era algo muy importante.

−Y lo es. Imagínate cómo te sentirías si no tuvieras un

lugar seguro donde vivir, ni en Acción de Gracias ni ningún otro día.
—Me sentiría muy mal.
—Si Emily no te ha llamado demasiado a menudo, debe de ser porque está trabajando mucho para terminar ese proyecto y que todas esas familias tengan un día de Acción de Gracias muy feliz. ¿Lo entiendes? —al verle asentir, Boone tomó una decisión—. ¿Quieres que la llamemos en cuanto lleguemos al Castle's? Podemos saludarla, y preguntarle cómo está quedando la casa. ¿Qué te parece la idea?
—¡Genial!
—¿Quieres que te dé su número de teléfono, para que puedas llamarla cuando la eches de menos?
—¡Sí! No le daré la lata, ¡te lo prometo!
—Cuento con ello —le dijo, sonriente.
Se sintió fatal, porque era una idea que se le tendría que haber ocurrido antes. Sabía lo distraída que Emily había estado durante aquellas últimas semanas y él mismo se sentía un poco abandonado, así que era comprensible que B.J. también se sintiera así.
Lo que ni siquiera se le había pasado por la cabeza era que Jodie fuera capaz de alimentar las inseguridades de B.J., pero ese era un problema que iba a tener que solucionar lo antes posible.

Cuando llegaron al Castle's, Boone le dijo al niño que fuera a buscar a Cora Jane mientras él llamaba a Emily. Aunque parecía un poco agobiada cuando contestó, se animó en cuanto oyó el sonido de su voz.
—¿Estás muy ocupada?
—Ni te lo imaginas, esto es una locura. Pero puedo tomarme un pequeño descanso. ¿Qué tal va todo por ahí?
Cuando él le explicó lo que pasaba con B.J. y lo que

Jodie le había dicho al niño al ver que ella apenas llamaba, Emily susurró:

—Dios, tendría que haberme dado cuenta...

—¿De qué?, ¿de que Jodie iba a aprovechar al máximo la situación? No hay nadie que tenga sus procesos mentales.

—¿Dónde está B.J.?

—En la cocina, con Cora Jane. Voy a buscarlo.

—Voy a solucionar esto, Boone. Te lo prometo.

—Ya lo sé. ¿Te parece bien que le dé tu número, para que pueda llamarte cuando te eche de menos? Él ya me ha prometido que no va a darte la lata.

—¡Qué buena idea! Estaré disponible para él siempre que me llame, y también procuraré llamarle yo más a menudo.

—Gracias, te lo agradezco de verdad. Te quiere mucho... y yo también, que conste. ¿Crees que vas a poder venir para Acción de Gracias?

—Ese es el plan. Si todo va según lo previsto, podremos abrir el lunes y las familias llegarán el miércoles. A menos que surja algún imprevisto de última hora, tomaré un vuelo el miércoles por la noche y estaré ahí a tiempo para la cena de Acción de Gracias. Iréis a cenar a casa de mi abuela, ¿verdad?

—Sí, aunque lo más probable es que antes pasemos por casa de Jodie para que no se moleste.

—Da igual si llegáis a la hora del postre, seguro que lo pasamos genial —le aseguró ella.

—¡No pienso perderme el pavo y el relleno de pan de maíz de tu abuela! Ella sabe que pasaremos antes por casa de Jodie, así que servirá la cena un poco más tarde.

Boone entró en la cocina mientras hablaba y B.J. se le acercó y le miró con cierto recelo, como si temiera que Emily no fuera a tener tiempo de hablar con él.

—Aquí te lo paso, nos vemos la semana que viene.

—Cuento con ello —le aseguró ella con sinceridad.

Boone le pasó el teléfono a su hijo y se alejó para dejarle hablar a sus anchas. Cora Jane le miró con expresión interrogante, pero no le hizo la pregunta que seguro que tenía en la punta de la lengua; a diferencia de otras personas, ella sería incapaz de crear problemas, sobre todo delante de B.J., y el tiempo le había enseñado a Boone que esa era una cualidad de un valor incalculable.

Emily llevaba tanto tiempo viviendo sola y sin tener que dar explicaciones a nadie más allá de sus clientes, que la tomó por sorpresa darse cuenta de que tenía que pensar tanto en Boone como en B.J., y suspiró cuando terminó de hablar con ellos.

–¿Pasa algo?

La pregunta la hizo Sophia, que salió en ese preciso momento al porche. Era el sitio de la casa donde había menos jaleo, el único donde se podía hablar por teléfono y pensar con cierta claridad.

–Acabo de darme cuenta de la cantidad de ajustes que voy a tener que hacer si quiero tener una relación con alguien.

–¿Alguien en concreto?, ¿se trata del hombre ese por el que regresas a Carolina del Norte cada pocas semanas? –al verla asentir, le pidió–: Dime cómo es, ¿se trata de una relación seria?

–Es seria desde que éramos un par de adolescentes –admitió Emily–, pero yo me marché para labrar mi futuro y él se quedó allí, se casó y tuvo un hijo.

–¿Y dónde encajas tú en su vida actual?

–No es lo que estás pensando, Sophia. Es viudo, está criando solo a su hijo. Debido a lo que pasó años atrás, le cuesta confiar en mí y convencerse de que soy capaz de comprometerme a tener una relación de futuro; además, le preocupa que su hijo sufra si vuelvo a largarme.

—¿Piensas hacerlo?

—No es esa mi intención, pero a veces me pregunto cómo vamos a lograr que lo nuestro funcione, sobre todo después de una llamada como la que acabo de recibir.

—¿Te ha echado en cara que pases tanto tiempo lejos de allí?

—No, él entiende lo importante que es este proyecto para mí —la miró sonriente al añadir—: Gracias a ti, por fin he encontrado la forma de combinar el trabajo que me encanta con algo que realmente merece la pena, ningún otro proyecto me había hecho sentir así.

—Tenía el presentimiento de que era una oportunidad perfecta para ti. Siempre has hecho un trabajo fantástico, tanto para mí como para todas las personas a las que te he recomendado, pero tenía la impresión de que había algo que te faltaba.

—¿Crees que no me esforzaba al máximo?

—¡No, no es eso! No sé si tú te habrás dado cuenta, pero yo he notado que hay dos extremos distintos, al menos en el círculo de gente donde yo me relaciono. Están los que sienten verdadera pasión por su profesión, y los que trabajan para ganar el máximo dinero posible. A ti nunca te colocaría en el segundo grupo, pero carecías de esa pasión que convierte un trabajo en algo más significativo. Me encanta rodearme de personas que están deseando levantarse por la mañana para empezar la jornada, y quería que tú disfrutaras de esa sensación.

Emily entendió por fin lo que Sophia estaba intentando transmitirle, y comentó sonriente:

—Tienes toda la razón, creo que al fin he encontrado esa pasión extra.

—Pero crees que puede echar a perder tu relación con ese hombre, ¿verdad?

—Espero que no sea así, pero ahora tengo que tener en cuenta a otras personas a la hora de tomar decisiones.

B.J., el hijo de Boone, estaba preocupado porque pensaba que yo me había olvidado de él, y su abuela, que no me tiene mucha simpatía que digamos, empezó a alimentar esa inseguridad. Así que mientras yo estaba aquí, centrada en mi trabajo, estaba haciéndole daño a ese niño sin darme cuenta. He sido muy egoísta.

—Dime una cosa: ¿Qué piensas hacer ahora que ya sabes lo que pasa?, ¿vas a seguir ignorándole hasta que te resulte conveniente llamarle? —le preguntó Sophia, sonriente.

—No, claro que no.

—En ese caso, lección aprendida. Querida, es normal que una persona que solo ha tenido que pensar en sí misma durante bastante tiempo deba aclimatarse a las nuevas reglas que debe tener en cuenta cuando entra alguien en su vida. Ahora que eres consciente de la situación, estoy segura de que harás los ajustes necesarios.

Emily decidió dar voz a su mayor temor.

—¿Y qué pasa si los ajustes o los sacrificios necesarios son demasiado grandes?

—Pues que habrás hecho una elección, ¿no? Habrás elegido el trabajo por encima de una relación.

—Lo que pasa es que no quiero tener que elegir, lo quiero todo.

Sophia se echó a reír.

—En ese caso, idea alguna solución. Eres una mujer inteligente.

—¿Y qué pasa con Boone?, ¿soy yo la que tiene que hacer todos los ajustes y los sacrificios?

—Yo creo que no, pero ten en cuenta que perdí a varios maridos por culpa de mi negativa a transigir. Si quieres que tu relación funcione, te recomiendo que no seas intransigente. Siempre hay un punto medio, Emily. Encuéntralo.

Emily rezó para que su amiga tuviera razón y Boone y

ella lograran encontrar una solución que les satisficiera a los dos, porque estaba claro que aún no lo habían conseguido. Se sentía como si estuvieran tirando de ella desde dos direcciones opuestas, y empezaba a estar un poco resentida al ver que Boone no había tenido que renunciar a nada de momento... aunque la verdad era que en ningún momento se había sentado a hablar con él para pedirle que alcanzaran un punto medio.

Suspiró al imaginarse la montaña rusa emocional que estaba por llegar, y Sophia comentó sonriente:

–¿Qué pasa?, ¿estás imaginando lo complicado que va a ser? –al verla asentir, añadió–: Consuélate con que has evitado la crisis de momento. Bueno, me voy a intentar convencer a un par de empresarios de que suelten una buena cantidad de dinero.

Emily se echó a reír.

–Están perdidos, siempre consigues lo que te propones.

–La próxima vez que intente conseguir algo de ti, recuerda lo que acabas de decir y ríndete sin oponer resistencia.

–Por ti, lo que sea y cuando sea.

–¡Ja! ¡Ahora sí que te tengo en mis manos! Lástima que no lo haya grabado.

–Con mi palabra basta, no voy a olvidar lo que he dicho –aun así, rezó para que en el futuro no acabara por arrepentirse de haber adquirido aquel compromiso. Su móvil empezó a sonar escasos segundos después de que Sophia se marchara, y miró la pantalla antes de contestar–. Hola, Samantha.

–¿Cómo va todo por la meca del cine?

–Esto es un caos. ¿Qué tal por Nueva York?

–Demasiada tranquilidad. ¿Vas a pasar Acción de Gracias en casa de la abuela?

–Eso espero, ¿y tú?

–Sí, lo más probable es que salga para allá el martes. ¿Has hablado con Gabi en estos últimos días?

Emily recordó aquella llamada en la que había notado que su hermana estaba rara.

–No, hablé con ella hace un par de semanas y después estuve a punto de llamarte. Ella me aseguró que no le pasaba nada, pero yo la noté rara.

–Yo hablé anoche con ella, y me dio la misma impresión qué a ti. Pensé en pasar a verla de camino a Sand Castle Bay, pero ella me dijo que no hacía falta, que probablemente nos veríamos en casa de la abuela.

–¿Cómo que «probablemente»?, ¡tiene que ir! Incluso papá suele dejar por unas horas el trabajo en Acción de Gracias.

–Pues no sé lo que va a hacer Gabi este año. Si no aparece por casa de la abuela, tendremos que ir a Raleigh para averiguar qué es lo que le pasa.

–¿Por qué no paso por su casa al salir del aeropuerto? Si se hace la remolona, me la llevo a rastras.

–Buena idea. Nos vemos la semana que viene, Em.

–Que tengas un buen viaje.

–Tú también.

Emily suspiró al dar por terminada la llamada. Si de aquella mañana podía extraerse alguna conclusión, era que las cosas se volvían muy complicadas cuando en la vida de uno había más personas aparte de uno mismo.

Capítulo 20

Boone le había dado unos días de vacaciones a Pete para que pudiera pasarlos con su novia en Nueva York, y le había sorprendido que todo un ejecutivo estuviera deseando ver el desfile del día de Acción de Gracias de Macy's. Cuando le había comentado en tono de broma que en el fondo no era más que un niño grande, Pete había contestado con un expletivo nada infantil.

La cuestión era que, como su mano derecha estaba fuera, le tocaba a él encargarse de las llamadas que recibían de Charleston conforme iban avanzando las gestiones para abrir el cuarto restaurante, que esperaban poder inaugurar en primavera.

Cuando llamó a su agente inmobiliario, este le advirtió de inmediato:

–Me urge que vengas cuanto antes si quieres aquella propiedad que te gustó de la zona histórica. Hay otra persona interesada en ella, pero el propietario ha comido en tus restaurantes y le gustan los planes que tienes para ese sitio. Quiere cerrar el trato antes de que su gente empiece a presionarle para que acepte la otra oferta, que es mayor.

–Esta semana es Acción de Gracias, ¿y si voy el lunes?

–¿Podría ser el viernes?

—¡Nadie trabaja al día siguiente de Acción de Gracias!
—Lo siento, pero el tipo insistió en que tenía que ser esta semana. El viernes ya me parece bastante tarde, yo creo que él esperaba que fuera el miércoles.

Boone soltó un sonoro suspiro antes de contestar con resignación:

—Veré lo que puedo hacer. Te llamo hoy mismo, en cuanto sepa algo —en cuanto colgó, llamó a Emily—. ¿Te apetece venir a Charleston el viernes?

—Es una ciudad muy romántica. ¿Qué tienes en mente?, ¿una escapadita para que podamos estar los dos solos?

—Ojalá —después de explicarle la situación, añadió—: No puedo pedirle a Pete que vuelva de Nueva York, así que tengo que encargarme yo.

—Sí, está claro que tienes que ir.

—Pero no sin ti —afirmó él de forma categórica—. No pienso perder un día entero a tu lado por culpa de los negocios, el tiempo que pasamos juntos ya es bastante limitado de por sí.

—Me gusta saber que ocupo un lugar tan alto en tu lista de prioridades, pero a los dos nos van a salir de vez en cuando imprevistos como este. Vamos a tener que ser flexibles.

—Pues sé flexible ahora, y ven conmigo a Charleston.

—¿Y qué pasa con B.J.?

—Puedo dejarlo con Jodie —a pesar de sus palabras, no se molestó en ocultar la poca gracia que le hacía aquella opción.

—No, ni me imagino cómo interpretaría ella la situación. Samantha estará allí, el niño puede quedarse con Cora Jane y con ella.

Boone le dio vueltas a aquella idea, pero acabó por descartarla.

—Quiero aprovechar que tiene vacaciones en el cole

para pasar algo de tiempo con él, y ya sabes que se llevaría un alegrón si pudiera pasar todo el día contigo.

–Pues iremos los tres, y él y yo daremos un paseo mientras tú te encargas de tus negocios.

Él se sintió aliviado al ver que accedía.

–Genial, y después os llevaré a comer a un buen restaurante.

–¿Al día siguiente de Acción de Gracias? –comentó ella, con una carcajada–. Apuesto a que solo me caben un par de hojas de lechuga como mucho, ya sabes que mi abuela prepara una exageración de comida.

–Vale, una vez allí decidiremos lo que hacemos. Gracias por tomártelo tan bien, ya sé que no era lo que tenías planeado para estos días de fiesta.

–Bueno, dicen que la vida se trata de dar y recibir; además, estaré contigo. Eso es lo que cuenta.

–¿Se te da bien lo de dar y recibir?, porque te advierto que yo aún estoy trabajando en ello.

–Yo también.

–¿En serio? Pues yo te pondría un excelente en esa asignatura.

–Ándate con cuidado, a lo mejor te pongo un examen para ver qué nota sacas.

–Estoy dispuesto a hacer los exámenes que hagan falta con tal de que lo nuestro funcione. Nos vemos en un par de días, te amo.

–Yo también te amo.

Boone tenía una sonrisa en los labios cuando colgó. Acababa de salvar un escollo y, por si fuera poco, también había conseguido un día entero junto a Emily lejos de la mirada indiscreta de Jodie.

Como la ubicación del centro de acogida tenía que ser un secreto, ningún medio de comunicación fue invitado a la inauguración, y los únicos que presenciaron la llegada de las primeras mujeres junto a sus hijos fueron los miembros de la junta, algunos de los contratistas clave, y la propia Emily.

Sophia le había encargado a ella que se ocupara de llevar a los nuevos inquilinos a sus respectivas habitaciones, y que les explicara todos los servicios de los que disponían en la casa. La primera de las mujeres, Lisa, se mostró muy cauta mientras subían a la segunda planta. Sus dos hijas estaban tan delgadas que costaba adivinar su edad... daba la impresión de que tenían entre seis y ocho años, pero quizás eran un poco mayores. En sus ojos se reflejaba un profundo desaliento, una especie de desilusión con la vida que dolía ver en el rostro de un niño. Al ver que permanecían detrás de su madre y que evitaban mirarla a ella en todo momento, Emily no quiso ni imaginarse la clase de vida que había causado que fueran tan apocadas y asustadizas.

Contuvo el aliento mientras esperaba, expectante, a ver cómo reaccionaban cuando les abrió la puerta del dormitorio que se les había asignado. Las paredes eran de un suave tono amarillo con detalles en blanco, y el sol que entraba a raudales por las ventanas bañaba el suelo de madera. Aunque el espacio era bastante justo, había conseguido que cupiera una cama de matrimonio que le parecía perfecta para que las tres pudieran acurrucarse bien juntitas, y también había colocado un pequeño tocador, un par de literas, y una silla muy cómoda.

–¿Aquí vamos a vivir?, ¿tenemos toda esta habitación entera para nosotras? –preguntó la más pequeña de las dos, con los ojos como platos.

–¡Está como nueva! –exclamó su hermana.

–Porque lo es –les explicó Emily–. Todo lo que hay aquí dentro es nuevo –miró a la madre, y vio que tenía los ojos llenos de lágrimas–. Espero que se sientan cómodas aquí.

La mujer la miró mientras las lágrimas se deslizaban por sus mejillas.

–No puede ni imaginarse... –parpadeó un poco, y volvió a intentarlo–. No puede ni imaginarse lo que esto significa para nosotras.

Emily se dio cuenta de que, hasta ese momento, no había tomado plena conciencia del alcance de aquel proyecto. Al ver el alivio que había en el rostro de aquella madre, al ver el entusiasmo que se reflejaba en los ojos de aquellas niñas, la embargó una satisfacción profunda e intensa de esas que solo se sentían al hacer algo especial por gente que de verdad se lo merecía. Que aquellas personas se alegraran tanto de tener una habitación propia, a pesar de lo pequeña que era y de la sencillez con la que estaba amueblada, revelaba que hasta el momento habían tenido que sobrevivir con muy pocos recursos.

Tenía un nudo en la garganta por la emoción, pero se las ingenió para decirles a las niñas:

–¿Queréis ir a ver el desván? Hay escritorios y taquillas para que guardéis vuestros libros, podréis subir a estudiar allí si os ponen deberes en el cole –se echó a reír al ver las caras que ponían–. Vale, ¿preferís que bajemos a ver el cuarto de juegos?

–Sí, por favor –le contestó la mayor de las dos, con mucha educación.

–¿También hay un cuarto de juegos? –le preguntó la madre, como si no diera crédito a lo que estaba oyendo.

–Sí. Hemos intentado que haya todas las comodidades posibles, pero si se nos ha pasado algo por alto, no dude en decírnoslo.

Los labios de la mujer esbozaron por primera vez una tímida sonrisa.

–Si usted tuviera idea de dónde hemos estado y de la mitad siquiera de lo que hemos vivido, sabría que unas paredes desnudas y una manta en el suelo son mil veces mejor. Lo único que nos importa es que estamos a salvo, esto es un verdadero paraíso –le dio un inesperado abrazo antes de añadir–: Gracias.

–Yo solo soy la diseñadora de interiores, las personas que hay abajo son las que realmente merecen su agradecimiento.

–Voy a estarles agradecida por el resto de mi vida, se lo aseguro. Y cuando encauce mi vida y pueda darles un hogar seguro a mis hijas, le prometo que volveré a este lugar y colaboraré para devolver el favor.

El día entero siguió en esa tónica: Mujeres que no tenían casi nada mostraban un agradecimiento infinito por lo que estaban recibiendo, y prometían colaborar a su vez en cuanto estuvieran en condiciones de hacerlo; al final de la jornada, ya se habían organizado y tenían listo un calendario de rotaciones para cocinar y cuidar de los niños.

Fue una experiencia maravillosa para Emily, y estaba deseando llegar a Sand Castle Bay para contarle a Boone todo lo que había pasado. Mientras cruzaba el país en avión, pensó satisfecha que aquel era el trabajo para el que había nacido.

Emily aporreó una y otra vez la puerta de Gabi, pero fue en vano. O su hermana había salido ya rumbo a casa de su abuela, o pensaba pasar las fiestas en compañía de amigos, o se estaba escondiendo... y, por desgracia, ella tenía la impresión de que aquella tercera posibilidad era la correcta.

Aunque llamó a Cora Jane, fue Samantha quien contestó, y le preguntó sin andarse por las ramas:

–¿Está Gabi ahí?

–No. Según la abuela, le dijo que estaba muy ocupada y no podía venir –le contestó su hermana.

—Pues en su casa no está... o no quiere abrir la puerta.
—¿Has ido a ver si su coche está en el garaje?

Con el móvil en la mano, Emily cruzó la pequeña zona de césped que había delante de la casa e intentó ver el interior del garaje, pero las ventanas estaban demasiado altas y al final se dio por vencida.

—Samantha, no alcanzo a ver el garaje. ¿Y si llamo a papá? Puede que Gabi haya hablado con él.

—No, él llegó hace una hora y dice que lleva un par de semanas sin saber nada de ella.

—¿Habrá salido con su novio?

—Es posible, pero todo esto no me gusta nada.

—A mí tampoco —admitió Emily.

—Si Gabi tuviera pensado pasar las fiestas con ese tipo, estaría tan contenta que nos lo habría mencionado, ¿verdad?

—Sí.

—Si hoy no nos llama para desearnos un feliz día de Acción de Gracias, propongo que volvamos a Raleigh mañana para buscarla por todas partes. Estoy muy preocupada por ella.

A Emily le sabía mal decirle a Boone que no podía ir con B.J. y con él a Charleston, pero lo principal era asegurarse de que su hermana estuviera bien.

—Yo voy ya para allá, nos vemos ahora —le dijo a Samantha—. Ni se os ocurra comeros todo el pavo antes de que llegue.

—No te preocupes, ese pájaro no va a salir del horno hasta que Boone y tú estéis aquí. Papá ya está quejándose porque dice que tiene que volver pronto a Raleigh, pero esta vez la abuela está manteniéndose firme.

Emily se echó a reír.

—¡Bien hecho! A papá no le viene mal que de vez en cuando le recuerden que él no es el centro del mundo.

Después de colgar, Emily rodeó la casa una última vez

por si detectaba algún movimiento en el interior, pero en el lugar parecía reinar una quietud inquietante. Estuvo a punto de ir a preguntar a algunos de los vecinos, pero sabía que Gabi no le perdonaría que generara habladurías; además, su hermana había admitido en alguna que otra ocasión que apenas conocía a la gente de la zona, ya que trabajaba tanto que apenas coincidía con nadie.

Mientras conducía rumbo a casa de su abuela, no pudo quitarse de la cabeza la preocupación por el paradero de su hermana y por su extraño comportamiento. Estaba convencida de que en todo aquello tenía algo que ver aquel tipo al que no les había presentado, pero, como Gabi se había mostrado tan hermética en ese tema, no tenía con qué demostrarlo.

Lo único positivo fue que la preocupación por su hermana impidió que le diera vueltas y más vueltas a su propia situación con Boone. Estaba claro que, conforme la relación fuera estrechándose, los problemas iban a ir volviéndose más difíciles de resolver, pero él no parecía darse cuenta de ello. Daba la impresión de que vivía en una especie de mundo de fantasía en el que el amor podía con todo... o en el que ella renunciaba a todo por estar a su lado; en cualquiera de los dos casos, podía acabar siendo un problema.

Cuando por fin enfiló por el camino de entrada de la casa de su abuela, vio que B.J. y él también acababan de llegar. El niño estaba corriendo hacia la casa y no se dio cuenta de su presencia, pero Boone sí que la vio y cruzó el césped para recibirla.

–Llegas justo a tiempo –comentó, antes de abrazarla y besarla.

A ella la tomó por sorpresa que se mostrara tan afectuoso a plena vista.

–¡Boone! ¡Estamos en medio de la calle!

–Es que he perdido la cabeza al verte –le contestó él, con una sonrisa traviesa–. ¿Te parece mal?

—No, pero me parece que vas a tener que dar explicaciones a alguien que yo me sé —le dijo, antes de hacerle un gesto para que mirara lo que había a su espalda.

Él se dio la vuelta y, al ver a B.J. parado delante de la casa y mirándoles con cara de desconcierto, exclamó:

—¡Eh, campeón! ¡Mira quién está aquí! —lo dijo con un tono excesivamente alegre que delataba lo nervioso que se había puesto, y al ver que el niño se quedaba donde estaba, murmuró—: Vaya por Dios —la tomó de la mano, y respiró hondo—. Vamos allá.

—¡Hola, B.J.! ¿Qué pasa?, ¿dónde está mi abrazo?

El niño vaciló por un instante, pero al final echó a correr hacia ella y se lanzó a sus brazos; aun así, en cuanto la soltó miró a su padre con expresión interrogante.

—¿Por qué le has dado ese beso a Emily, papá?

—Pues por lo mismo que tú le has dado un abrazo, porque me alegra verla.

—También te alegraste al ver a la tía Cheryl el otro día, pero no la besaste así.

Era obvio que al niño no se le escapaba ni una, y Emily tuvo que contener la risa al ver que Boone se sonrojaba.

—Sí, Boone, ¿por qué no besaste así a la tía Cheryl? Y ya que estamos, ¿quién es ella?

Fue B.J. quien contestó:

—No es mi tía de verdad, era una amiga de mamá. Ya no vive aquí, pero ha venido por Acción de Gracias.

Emily enarcó una ceja al oír aquello, y se limitó a preguntar:

—¿Ah, sí?

En esa ocasión, fue Boone quien contestó:

—Sí. Está casada con un exjugador de fútbol americano que está cuadrado, y tienen cinco hijos. Por eso no la besé a ella como he besado a Emily, campeón.

—Sí, al tío Dave no le habría hecho ninguna gracia, ¿verdad?

—Exacto. ¿Quieres preguntarnos alguna otra cosa?

Emily y él esperaron mientras asimilaba la situación, y al cabo de un largo momento el pequeño comentó:

—Así era como besabas a mamá.

Boone suspiró y se puso de cuclillas frente a él antes de explicarle con voz suave:

—Sí, porque tu mamá fue la mujer más importante que hubo en mi vida durante mucho tiempo.

—¿Eso quiere decir que Emily es importante ahora?

Boone alzó la mirada hacia ella antes de mirar de nuevo a su hijo a los ojos y asentir.

—Sí. ¿Te parece bien?

—¿Va a venirse a vivir con nosotros?

—Puede que lo haga algún día, pero por ahora solo somos muy buenos amigos.

B.J. se tomó su tiempo para asimilar toda aquella información, y al final asintió.

—Tengo hambre, vamos a cenar.

—¡Buena idea! Venga, entra a avisar a la señora Cora Jane de que ya hemos llegado.

—Ya lo sabe, lleva un rato mirándonos desde la ventana.

Emily contuvo a duras penas una carcajada. Si enfrentarse al escrutinio de B.J. había sido duro, seguro que no era nada en comparación con lo que su abuela les tenía preparado.

Boone observó en silencio mientras Sam Castle saludaba a Emily como si se tratara de una colega de trabajo en vez de la menor de sus hijas. Le dio un abrazo muy superficial, y le dijo poco más que el «Hola, ¿cómo estás?» de rigor.

La respuesta de Emily fue igual de fría, aunque a Boone le pareció ver que en sus ojos relampagueaba un brillo de nostalgia; en cambio, el abrazo que recibió de Jerry fue mucho más efusivo y cálido.

Cabría esperar que Sam Castle notara la diferencia y se diera cuenta de lo que era un afecto sincero, pero el tipo se limitó a pedirle a su madre con impaciencia:

—¿Podemos comer ya, o también tenemos que esperar a Gabriella?

—Gabi no va a venir, pero no estaría de más que les diéramos a Emily y a Boone unos minutos para que se tomen un vaso de vino y unos aperitivos. No hay necesidad de servirles la cena a toda prisa.

Emily le apretó la mano a su abuela en un gesto de cariño.

—No te preocupes, ya sé que papá quiere volver a su casa cuanto antes. Le dan palpitaciones cuando tiene que ausentarse demasiado tiempo del trabajo.

Aquellas palabras no bastaron para apaciguar a Cora Jane, que miró ceñuda a su hijo y le dijo con reprobación:

—Estamos en Acción de Gracias, Sam. Es un día para estar en familia y dar gracias por todo lo que tenemos, no es el momento de cenar a toda prisa sin dejar de mirar el reloj.

—Discúlpame, madre.

Boone se sorprendió al ver que parecía un poco avergonzado; a juzgar por la mirada de asombro que intercambiaron Samantha y Emily, dedujo que no estaban nada acostumbradas a oír a su padre disculpándose.

En ese momento empezó a sonar el teléfono, y Cora Jane contestó de inmediato.

—¿Eres tú, Gabi? —preguntó, con los ojos llenos de preocupación.

Emily parecía estar muy pendiente de lo que decía su

abuela, y al cabo de un momento alargó la mano y le pidió:

—Déjame hablar con ella.

La anciana hizo un gesto con la mano para indicarle que esperara, y le dijo a Gabi:

—Tus hermanas están aquí, te mandan un beso. Te echamos de menos, y te espero sin falta en Navidad. Nada de excusas, señorita. ¿Entendido?

Boone miró a Emily con expresión interrogante.

—¿Qué pasa con Gabi?

—No tenemos ni idea, pero Samantha y yo estamos convencidas de que hay algo que no encaja. He pasado por su casa antes de venir, y no había ni rastro de ella. No sabemos por qué no ha venido a cenar con toda la familia, no nos dio ninguna explicación razonable a ninguna de las dos.

Cora Jane colgó el teléfono en ese momento y comentó:

—Me ha dicho que tiene que ir a trabajar mañana temprano, así que ha preferido quedarse en casa.

—¿Está allí? ¿Puede saberse por qué no me ha abierto cuando he llamado a la puerta? —preguntó Emily.

—No le he preguntado dónde estaba pasando el día. Es una mujer adulta, supongo que estará con algunos amigos.

—Gabi no tiene amigos, sino compañeros de trabajo —matizó Samantha—, y me parece que no mantiene una relación demasiado estrecha con ellos.

—Es igualita a alguien que yo me sé —comentó Emily, mientras le lanzaba a su padre una mirada de lo más elocuente.

Boone se dio cuenta de que la situación iba a ponerse tensa y Jerry debió de pensar lo mismo, porque se puso en pie y le dijo a Cora Jane:

—Vamos a llevar el pavo a la mesa. Este año te has superado a ti misma, y no podemos dejar que la cena se eche a perder.

–Sí, buena idea –asintió ella, antes de ir con él a la cocina.

–¡B.J. y yo os ayudamos! –se apresuró a decir Boone.

–¡Nosotras también! –exclamó Emily, mientras Samantha y ella se apresuraban a seguirles.

Sam Castle fue el único que se quedó donde estaba, y Boone no supo si sentir lástima por él al verle tan perdido. Fueran cuales fuesen las razones de aquel hombre para distanciarse de su familia a lo largo de los años, daba la impresión de que estaba arrepentido y no sabía cómo remediar la situación. El propio Boone también tenía una relación disfuncional con sus padres, y por eso tenía buen ojo para ese tipo de asuntos.

–Emily, ¿por qué no le das alguna tarea a tu padre?

Dio la impresión de que aquella sugerencia la tomaba por sorpresa, pero, aun así, miró a su padre y debió de ver lo mismo que había visto él, porque exclamó:

–¡Vamos, papá! Aquí uno no cena si no ha contribuido a poner la mesa.

Sam la miró sorprendido, pero sus labios se curvaron en una pequeña sonrisa al cabo de un instante.

–Vale, yo me encargo del puré de patatas con su salsita... si no te da miedo que eche a correr para comérmelo yo solo, es lo que más me gusta de toda la cena.

Cora Jane miró sorprendida a su hijo y admitió:

–¡No sabía que te gustara tanto!

Sam le guiñó el ojo.

–¿Lo ves? A pesar de tu edad y de todo lo que sabes, aún hay cosas que ignoras de mí.

Cora Jane no supo cómo reaccionar en un primer momento, y al final soltó una carcajada y dijo sonriente:

–Se me había olvidado que tienes sentido del humor.

–Intentaré usarlo más a menudo –le prometió él.

Cuando aquel momento tan especial llegó a su fin, Boone agarró el recipiente del relleno.

—¡Esto es mío! —anunció, antes de poner rumbo al comedor.

—Yo llevo la salsa de arándanos —se ofreció B.J.

El pavo quedó a cargo de Jerry, que lo llevó a la mesa como si se tratara de las joyas de la Corona.

Cora Jane se colocó junto a él y comentó:

—Modestia aparte, yo creo que es el que mejor me ha salido hasta la fecha.

—Oye, que yo también he colaborado. Me he encargado de ir regándolo con su jugo —protestó él.

—Sí, conmigo mirando por encima de tu hombro para asegurarme de que lo hicieras bien. Aparte de eso, lo has levantado de la encimera, lo has metido en el horno, y has vuelto a sacarlo.

—Si no lo hubiera hecho, el pobre pavo habría acabado en el suelo —insistió él, antes de guiñarles el ojo.

—Eso es lo que tú crees. ¿Estáis oyendo lo que dice? ¡Este hombre empieza a creerse indispensable para mí!

—Sé que lo soy.

A juzgar por la cara de Sam al verles interactuar, estaba claro que estaba dándose cuenta en ese momento de que tenían una relación de pareja. Boone esperó a ver si hacía algún comentario al respecto, pero el tipo se quedó callado y se limitó a esbozar una pequeña sonrisa de aprobación.

—Bueno, ya basta de tonterías —dijo Cora Jane—. Vamos a sentarnos, a darle las gracias al Señor por todo lo que nos ha dado, y disfrutemos de esta cena en familia.

Durante la plegaria, Boone miró a los presentes y se dio cuenta de que era la primera vez que sentía que realmente formaba parte de una familia. Horas antes, cuando había ido a comer a casa de Jodie, había reinado un ambiente tenso y no había habido ni rastro de las bromas y las risas que en casa de los Castle eran algo habitual. Sí, habían surgido algunas tensiones, pero al final Cora Jane había logrado mantener unida a la familia.

Le apretó la mano a Emily antes de soltarla y, cuando ella le miró sonriente, comentó:

–¿Te das cuenta de que es la primera vez que celebramos juntos Acción de Gracias desde que estábamos en la universidad?

–Es la primera vez que vuelvo a pasar aquí las fiestas –admitió ella.

–¿Qué te ha incitado a venir este año?, ¿el pavo tan enorme que ha cocinado tu abuela?

–Qué va.

–¿He sido yo? –le preguntó esperanzado.

–Tú, B.J., la familia entera –admitió ella con sinceridad–. De repente he aprendido a valorar más la importancia que tienen tanto la familia como el amor que la abuela nos ha dado siempre.

–¿Ah, sí?

–Sí, ha sido una semana increíble. Ayudar a abrir el centro de acogida ha hecho que me dé cuenta de muchas cosas, Boone. Estoy deseando contártelo todo. Esas mujeres, todos esos niños... –se le quebró la voz, y los ojos se le llenaron de lágrimas–. Ni te imaginas todo lo que han sufrido, lo afortunados que somos todos nosotros.

–Creo que sí que puedo hacerme una idea, estar aquí hoy con tu familia ha hecho que yo también me dé cuenta de la suerte que tenemos.

–¿A pesar de los fisgoneos y las discusiones?

–Sí, a pesar de eso. ¿Sabes por qué?

–¿Por qué?

–Porque debajo de todo eso subyace un amor tangible.

Y eso era lo que quería tanto para B.J. como para sí mismo.

Capítulo 21

Emily se sintió como si estuviera viviendo unos valiosos momentos al margen de la vida real cuando fue con B.J. y Boone a Charleston. Por primera vez desde que habían retomado su relación, no tenía la sensación de estar bajo un escrutinio lleno de desaprobación... ni bajo la mirada esperanzada de su abuela.

B.J. y ella pasearon por el rompeolas y pasaron junto a las «damas de colores», una serie de coloridas casas que en su conjunto eran conocidas como «la hilera del arcoíris»; después de comprar recuerdos y regalos navideños en varias tiendas, pusieron rumbo al restaurante donde iban a encontrarse con Boone cuando este concluyera con sus asuntos de negocios.

Emily pidió un té frío y B.J. un refresco mientras le esperaban, y cuando apareció por fin con media hora de retraso se le veía bastante serio.

–¿Ha ido todo bien? –le preguntó ella, después de que pidieran la comida.

–La verdad es que podría haber ido mejor. El vendedor quería que igualara la oferta de otro posible comprador, y yo le he dicho que la cifra me parecía excesiva. Hemos estado regateando, y al final le he dicho que se olvidara del tema. Ya encontraremos otra propiedad.

—Qué lástima. Yo creía que el trato estaba cerrado, que solo tenías que venir a encargarte del papeleo.

—Sí, eso era lo que creía yo también. Pete va a llevarse una decepción, pero son cosas que pasan. Si no podemos encontrar otra propiedad tan bien situada como esa antes de primavera, optaremos por otra ciudad. A veces hay cosas que al final no son viables.

Emily no se tragó aquella actitud tan filosófica, pero sabía que él estaba intentando ocultar su decepción para no aguarles el día. Le dio un apretón en la mano para indicarle su apoyo, y él dijo con voz más animada:

—Bueno, contadme lo que habéis estado haciendo. Veo muchos paquetes, ¿os habéis gastado un montón de dinero?

—Sí, yo me he gastado toda mi paga —afirmó B.J.—. Emily y yo te hemos comprado un regalo de Navidad, pero no vamos a decirte lo que es. Queremos que sea una sorpresa.

Boone se echó a reír, y le aseguró:

—Me encantan las sorpresas.

—No sé lo encantado que vas a estar con esta —le advirtió Emily.

La sorpresa consistía en un grabado del viejo edificio histórico que él había querido comprar y, a pesar de lo bonita que era la imagen, después de lo ocurrido iba a ser un regalo bastante agridulce. Estaba convencida de que B.J. no había entendido lo que implicaba que su padre no hubiera podido comprar el edificio que le interesaba.

El niño tironeó en ese momento de la manga de su padre, y le dijo con entusiasmo:

—¿Sabes qué, papá? Ya sé lo que voy a pedir para Navidad. Iba a decírselo a Santa, pero Emily piensa que también debería decírtelo a ti.

—¿Ah, sí?

—¡Un perrito! —anunció el niño, mientras daba saltitos

de emoción–. Emily dice que podríamos ir a buscar uno a la perrera, porque a esos les hace mucha falta un hogar.

Boone enarcó una ceja y la miró a los ojos al afirmar:

–Algo me dice que detrás de esto hay algo más que unos perritos.

–Vale, admito que últimamente me pongo muy sentimental cuando se habla de perritos y de gente sin hogar. Cuando B.J. ha mencionado que quiere un perro, he pensado en el centro de acogida.

–Es una gran idea –Boone miró al niño y le dijo–: Como va a ser tu perro, serás tú quien lo elija, pero antes de nada tienes que prometerme que te ocuparás de él. Serás el responsable de enseñarle a comportarse, de darle de comer, de sacarle de paseo y de jugar con él.

–¡Sí, sí, claro que sí! ¡Le cuidaré muy bien!

–En ese caso, propongo que volvamos a casa en cuanto acabemos de comer y pasemos por la perrera. Como Emily ha apoyado tu idea, creo que también debería poder dar su opinión a la hora de elegir al animal.

–¿Y también debo asumir parte de la responsabilidad? –le preguntó ella, en tono de broma.

–Claro que sí, lo que significa que deberías plantearte tomarte al menos un mes de vacaciones, yo creo que como mínimo se debe de tardar eso en adiestrar como Dios manda a un perro.

–Me parece una proposición interesante, pero sabes que en la perrera hay perros adultos que ya están adiestrados. Creo que deberíamos buscar uno de esos. ¿Qué te parece la idea, B.J.? Los perros adultos también necesitan tener un hogar y una familia que les quiera, y supondría menos trabajo para nosotros.

–¿No te apetece quedarte tanto tiempo aquí? –le preguntó Boone.

Aunque lo dijo en tono de broma, a Emily le pareció notar cierto matiz de censura en su voz.

—Sabes que no puedo hacerlo. Un mes es mucho tiempo, el hotel de montaña se inaugura la semana que viene y después habrá que ir haciendo un montón de ajustes. Intentaré tomarme un par de semanas libres, a lo mejor puedo quedarme desde Navidad hasta finales de la primera semana de enero. ¿Qué te parece la idea? Otra opción sería que B.J. y tú vinierais a Aspen, si podéis dejar para después de Navidades lo de ir a por el perro. Podríamos pasar una semana allí, y después volver a Sand Castle Bay. Así podríamos estar juntos más tiempo, ¿qué opinas?

Él respondió sin plantearse siquiera su propuesta.

—Lo que opino es que sería muy mal momento para ausentarme del restaurante, lo tenemos todo reservado para las fiestas.

—¿No tienes un encargado que se ocupa de eso?

No era la primera vez que Emily tenía la impresión de que, en aquella relación, iba a tener que ser ella quien se mostrara flexible, quien hiciera todas las concesiones.

—Sí, pero la responsabilidad última de que todo funcione como debe ser me corresponde a mí —le contestó él con rigidez.

Emily estuvo a punto de seguir presionándole para conseguir que cediera un poco, pero al ver la cara de desconcierto de B.J. se dio cuenta de que aquella discusión estaba afectándole a pesar de ser bastante suave.

—Dejémoslo por ahora —le pidió a Boone con sequedad, antes de señalar al niño con un sutil gesto de la cabeza.

Él se dio cuenta de lo que pasaba y cambió de inmediato de tema.

—Bueno, campeón, dime qué más habéis visto Emily y tú mientras estabais de compras. ¿Hay alguna cosa más en tu lista para Santa?

Al ver que el niño no contestaba, Emily tomó la palabra.

–Oye, ¿por qué no llevamos a tu padre a que vea aquel tren que vimos en un escaparate? Recuerdo que solía hablar del tren de juguete que tenía bajo el árbol cuando era pequeño.

–¿Tenías un tren de juguete, papá? ¡Qué pasada!

Él asintió, y su expresión se llenó de nostalgia.

–¿Qué habrá sido de aquel tren? Lo más probable es que a estas alturas se haya convertido en un objeto de coleccionista, creo que mi padre lo tuvo desde niño.

–Es curioso que haya gente que no ha subido nunca a un tren de verdad, pero que sienta que a las fiestas les falta algo si no hay un tren y un pueblecito bajo el árbol de Navidad. Es una imagen que trae a la mente las Navidades de antaño, estoy pensando en proponerle a Derek que ponga las dos cosas bajo el árbol que hay en el vestíbulo del hotel... me parece el detalle perfecto para acabar de crear el ambiente cálido y acogedor que él quiere.

–Toda esta charla sobre trenes me ha convencido, vamos a echarle un vistazo a ese que habéis visto en un escaparate. ¿Alguno de los dos quiere tomar postre antes de que nos vayamos?

Emily y B.J. apenas habían probado bocado, y los dos negaron con la cabeza.

–Vale, pues vamos a ver ese tren –después de pagar la cuenta, Boone les condujo hacia la calle–. B.J., tú vas a hacer de guía.

El niño les condujo por las concurridas calles, y al final se detuvo al llegar a un escaparate donde había un paisaje navideño realmente impresionante. Un montón de gente se apelotonaba para poder ver cómo circulaba el tren por el pueblecito, y las luces de colores iluminaban el paisaje nevado que había creado el dueño de la tienda.

B.J. acercó la nariz al cristal mientras ellos contemplaban la escena desde un poco más atrás, y, al cabo de unos segundos, Boone apretó la mano de Emily y comentó:

—Esto me trae viejos recuerdos. Hacía años que no pensaba en ese tren, gracias por recordármelo.

—Me hablabas de él todos los años cuando llegaban las Navidades. Al ver este he pensado que sería el regalo perfecto para B.J. Salta a la vista que está tan fascinado con este como lo estabas tú con el tuyo.

Boone se volvió a mirarla y le colocó un rebelde rizo detrás de la oreja antes de decir con voz suave:

—Sé por qué te has molestado antes. Crees que en esta relación no existe un toma y daca, al menos por mi parte.

—Eso es lo que parece —admitió, sorprendida al ver que se había dado cuenta tan pronto de lo que pasaba.

—Pues no es así. Aunque no pueda cambiar todos mis compromisos, sobre todo a última hora, haré todo lo que esté en mis manos. Para el año que viene, me aseguraré de que la gerente pueda encargarse de todo. La contraté hace poco y todavía no se ha puesto a prueba cómo se desenvuelve bajo presión, así que tengo que estar presente. ¿Lo entiendes?

Ella suspiró antes de contestar:

—Sí, claro que sí, pero lo añadiré a mi lista para cuando llegue el día en que tenga que hacerte entender que no tengo más remedio que cumplir con algún compromiso que tenga.

—Me parece justo. Mientras no olvidemos que tenemos que remar juntos en la misma dirección, podemos conseguir que esto funcione. Tenemos que lograrlo, Em.

Ella asintió, y le sostuvo la mirada al admitir:

—Eso es lo que yo deseo con toda mi alma, Boone. Te lo digo de corazón.

Emily fue a casa de Sophia varios días después de sus mini vacaciones en Acción de Gracias. Creía que estaba allí para asesorarla en otro proyecto de redecoración más, así que se sorprendió cuando llegó y vio a Marilyn Jennings, la presidenta de la junta de dirección del centro de acogida.

–Sophia no te mencionó que yo estaría aquí, ¿verdad? –comentó Marilyn, sonriente, antes de saludarla con un beso en la mejilla.

–No, pero siempre es un placer verte. De haber sabido que ibas a estar aquí, te habría traído los datos actualizados de los gastos totales. Al final no llegamos a gastar todo el presupuesto, porque muchos de los subcontratistas renunciaron a cobrar o nos hicieron buenos descuentos. Cuando conocieron a las mujeres y a los niños y se dieron cuenta de lo importante que era este proyecto, todos quisieron poner su granito de arena.

–¡Qué maravilla!

Sophia entró en la sala justo en ese momento, y comentó:

–No esperaba menos de ti, Emily.

Marilyn la miró con reprobación al decir:

–Pero esa no es la razón de que estemos aquí, ¿ni siquiera le has dado una pequeña pista de lo que pasa?

–No hacía falta, siempre viene cuando la llamo.

Sophia le guiñó el ojo a Emily y esta se echó a reír ante su arrogancia, aunque no podía negar que lo que acababa de decir su amiga era cierto.

–¿Qué puedo decir?, es una de mis mejores clientas.

–Sí, y seguro que también una de las más exigentes –comentó Marilyn.

–Sin comentarios.

Sophia la miró con aprobación, y le dijo a Marilyn:

–¿Ves lo inteligente y diplomática que es? Te dije que era la persona ideal.

–¿Para qué? –le preguntó Emily con curiosidad.

Marilyn miró a Sophia, pero esta negó con la cabeza y comentó:

–Esto te lo dejo a ti.
–De acuerdo. Emily, nos gustaría contratarte a tiempo completo.
–¿Para hacer qué? –le preguntó, sin entender nada de lo que estaba pasando.
–Ten paciencia –la reprendió Sophia.
Emily optó por obedecer y guardó silencio. Estaba claro que aquel par tramaba algo y quería alargar todo lo posible el suspense, y eran demasiado ricas y poderosas como para no seguirles el juego.
–En los últimos tiempos hemos recibido varios donativos muy jugosos gracias a la persistencia de Sophia –le explicó Marilyn.
–Y a tus contactos –Sophia miró a Emily, y añadió–: El estudio de su marido ha encabezado una campaña para recaudar diez millones de dólares. Parte de ese dinero irá destinado al funcionamiento del día a día, pero la mitad como mínimo se utilizará para realizar importantes mejoras.
–Eso significa que vamos a poder comprar más casas, remodelarlas y habilitarlas para albergar a familias que necesiten protección y alojamiento de forma temporal –le explicó Marilyn–. El trabajo que has realizado en el proyecto actual nos ha convencido a todos de que eres la persona que queremos que se encargue de supervisar todo esto.
Emily se quedó atónita y enmudecida mientras intentaba asimilar la magnitud de la oportunidad que estaban ofreciéndole.
–Se te pagará, por supuesto, y si te queda tiempo para aceptar proyectos de otros clientes no pondremos objeciones, pero tenemos que ser tu principal prioridad –siguió diciendo Marilyn.
–Queremos que también ayudes a seleccionar las propiedades –añadió Sophia–. Tendrás que calcular el coste

de las reformas... procurando obtener los mejores precios, claro. Cuantas más donaciones puedas conseguir, mejor, pero tendrás fondos a tu disposición.

–¿Cuándo? –fue lo único que alcanzó a decir, aún era incapaz de formar una frase coherente.

–Hemos acordado que nos gustaría empezar justo después del uno de enero –le contestó Marilyn.

–Así tendrás tiempo de terminar el hotel de Derek, y cualquier otra cosa que tengas entre manos.

Emily pensó en Boone y en B.J., y se preguntó cómo diantre iba a conseguir compatibilizar su relación con ellos con lo que aquellas dos mujeres estaban proponiéndole. Estaba claro que no iba a poder encargarse de aquella nueva oportunidad estando a miles de kilómetros de distancia, ya había sido bastante difícil de por sí completar un solo centro mientras tenía que dividir su tiempo entre costa y costa. Se había sentido presionada a todas horas.

A pesar de todo, anhelaba con toda su alma decir que sí. Trabajar en el centro de acogida le había dado una plenitud desde un punto de vista profesional que no había encontrado en ninguno de sus otros trabajos. Quería contribuir aún más, y aquella era su oportunidad para hacerlo. La cuestión era cuándo decirle a Boone que quería canjear todas las que él le debía por haber sido la que había hecho más concesiones hasta el momento.

Se preguntó si iba a poder hacerle entender lo importante que era aquel trabajo para ella. Seguro que, desde un punto de vista puramente teórico, lo entendía de inmediato, pero cuando llegara el momento de trasladar eso a la realidad, de soportar separaciones más largas... ¿Cómo podía pedirle que aguantara algo así?

–Tengo que pensármelo.

–¿Por qué? –le preguntó Sophia, con un poco de impaciencia–. ¿Cuántas veces me has dicho lo mucho que ha significado para ti trabajar en este proyecto? Estamos ofreciéndote la oportunidad de hacer lo mismo, pero a una escala mucho mayor. Puedes ayudar a mejorar cientos de vidas, Emily –la miró ceñuda al ver que guardaba silencio–. Tus dudas no se deberán a esas obligaciones que tienes en Carolina del Norte, ¿verdad?

–Son algo más que meras obligaciones –le explicó ella, procurando contener su irritación–. Por fin tengo la oportunidad de tener una relación sólida con el hombre al que he amado desde la adolescencia, y él tiene su vida allí.

–¿Y la suya es más importante que la tuya? –le preguntó Sophia.

Marilyn alzó una mano, y comentó con ironía:

–Sophia, tú le has dado la patada a más de un marido por no darte la razón en un momento determinado –miró a Emily, y se mostró comprensiva–. Tómate tu tiempo, estamos hablando de un trabajo que requiere mucha dedicación. Debes sopesar las otras prioridades que tienes en tu vida para ver cómo puedes compaginarlo todo. Queremos que seas tú quien se encargue de este trabajo, Emily. Te prometo que haremos todo lo posible para facilitarte las cosas.

Ella la miró agradecida.

–Os lo agradezco de verdad, y comprendo la enormidad de una oportunidad así. Si no tuviera que tener en cuenta otras consideraciones, diría que sí en un periquete.

–Bueno, eso tan solo quiere decir que vamos a tener que esperar varios periquetes a que digas que sí –comentó Marilyn, sonriente–. Habla del tema con tu pareja, podemos esperar.

–Tienes una semana, no podemos esperar de forma indefinida –le advirtió Sophia con firmeza.

–De acuerdo, en una semana tendréis mi respuesta.

Así iba a tener tiempo de pensárselo con calma y de

hablarlo con Boone, aunque no le parecía conveniente hacerlo por teléfono. Aquella era una conversación que tenían que tener cara a cara, quizás pudiera hacer una visita relámpago a Carolina del Norte antes de viajar a Aspen para acabar de pulir un par de detalles de última hora en el hotel de montaña.

Boone y ella habían ido avanzando poco a poco, tanteando el camino conforme iban explorando las distintas direcciones que podían tomar para conseguir que aquella relación funcionara, y quizás aquel fuera el empujón que les hacía falta para hacerles dar el paso definitivo en pos de un futuro juntos... o quizás, a pesar de todas las promesas que él le había hecho, iba a acabar siendo lo que les separara de forma definitiva.

Boone estaba hablando por el móvil en la terraza de su restaurante cuando vio a Emily cruzando el aparcamiento, y se apresuró a dar por terminada la llamada antes de salir a su encuentro.

—¡Qué sorpresa! —exclamó, antes de abrazarla con fuerza contra sí—. No me habías dicho que pensaras venir, ¿verdad?

Ella se echó a reír.

—¿Significa eso que no tienes anotadas en tu calendario las fechas de mis viajes?

—La verdad es que sí, pero juraría que no pensabas volver hasta después de la inauguración del hotel ese de Aspen.

—¿No te gusta que haya venido antes? —le preguntó ella, en tono de broma—. No me digas que estás poniéndome los cuernos con otra, ¿te he fastidiado los planes?

—Claro que no —la observó con atención y se dio cuenta de que, a pesar de su sonrisa, sus ojos estaban llenos de preocupación—. ¿Ha pasado algo? Cora Jane está bien,

¿verdad? Llevo un par de días sin verla, pero ayer hablé con ella y no mencionó que hubiera ningún problema. Tampoco me comentó que fueras a venir.

—Ella está bien, aún no sabe que estoy aquí. Me quedó un poco de tiempo libre y decidí aprovecharlo, pero mañana mismo tengo que tomar un vuelo rumbo a Aspen.

—Creía que el proyecto del hotel te tenía con el agua hasta el cuello, ¿qué es tan importante como para que hayas decidido venir para una sola noche?

—¿Qué pasa?, ¿no puedo echarte de menos?

El hecho de que se pusiera a la defensiva le alertó de que allí estaba pasando algo raro.

—¿La inauguración del hotel va según lo planeado?, ¿Derek se lo está tomando con calma?

Ella se echó a reír.

—¡Está hecho un manojo de nervios!, ¡su especialidad es preocuparse por todo! Pero me aseguré de que todo estuviera bajo control antes de venir.

A pesar de sus palabras, Boone seguía teniendo la impresión de que algo no andaba bien.

—¿Estás satisfecha con el resultado?

—Sí, va a quedar fabuloso. Tengo fotos en el portátil del antes y el después, luego te las enseño. Vas a alucinar con el cambio.

—Estoy deseando verlo.

—Parecías bastante distraído cuando he llegado, ¿algún problema apremiante?

Como ella no daba muestras de querer revelar el porqué de aquella inesperada visita, Boone aceptó el cambio de tema.

—Estaba hablando con Pete, parece decidido a solucionar lo de la propiedad que queríamos comprar en Charleston. Le he dejado al mando de la situación, pero me parece que tendría que volver a llamarle. No sé por qué está tan empeñado en abrir un nuevo restaurante allí, pero si no le controlo es capaz de hacer concesiones inviables.

–Pues te dejo trabajar, me voy a casa de la abuela.

–¿Cenamos juntos esta noche? Haré pollo a la parrilla, puedo llamar a Ethan para ver si le apetece venir.

Ella frunció el ceño al oír aquello.

–¿De verdad te parece buena idea invitarle, con el poco tiempo que tú y yo tenemos para estar juntos? No me digas que sigues empeñado en evitar que B.J. se dé cuenta de lo seria que es nuestra relación, creía que ese tema había quedado superado cuando nos vio besándonos.

–No es eso, solo he pensado que sería agradable pasar un rato con Ethan –le contestó él a la defensiva.

–Vamos a invitarle otro día, ¿vale? Tengo que hablar contigo de algo.

Él respiró hondo al oír aquellas palabras que confirmaban que ella tenía algo en mente, algo lo bastante importante como para instarla a cruzar el país en avión de improviso.

–Vale, lo dejaremos para otro día, pero ¿por qué no me dices ya lo que está pasando?

–No, ya hablaremos luego. Iré a tu casa a eso de las seis y media.

Boone tenía la impresión de que debería convencerla de que se quedara para hablar de lo que fuera cuanto antes, pero tenía pendiente lo de llamar a Pete; además, sabía que no iban a poder solucionar nada hasta que tuvieran tiempo para poder barajar las opciones que tenían, para poder hablar acerca de cómo forjar juntos una vida en común. Al igual que cuando le había propuesto matrimonio de forma tan impulsiva, volvió a preguntarse si no estarían perdiendo el tiempo dándole vueltas a las cosas sin concretar nada ni avanzar.

Además, algo le decía que la inesperada visita de Emily

no se debía a que hubiera decidido aprovechar un hueco en su agenda para ir a verle sin más. Estaba muy tensa, y él la conocía a la perfección y sabía que eso no indicaba nada bueno.

Cora Jane se quedó sorprendida al ver llegar a su nieta.

–¡Mira quién está aquí! Creía que no ibas a volver hasta poco antes de Navidad.

–Boone y tú sois tal para cual, no sabéis recibir sorpresas. Tendré que tenerlo en cuenta de ahora en adelante.

–¿Él tampoco sabía que venías?

–Tenía un hueco en mi agenda y he decidido aprovecharlo –le contestó Emily con exasperación.

–A juzgar por lo irritable que te veo, te va a ir bien tomarte este descanso. Quizás quieras echar una siesta antes de nada.

–Perdona, abuela. Estoy un poco tensa.

–¿Por alguna razón en concreto? –tuvo su respuesta al verla vacilar–. Tienes malas noticias, y no sabes cómo contárselas a Boone.

–¿Eres adivina? –refunfuñó su nieta.

–No, pero te conozco desde chiquitita y siempre has intentado evitar las confrontaciones. Anda, vamos a tomar una taza de té mientras me cuentas lo que pasa.

–¿No estás ocupada?

–No, tengo todo el tiempo del mundo para hablar... mientras pueda poner los pies en alto, claro. Ahora que tus hermanas también se han ido, esta casa me parece demasiado silenciosa. Será un placer poder charlar un poco al final de la jornada.

–Me sorprende que Jerry no venga todas las noches, ahora que ya no tienes la casa llena de gente.

Cora Jane se sonrojó al admitir:

—No te preocupes por eso, nos vemos muy a menudo. Deja que me cambie de ropa, y después preparo el té. Podemos salir a sentarnos en el porche, no hace demasiado frío. No es habitual que haga tan buen tiempo a principios de diciembre, deberíamos aprovecharlo.

Al cabo de veinte minutos estaba estirada en la tumbona con los pies en alto, y a su lado tenía una taza de té y unas galletas que había preparado la noche anterior. Se había tapado las piernas con una manta de ganchillo, y llevaba puesto un jersey que había tejido ella misma. Emily, por su parte, estaba sentada en una mecedora que había colocado bajo un cálido haz de luz solar.

Estuvieron sentadas en silencio durante un largo momento, pero Cora Jane era consciente de que no debía esperar demasiado a pedir explicaciones; conocía a su nieta, y estaba segura de que en ese momento debía de estar inventándose excusas para guardarse los problemas para sí.

—Bueno, jovencita, cuéntame lo que pasa —escuchó en silencio mientras su nieta menor le abría el corazón y se sinceraba acerca de la fantástica oferta de trabajo que había recibido, y al final se limitó a comentar—: Ya veo.

—Te sientes decepcionada al ver que estoy planteándome aceptar la propuesta, ¿verdad? —dijo Emily con resignación.

—Por supuesto que no. Entiendo la importancia de un trabajo así, y dice mucho de ti que te hayan elegido para ese puesto. Están demostrando tener una tremenda fe en ti.

—Acondicionar todas esas casas cambiaría la vida de muchas familias, de muchas mujeres que están sufriendo —la voz de Emily reflejaba lo implicada que estaba en aquella causa—. Trabajar en este primer centro ha sido lo más gratificante que he hecho en toda mi carrera profesional.

—Sí, ya lo sé. Cada vez que hablábamos por teléfono, oía en tu voz lo entusiasmada que estabas con ese proyecto.

—Cuando vine en Acción de Gracias, se me olvidó comentarte que conocí a varias de las familias cuando fueron a instalarse al centro. Hubo un caso en particular que me impactó mucho, se trataba de una madre con dos hijas que habían estado esperando en un motel de mala muerte a que se abriera el centro. Las niñas están entusiasmadas al ver que tienen un cuarto de juegos y que todo lo que hay en su dormitorio es nuevo, y la madre... —miró a su abuela a los ojos, y añadió emocionada—: Tendrías que haber visto el alivio que se reflejaba en su mirada solo con pensar que por fin estaban en un lugar seguro hasta que pudiera volver a valerse por sí misma.

—Pues yo creo que la respuesta está clara. Tienes la oportunidad de llevar a cabo una tarea muy valiosa, Emily. No puedes rechazarla —sonrió al ver cuánto la sorprendían sus palabras—. No es la reacción que esperabas, ¿verdad?

—No, ni de lejos. No has mencionado a Boone ni una sola vez.

—Tú tampoco.

—¿Estás insinuando que no debo tenerle en cuenta? —le preguntó Emily, ceñuda.

—Claro que no. Sabes cuánto deseo que lo vuestro funcione, pero para que eso ocurra no solo tenéis que sentiros satisfechos con vuestra relación, también tenéis que sentiros realizados en vuestros respectivos trabajos. No se puede construir una vida en común si uno de los dos está resentido porque su pareja le impide hacer algo que para él es importante.

—Pero estoy convencida de que a Boone no va a hacerle ninguna gracia lo de este nuevo trabajo, las cosas no van a ser como ahora. Tendré que permanecer en Los

Ángeles casi todo el tiempo, y así no hay forma de construir una relación sólida.

–Puede que no, pero no lo sabrás con certeza hasta que lo intentes. Eres consciente de que no es conmigo con quien deberías estar hablando de esto, ¿verdad?

–Esta noche voy a ir a cenar a casa de Boone, pero dudo mucho que podamos estar mucho tiempo a solas con B.J. allí. Boone quería llamar a Ethan para invitarle a que viniera también, pero le he convencido de que no lo hiciera.

–Ya verás como encuentras el momento de hablar con él, esté allí quien esté. Si tienes que quedarte la noche entera sin dormir, hazlo. Le pediré a alguien que mañana te lleve al aeropuerto para que no te quedes dormida al volante, pero esto es demasiado importante como para dejarlo pasar hasta que surja un momento conveniente.

–Sí, tienes razón –Emily suspiró antes de admitir–: pero la verdad es que le temo a esta conversación.

–La vida siempre es más fácil cuando todo va bien, niñita mía, pero estos pequeños baches son lo que hacen que no resulte aburrida. Nos hacen más fuertes, y contribuyen a que nos demos cuenta de qué es lo verdaderamente importante –se sorprendió cuando Emily se sentó junto a ella y le dio un fuerte abrazo.

–En momentos como este es cuando más echo de menos a mamá, pero tenerte a ti y poder hablar contigo me lo hace más llevadero. ¿Tienes idea de lo mucho que te quiero?

–Claro que sí, pero siempre es agradable escucharlo –le contestó, sonriente.

–Deséame suerte para esta noche, abuela.

–Te deseo suerte para todos los días de tu vida, y espero que encuentres el amor y la felicidad que te mereces.

Cora Jane se reclinó en la tumbona con un suspiro cuando su nieta se fue. Esperaba haberla aconsejado bien, y rezó para que Boone no se limitara a oír lo que Emily tenía que contarle, sino que fuera capaz de ver el profundo anhelo que ella podía ver con tanta claridad en los ojos de su nieta.

Capítulo 22

–¡Es genial que Emily esté aquí! –exclamó B.J. con entusiasmo–. Me prometió que pondríamos mi juego nuevo la próxima vez que viniera, ¿crees que tendrá tiempo esta noche?

–Puede que después de cenar, a lo mejor Ethan también quiere probarlo.

Al final había invitado a cenar a su amigo como una especie de medida de protección ante lo que Emily pudiera decirle. No habría sabido decir por qué estaba convencido de que aquella velada no iba a ir nada bien, pero seguía teniendo un nudo de temor en la boca del estómago; a pesar de que sabía que estaba actuando como un cobarde, había llamado a Ethan y había insistido en que aceptara ir a su casa, aunque solo fuera a cenar.

–¿Qué pasa? –le había preguntado su amigo con suspicacia.

–¿Por qué das por hecho que pasa algo? Hace bastante que no vienes a comer a casa.

–Claro, y como puedes pasar tanto tiempo con Emily... ¿Qué pasa?, ¿te aburre estar con ella?

–No digas tonterías. Bueno, ¿vas a venir? ¿Sí o no?

–Sí, voy a ir, aunque solo sea para intentar resolver el

enigma del hombre que no quiere estar a solas con su amada.

Horas después, Boone se dio cuenta de que su amigo tenía razón. Había sido una ridiculez invitarle, sobre todo teniendo en cuenta que Emily le había dejado muy claro lo que opinaba al respecto.

Mientras lamentaba en silencio su propia estupidez, sintió un tirón en la manga.

—¡Papá! ¿Me estás escuchando?

—Perdona, ¿qué me has dicho?

—Que Ethan ya ha probado el juego. No se le da demasiado bien, me parece que no presta atención.

Boone sonrió al escuchar aquello. Ethan se había vuelto demasiado serio para disfrutar de un videojuego, pero en los viejos tiempos había aceptado todos los retos que se le ponían por delante; en su opinión, a su amigo no le iría nada mal disfrutar de un poco de diversión de vez en cuando y lo que le hacía falta de verdad era encontrar pareja, pero se cerraba en banda cada vez que él intentaba sacar el tema.

Decidió hablar del tema con Emily, a ver si se le ocurría alguna idea... suponiendo que ella tuviera intención de seguir formando parte de su vida, claro. Ese era su mayor temor: que estuviera a punto de decirle que no iba a volver en meses, o nunca más. Le aterraba la posibilidad de que las complicaciones a las que tenían que enfrentarse hubieran terminado por sobrepasarla.

Por mucho que intentara convencerse de que ella no tomaría una decisión así sin hablarlo con él, no podía quitarse de encima el temor que le embargaba desde que la había visto llegar de improviso aquella tarde. ¿Qué iba a hacer si ella estaba allí para contarle que, por alguna razón, iba a tener que ausentarse durante una larga temporada?

—¡Papá! ¡Ethan ya está aquí!

El niño echó a correr por el jardín como una tromba, pero aminoró la velocidad de golpe al recordar que, a pesar de lo ágil que era Ethan gracias a la prótesis, no era buena idea lanzarse contra un veterano de la guerra de Afganistán. Era una lección que había terminado por aprender después de que los dos acabaran por los suelos en un par de ocasiones.

Ethan escuchó el parloteo incesante del niño mientras cruzaban juntos el jardín hacia la casa, pero mantuvo la mirada fija en Boone.

—Campeón, entra a buscar un refresco para Ethan... ¿o prefieres una cerveza?

—No, un refresco está bien —su amigo esperó a que el niño entrara en la casa antes de preguntar—: ¿Te importaría volver a explicarme lo que hago aquí? ¿Por qué querías que yo viniera, pudiendo estar a solas con Emily? ¿Piensas romper con ella?

—¿Delante de ti? Lo dudo mucho —le contestó él, con una carcajada muy forzada—. Vale, voy a contarte lo que pasa. Creo que ella va a darme malas noticias, y tú estás aquí para posponer ese momento.

Ethan le miró con incredulidad, y al cabo de un segundo negó con la cabeza.

—Ni hablar, amigo mío. No voy a meterme en todo este drama.

—¡No habrá ningún drama si tú estás aquí! —protestó Boone.

—Si va a haber algún drama, es mejor que te enfrentes a él cuanto antes. Me largo de aquí y me llevo a B.J., puede quedarse a dormir en mi casa. Hasta voy a dejar que vuelva a ganarme jugando a ese videojuego que tanto le gusta.

Aquello logró arrancar una sonrisa a Boone.

—¿Le dejas ganar?

—Claro que sí. No creerías de verdad que ese pequeñajo tuyo era capaz de ganarme, ¿verdad? –le preguntó su amigo con indignación.

–Pues la verdad es que sí, él cree que eres un jugador pésimo.

–Claro, porque me esfuerzo por jugar fatal para alimentar su autoestima. Yo creía que eso es lo que hay que hacer cuando uno juega con niños.

–Yo de ti jugaría un poco mejor, tengo la impresión de que B.J. puede plantarte cara sin problemas. A mí me destroza cada vez que jugamos, y te aseguro que intento ganar.

–Ya, pero tú eres tú –Ethan alzó la voz al añadir–: ¡Eh, B.J., olvídate de ese refresco! Vamos a comprar unas hamburguesas.

El niño salió corriendo de la casa.

–¿Vamos todos?

–No, solo tú y yo. Tu padre y Emily tienen que hablar de cosas de mayores –miró hacia la carretera al oír que se acercaba un coche–. Ya está aquí, ve a darle un abrazo y métete en mi coche. Después de cenar iremos al mini golf, y después nos vamos a mi casa. He estado practicando con el videojuego aquel, y a lo mejor te gano.

–¡Ni lo sueñes! Papá, ¿puedo irme con Ethan?

–Sí, pasadlo bien. Ve a por tu cepillo de dientes y una muda de ropa, Ethan me ha dicho que puedes quedarte a dormir en su casa y que mañana te llevará él al colegio.

Emily frunció el ceño al ver a Ethan, pero este salió a su encuentro y la besó en la mejilla antes de decir, sonriente:

–No te preocupes, he venido a por el niño para que vosotros dos podáis estar solos.

Ella se relajó al oír aquello.

–Genial, gracias.

Él se inclinó y le susurró al oído algo que Boone no

alcanzó a oír, y justo entonces B.J. salió de la casa y la abrazó antes de marcharse con Ethan.

Cuando ella se le acercó, Boone le preguntó de inmediato:

−¿Qué te ha dicho Ethan?

−Que no sea muy dura contigo, aunque no sé a qué se refería.

−Pues a que llevo todo el día convencido de que has venido a darme malas noticias, ¿he acertado?

Por desgracia, ella no lo negó de inmediato. Se puso de puntillas para besarle en los labios, y entonces retrocedió un paso y comentó:

−Puede que tú lo veas de esa forma, pero espero que no sea así.

En esa ocasión, el temor no formó un nudo en la boca del estómago de Boone, sino que le atravesó el corazón.

Aunque Emily propuso que dejaran la conversación para después de la cena, estuvo tan nerviosa mientras comían que Boone se preguntó para qué se había tomado la molestia de cocinar. Ella se había limitado a despedazar el pollo que tenía en su plato sin probar bocado, y él se había dedicado a comer como un autómata sin saborear la comida.

−Está claro que dejarlo para después no ha sido buena idea, Emily −comentó, mientras llevaba las cosas a la cocina. Dejó los platos en el fregadero, sirvió dos vasos de vino, y le indicó con un gesto que le acompañara a la sala de estar−. ¿Dentro o fuera?

−Vamos a sentarnos aquí, fuera empieza a hacer frío. A lo mejor está cambiando el tiempo, ya estamos en diciembre.

Boone no estaba de humor para hablar del tiempo, quería lidiar cuanto antes con aquella situación. Esperó hasta que ella optó por sentarse en el sofá, y entonces se acomodó junto a ella y dejó su vaso de vino sobre la mesa auxiliar.

—Vale, vayamos directos al meollo de la cuestión. ¿Quieres cortar conmigo?

Dio la impresión de que aquella pregunta la tomaba totalmente desprevenida.

—*¿Qué?* ¡No, claro que no!

Él respiró aliviado. Si no era eso, no podía tratarse de algo tan horrible.

—De acuerdo, entonces dime de qué se trata.

La escuchó con atención mientras ella le explicaba la oferta que había recibido en Los Ángeles, y supo de inmediato que un trabajo así iba a requerir que ella estuviera en la Costa Oeste casi todo el tiempo.

—Vas a aceptar la oferta, ¿verdad? —dijo con resignación.

—Tengo que hacerlo, es el trabajo más importante que he tenido en toda mi vida. Ojalá pudiera hacerte entender lo que sentí al trabajar en el centro de acogida, lo que supuso para mí presenciar la reacción de aquellas mujeres y aquellos niños cuando lo vieron por primera vez. Si hubieras estado allí, sabrías cómo me sentí.

Por mucho que le doliera admitirlo, lo cierto era que la entendía; por mucho que quisiera tenerla allí, formando una familia con B.J. y con él, sabía que iba a ganarse su resentimiento si la presionaba para que renunciara a aquella gran oportunidad. Se preguntó cómo reaccionaría ella si le daba un ultimátum tan egoísta, lo más probable era que se pusiera hecha una furia y se largara sin más. Su carrera profesional era algo a lo que Emily podía aferrarse, pero el amor que se profesaban aún no había sido puesto a prueba.

Estaba claro que ella ya había tomado una decisión y que aquella conversación era poco más que un acto de cortesía. Él tenía varias opciones, y todas ellas presentaban problemas. Podía romper aquella relación y arrepentirse por el resto de su vida; podía discutir con ella y acabar por perderla a la larga conforme fuera aumentando su resentimiento hacia él; y también podía estar a la altura de las circunstancias e intentar encontrar una solución.

Cuando la miró a los ojos y vio que estaban oscurecidos de preocupación, se dio cuenta de que la aterraba que él reaccionara mal. Deseó con toda su alma encontrar las palabras adecuadas, el problema era que no tenía ni idea de lo que iba a decir.

Le acarició la mejilla, y notó la humedad de una lágrima que había brotado sin que ella pudiera contenerla.

–Ya sé que quieres que te diga que me parece bien, Em.

–Sí, es lo que más deseo.

–¿Qué pasa si digo que no, que no creo que una relación pueda sostenerse con una separación tan larga?

–No lo sé –susurró ella, mientras otra lágrima se deslizaba por su mejilla–. Entiendo tu punto de vista, soy consciente de que sería duro –le miró a los ojos al preguntar–: ¿Pero sería más duro que no volvernos a ver nunca más, que no tenernos el uno al otro?

Aquellas palabras le impactaron de lleno. Había vivido durante años sin ella y, a pesar de tener una mujer que le amaba y un hijo, le había faltado una parte de su alma. Las cosas no iban a mejorar mucho si volvía a perderla, sobre todo después de haber estado a punto de conseguir al fin que su relación funcionara.

–Boone, por favor, di algo. Dime lo que piensas.

–Pienso que no voy a acertar con nada de lo que diga. Si te digo que rechaces la oferta, que tienes que darle prioridad a nuestra relación y que lo nuestro no soportará el desgaste de una separación tan larga, estaré siendo egoísta y poco razonable.

—Eso no es verdad. Te aseguro que, en el fondo, soy plenamente consciente de que estoy pidiéndote demasiado.

—Pero aun así quieres aceptar ese trabajo, porque te ha aportado algo que te faltaba. ¿Cómo puedo obligarte a renunciar a algo así, si te amo con todo mi corazón?

—Esto es una mierda, ¿verdad? —le dijo ella, mientras su llanto arreciaba.

Él sonrió y le secó las lágrimas con una servilleta antes de contestar:

—Creo poder afirmar que, si estuviéramos hablando de una idea que realmente fuera una mierda, no tendríamos este problema. Tú no estarías debatiéndote sobre si debes aceptar o no ese trabajo, y yo no estaría debatiéndome sobre si debo dejarte ir.

—¿Esa es tu solución?, ¿dejarme ir? —le preguntó ella, alarmada.

—Em, tienes que tener la libertad necesaria para emprender ese proyecto. Si B.J. y yo formamos parte de tu vida, estoy seguro de que te sentirás culpable a todas horas aunque cuentes con mi aquiescencia. Estarías convencida de no estar haciendo bien las cosas ni en un sitio ni en el otro. ¿Tengo razón?, ¿sí o no?

—Sí —admitió ella a regañadientes.

—En ese caso, tienes que emprender este proyecto sin tener que preocuparte por mí a cada momento. Tienes que entregarte a tu trabajo al cien por cien y, cuando el proyecto esté en marcha y hayas visto cómo tienes que organizar el trabajo, podremos ver en qué situación estamos y tomar una decisión.

Ofrecerse a dejarla ir, aunque solo fuera de forma temporal, fue lo más difícil que había hecho en toda su vida, pero sabía que era lo mejor. Emily no iba a poder hacer aquel trabajo en condiciones si estaba preocupada a todas horas por fallarle a él.

Ella se echó hacia atrás en el sofá y le miró atónita.

–Creía que a lo mejor te enfadabas, que podrías pedirme que escogiera entre mi trabajo y tú, pero no esperaba que rompieras conmigo. ¿Se supone que debo alegrarme de que no me hayas dado un ultimátum?

Boone frunció el ceño al ver que estaba enfadada.

–Estoy haciéndolo por ti, para que tengas la libertad de emprender un proyecto que está claro que quieres hacer.

–No, estás diciéndome que me vaya y acepte el trabajo, pero que no cuente contigo. Estás tocando a retirada para no correr más riesgos, ¡eres un manipulador!

Aquella acusación le pareció muy injusta.

–¡Eso no es verdad! ¡Estoy intentando ser justo!

–¿Qué tiene de justo perderte antes de que intentemos siquiera que las cosas funcionen? –le preguntó ella, antes de ponerse en pie y de empezar a pasear de un lado a otro–. ¿Qué pasa?, ¿estabas buscando una excusa para cortar conmigo? ¿Nuestra relación se ha vuelto demasiado complicada para ti? ¡Pues la vida se complica a veces, y las cosas no se solucionan con un gesto supuestamente magnánimo!

Él no entendía nada de nada. Sí, era un hombre y los de su género tenían fama de ser un poco cortos de entendederas en ciertos asuntos, pero había pensado que estaba haciendo lo correcto. No quería romper con ella por nada del mundo, así que se le había ocurrido darle un par de meses para darle tiempo a que se centrara en aquel nuevo trabajo, y entonces volver a retomar la relación. Estaba claro que ella no lo veía así... al igual que, años atrás, él no había visto su partida como algo temporal.

Al ver que la conversación estaba a punto de descarrilar, se propuso volver a encauzarla de nuevo y le pidió con más calma:

–De acuerdo, cielo, tranquilízate. Vamos a volver a

subir al tren. Está claro que he bajado en la estación equivocada, igual que hace diez años. Vamos a intentar dejar las cosas muy claras, ¿cómo esperabas arreglar esto?

–¡Así no, desde luego! –le gritó, mientras paseaba de un lado a otro con paso airado y las mejillas encendidas de furia.

Boone aprovechó que pasó por delante de él para agarrarla de la mano.

–Siéntate, por favor. Vamos a intentar solucionar esto.

–¿Qué quieres solucionar? Al ver que las cosas no iban como tú querías, que yo no iba a renunciar a mi vida y a mudarme aquí, has decidido cortar por lo sano.

Boone cerró los ojos y deseó que existiera algún guion que le marcara las pautas a seguir. Aquella situación le parecía idéntica a la que habían vivido diez años atrás. Los dos habían visto una situación desde perspectivas distintas, se había generado un malentendido, y todo había desembocado en una separación definitiva que distaba mucho de la ruptura temporal que ella creía haber pedido.

–Te juro que no he querido decir eso, igual que tú no quisiste decir lo que yo interpreté hace diez años. Es como si se hubieran invertido los papeles. Lo único que estoy sugiriendo es un pequeño paréntesis en nuestra relación, y parece que tú lo ves como un punto final.

–Claro, porque eso es lo que te he oído decir.

–Vale, volvamos a intentarlo. Dime cómo crees que podríamos organizarnos para que esto funcionara.

Ella le miró con una cara de impotencia que le rompió el corazón, y susurró:

–No lo sé. Podríamos llamarnos por teléfono, vernos los fines de semana... es lo que acordamos cuando retomamos nuestra relación.

–Sí, pero no hablamos de cuánto tiempo iba a durar esa situación, ni de cómo íbamos a acabar por solucionarla. ¿Creías que íbamos a seguir así para siempre?

Ella suspiró antes de sentarse a su lado.

—Te aseguro que ni yo misma me había dado cuenta, pero... Sí, parece ser que eso era lo que yo creía —le miró a los ojos al preguntar—: ¿Tú no?

—No. Yo creía que nuestras agendas empezarían a encajar mejor, no pensé que la cosa fuera a ir a peor.

—Y diste por hecho que viviríamos aquí.

Boone asintió, pero se dio cuenta de que había sido egoísta al dar aquello por sentado.

—¿Qué va a pasar ahora, Boone?

—Creo que los dos deberíamos pensar un poco más en todo esto, aclararnos las ideas y plantearnos qué es lo que estamos dispuestos a sacrificar con tal de que lo nuestro funcione —volvió a acariciarle la mejilla antes de añadir—: Pero no quiero que sacrifiques este proyecto, Emily. Por nada del mundo quiero que renuncies a esta oportunidad de hacer algo que es tan importante para ti. A lo mejor nos viene bien pasar un tiempo separados, la verdad es que me cuesta pensar con claridad cuando te tengo cerca y tan solo puedo centrarme en cuánto deseo hacerte el amor y mantenerte junto a mí por siempre jamás.

Ella respiró hondo al oír aquello, y entonces se acurrucó contra él y apoyó la cabeza en su hombro.

—Sí, cuando estamos juntos se enturbia la capacidad de razonar, ¿verdad? —se quedó callada, y al cabo de unos segundos le miró—. Aunque la verdad es que no todo en la vida debería ser totalmente razonable.

—Eso es verdad —admitió él, sonriente—. Creo que cuando me precipité y te pedí matrimonio fue porque me daba miedo que llegara un momento como este. Si hubieras aceptado casarte conmigo, ahora no habríamos tenido más remedio que superar juntos este escollo.

—Eres un iluso —le dijo ella en tono de broma—. Cuando las cosas se ponen demasiado difíciles es cuando mucha gente se divorcia.

—Nosotros no —afirmó él con convicción.

—Eres tú el que quería darse por vencido hace menos de diez minutos.

—¡Eso no es verdad! Solo he sugerido un paréntesis para que nos aclaráramos las ideas.

—Nada de paréntesis, iremos viendo cómo va todo día a día. Voy a aceptar ese trabajo porque siento la necesidad imperiosa de hacerlo, pero eso no significa ni por un segundo que vaya a renunciar a lo que hay entre nosotros dos.

—En ese caso supongo que yo tampoco puedo hacerlo, ni siquiera de forma temporal. ¿Cuándo empiezas a trabajar?

—Después del uno de enero.

—¿Piensas venir a pasar las Navidades aquí?

—Sí, claro que sí. Mi idea es intentar llegar a tiempo de ver la obra de Navidad de B.J., y quedarme hasta Año Nuevo.

—En ese caso, aprovecharemos al máximo todos y cada uno de los días que tengamos.

Aún no estaba convencido al cien por cien de que pudieran sobrellevar una separación como la que iba a generar aquel nuevo proyecto, pero había muchas parejas que lo lograban... aquellas en las que alguno de los miembros de la pareja estaba en el ejército, por ejemplo. Bastaría con que se recordara a sí mismo lo mal que lo había pasado cuando creía que la había perdido para siempre; seguro que, en comparación con aquel periodo de vacío en su vida, iba a bastarle con saber que ella iba a volver a casa, que tarde o temprano iba a volver a tenerla entre sus brazos.

Emily tomó un vuelo a Denver y allí tomó otro con destino a Aspen, y se pasó el viaje entero deseando sentirse más aliviada por haber logrado resolver las cosas con Boone. El problema era que sabía que, bajo el aparente acuerdo al que habían llegado, subyacían un montón de dudas. Boone estaba dispuesto a intentar que aquello funcionara, pero no estaba convencido de que fuera posible conseguirlo.

Se preguntó si estaba siendo injusta al insistir en intentarlo, quizás habría sido más sensato cortar por lo sano... pero aquel había sido el camino que había tomado años atrás, y su decisión había resultado ser un desastre.

No, no iban a romper su relación. Iban a esforzarse de verdad por conseguir que aquello funcionara. Por primera vez en años, había logrado alcanzar el equilibrio en su vida... tenía un trabajo que la motivaba de verdad, y un hombre al que amaba con toda su alma.

Los siguientes días fueron una vorágine de actividad, ya que dio la impresión de que surgían problemas con todos y cada uno de los detalles del hotel de montaña. Una entrega enorme de muebles sufrió un retraso, y la nieve que esperaban no hizo acto de presencia hasta el peor momento posible: justo cuando estaba previsto que llegaran por fin los muebles. Las carreteras se volvieron intransitables temporalmente, los ánimos fueron caldeándose, y las licencias de ocupación dependían de que los contratistas corrigieran una lista aparentemente interminable de problemas técnicos que, por suerte, no eran demasiado graves.

Ella trabajaba desde que salía el sol hasta altas horas de la noche, intentando que todo estuviera listo en la fecha prevista. Tras una semana de preocupaciones y actividad ininterrumpidas, por fin pudo tomarse un respiro y se sentó sonriente con Derek y su esposa frente a la cálida chimenea.

—¡Vamos a conseguirlo! —anunció, triunfal.
—Empezaba a tener mis dudas —admitió él.

—Yo no —les aseguró Tricia—. Sabía que Emily lo tenía todo bajo control, y yo también he cumplido con mi parte del trabajo. He contratado a la mejor empresa de catering de la zona para la gran inauguración, el chef es fabuloso, los camareros conocen a la perfección su trabajo, y nuestros profesores de esquí son excelentes. Auguro un gran éxito.

—Yo también —afirmó Emily, antes de alzar su copa en un brindis.

Derek lanzó una mirada hacia el abeto que había en el vestíbulo. El majestuoso árbol había sido decorado con cientos de parpadeantes luces de colores y con unas enormes y brillantes bolas rojas, doradas y verdes; a sus pies, un tren circulaba por un pueblo nevado, y en las laderas de las montañas de aquel paisaje invernal habían colocado pequeños esquiadores.

—Me encanta ese tren —comentó él, sonriente—. No sé por qué no se me ocurrió a mí esa idea. Mis hermanos y yo teníamos uno parecido, aunque era bastante más sencillo que este.

Emily pensó en Boone mientras contemplaba el tren. Apenas había hablado con él durante aquella última semana, ya que en varias ocasiones no habían logrado contactar y las dos veces que lo habían conseguido habían tenido charlas breves y de lo más insatisfactorias. No podía evitar preguntarse si él estaba distanciándose, sobre todo teniendo en cuenta que cuando había intentando contactar con él tanto el día anterior como a lo largo de aquella jornada sus llamadas habían ido directas al buzón de voz. El hecho de que él ni siquiera le hubiera devuelto las llamadas era todavía más preocupante.

En una semana iba a averiguar lo que estaba pasando, ya que tenía previsto regresar a Carolina del Norte. No tenía más remedio que esperar hasta entonces para saber si Boone había cambiado de opinión acerca de lo que habían hablado, ya que tenía que centrarse en que el hotel estuviera listo para su inauguración y no podía permitirse distracciones. Le había hecho una promesa a Derek, y no estaba dispuesta a incumplirla.

—¿Te pasa algo? —le preguntó Tricia con preocupación.

—No, estaba pensando en todo lo que queda por hacer mañana.

—Esa no era la cara de una mujer que está pensando en el trabajo, yo diría que estabas pensando en tu pareja.

—Vale, me has pillado —le contestó, sonriente—. Debo admitir que estoy deseando regresar a Carolina del Norte la semana que viene, va a ser la primera vez en mucho tiempo que paso las Navidades allí. B.J. actúa en una representación navideña la misma noche de mi regreso, está emocionadísimo y yo estoy deseando verle.

El niño sí que había estado en contacto con ella casi a diario, y cada vez que hablaban había conseguido hacerla sonreír con su entusiasmo ante la inminente llegada de las Navidades y de Santa Claus. Ella empezaba a comprender por qué la gente decía que lo mejor de las fiestas era ver la Navidad a través de los ojos de un niño.

—Estoy convencida de que vas a pasar unas Navidades muy felices, y yo nunca me equivoco en estas cosas —le dijo su amiga.

Derek comentó con ironía:

—Si algo no va como ella quisiera, interviene para salirse con la suya. Ten cuidado con mi mujer, Emily. Es una metomentodo.

—Las metomentodos no me asustan, tengo un montón de ellas en mi familia.

—Pero ninguna es como Tricia, te lo aseguro. Si me disculpas, tengo que ir a revisar un par de cosas antes de acostarme. Mañana va a ser un día ajetreado, hay que asegurarse de que todo está listo para el evento de la noche.

—Yo también me voy —dijo Tricia, antes de ponerse en pie y de despedirse de Emily con un beso en la mejilla—. Que duermas bien, has hecho un trabajo fantástico.

Emily miró a su alrededor cuando la pareja se marchó, y asintió con satisfacción. Había cumplido con lo prometido con creces, pero no sentía aquella emoción que la había embargado al abrir aquel modesto centro de acogida para mujeres que tanto necesitaban un lugar seguro donde refugiarse. Aquella misma mañana, Sophia le había mandado fotos del sencillo árbol de Navidad que habían puesto. Estaba decorado con ornamentos de papel que habían hecho los niños, y a ella le había parecido el árbol más bonito que había visto en toda su vida.

Capítulo 23

Después de pasar días sin lograr pegar ojo por la noche, Boone tomó una decisión. No podía volver a perder a Emily, no podía perderla por una mera cuestión de orgullo y sin haberlo intentado todo con tal de lograr que aquella relación funcionara.

—Pete, ven a mi despacho.

Se lo ordenó sin detenerse al pasar junto a él, y Pete obedeció de inmediato.

—Ya voy, jefe. Dime.

Boone se sentó tras su escritorio antes de decir:

—Quiero que te olvides de Charleston. Has estado esforzándote en vano, está claro que no van a aceptar nuestras condiciones.

—Tienes razón, pero no me gusta tener que rendirme. ¿Te traigo el listado de opciones para que volvamos a revisarlo?

—No. Quiero opciones nuevas, pero esta vez en el sur de California.

Pete le miró boquiabierto.

—¿Dónde, exactamente? ¿En Los Ángeles?, ¿San Diego?

—Los Ángeles. Busca en Beverly Hills, en Santa Mónica, en Redondo Beach... donde sea.

—Sabes tan bien como yo que allí las propiedades son

tan caras como en Nueva York, y el mercado es igual de competitivo –le miró ceñudo, y añadió–: Estabas totalmente en contra de esa opción, no lo entiendo.

–Emily va a tener que permanecer una larga temporada en Los Ángeles, y no va a estar allí sin mí. Tú te harás cargo del funcionamiento de nuestros restaurantes de la Costa Este, puedes contratar a un asistente si lo necesitas. Yo vendré de vez en cuando.

Pete volvió a mirarlo boquiabierto, y al final alcanzó a preguntar:

–¿Significa eso un ascenso?

Boone se echó a reír.

–Sí, y también recibirás un aumento de sueldo para que puedas costear tus frecuentes viajes a Nueva York.

–Dudo mucho que eso cuaje, pero lo del ascenso es genial. ¿Para cuándo quieres la información de Los Ángeles?, ¿te va bien a principios de año?

–No, la quiero para ayer. Recibirás una bonificación si consigues encontrar una propiedad perfecta hoy mismo, para que pueda tomar un vuelo mañana para ir a verla; ah, por cierto, de allí me iré directamente a pasar un par de días en Colorado.

Daba la impresión de que a Pete le costaba asimilar todo aquello, era la primera vez que Boone hacía algo tan impulsivo.

–Eres una caja de sorpresas, ¿seguro que estás bien? –le preguntó con preocupación.

–Mejor que nunca –le contestó Boone. Acarició con la punta de los dedos la gruesa invitación de papel vitela para la inauguración del hotel de montaña, y admitió sonriente–: He tardado mucho tiempo en tener al alcance de la mano lo que quiero, y esta vez no voy a dejarlo escapar.

Aunque le habían dicho a Emily en reiteradas ocasiones

que ella no tenía que encargarse de nada durante la gran fiesta de inauguración, que su tarea de dejar a punto el hotel había sido completada con éxito y que podía relajarse y disfrutar de su estatus de invitada especial, no podía evitar recorrer el abarrotado lugar en busca de cualquier fallo que se le hubiera podido pasar por alto. ¿Había asientos suficientes para tanta gente?, ¿bastaba con la cantidad de mesas auxiliares que habían colocado para que los invitados pudieran dejar sus bebidas?, ¿existía el riesgo de que alguien tropezara con el borde levantado de alguna alfombra?

Tricia frunció el ceño al verla, y le dijo con reprobación:

—¡Estás trabajando! ¿No te he dicho que disfrutes de la velada? Te lo has ganado, Emily.

—Es la fuerza de la costumbre —admitió ella, con una carcajada—. Sophia ha dejado de invitarme a los eventos que organiza, porque dice que mi obsesión por comprobar que todo va bien pone nerviosos a los invitados.

La sonrisa de su amiga se ensanchó aún más.

—Yo no voy a echarte de esta fiesta tan fantástica, pero sí que voy a ordenarte que salgas a dar un paseo y que respires el increíble aire de la montaña hasta que te relajes por completo. Después vuelves a entrar y disfrutas de este carísimo champán.

—Vale, ¡a la orden! —Emily la abrazó antes de añadir—: Gracias.

—Soy yo la que tiene que darte las gracias. Has obrado todo un milagro en un tiempo récord, y sin asesinar al exigente de mi marido.

—Prefiero un cliente que sabe lo que quiere a los que cambian de opinión cada dos por tres. Anda, ve y disfruta de tu éxito. Yo voy a salir fuera para contemplar ese increíble cielo despejado y el paisaje de cuento de hadas.

Subió a su habitación a por el abrigo, la bufanda y los guantes, y al salir al amplio porche del hotel quedó cautivada por la imagen que tenía ante sus ojos. Era como una postal navideña... las montañas nevadas al fondo, los majestuosos abetos a lo largo del camino de entrada cubiertos de parpadeantes lucecitas blancas... Derek se había propuesto que la entrada del hotel fuera mágica, y lo había logrado.

—Esto es precioso.

Aquella voz inesperada que emergió de entre las sombras la tomó por sorpresa, y se dio la vuelta de golpe sin poder creer lo que acababa de oír.

—¡Boone! —al verle salir a la luz y caminar hacia ella, le dio un brinco el corazón y se lanzó a sus brazos sin pensárselo dos veces—. ¡Eres tú de verdad! ¿Cuándo has llegado?, ¿cómo...?

—Recibí una invitación, ¿no fuiste tú quien me la envió?

—No, pero creo saber quién fue.

Derek le había advertido que su esposa era una metomentodo, y estaba claro que Tricia había pensado que era una oportunidad perfecta para darle un empujoncito a su relación con Boone.

—Supongo que por eso no ha habido forma de contactar contigo en estos últimos días, ¿no? O temías estropear la sorpresa, o venías de camino.

—Algo así —le dijo él, con un tono de lo más misterioso, antes de rodearla con un brazo y apretarla contra su costado—. Creo que nunca antes había visto algo tan hermoso.

Emily alzó la mirada y se dio cuenta de que la estaba mirando a ella, no al maravilloso paisaje.

—Te he echado de menos —admitió—. Estaba aterrada pensando que a lo mejor habías cambiado de idea.

—Nunca voy a cambiar de idea en lo que respecta a nuestra relación, lo nuestro es un hecho.

—Gracias a Dios —susurró ella, mientras se acurrucaba

aún más contra su cuerpo–. ¿Quieres entrar para ver el hotel por dentro y llevar tu equipaje a mi habitación?

Él se echó a reír y admitió:

–Creo que será mejor que evitemos ir a tu habitación por ahora, a lo mejor no salimos nunca de allí. Me gustaría quedarme aquí fuera unos minutos más, si tú no tienes frío. ¿Estás bien?

–Estoy de maravilla desde que te he visto. ¿Has traído a B.J.? Le llamé hace un rato y no paraba de hablar de la obra de teatro del cole, pero no se le ha escapado ni media palabra sobre la sorpresa que ibas a darme.

–Es que él no sabe que estoy aquí, me limité a decirle que tenía que hacer un viaje de negocios. Se ha quedado en casa de Frank y Jodie, la próxima vez nos lo traeremos. Este sitio va a encantarle, pero seguro que quiere aprender a esquiar.

–Lo dices como si fuera algo horrible, ¿te da miedo esquiar?

–No, lo que me da miedo es chocar contra un árbol –frunció el ceño al verla reír–. Supongo que tú eres toda una experta, ¿no?

–No, yo prefiero quedarme aquí y no subir a lo alto de la montaña.

–Pero te ríes de mí, ¡me parece injusto!

–¡Ja! ¡Pues vas a tener que aguantarte!

De repente se sentía increíblemente despreocupada, ebria de felicidad. Boone estaba allí, con ella. Había ido a darle una sorpresa, y había afirmado de forma tajante que lo que había entre ellos era un hecho. Estaba convencida de que eso quería decir que todo iba a salir bien, a pesar de que hubiera algún bache a lo largo del camino. Todo parecía indicar que iban a ser unas Navidades llenas de felicidad.

Cuando Boone despertó con Emily entre sus brazos,

le embargó una profunda sensación de paz. Así era como debía ser... los dos juntos, compartiendo momentos mágicos.

Se volvió hacia la mesita cuando su móvil empezó a sonar y frunció el ceño al ver el número de Jodie en la pantalla, pero sofocó un suspiro de resignación y contestó.

—Buenos días, Jodie. ¿Qué tal estás?

—He tenido días mejores —le contestó, con aquella sequedad tan típica en ella.

—¿Te pasa algo?, ¿le ha pasado algo a B.J.?

—Por supuesto que no, está con nosotros —le espetó ella con irritación.

—Entonces ¿cuál es el problema?

—Creía que te habías ido por una cuestión de negocios, y de repente descubro que estás con esa mujer.

Boone se dio cuenta de que le habían pillado. Le había dicho a Jodie que pensaba viajar a California y después a Colorado, pero había evitado mencionar a Emily de forma deliberada. Estaba claro que alguien se había ido de la lengua y, como era bastante improbable que Jodie hubiera estado conversando con Cora Jane, la respuesta obvia era Pete. No había pensado en advertirle que guardara aquello en secreto.

—Como está claro que ella te importa más que tu propio hijo, Frank y yo vamos a llevárnoslo a pasar las fiestas en Florida. Así podrás hacer... lo que sea que hagas con esa mujer.

Boone se sentó en el borde de la cama y consiguió tragarse a duras penas una imprecación. No iba a conseguir nada si perdía los nervios, pero tenía la impresión de que era una pérdida de tiempo intentar razonar con Jodie.

—Ni se os ocurra —le advirtió con voz controlada.

—La decisión está tomada, está claro que ella es más importante para ti que tu hijo.

—No, lo que está claro es que cometí un error al darte la oportunidad de quedarte unos días con tu nieto. Si se me hubiera pasado por la cabeza que intentarías tergiversar las cosas para sacar provecho de la situación, me habría traído a B.J., pero te aseguro que no voy a volver a cometer esa equivocación. Si quieres una guerra abierta, la vas a tener.

—Tendría que haberme dado cuenta de que recurrirías a las amenazas —comentó ella con indignación.

—Pásame a Frank.

—Me temo que eso no va a ser posible, está metiendo el equipaje en el coche.

Como era una pérdida de tiempo seguir hablando con ella, Boone cortó la llamada sin más y llamó a Frank, que contestó a la primera y habló antes de que él pudiera decir una sola palabra.

—Lo siento de veras, Boone. He intentado razonar con ella, pero está empeñada en seguir adelante con esto y se habría marchado sola con el niño si me hubiera negado a llevarla. Así al menos podré tener la situación bajo control.

—Sabes que no tengo nada en tu contra y que entiendo el dolor de Jodie, pero no tenéis mi permiso para llevaros a B.J. a Florida. No me obliguéis a llamar a las autoridades. Por el bien de mi hijo y por el vuestro, no quiero llegar a esos extremos. Por favor, hazla entrar en razón antes de que esto nos lleve a un callejón sin salida.

—Haré lo que pueda, pero si no consigo que cambie de opinión sabes dónde encontrarnos. B.J. va a estar a salvo, yo me encargo de eso.

Boone colgó y empezó a llamar a una compañía aérea tras otra; a esas alturas, Emily se había despertado y se había percatado de lo que estaba pasando.

—Es por mí, ¿verdad? Jodie se ha desquiciado porque estás aquí conmigo —comentó, sin expresión alguna en la voz.

—Yo creo que está desquiciada desde hace tiempo —sabía que estaba dejándose llevar por el dolor y la rabia. Se había esforzado por ser comprensivo, pero aquella era la gota que colmaba el vaso.

—¿Se van a Florida?

—Sí, a menos que Frank logre hacerla entrar en razón.

—Entonces será mejor que vayas directamente allí, ¿no? Sería una pérdida de tiempo ir primero a Carolina del Norte. Iré contigo.

Boone negó con la cabeza. Necesitaba con desesperación tenerla a su lado, pero no quería caldear aún más la situación. No sabían cómo podría reaccionar Jodie si les veía llegar juntos.

—Tienes razón en lo de Florida, pero tengo que ir yo solo.

Los ojos de Emily se oscurecieron, pero mantuvo su rostro inexpresivo al contestar:

—Claro, lo entiendo. ¿Para qué empeorar aún más las cosas?

—Iré a por B.J. y estaremos de regreso en Carolina del Norte a tiempo para Navidad.

Fingió no darse cuenta de que ella tenía los ojos llenos de lágrimas, aunque se sentía desgarrado por dentro. Estaba haciendo que se sintiera excluida, cuando lo único que había hecho ella era quererles a su hijo y a él.

Al cabo de una hora, tenía hechas las reservas y Emily le llevó al aeropuerto.

—¿No piensas irte hoy? —le preguntó, sorprendido, al ver que no había llevado equipaje.

—Sí, pero más tarde.

Él la besó con todo el amor que sentía por ella, y le recordó con vehemencia:

—Te amo, Emily. No permitiremos que nada nos separe, ¿de acuerdo? Estaré en Carolina del Norte dentro de un par de días como muy tarde, vamos a tener unas Navidades fantásticas.

—Vale –le contestó, con una sonrisa forzada.

Emily permaneció allí hasta que le vio pasar el control de seguridad, y se despidió de él con la mano una última vez. Boone sintió que se le rompía el corazón al verla tan desolada, pero en ese momento no podía hacer nada al respecto. Su mente estaba centrada en recuperar a su hijo y llevarlo sano y salvo a casa.

Boone llamó a Frank para alertarle de cuáles eran sus planes, y gracias a eso consiguió llegar a casa de los Farmer antes que ellos. Su exsuegro había perdido tiempo a propósito durante el trayecto, y había tomado varios rodeos con la excusa de mostrarle a B.J. las vistas.

Jodie no se había dado cuenta de aquella artimaña de su marido, o para cuando se había percatado de lo que pasaba ya era demasiado tarde, y se quedó de piedra cuando llegaron y le encontraron parado junto a un coche de alquiler delante de su casa.

B.J. echó a correr hacia él en cuanto le vio.

—¡Papá! ¡No sabía que ya estabas aquí!

—He venido en cuanto me he enterado que teníais pensado hacer este viaje.

Jodie se volvió enfurecida hacia su marido.

—¡Tú sabías que iba a estar esperándonos aquí!

—Sí, no me ha quedado más alternativa que ayudarle al ver que te negabas a ser razonable. No iba a permitir que tu actitud irracional nos metiera en problemas legales.

—¿Te parece irracional querer mantener a nuestro nieto apartado de la mujer que arruinó la vida de nuestra hija?

—¡Ya basta, Jodie! Hablaremos de esto más tarde –le ordenó su marido, señalando con un gesto sutil a B.J. para recordarle que estaba presente.

Al ver que su hijo estaba mirándoles con cara de desconcierto, Boone esbozó una sonrisa forzada y procuró mostrar naturalidad al decir:

–Venga, campeón, dales las gracias a tus abuelos por traerte con ellos para que te divirtieras haciendo este viaje, y ve a por tu maleta. Tenemos que volver a casa para estar allí antes de Navidad.

–¡Pero si yo creía que los abuelos iban a pasar las fiestas con nosotros!, me dijeron que íbamos a celebrarlas aquí todos juntos.

–Este año no va a poder ser –le explicó Frank–. Iremos a verte dentro de un par de semanas para que nos enseñes todos los regalos que te ha traído Santa, y tú y yo iremos a pescar.

–Vale –abrazó a su abuelo por la cintura con fuerza, y le dijo–: Te quiero.

–Yo también te quiero.

Jodie estaba llorando cuando el niño se acercó a abrazarla. Lo estrechó con fuerza contra sí y susurró con voz quebrada:

–No olvides nunca lo mucho que te quiero.

–Claro que no.

Boone miró por el retrovisor mientras se alejaban, y vio que Frank había tomado a su mujer entre sus brazos mientras ella lloraba a lágrima viva. Le dolió ver aquella imagen, pero sabía que no había tenido más remedio que obrar como lo había hecho. Estaba convencido de que al final iban a lograr alcanzar un entendimiento, pero solo sería posible cuando Jodie pudiera dejar a un lado aquel deseo de venganza tan irracional que sentía contra él.

Tendría que sentirse aliviado por tener a su hijo sano y salvo a su lado y por poder regresar a casa, pero no podía quitarse de la cabeza la expresión que había visto en el rostro de Emily cuando se habían despedido en el aeropuerto. Tenía la impresión de que aún no había dejado atrás todos sus problemas.

Boone llegó agotado a su casa después de cruzar el país en avión rumbo a California, pasar la noche en Colorado, ir a toda prisa a Florida, y regresar en coche a Carolina del Norte. Habría preferido realizar el trayecto desde Florida en un solo día, pero habría sido una imprudencia teniendo en cuenta el cansancio que tenía acumulado. Cuando llegaron a casa, decidió que antes de ir a hablar con Emily sería mejor que tanto B.J. como él disfrutaran de una buena noche de sueño.

–Me perdí la obra de teatro de anoche –le dijo el niño, mohíno, mientras desayunaban al día siguiente–. La abuela Jodie me dijo que ya habrá otras en el futuro, pero yo tenía muchas ganas de salir en esta. ¿Tú crees que Emily llegó a tiempo de ir a verla?

–Ella había planeado llegar a tiempo para ir a verte actuar, pero sabía que tú no estabas aquí, así que a lo mejor decidió no ir. Lo sabremos cuando la veamos dentro de un rato.

Cuando llegaron al Castle's by the Sea varias horas después, no había ni rastro de ella. Cora Jane cruzó el comedor al verlos, se llevó aparte a Boone, y le dijo sin andarse por las ramas:

–No sé qué es lo que ha pasado, pero Emily me llamó ayer para avisarme de que no va a pasar las Navidades aquí. Me dijo que eso sería lo mejor, ¿se puede saber a qué se refería?

Él sintió que se le caía el alma a los pies.

–Maldición, me temía que pasara algo así.

–¿Pasó algo en Colorado?

–Sí, pero no es lo que tú estás pensando. Jodie volvió a darnos problemas.

Cuando le contó que había tenido que dejar a Emily en Colorado para ir a buscar a B.J., Cora Jane suspiró pesarosa.

—Ahora entiendo por qué noté tan triste a mi nieta cuando hablamos por teléfono. Lo siento mucho, Boone. Estaba convencida de que esta vez lo vuestro sí que iba a funcionar, sobre todo cuando vi que decidías viajar a Colorado para verla.

—Va a funcionar, te lo aseguro. Solo tengo que hablar con ella y aclarar un par de cosas.

—¿De verdad crees que vas a lograrlo? —le preguntó, esperanzada.

—Tengo que hacerlo.

—Si hay algo que tengo claro, es que el corazón de mi nieta está aquí aunque ella esté a kilómetros de distancia. Esa muchacha te ama de verdad, Boone. Eso debería bastar.

Él la abrazó y notó que parecía más frágil que de costumbre.

—Siempre has sido mi fan número uno, Cora Jane. ¿Por qué no vienes a cenar esta noche a mi casa? Deja que sea yo quien cocine para variar, a lo mejor puedes ayudarme a idear una estrategia para solucionar este embrollo.

—Soy una mala sustituta de mi nieta.

Él le acarició la mejilla antes de decirle con vehemencia:

—Tú no eres la sustituta de nadie. Formas parte de mi familia y siempre será así, al margen de lo que pase con mi relación con Emily.

Gracias a Dios, esa era la pura verdad.

La parrilla estaba lista para meter el pescado, la verdura estaba regada con aceite, sazonada con sal y pimienta, y cubierta con papel de aluminio. Como volvía a hacer un buen tiempo impropio de aquella época del año, Boone había dejado preparada la mesa de la terraza y había conseguido que B.J. fuera a ducharse. Cora Jane iba a llegar de un momento a otro.

Oyó a través de la ventana abierta que un coche se acercaba por el camino de grava y fue a la sala de estar para abrir la puerta, pero se quedó boquiabierto al ver que fue Emily quien salió por la puerta del conductor.

A pesar de la distancia, saltaba a la vista lo nerviosa y vacilante que estaba.

—¿Hay comida para uno más? —le preguntó ella, mientras ayudaba a su abuela a bajar del coche.

—Aquí siempre hay comida para uno más, es una lección que aprendí de Cora Jane. Las visitas inesperadas siempre son bien recibidas.

Las dos caminaron hacia la casa, y, cuando llegaron, Cora Jane le dio un apretón en la mano y le preguntó:

—¿B.J. está dentro?, me muero de ganas de que me enseñe alguno de esos juegos que tanto le gustan.

Él se limitó a asentir, ya que era incapaz de apartar la mirada de Emily; cuando se quedó a solas con ella, comentó:

—Creía que habías decidido no pasar las Navidades aquí.

—Sí, yo también, pero cuando regresé a California y llegué a mi enorme casa vacía empecé a plantearme dónde quería estar realmente. Llevaba mucho tiempo soñando con lo maravilloso que iba a ser pasar todos juntos estas fiestas, y había una única forma de conseguir que esos sueños se convirtieran en realidad. Así que decidí tragarme mi orgullo y volver.

—¿Qué tiene que ver tu orgullo en todo esto? —le preguntó, ceñudo.

—Lo heriste cuando no quisiste que fuera contigo a

buscar a B.J., Boone. Empecé a pensar que las cosas iban a ser así siempre, que Jodie iba a seguir buscando la forma de interferir en nuestra relación y causarnos problemas, y supuse que tarde o temprano acabarías por hartarte y yo saldría perdiendo.

–¡Ni hablar! Lo de Jodie acabará por resolverse. A lo mejor tengo que iniciar acciones legales, he pensado en garantizarle derechos de visita para que tenga la certeza de que no va a perder a su nieto. Puede que eso baste para hacerla entrar en razón.

–¿Y si no es así?

–Pues será ella la que salga perdiendo.

–No, será B.J. quien lo haga, y eso es algo que debemos evitar.

Consciente de que aquello era cierto, Boone soltó un profundo suspiro y admitió:

–Sí, tienes razón –la apretó contra su cuerpo y le rozó los labios con los suyos–. Pero es un problema mío, y yo me encargaré de solucionarlo.

Lo dijo con la intención de tranquilizarla, pero ella se tensó y se apartó de él antes de preguntar con voz suave:

–¿No crees que deberíamos solucionar los problemas juntos, sobre todo cuando se trata de algo tan importante como esto?

Boone se dio cuenta de que había metido la pata, y se apresuró a corregirse.

–Sí, claro que sí. Lo que quería decir es que yo soy el culpable de que Jodie esté causándonos problemas, y por eso la responsabilidad es mía.

Dio la impresión de que a ella no le convencía del todo aquella explicación, pero lo dejó pasar. Le tomó del brazo y se apretó contra su costado antes de comentar:

–Cuesta creer que hace un par de días estuviéramos helándonos en el porche de un hotel de Aspen, y que ahora estemos aquí fuera sin chaqueta. Hasta en Los Ángeles hace frío, eso hace que se respire un ambiente más navideño.

–Yo siempre he pasado las Navidades aquí, así que me suena raro cuando la gente quiere que nieve y haga frío –la miró a los ojos, y decidió que había llegado el momento de contarle la decisión que había tomado–. ¿Qué te parece si el año que viene las pasamos en Los Ángeles?, apuesto a que estaré muy ocupado allí en esas fechas.

–¿Qué quieres decir? –le preguntó, desconcertada.

–Este verano que viene vamos a abrir un restaurante en Santa Mónica, así que en un futuro próximo voy a pasar mucho tiempo allí. ¿Podrías aconsejarme un buen lugar donde vivir?, tendría que ser una zona donde haya algún buen colegio para B.J. –al ver que parecía haber enmudecido, insistió–: ¿Qué te parece la idea?

–¿Lo dices en serio?, ¿vas a venir a vivir a Los Ángeles? –le preguntó, maravillada.

–Tú tienes mucho trabajo allí, y no quiero tener que soportar una larga separación. Me pareció una solución razonable.

–¿Qué pasa con tus otros restaurantes?

–Pete va a estar al mando de los asuntos de la Costa Este, al menos por ahora –la miró a los ojos, y le recordó con voz suave–: Aún no me has dado una respuesta.

Ella esbozó una sonrisa.

–Que yo sepa, lo único que me has preguntado es si se me ocurre algún sitio donde puedas vivir. A ver, déjame pensar... Conozco un montón de hoteles fantásticos, por supuesto.

Él se echó a reír.

–Vale, supongo que he pasado un poco por encima de la pregunta obvia. Em, ¿quieres casarte conmigo, abrirme las puertas de tu casa, y ayudarme a encontrar una escuela para mi hijo? Yo creo que va a tener que ser un arreglo a muy largo plazo... de hecho, va a durar para siempre.

–¡Sí! –exclamó, entusiasmada, antes de rodearle el cuello con los brazos y besarle–. ¡Sí!, ¡sí!, ¡sí!

Cuando se apartaron un poco al cabo de un largo momento, Boone se dio cuenta de que tenían público. Cora Jane estaba observándoles con ojos llenos de alegría, y B.J. parecía bastante confundido.

–¿Emily y tú os vais a casar, papá?

Ella se arrodilló frente a él.

–Sí, si a ti te parece bien. ¿Qué opinas?

–¿Vas a ser mi mamá?

Emily alzó la mirada hacia Boone como pidiéndole consejo, pero él guardó silencio porque sabía que ella iba a encontrar las palabras adecuadas.

–Nunca intentaré ocupar el lugar de tu madre, te lo aseguro –le explicó con voz suave–. Pero te querré con todo mi corazón, como si fueras mi hijo.

–¿Cómo tengo que llamarte?

–Eso lo decides tú, puedes seguir llamándome Emily si quieres.

El niño negó con la cabeza y miró a su padre al admitir:

–No, quiero llamarte mamá. ¿Crees que a mi mamá de verdad le parecería bien, papá?

Boone contuvo a duras penas las lágrimas.

–Creo que a ella le parecería bien cualquier cosa que te haga feliz.

–¿No pensará que me he olvidado de ella? –le preguntó el pequeño con preocupación.

–Ella sabe que no es así, que siempre estará en tu corazón.

–Y también en el tuyo, Boone –comentó Emily–. En él tenemos cabida todos nosotros.

–Bien dicho –dijo Cora Jane, antes de acercarse a ellos.

B.J. esbozó una enorme sonrisa y exclamó con entusiasmo:

—¡Van a ser unas Navidades geniales! ¡Y cuando vivamos en California, podré ir a Disneyland todos los días!

—Bueno, no todos —le corrigió Boone. Rodeó a Cora Jane con un brazo antes de añadir—: Y este también seguirá siendo nuestro hogar, aquí tenemos a parte de nuestra familia.

Emily les contempló mientras las lágrimas se deslizaban por sus mejillas, y comentó sonriente:

—¿Por qué tengo la sensación de que ahora es cuando uno de nosotros tendría que decir lo de «¡Que Dios nos bendiga a todos!»?

—Porque eres una sentimental —afirmó su abuela, antes de darle un afectuoso apretón en la mano—. La verdad es que yo también estoy un poco sensiblera. Cuando me propuse intentar que volvierais juntos, no se me pasó por la cabeza que acabaríais yéndoos a California y que iba a perder a mi mejor ayudante.

Alborotó el pelo del niño en un gesto de afecto al decir aquello último, y Boone le aseguró:

—No vas a perdernos a ninguno de nosotros, llevo a Sand Castle Bay en mi sangre.

—Yo también —afirmó Emily—, y estos últimos meses han servido para recordármelo. Vendremos tan a menudo, que te hartarás de tenernos aquí.

—Eso es imposible, niñita mía.

—Además, tenemos que hacer planes de boda —Emily miró sonriente a Boone—. La celebraremos aquí, ¿verdad? Yo no me la puedo imaginar en ningún otro sitio, ¿tú qué opinas?

Él sonrió de oreja a oreja al admitir:

—Yo pensaba en juntar a unos cuantos allegados, casarnos en la playa la semana que viene, y como mucho preparar después una barbacoa en el Castle's. ¿Te parece bien?

Emily y su abuela intercambiaron una mirada que hablaba por sí misma, y fue la segunda la que afirmó con firmeza:

—¡Ni lo sueñes! Vamos a organizar una gran boda, así que hazte a la idea. Después de esperar tanto, mi niña se merece un vestido de novia como Dios manda, flores, y un velo enorme.

—¡Bien dicho, abuela! —exclamó Emily, con una carcajada.

Lo único que le importaba a Boone era que Emily fuera su esposa y pasar con ella el resto de su vida, todo lo demás le daba igual. Si Cora Jane y ella querían una boda por todo lo alto, pues la iban a tener.

—Pero que sea lo antes posible —les pidió.

—Nada de prisas —le dijo Cora Jane con firmeza—. Las bodas grandes requieren un sinfín de preparativos y vosotros vais a estar en California, así que las cosas llevarán su tiempo. Supongo que quieres que sea una boda en condiciones, ¿no?

—Lo que quiero es casarme cuanto antes —sabía que era una batalla perdida, que ellas no iban a ceder.

—A principios de verano. ¿Os parece razonable? —le preguntó Emily.

Él asintió, aunque un poco a regañadientes.

—Bueno, supongo que podré esperar hasta entonces.

Cora Jane vaciló un poco, pero al final acabó por asentir.

—De acuerdo, pero tenemos que empezar a planear las cosas ya mismo —agarró a Emily de la mano, y la condujo hacia la casa—. Hay que hacer varias listas.

—¿Vais a empezar esta misma noche? —preguntó él con incredulidad. ¡Tenía otros planes para aquella noche!

Cora Jane se volvió a mirarlo y le dijo con reprobación:

—Tendréis tiempo de sobra para celebrarlo a solas. ¿Quieres que la boda sea a principios de verano?, ¿sí o no?

Él se echó a reír y contestó con resignación:

–Anda, id a hacer esas listas. Tenéis media hora, mientras tanto B.J. y yo acabaremos de preparar la cena –al ver que ellas entraban en la casa antes de que terminara de hablar, miró a su hijo y comentó–: Parece que vamos a tener que apañárnoslas solos.

–¡Qué va, papá! ¡Vamos a casarnos!, ¿a que es genial?

En opinión de Boone, era más que genial... ¡La espera había sido muy larga!

ÚLTIMOS TÍTULOS PUBLICADOS EN HQN

Noche de luciérnagas de Sherryl Woods

Viaje al pasado de Megan Hart

Placeres robados de Brenda Novak

El escándalo perfecto de Delilah Marvelle

Dos almas gemelas de Susan Mallery

Ángel sin alas de Gena Showalter

El señor del castillo de Margaret Moore

Siete razones para no enamorarse de J. de la Rosa

Cuando florecen las azaleas de Sherryl Woods

Hombres de honor de Suzanne Brockmann

Dulces palabras de amor de Susan Mallery

Juego de engaños de Nicola Cornick

Cuando llegue el verano de Brenda Novak

Inmisericorde de Arlette Geneve

Desde que no estás de Anouska Knight

Amanecer en llamas de Gena Showalter

www.ingramcontent.com/pod-product-compliance
Lightning Source LLC
LaVergne TN
LVHW030334070526
838199LV00067B/6275